북한 우수 단편선 Ⅰ

쇠찌르레기

산림터

차례

※ 책을 읽기 전에

　이 책에 실린 작품들은 띄어쓰기와 일부 부호를 제외하고는 원문 그대로 북한 맞춤법에 따랐다. 남한에 없는 단어와 거의 쓰지 않는 단어는 맨 처음 나온 단어에 한해서 괄호 안에 본문보다 작은 글씨로 설명해 놓았다.

※ 북한 맞춤법, 몇 가지 알아두기

1. 두음법칙을 적용하지 않는다.

　예) ㅇ→ㄹ : 이해→리해,　임진강→림진강　등

　　　ㄴ→ㄹ : 농담→롱담,　노동→로동　등

　　　ㅇ→ㄴ : 염원→념원,　여성→녀성　등

2. 사이시옷을 쓰지 않는다.

　예) 바닷가→바다가

　　　시냇물→시내물

　　　촛불→초불

3. 어간의 모음이 〈ㅣ, ㅐ, ㅔ, ㅚ, ㅟ, ㅢ〉인 경우에 남한에서는 '―어'로 적지만 북한에서는 '―여'로 적는다.

　예) 되다(되어서)→되여

　　　뛰다(뛰어서)→뛰여

　　　개다(개어서)→개여

　* 부사 '도리어, 드디어'는 각각 '도리여, 드디여'로 적는다.

쇠찌르레기

-취재수첩을 펼쳐 놓고

림종상

1933년 11월 강원도 린제군에서 출생
1962년 김일성종합대학 졸업
력사학 준박사
첫작품　장편소설 『해돋이』(1981년)
작　품　장편소설 『불우한 렬사』
　　　　중편소설 『부루나의 밤』
　　　　단편소설 「삶의 원천」
　　　　외 소설 십여 편

　지난 여름 어느 날 나는 동물학연구소 조류학전문가 원창운의 초청을 받고 그의 서재에서 우연히 하루밤을 꼬박 새운 적이 있었다.

　그는 쉰을 넘긴 나의 대학동창이며 세계적 명성을 떨치고 스무 해 전에 80고령으로 세상을 떠난 생물학 박사 원홍길 교수의 손자다.

　서로 전공이 다르다 보니 학창때에는 얼굴만 익혔었다. 그 후 기자 생활을 한 적이 있는 나는 그를 취재길에서 만났다. 이제와서는 서로 흉금을 털어놓는 벗으로 되였다.

　내가 그의 서재에 들어섰을 때에는 초저녁이었다. 무엇인가 부지런히 쓰고 있던 창운은 "조금만 참아주게." 하며 초청을 해 놓고도 무례하게 턱으로 쏘파를 가리켰다.　서재는 조금도 달라진 것이 없었다. 두 벽을 꽉 채운 책장, 수려한 산수화 족자, 여러 종류의 새 박제품—이것들은 할아버지로부터 물려받은 것이다.

　나는 주인의 책상 앞 빨간 비로도천(부드러운 털실이 천의 겉면을 도드라지게 짠 고급 천의 한 가지) 받침대 우에 홀로 도고하고 날씬한 자태로 놓여 있는 자그마한 쇠찌르레기 박제품에 눈길을 세웠다.

　머리에 흰 빛이 돌고 등과 날개, 꽁지에 검은 자색의 윤이 흐르는 쇠찌르레기.

　박제품 가운데서 가장 작은 것이였지만 늘 봐도 주인의 각별한 우대 속에 이 방에 자리잡고 있는 저 쇠찌르레기……

"작가님 기다리게 해서 미안하이."

그가 붓을 놓자 문이 열리면서 주부가 가시오갈피 차잔 두 개를 마주 앉은 앞탁에 내려놓고 조용히 나갔다.

"차나 한 잔 들라구."

"례절이 그럴사해!"

연한 김이 물물 피여오르는 차잔을 들며 나는 은근히 쓸까스렀다.

우리가 이런 말투로 이야기를 나눌라치면 틈없는 옛정이 되살아옴을 서로 감득하군 한다.

"내 급히 도움받을 일이 생겼어."

"이건 아닌밤중에 무슨 홍두깬가? 자네 혹 나의 탐방심리를 악용할 셈인가?"

어이가 없었다.

"아니, 아니 그런 게 아니라니까."

그는 써 놓은 종이장을 가리켰다.

"편질세. 40년 만에 서울에 있는 막내삼촌에게 보낼 거네."

그는 장문의 편지를 내밀었다.

나는 심한 의혹에 사로잡혔다.

붙일 길 없는 서울에 편지를 쓰다니?!

"분계선 장벽을 자네 편지로 한번 뚫어 볼 셈인가?"

"그럴 수야 없겠지. 헌데 붙일 길이 트일 것 같기도 해서……. 나야 어디 편지라는 걸 써 본 적이 있나? 서툰 글을 작가님이 한번 봐 달라는 걸세."

나는 그의 진정에 피할 길도 없거니와 서울에 띄울 편지라기에 부쩍 마음이 동했다. 탐방심리가 되살아났다고나 할까.

창운의 편지는 안부를 묻고 이곳 소식을 알리자 앞뒤 맥락도 닿지 않는 무슨 사진 이야기로 삐여져 달아났다.

삼촌!

그 동안 생소하리만큼 변모된 모습을 말 못하는 사진으로 상면한 오늘 저는 눈물이 헤퍼져 글을 쓸 수가 없군요…….

"이 삼촌의 사진이라는 건 뭔가?"

나는 성급히 물었다.

"그런 일이 있었지. 며칠 전 일본 조류학자 요시하라라는 사람이 가져다 주더군. 그와 함께 찍은 삼촌의 사진일세."

창운은 요시하라와 면담한 적이 있었다. 그는 '세계조류협회 아세아 본부'인 야마나시조류연구소에 적을 둔 사람이다.

연구소의 창립자 야마나시 박사에 대하여 창운은 이미 전부터 지상을 통하여 알고 있었다. 뿐 아니라 스무 해 전 그는 할아버지를 선배로 숭배하면서 원홍길 교수 생존시 따오기라는 새의 보호와 관련한 질문서한까지 보내 왔던 사람이다.

친절하게도 교수는 회답서신과 함께 수많은 연구서적들도 보내 주었다. 그 가운데에는 교수가 필생을 바쳐 서술한 여러 권으로 된 『조선조류지』도 들어 있었다.

면담이 끝날 무렵 요시하라는 교수의 성의가 고마와 방문기념으로 사진을 가져 왔다는 것이다.

창운은 사진을 내려다보았다.

늙은 막내삼촌의 옛 모습이 어렴풋이 떠올랐다.

이런 련고였군…….

"선생의 삼촌 원병후 박사입니다."

창운은 여전히 무표정한 눈길로 삼촌을 내려다보았다. 묘연해진 기억이 되살아올랐던 것이다.

그때 창운은 10대 소년이였다. 그러니 기억조차 혼미해진 삼촌이다.

'어차피 늙은이로 변했단 말이지?'

그의 눈앞에는 어느덧 전쟁 전 평화롭던 그 시절 원산농업대학 학생이였던 삼촌이 방학때 집에 와서 할아버지와 나란히 자전거를 타고 백여 리 밖 조류 채집터로 가던 모습이 안겨 왔다.

'그때 할머님도 이 도시락을 자전거에 매달아 주셨댔지……'

"원병후 박사께서도 이젠 회갑을 넘겼습니다."

착잡해진 창운의 심정을 건드리기 조심스러운 듯 요시하라는 조용히 귀띔했다. 했으나 창운은 대리석과도 같은 무표정한 자태를 종내 흘으러뜨리지 않았다.

"그 요시하라가 삼촌에게 편지를 쓰라더군. 전해 주겠다는 걸세. 아마 딴에는 사례한다는 거겠지. 동료들의 권고도 있고, 또 나도 할 소리가 있어서……. 어차피 남의 손을 빌어 편지를 붙이기는 하겠지만……."

그의 편지는 사진 이야기가 끝나자 이번에는 왕청같은 회고담으로 이어졌다.

삼촌!

열 살때 헤어져 쉰을 넘긴 이 조카를 상상이나 하실런지? 아니 저보다도 할아버님, 할머님의 얼굴조차도 기억에서 퍼그나 희미해졌을 것입니다. 허나 혈육의 뉴대만은 세상만물이 다 변해도 끊어질 수 없는 것이기에 아마 삼촌도 작고하신 부모님들과 이곳 조카들을 늘 잊지 않고 계시리라 믿습니다.

40여 년이 지난 오늘에야 비로소 삼촌에게 편지를 쓰게 된 저는 안부를 묻기 급하게 할아버님, 삼촌과 고모, 그리고 저에 이르는 우리 집안 3대가 혈육뿐만이 아닌 조류학이라는 또 하나의 강한 뉴대로 이어져 있다는 것을 먼저 상기해 보았습니다.

삼촌도 기억하고 계시겠지만 북과 남으로 갈라져 있는 우리 가문의 뉴대는 이제 새삼스럽게 돌이켜볼 때 혈육 못지않는 자그마한 새 쇠찌르레기와도 련결돼 있었지요.

그것은 할아버님으로부터 시작된 어쩔 수 없는 인연이였습니다. 혹 천명인지 아니면 우연인지 알 수 없기는 하지만 말입니다…….

미래의 조류학 권위자 원홍길의 운명은 1934년 초여름 어느 날 아침에 이미 결정된 셈이였다.

새와 곤충 채집에 천성적 취미를 가지고 있던 그는 함흥의 어느 사립학교 박물교원으로부터 조류학계에 첫발을 내디디였다.

후에 교장이 된 그는 조선 바지저고리 바람으로 운동장 교단 우에서 엄한 훈시를 하고 있었다. 이때 머리 우로 먹이를 입에 문 새 한 마리가 날아 지나갔다.

'아니 저 새가?!'

훈시를 하고 있다는 것조차 잊어버린 그의 눈길은 새가 날아간 방향을 따르고 있었다. 그 자리에서 뒤따를 수 없다는 것을 뒤늦게 판단한 그는 돌연히 교단에서 뛰여내렸다. 맨 앞줄에 서 있는 머리를 따늘인 딸에게 달려갔던 것이다.

"애야, 어서 빨리 저 새가 어디에 둥지를 틀었는지 따라가 봐!"

노한 듯한 큰 소리가 울렸다.

교원, 학생 모두 아연해 했다. 언제나 리성을 잃지 않던 원홍길이였던 것이다.

다시 교단에 오른 그는 서둘러 훈시를 마쳤다. 그리고 학생들이 줄지어 서 있는 대렬 속을 마구 달리여 딸을 따랐다.

새는 왜놈 도지사의 관사 앞 숲 속 한 구새 먹은 나무구멍에서 먹이를 찾아 다시 날아 나왔다. 분명 둥지였다. 새둥지에는 너덧 마리의 새끼들이 먹이를 기다리며 지저귀고 있었다.

그는 환성을 질렀다.

'그러니 저 새가 여기서 여름을 날 것이 분명하지 않을가?'

그는 딸에게 매일 몇 차례씩 이곳에 와서 새의 상태를 관찰하고 기록할 것을 요구했다. 딸은 비가 오나 바람이 부나 하루에도 몇 번씩 나타나 자그마한 수첩에 관찰자료를 적었다. 관사를 순찰하던 순사들의 쫓기움을 받기도 했으나…….

허나 나중에는 '새를 관찰하는 아버지와 딸'이라는 신문기사의 주인공으로 등장했다.

그 새는 아직까지 우리 나라에서는 서식한 적이 없고 쟈바 군도 쪽에서 겨울을 나고 봄이 되면 조선반도를 거쳐 만주를 지나 씨비리에서 번식하는 철새로서 '북방쇠찌르레기' 또는 '씨비리쇠찌르레기'로 알려진 해충을 구제하는 매우 리로운 조류다. 이것은 일본학자들이 내린 결론이었다.

그런 여름철새 '북방쇠찌르레기'가 우리 나라 동해안 지방에서 서식하고 번식을 하다니?

삼촌!

그때 삼촌은 열 살도 못 됐지만 할아버님과 고모를 따라 다녔다지요?

삼촌이 조류계에 발을 들여놓게 된 것도 그 쇠찌르레기 때문이라더군요.

후날 할머님은 커가는 우리들께 늘 넘불 외우듯 말해 주었습니다.

그렇게 엄하던 할아버님도 어린 막내가 자기의 뒤를 이어 새를 좋아한다고, 그래서 삼촌은 늘 할아버님의 특별한 보호와 비호 속에서 우리 아버지를 비롯한 형님 세 분들의 질투의 대상이었다고 하시더군요.

할머님의 애절한 회고담이 아직도 귀에 삼삼합니다.

이렇게 쇠찌르레기는 조류학을 탐구하는 우리 가문의 앞길을 시사해 주고 운명지어 준 하나의 예언자처럼 군림한 셈이였지요.

온 집안이 이 새로하여 그처럼 행복과 영광에 휩싸였던 1947년을 기억하겠지요?

아마 그 해는 영원한 기억으로 남아 아직도 삼촌을 즐겁게도 해줄 것이고 또 괴롭게도 해줄 것입니다……

원홍길에게 있어서 1947년은 과학활동에서 전환의 해였다.

한 해 전까지만 하여도 덕천, 안주 일대의 산골 농업학교 교장에 지나지 않았던 그가 종합대학 생물학 교원으로 초대되였던 것이다.

게다가 해방 전부터 관찰연구해 오던 '북방쇠찌르레기'가 씨비리에서 서식하고 번식하는 게 아니라 북반부지역에서 여름철을 보낸다는 것을 확인하였다.

고심어린 과학적 탐구가 꽃을 피우게 되였으니 이 해 여름 그는 해방 후 처음으로 평양에서 열린 인민박람회에 수십 종의 박제품을 출품하면서 북방쇠찌르레기를 북조선쇠찌르레기라고 고쳐 명명하고 론문을 발표하여 국제조류계의 공인을 받았던 것이다.

복은 쌍으로 오지 않는다지만 그에게 있어서 47년은 또한 가정에서도 경사가 덮친 행복한 해였다.

수의축산전문가인 맏아들이 자격을 받은 방역의로, 셋째 아들이 평양의학대학 학생으로, 넷째 즉 막내인 병후가 원산농업대학에 입학하였던 것이다.

게다가 태평양전쟁의 희생물로 돌아오지 못한 둘째 아들인 창운이 아버지와, 남편을 따라 해방 전 서울에서 빈한한 살림에 쪼들리던 딸이 병사한 것으로 해서 생겼던 마음의 상처도 세월이 덧쌓이면서 점차 아물어 갔던 것이다. 그러니 이 해 원홍길은 최상의 행복 속에서, 국제적으로 공인된 높은 학적 명예의 긍지 속에 가슴을 펴고 당당하게 살아가고 있었다.

삼촌!

삼촌은 아마 북조선쇠찌르레기가 국제조류계의 공인을 받던 날 근

엄하기로 소문이 자자하여 지어(더 나아가서, 또한) 괴벽한 사람으로까지 불리우던 할아버님의 얼굴이 이상하리만큼 실룩거리던 것을 아직도 기억하고 있을 것입니다.

그때 인민학교 학생에 불과했던 저의 기억에도 생생하게 남아 있는데 하물며 삼촌이 어떻게 잊었겠어요.

할아버님은 분명 그때 속으로 흐느끼고 계셨습니다. 다 자란 자식들과 철부지 손자들 앞에 눈물을 보이지 않으려고 그처럼 얼굴을 실룩거리면서도 참으려고 애쓰시던 할아버님이 아니였습니까.

그러던 할아버님이 51년 초 종합대학이 깊은 산 속에서 자리잡았을 때였습니다. 할아버님이 하루아침에 실망한 자태로 처참하게 돌변했을 때를 지금도 저는 잊을 수 없습니다.

큰아버지와 셋째, 막내삼촌이 모두 함께 남으로 나갔다는 청천벽력과도 같은 소식을 들었으니까요. 지어 큰아버지는 자식 넷과 큰어머니까지 버리고 말입니다.

전쟁으로 궁핍한 때 엎친 데 덮친 격으로 조부모님께서는 큰집과 저의 형제까지 모두 올망졸망한 손자 여덟 명을 맡아 키우지 않으면 안되였습니다.

그때로부터 할아버님은 더욱 과묵해졌고 어린 저의 눈에도 알릴 만큼 마음의 고통을 참느라 모지름을 쓰시더군요. 걸음걸이까지 휘청거렸으니까요.

아마 그 시절 10년은 더 늙으셨을 거예요.

그때 할아버님은 밤마다 홀로 어디엔가 나갔다 새벽에 오시군 하였는데 하루는 제가 몰래 뒤따랐습니다. 글쎄 밤새워 박제품을 만드는게 아니겠습니까.

자식 모두를 잃어버린 괴로움을 묵묵히 이겨내는 길이 할아버님에게는 그 일밖에 더는 없었을 것입니다. 이렇게 할아버님은 전쟁피해로 모두 류실된 박제품, 동물표본 등 180여 종의 교편물을 만들어 놓고야

16

말았습니다.

산발인들 얼마나 탔으며 남모르게 밤새운 밤인들 몇 밤이나 되는지 그것은 아무도 모를 것입니다.

그러던 할아버님께서는 전쟁이 끝나고 온 나라가 환희로 들끓던 날 돌연히 자리에 눕고 말았습니다.

비록 원자탄 바람에 겁을 먹고 따라갔다고는 하지만 그래도 자식들이 지성인인 것만큼 이런 날에는 새들이 둥지로 찾아들 듯 문전에 나타날 수 있으리라던 한오리의 기대마저 포기해야 했으니까요. 마지막 지탱점을 잃자 할아버님은 끝내 쓰러졌던 것입니다.

왜 그렇지 않겠습니까!

삼촌을 대를 이을 기둥으로 믿었던 그 한 가지 리유로 해서 효자라고 자부하던 할아버님이 아니였습니까. 그런 막내삼촌마저 아버지의 슬하에서 떠나갔으니 말입니다.

철부지였던 우리들도 그때 할아버님이 잘못되는 것 같아 숨도 크게 못쉬고 눈치만 살폈습니다.

며칠 후 할아버님은 돌연 아무 일도 없었다는 듯 자리를 털고 일어나셨습니다. 무엇인가 큰 결심을 내리시였던 것입니다.

청춘의 활력을 되찾으신 듯 할아버님은 그때부터 묵묵히 방방곡곡을 다 다니시며 조류연구에 전심했고 벌써 60년대 초에 방대한 『조선조류지』를 비롯한 무려 80권의 저작을 발표하여 세계적인 조류학자로 명성을 떨치게 되였습니다.

흰두리미떼를 따라 북방으로부터 간석지 진펄에 빠지며 조사연구를 떠났던 어느 해 마가을(늦가을)이였습니다.

그날은 례성강 하구에 다달으기 전날이였나 봅니다.

해 떨어진 갈대숲은 마가을 찬바람을 이겨내지 못하고 몹시 설레였습니다.

을씨년스럽고 썰렁하던 밤이였지요.

허지만 진펄 가운데 못박힌 듯 서 계시던 할아버님은 마을로 되돌아설 념을 안 하시더군요.

한동안 남쪽의 먼 하늘을 무표정한 눈길로 바라보셨습니다. 그 쪽 하늘에서는 늦비가 내리려는지 검은 구름으로 덮혀 있었습니다.

비록 성글기는 했어도 그 년세에 흰오리 하나 없던 머리칼이 바람에 흩날렸습니다.

건강이 념려되어 저는 몇 번이나 되돌아서자고 권고했으나 그때마다 침묵으로 물리칠 뿐이었습니다.

갈대숲에 차디찬 비꽃(비가 오기 시작할 때 성글게 떨어지는 빗방울)이 떨어지기 시작했습니다.

"할아버님"

또다시 애원하며 불렀습니다.

그제야 제가 곁에 있었다는 것을 알아차리기나 한 듯 "오냐, 창운이로구나." 하시더니 별로(①별나게, 특별히 ②그다지, 별반) 자별한 눈길로 주시하는 게 아닙니까. 전 그때 처음으로 할아버님의 그런 인자한 눈을 보았습니다.

꺼칠해진 볼과 입술, 진탕이 게발린(지저분하게 묻은) 바지자락을 이윽토록 굽어보시던 할아버님은 후 하고 깊은 숨을 내쉬시였습니다. 풋내기 조류학자가 못내 미덥지 못하셨나 봅니다. 그러다가 거칠어진 제 손을 잡으시며 이번에는 저의 눈을 찬찬히 여겨보시더군요.

"네 분명 원홍길의 손자가 틀림 없으렸다?"

할아버님의 물음에 저는 그만 겁이 더럭 났습니다.

'망녕하시는 게 아닐까? 아니면 이 갈밭에서 혹시 유언이라도?'

불길한 예감이 머리를 호되게 때렸습니다. 가슴이 막 떨리더군요. 그때 벌써 80을 턱 밑에 앞둔 고령이였으니 저의 예감도 무리한 것은 아니였습니다.

"왜 대답이 없느냐?"

독촉을 받고서야 저는 서둘러 대답을 올렸습니다.

"이젠 네가 우리 원씨 조류가문의 기둥이로구나. 손때 묻은 도끼에 발등을 찍히운다더니. 허참, 넌 그런 자식이 되진 않겠지?"

실성하지 않으셨다는 것을 깨닫자 저는 그때까지도 할아버님 심중에 삼촌을 앉혀놓고 이처럼 심한 상실감에 모대기신다는 것을 통절히 깨달았습니다. 삼촌의 상실이 얼마나 마음속에 옹이져 있었으면 저러랴?

짐작조차 해본 적이 없는 저는 삼촌 대신 용서를 빌고 맹세를 다지려고 감탕 우에 꿇어앉으려고 했습니다.

"오냐 됐다. 너라도 내 마음의 기둥으로 돼다오. 꺾이우지 말고!"

저는 그만 눈물을 쫙 떨구었습니다. 이제는 삼촌 대신 저를 그 자리에 세우시면서도 영원히 지울 길 없는 삼촌에 대한 정을 떼지 않고 계신다는 엄연한 현실 앞에 그만 가슴이 저려옴을 이겨낼 수가 없었습니다.

제가 이렇게 단언하기는 좀 거북하나 삼촌은 비록 친자식이기는 하지만 우리 할아버님의 진속을 다는 알고 있지 못할 것입니다.

"손가락 열을 다 깨물어 보아라. 아프지 않은 손가락이 없느니라."

이 찰나에 저는 할머님이 늘 곁에 없는 삼촌들을 놓고 혼자말처럼 외우시군 하던 그 평범하고도 너무나 명백한 말씀의 참뜻을 비로소 깨달은 듯싶었습니다.

저는 마음다졌습니다. 백 번 죽는다 하더라도 삼촌들처럼 되지 않겠노라고.

"애야, 이젠 돌아가자. 인차(곧, 이내) 겨울이 닥쳐올 텐데, 그 애들인들 오죽이나 생각이 번거롭겠니……"

삼촌!

삼촌은 할아버님의 마음속에 아직도 자식으로 남아 있어야 한다는 자신을 단 한 번만이라도 자각해 본 적이 있습니까? 제가 대학을 나오고 할아버님의 뒤를 이어간다고 하여 그래 삼촌을 대신해 줄 수 있다고 생각하십니까? 어디 대답해 보십시오!

저의 이 무례한 질문에 삼촌은 대답할 수가 없을 것입니다. 아니 할아버님의 깊은 마음을 결코 리해하지 못할 것입니다.

이제는 세상을 뜨신 할아버님 령전에 자기의 저술을 올리고 싶다 하며 통곡을 터뜨렸다는 삼촌의 그 가슴저린 심정으로도 결코 대답으로는 되지 못할 것입니다……

"자식들은 부모를 버려도 부모야 어떻게 제 살점과도 같은 아이들을 버릴 수가 있을고……"

깊은 밤 잠 못 이루시던 조부모님들의 서로 상처 입은 가슴을 달래주며 주고받으시던 그 하많은 밤과 새벽을 저는 잊을 수가 없습니다.

삼촌!

편지가 너무 많은 곁가지를 쳤군요. 하긴 40여 년의 이야기를 전하자니 아마 두서가 없게 됐나봅니다.

삼촌! 우리는 다음날 저녁 흰두루미떼를 따라 례성강 하구에 다달았습니다.

삼촌이 언제인가 국제조류리사회 통보에 발표한 남조선에서는 보기 드물어졌다는 흰두루미떼의 마지막 서식터를 찾아서 말입니다.

통보에서 삼촌은 흰두루미떼를 놓고 이렇게 썼지요?

"조선전쟁 전까지만 하여도 전 조선에 걸쳐 겨울에 이주하여 사는 매우 흔한 새였다. 그러나 지금은 경작된 전야에서 월동하는 몇몇 쌍에 불과할 정도로까지 그 수가 줄어들었다. 내가 어렸을 때 평안남도 강서군에서 200~300마리로 된 이 새의 큰 무리를 본 바 있으나 지금 우리는 1950년 이후 동기이행조류로서의 그 동태에 관한 자료도 가지고 있지 못하다."

할아버님은 삼촌의 글을 보신 뒤에 "어쩌면 이럴 수가 있는가."고 하시며 그 원인을 직접 알아보시기 위해 이번 조사의 길에 오르셨습니다. 한탄만 하고 있는 삼촌의 그 연구태도가 못내 마음을 상하게 하셨던 것입니다. 삼촌이 주저앉았으니 고령인 할아버님이 몸소 그 흰두루미의 보호와 증식을 위한 길에 어떻게 나서지 않을 수 있었겠습니까.

아, 만약 이 연구조사대의 대오 속에 저와 같은 풋내기가 아니라 삼촌이 동행하였던거라면 할아버님은 얼마나 마음이 가벼웠겠습니까. 그러니 저를 데리고 조사의 길에 오르신 할아버님은 숭숭 빠진 이빨처럼 대를 건느게 된 아픔을 어떻게 묵삭였겠습니까?

다음날 저녁때 조사단 일행은 분계선이 가로막힌 연백벌 례성강 하구에 다달았습니다…….

원홍길 교수 일행의 앞에는 드디여 례성강 하구 무연한 갈밭 감탕 속에 서식하고 있는 흰두루미떼가 나타났다.

교수는 조류학자 특유의 사색 깊은 안색으로 두루미떼를 끈덕지게 관찰하며 서서히 접근하고 있었다.

갈밭이 끝나고 강기슭에 거의 다달았을 때 교수는 문득 멈춰 섰다.

왜서인지 알 수 없으나 교수의 눈길은 어느덧 강 건너 한 지맥으로 잇닿아 있는 저쪽 기슭에 몇 마리밖에 보이지 않는 흰두루미에 가 있었다.

교수의 얼굴에는 근심의 빛이 어리였다.

"저 새들이 살아가기 불편한 모양이군."

그는 중얼거렸다.

꽤 오랜 시간 관찰하던 교수는 돌연히 옷깃을 세우며 달려갈 태세를 취했다.

"알아봐야겠어. 알아봐야 하구말구!"

교수는 살얼음이 진 갈밭을 따라 갈기슭을 향해 허리를 꼿꼿이 펴고 당당하게 걸어나가고 있었다.

"할아버님, 더는 가실 수 없습니다."

창운은 성급히 달려가 교수의 팔을 잡았다. 가누지 못한 로인의 장대한 체구가 창운에게 쏠리였다.

"이건 무슨 버릇 없는 짓이냐! 흰두루미가 왜 저쪽에서는 저렇게 적은지 원인을 밝혀야 할 게 아니냐. 봐라!"

노여움에 불타는 교수의 눈길과 애원하는 손자의 눈길이 부딪쳤다.

"분계선장벽이 가로막혀서……."

"뭐 분계선? 그런 건 몰라! 알고 싶지도 않고."

교수는 손자를 뿌리치려고 하다가 그만 그 자리에 말뚝처럼 서버렸다. 그도 그제야 가로질러간 철조망을 보았던 것이다. 그는 절망에 빠져 긴 한숨을 내쉬였다.

"제 나라 제 땅을 밟고 제 고장에서 살고 있는 새를 보러 가야 하는데 분계선이 무엇이기에 내 앞길을 막는단 말이냐!"

가슴을 어여내는 듯한 비분이 그 어떤 악조건 앞에서도 꺾이우지 않고 한평생 새를 따라다니던 교수를 그만 절망에 빠뜨려 놓았던 것이다.

창운은 분렬의 비극을 통절히 절감하며 몸부림치는 할아버지를 넋 잃은 사람마냥 얼없이 내려다보았다.

"아, 비통쿠나. 국경 없이 나드는 새가 나를 부르고 있는데 조류학자인 내가……."

교수의 통탄하는 목소리는 벌써 심히 갈려 있었다.

이때 얼기설기 엮어진 철조망 저 넘어에서 두서너 마리의 흰두루미가 깃을 펴고 강을 유유히 건너 날아왔다.

비감에 젖어 있던 교수의 눈길은 어느덧 서서히 날아와 이쪽 무리에 내려앉은 흰두루미를 점도록 바라보았다.

"지각 없는 새들도 떼를 찾아 넘어오는데……."

교수는 탄식하였다.

분명 조류학자로서 이 계절에 흰두루미를 연구하기 위하여 분계선 넘어에 나와 이쪽의 흰두루미떼를 관찰하리라 믿고 있던 막내가 종시 보이지 않았던 탓이리라.

해 떨어지자 어둠이 내려앉았다.

교수는 멀리 남쪽 땅을 바라보던 눈길을 힘없이 떨구었다.

갈대숲을 터벅터벅 헤치며 돌아서는 교수는 걸음걸이도 무척 휘청거렸다.

그 밤만은 갈대숲도 무심히 넘길 수 없었던지 비바람을 맞아 세차게 설레이고 있었다.

삼촌!

그런 일이 있은 다음 할아버님의 기력은 죽지 부러진 날새처럼 팍 떨어졌습니다.

아마 그때 할아버님은 분명 속으로 삼촌을 애타게 부르고 있었을 것입니다. 바로 다름아닌 막내삼촌을 말입니다.

그럭저럭 몇 달이 지나갔습니다.

어느 날 할아버님에게는 삼촌이 430종 조류를 현지조사하여 쓴 『남조선의 조류』라는 책을 받아 볼 기회가 차례졌습니다.

물론 3국에 있는 조류학자가 보내온 것입니다. 그 외국인은 저자와 할아버지가 부자간이라는 것도 알지 못하는 학자였습니다.

책을 받아 쥔 할아버님의 안면에는 알릴 듯 말 듯 기쁨이 물결치고 있었습니다.

어쨌든 자식이 쓴 책을 받았으니 왜 그렇지 않겠습니까.

그런데 그 책에는 남쪽 어디에선가 삼촌이 처음으로 발견했다고 하는 까만 비둘기가 소개돼 있었습니다.

그 대목을 읽으신 할아버님의 얼굴은 대번에 시커멓게 흐려졌습니다. 부르쥔 투박한 주먹이 무릎 우에서 부들부들 떨고 있더군요.

"이럴 수가 있나. 불효막급한 눔!"

억이 막혀서인지 할아버님은 좀채로 자신을 수습하지 못했습니다.

곁에 있던 할머님마저 숨을 죽인 채 괴롭게 방바닥만 내려다보고 있었으니까요.

욱하면 범처럼 무서운 평안도 출신의 할아버지 성미를 한생을 함께 한 할머님이 왜 모르겠습니까.

거친 숨소리는 좀체로 고르로와지지 않았으나 퍼그나 시간이 지나서야 례성강가에서 돌아온 다음 자주 듣게 되는 한숨소리가 새여나왔습니다. 그 한숨은 내심 무엇인가 개탄할 때 듣게 된다는 것을 알아차린 할머님이 무릎걸음으로 다가가더군요.

"령감, 무슨 일이 있었소?"

"창운이를 데리고 오우!"

할아버님은 옆에 있던 저도 가려보지 못하고 찾는 것이였습니다.

저는 무릎을 꿇고 앉았습니다.

"이 놈은 도적놈이다! 그런 놈이 무슨 조류학자란 말이냐!"

모두 어안이 벙벙해졌습니다. 저 역시 삼촌의 책을 읽었으니까요.

"령감 망녕했소? 아무리 그런 자식이로서니 어떻게 그런 말씀까지 ……."

할머님은 눈굽을 찍으시며 말끝을 흐렸습니다.

"겉만 낳은 자식을 놓고 로친이 무얼 안다고 그래! 글쎄 이제는 이 놈이 제 애비가 젊었을 때 처음으로 어느 섬에서 발견한 까만 비둘기를 제가 발견한 것으로 이 책에 썼단 말이요.

창운아, 네 이 글을 읽어라. 똑똑히 알아 듣고 아들놈이 어떤 녀석인지 가늠해 보라구 말이다."

저는 어쩔 수 없이 까만 비둘기의 사진을 가르쳐 보인 다음 글을 읽었습니다.

"분명 들었겠지? 이런 놈이 어떻게 학자란 말이요. 제 애비의 성과까지 쉽게 제것으로 만드는 후레자식인데."

할아버님은 분명 격분에 차 있었습니다.

"그 애가 몰라서 그랬겠지. 아무렴 애비의 것까지 도적질할 애요?"

"모르고 한 짓이라도 죄는 같애. 학자라면 우선 량심이 있어야 해. 제가 이런 책을 쓰려면 먼저 나온 글들을 모조리 읽어야 할 게 아닌가. 그게 학자의 초보적 태도란 말이다. 창운아."

할아버님의 질책에 저는 정신이 펄쩍 들었습니다. 삼촌의 연구태도를 놓고 저에게 경종을 울려 조류학의 기둥감으로 키우시려는 웅심깊은 마음을 받아 안았으니 말입니다.

아무 대답도 올리지 못하고 있는데 할아버님께서는 또다시 깊은 한숨을 내쉬시였습니다.

"하긴 제 자식하나 바로 키우지 못한 내 잘못도 크지. 하지만 네 삼촌이 이런 엉뚱한 짓을 저지른 것은 넓게 생각해 보면 서로 오가지도 못하고 편지조차 띄울 길이 없으니 어쩔 수 없는 점도 있을 게다. 이것이 하나의 큰 비극이 아니냐! 분단의 비극이 순수 조류를 연구하는 우리 집안에까지 이런 고통을 들씌우다니……."

할아버지는 깊은 한숨을 내쉬였습니다.

"한즉 그 놈은 후창일대에서 매닭이 새로 발견되였다는 것도 모르고 조류학을 전공한다고 할 게 아니냐?

낯도 코도 모르는 다른 나라 학자들과는 서로 오가기도 하고 학술교류도 하는데 무수한 철새들이 날아드는 교두보로 공인돼 있는 우리 나라에서만이 북과 남이 서로 남처럼 담을 쌓고 지내니 참으로 가슴 아픈 일이로다. 말 못하는 새들은 분계선을 자유롭게 넘나드는데 리성을 가졌다는 사람들은 서로 부자간에도 소식조차 전할 길 없으니 이런 강요된 고통을 어찌 앉아서 참아낼 수 있을고!"라고 하시며 할아버님은 갈라진 혈육과 강역을 두고 오래동안 쓸쓸한 감정에서 헤여나지 못하시더군요.

"작가 선생, 옛적에는 편지를 '안서'라고도 했다지?"

창운은 나를 쉬우려고 딴전을 피웠다.

나는 그의 생각이 고마와 다 식은 오갈피차를 한 모금 마셨다. 그래도 달아오른 가슴은 식지 않았다.

"그런 옛말이 있었지. 그립던 사람의 소식을 기러기가 전해 주었다고 해서 기러기 안자, 글 서자를 써서 '안서'라고 해 왔나 보더군. 그런데 왜 갑자기 안서 이야기는?"

나는 조심스럽게 되물었다. 편지를 읽으면 읽을수록 탐방가다운 개인적 취미는 어느새 뒷전으로 밀려나고 나 자신 창운이와 그의 친지들이 겪고 있는 괴로움을 피부로 느꼈기 때문이였다.

이 땅에 리산자가 무려 천만이나 된다니 한 집안의 비극만이 아닌 천만이 당하고 있는 고통, 아니 온 겨레가 반 세기가 다 돼오도록 분렬된 쓰라림을 더 이상 감수해서는 안된다는 공통된 감정에서 벗어날 수가 없었기 때문이였다.

불현듯 나의 눈앞에는 지난 7월 초 림수경을 맞자 평양시가 부글부글 끓던 모습이 떠올랐다. 21살의 나어린 수경을 혈육으로 맞아 잠 못 들던 평양, 그가 탄 자동차가 드넓은 대통로 한복판에서 떨쳐나온 사람들의 물결에 파묻혀 오도가도 못하던 광경, 손을 잡을 길 없던 아빠트의 녀인들이 화분에 소중히 키워 온 진귀한 생화를 송두리째 뽑아 자동차 우로 꽃보라처럼 내려뿌리며 눈물을 감추지 못하던 모습—이것이야말로 끊어진 혈맥을 다시 잇자는 온 겨레의 소원이 활화산처럼 터진 광경이 아니였던가! ……

"역시 우리 집안은 새와 숙명적으로 얽혀져 있는가봐."

창운이 상념의 세계를 헤매고 있는 나를 돌려세웠다.

"우리 집에 한 마리의 새가 안서를 물고 날아 왔으니 말이네. 그 새 역시 쇠찌르레기였지. 저기 저 박제품과 같은……"

"할아버님 생존시에 세상을 한번 들었다 놓은 바 있는 그 극적인 사건 말인가?"

20여 년 전 나는 어느 신문에서 바로 지금 펼쳐 놓고 있는 취재수첩에 써 넣었던 '새들은 분계선을 넘나들건만……'이라는 기사를 상기하였다.

"새가 편지를 물어 왔다면 어쩐지 동화 같기도 하고 만화 같기도 하지만 그거야 어쩔 수 없는 현실이였지……."

앞에서부터 읽어 오던 편지의 여운인지, 아니면 창운의 감회깊은 회고담 덕분인지 나의 생각은 벌써 20년이 훨씬 지난 그 해 초여름에 가 있었다.

대학을 졸업한 창운이가 조류연구실 연구사로 있는 지 7년째 되는 해였다.

그날 아침 그는 몇 명의 연구조수들과 함께 모란봉에 올랐다. 수없이 걸어 놓은 인공 새둥지에 날아든 새들을 조사관찰하기 위해서였다.

그는 뜻밖에도 어느 새둥지에서 발목에 알루미늄 표식가락지를 낀 한 마리의 '북조선쇠찌르레기'를 잡았다.

'역시 운명적인 새야!'

'이상하리만큼 친밀해진 새가 아닌가!'

표식가락지에는 다음과 같은 글이 새겨져 있었다.

農林省 JAPAN C 7655

유심히 살펴보던 그의 생각은 몹시 번거로왔다.

'이 새를 일본 농림성에서 날려 보냈단 말이지?!'

순간 그는 왜 그런지 할아버지가 오랜 세월 심혈을 기울여 쌓아 놓은 과학의 공든 탑이 대번에 와르르 무너져 내리는 듯한 심한 상실감에서 벗어날 수가 없었던 것이다.

'아직까지 없다던 일본에서 쇠찌르레기가 새로 발견됐단 말인가? 하다면 '북조선쇠찌르레기'란 명명은?'

그는 할아버지의 귀중한 과학적 업적에 속하는 이 새의 이름이 바뀌여야 한다는 엄청난 현실 앞에 어쩔 바를 몰랐다.

어깨가 축 쳐진 그는 생물학연구소 소장인 할아버지 앞에 표식가락지를 내놓았다.

"음, 이 새에 이런 가락지가 달렸단 말이지, 이거 참 기쁜 일이로군."

가락지를 유심히 살펴보던 교수는 매우 범상하게 그리고 태연하게 말했다. 아니 오히려 기쁨을 감추지 못하는 것 같았다.

새로 알게 된 사실 앞에 자기의 학적 명예보다도 학자적 량심을 앞세웠던 것이다.

교수는 서슴 없이 야마나시로부터 받았던 따오기에 대한 회답서한과 함께 조류계의 국제적 공약에 따라 표식가락지를 끼워 놓은 일본 조류연구소에 그 새를 모란봉에서 잡았다는 것을 통보해 주었다.

하지만 회신을 기다리는 창운의 심정은 의연히 복잡했다. 할아버지의 학적 권위를 제 손으로 허물어뜨리는 결과가 빚어질가 두려웠던 것이다.

그는 초조한 나날을 보내고 있었다.

그런데 할아버지는 끄떡도 하지 않고 종전대로 정상적인 연구사업에 몰두하고 있다.

'타는 속을 내보이지 않으려고 저러시겠지……'

이제와서는 면바로 바라보기조차 송구스러웠다.

드디어 가슴을 조이던 시각은 닥쳐오고야 말았다. 통신이 날라 왔던 것이다.

"애, 네가 읽어 봐라."

창운의 손은 심히 떨리였다.

'예측대로 된다면? 아, 그땐, 그땐……'

판결을 기다리는 죄수마냥 안절부절 못하는 그를 피뜩 훔쳐본 원

교수는 랭담한 어조로 "어서 읽으라는데……." 하고 독촉한다.

창운은 떠듬떠듬 읽기 시작했다. 입안이 깔깔해져 발음마저 제대로 안되였다.

"일본 농림성의 이름이 새겨진 가락지 'C 7655'는 분명 일본제 가락지이기는 하지만 일본에서는 북조선쇠찌르레기를 날려 보낸 적이 없다."

창운은 놀라움에 사로잡혔다. 다음 순간 내려가지 않던 가슴이 확 풀리는 듯한 만족감을 맛본다. 만약 이 자리에 할아버지만 없었더라면 소리쳐 만세라도 불렀을 것이다.

하지만 교수는 응당하다는 듯 한 점의 안면변화조차 보이지 않았다.

'학적 신념이 저렇듯 암반과도 같았단 말인가!'

그는 할아버지를 존경어린 눈길로 바라보았다. 왜서인지 그런 형상의 모습을 오래오래 가슴에 새겨 두고 싶었던 것이다.

"통신이 끝나지 않았겠는데 마저 읽어야지……."

과연 더 계속되였다.

그는 헤덤비며 읽었다.

"남조선 조류학계에서는 바로 몇 해 전까지도 일본 농림성 제품 가락지를 사용하였다. 그 번호의 새를 날린 경위는 다음과 같다.

새 날린 곳 — 경성림업시험장

새 날린 날 — 1963년 6월 7일"

듣고 있던 교수는 돌연 얼굴을 쳐들었다. 그리고 흥분을 감추지 못할 때만 보이군 하던 투박한 주먹으로 무릎을 내려쳤다.

"그렇단 말이지. 아! 이젠 그 새가 남쪽에까지 뻗어 나갔구나. 그러니 멀지 않아 온 강토에 퍼질 게다."

교수는 확신에 차 있었으나 여전히 근엄한 자세를 그냥 그대로 유지하고 있었다.

자신의 학적 명예 따위는 안중에도 없던 교수였으나 온 나라에 매달아 놓은 인공 새둥지가 은(보람 있는 값이나 결과)을 내자 저으기 만족을 참지 못한다.

그 새가 번식되여 남쪽에까지 퍼졌다는 새 소식은 고령의 교수를 그처럼 흥분시켰던 것이다.

나는 소설과도 같은 이 대목을 원창운이 어떻게 썼을가 싶어 몹시 궁금하였다. 그리하여 그때 그에게 들었던 이야기를 더듬어 보기를 그만두었다.

나는 다시 편지를 읽어 내려갔다.

삼촌!

저는 그때 그야말로 조류학자의 본보기, 애국자로서의 참모습을 비로소 발견하였습니다.

몸소 정성들여 보호 증식한 새가 이 나라 온 강토 그 어디에서나 서식하게 되였다는 사실을 확인하였을 때 그처럼 긍지를 느끼시는 할아버님을 저는 꿈에도 잊을 수 없습니다.

저는 저렇듯 훌륭한 할아버지의 손자로 태여나 대를 잇게 된다는 긍지로 하여 가슴이 벅차오름을 막을 길이 없었습니다.

"애야, 왜 더 읽지 않느냐. 날려 보낸 사람이 있을 텐데."

화다닥 놀란 나는 성급히 통신을 훑어 보았습니다. 통신은 계속되였습니다.

날려 보낸 사람 — 원병후

종류 — Sturnus sturninus(둥지 안의 새끼)

삼촌의 이름이 나오자 할아버님은 비호처럼 다가와 통신을 앗아냈습니다.

"내 그럴 줄 알았다! 아무렴 그 놈인들 왜 그 새에 무심할고!"

할아버님께서 슬하를 떠난 삼촌을 칭찬하는 것을 처음으로 보았습니다.

그때 할아버님께서는 무심결에 책상을 가볍게 두드리시더군요. 아마 그 옛날 어린 삼촌을 품에 안고 도닥여 주시던 그 감정, 그 장단이 간절히 되살아났던가 봅니다.

허나 할아버님의 기쁨은 순간을 넘기지 못하였습니다. 편지마저 띄울 길이 없어 조류계의 국제적 공약을 아들에게조차 전하지 못하는 안타까움을 안고 한동안 묵묵히 창밖을 내다보시더군요.

밖에서는 진눈이 구질구질 내리고 있었습니다. 그러니 할아버님의 마음은 한결 더 무겁고 아팠을 게 아닙니까.

세계가 다 리행하는 국제적 공약이 어찌하여 한강토, 한겨레, 아니 한피줄을 이은 친부자지간에도 이 땅에서는 실현되지 못한단 말입니까!

그날 밤 할머님은 흐느껴 우시더군요. 삼촌이 쓴 책을 보시고도 울지 않던 할머님이 한갖 딱딱한 통신자료에 실린 삼촌의 석 자 이름. 우리 가문과 운명적으로 얽혀져 있는 그 한 마리의 쇠찌르레기가 아들의 이름을 몰고 왔다는 단순한 현실 앞에 부모 없는 손자 여덟 명을 맡아 키우시느라 린색하기 그지없던 할머님도 그 날만은 끝내 자신을 다잡지 못하셨습니다.

"이 녀석아! 왜 가락지에 몇 자 적어서 안서로 띄우지 못했느냐. 그러면 못 쓴다더냐? 아이적 홍역을 앓으면서 이 에미의 속을 지지리도 태우더니 다 자란 지금에도……"

곁에 두지 못한 자식이 얼마나 그리웠으면, 그리고 아픈 사연을 가슴에 묻어 두고 얼마나 심뇌하였으면 할머님이 이 소식 앞에서 삼촌과 이어진 하많은 회고 가운데서 하필이면 애기적 시절을 되새겨 보았겠습니까.

조부모님들에게 있어서 삼촌은 언제나 요람 속의 아가이며, 품 속의 아가로 남아 있었던 것입니다. 피를 나누어 생을 주고 젖을 먹여 자래운 자식이 아닙니까!

삼촌의 가슴에 또 못을 박을 줄 알지만 저는 다시 편지 띄울 기회가 아직은 쉽지 않겠기에 여기서 할아버님의 림종에 대한 이야기를 마저 하지 않을 수가 없습니다. 할아버님의 아들 대신 림종을 맞은 손자로서 응당 전해야 할 의무이기도 하기에 저는 그 소식을 전하지 않고 피할 수가 없구만요.

림종을 사흘 앞둔 날 늦은 아침이였습니다.

병석에 누워 계시던 할아버님께서는 생의 종말을 예견하시였는지 저를 자신의 승용차에 태우고 정든 대학주변을 한 바퀴 천천히 돌더니 모란봉 기슭에서 내리셨습니다. 청암리토성이 뻗어 나간 흥부동 쪽에서 말입니다.

할아버님은 여느 날과 달리 지팽이를 버리시고 대신 저에게 의지하여 포장한 공원길을 따라 최승대가 있는 숲에 이르셨습니다.

숲에는 손수 나무를 타고 올라가 매달아 놓은 해묵은 인공 새둥지로 쫙 덮혀 있었습니다.

할아버님은 아무 말씀도 없이 이제는 퍼그나 탈색된 하나하나의 새 둥지를 모조리 올려다보시며 걸어 올라가시는 것이였습니다.

아마 굴곡 많은 인생, 기쁨도 슬픔도 묵묵히 묵삭이시며 걸어온 자신의 발자취를 더듬었을 것입니다.

생의 흔적으로 남아 있는 그 말없는 둥지들과 일일히 심중을 털어놓기나 하시려는 듯 어떤 둥지 아래에서는 한동안 유심히 올려다보며서 계시기도 했고 또 어떤 둥지 앞에서는 고개를 끄떡거리기도 하시며 말입니다.

퍼그나 긴 시간을 들여 이렇게 톺으시던 할아버님은 최승대에 오르시여 앉지도 않고 성벽에 기댄 채 먼 남쪽 하늘, 삼촌들이 있을 그 쪽 하늘을 점도록 굽어보시였습니다.

그러시고는 오던 길로 되돌아 또다시 둥지들을 빠짐없이 여겨보시였습니다. 아마 이 시각 둥지들과도 리별의 정을 나누었을 것입니다.

그때는 생각이 짧아 미처 가늠하지 못했지만 그날 할아버님은 삼촌 대신 저에게 둥지를 보시며 마음속으로 가르쳐 주기도 하고 당부하기도 하면서 하나하나 유산으로 넘겨 주시였을 것입니다.

그 보잘나위 없는 새둥지가 무엇이기에 할아버님은 저를 지팽이삼아 의지하고 불과 며칠밖에 남지 않은 여생에서 많은 시간을 떼내여 모란봉에 오르셨겠습니까.

삼촌의 '안서'를 날라온 새가 깃들어 온 모란봉이 아닙니까. 보다는 이 땅에 생을 받은 한 평범한 학자로서 한생을 바쳐 공들여 온 그 귀중한 것들을 후대들에게 고스란히 넘겨 주어야 하겠다는 선배의 의무감에서 그렇게 하였을 것입니다.

림종의 시각이 다가왔습니다.

아들 없는 자리에 손자 여덟 명이 꿇어앉았습니다.

할머님의 부축으로 침대에서 일어나 앉으신 할아버님께서는 마치 점검이나 하듯 손자들을 근엄한 눈길로 굽어보는 것이였습니다.

우리들은 소리 없이 흐느꼈습니다.

아마 할아버님께서는 우리들의 얼굴에서 아들들의 모습을 찾고 있었을 것입니다.

이윽고 '점검'을 마친 할아버님께서는 뒤 번 힘겨운 기침을 하시더니 "울지들 말아! 생물체가 생을 마치는 것은 자연의 범상한 법칙이다!"라고 말씀하시는 게 아니겠습니까.

울음을 삼키던 우리들은 너무도 흔연한 자세로 림종을 맞으시려는 할아버님을 홀린 듯이 쳐다보았습니다. 그 모습은 마치 성현군자의 형상으로 돋보였습니다. 그래서인지 그 말씀이 유언이라고 짐작하면서도 도무지 믿어지지가 않더군요.

“우리 원씨 가문은 조류가의 집안이다. 그러니 이 땅의 모든 숲에 새가 욱실거리도록 만드는 것으로 나라를 떠받드는 기둥이 되여야 한다. 그걸 명심하거라!”

숨쉬기가 가쁘신지 할아버님께서는 잠시 말씀을 끊으시고 또다시 저희들을 둘러보시였습니다.

흐느낌소리가 높아졌습니다.

그러나 할아버님께서는 책망하지 않으셨습니다. 할아버지와 애비 없는 손자들 사이에 이어져 있는 마지막 정을 소중히 간직하시려는지 ……

침묵을 지키던 할아버님은 깊은 한숨을 내쉬고서야 할머님을 돌아보시며 말씀을 이으셨습니다.

“자식들이 부모, 제 새끼를 버리고 달아난 것은 잘못한 짓이요. 그러나 그것은 외세로 인하여 나라의 분단이 빚어낸 비극이 아니겠소. 그러니 자식들이 돌아오면 반갑게 맞아 주오. 그 애들이 보고 싶구려. 그 애들이……”

갑자기 튀여나온 기침이 할아버님의 유언을 중단시켰습니다. 우리들은 안타까와 어쩔 바를 몰랐습니다.

련사흘 우리와 함께 밤을 지새운 의사 선생이 급히 주사를 놓았습니다. 만약 이때 의사 선생이 없었더라면 유언은 여기서 끝났을 것입니다.

주사의 덕으로 할아버님은 다시 말씀을 이으셨습니다. 그러나 목소리는 벌써 심히 갈려 겨우 가려들을 정도였습니다.

“허지만 그 애들이 부모를 찾아올 땐 거저 와서는 안된다고 이르오 ……”

그때 할아버님은 식어 가는 손으로 저의 손을 더듬어 잡았습니다.

“창운아! 네가 삼촌들에게 전해다오. 그리고 막내, 기둥으로 믿어 왔던 그 놈 병후에게는 조류가의 자식답게 남쪽의 새들을 모조리 연구해야 한다고 해라.

너에게는 내가 다하지 못한 북의 새를 맡긴다. 내가 쓴 책은 60년대 전반기까지에 불과하지 않느냐…….

통일이 되는 날 너와 나 그리고 삼촌이 연구한 것을 합치면 그게 완성된 『조선조류지』가 될 게다.

이것이 민족분단의 고통을 몸으로 체험한 우리 원씨 가문의 3대가 통일의 제단에 올릴 가장 귀한 선물로 되지 않겠느냐.

내 생전에 다 하려고 했는데 나라가 동강나다 보니 다하지 못하고 가는구나. 제일 큰 한이 그것이다. 내 이 소원을 너희들이…….”

유언을 마치신 할아버님은 방안의 모든 박제품들과도 정을 나누시 듯 둘러보신 다음 편히 누우시더니 이윽고 조용히 눈을 감으시였습니다.

할아버님은 이렇게 운명하시였습니다.

슬하에 둔 자식 다섯 가운데 어느 누구도 앞에 놓지 못하고 말입니다.

장대하던 체구가 시신으로 변하자 갑자기 졸아든 듯 작아 보였습니다. 피부에 남아 있던 마지막 윤기마저 사라졌으나 입언저리에만은 약간의 즙이 남아 있었습니다. 살아 생전에 하고 싶었던 말을 다하지 못하고 떠나가신 듯 입은 약간 벌려져 있었습니다.

세상을 버리시게 되는 이 마당에서 할아버님께서는 하고 싶은 말씀이 왜 그것뿐이였겠습니까!

못다 하신 말씀이 있다면 아마 그것은 분명 단 한 명의 자식이라도 앞에 두지 못하고 떠나가시게 된 그 분단의 슬픔일 것이며 원이라고 저는 짐작합니다.

분계선이 가로막혀 례성강을 건느시려다가 건너가지 못하신 할아버님이시기에 그 강을 건너올 길 없는 아들들을 기다리지는 않으셨겠지만 그래도 최후의 순간까지라도 아마 그 절박한 기대만은 버릴 수가 없었을 것입니다.

그러니 아들 앞에 남길 유언과 손자에게 할 유언이 어찌 같다고 말할 수 있겠습니까.

허나 할아버님은 끝내 아들 앞에 할 유언만은 남기시지 못한 채 가슴에 품고 가셨습니다.

삼촌!

삼촌은 이 엄연한 현실을 결코 외면할 수 없는 할아버님의 아들입니다. 저 역시 혈육이며 손자이기에 결코 외면할 수 없는 존재입니다.

이제 통일도 멀지 않아 앞날로 보입니다.

통일의 그날, 삼촌은 나서 자란 고향, 항시 쓰린 회오 속에 잊어 본 적이 없는 고향에 달려오게 될 것입니다. 그때 삼촌은 또 하나의 현실 앞에서 가슴을 쥐여뜯을 것입니다.

자식들은 부모를 버리고 갔지만 나라에서는 할아버님의 장례를 사회장으로, 애국렬사들만이 안치되는 릉에서 잠들게 해주시였습니다.

통일의 그날에도 어차피 생존해 계시는 부모님을 만나 볼 수는 없겠지만 영원한 이름으로 남아 있는 부모님들의 넋은 받아 안게 될 것입니다.

평양교외 애국열사릉 대리석 비석에 쪼아 박은 묘비문을 알려드립니다.

원홍길

생물학연구소 소장

박사, 교수, 후보원사(과학발전에 이바지한 우수한 학자에게 주는 명예칭호로 원사보다 한 급 아래)

3년 후에 할머님도 별세하시였습니다. 할머님의 유해도 생전소원을 헤아려 합장했으며 묘비석 뒤면에 '부인 최운숙'이라고 새겨 넣었습니다.

나란히 누워 계시는 조부모님들의 이름은 력사와 더불어 영원할 것입니다.

삼촌!

장벽이 허물어지고 끊어졌던 혈맥이 다시 이어지는 그날 삼촌은 유언을 다 못한 할아버님의 떳떳한 아들로 령전에 나타나리라 믿습니다.

그날이 비록 한식이나 추석, 혹은 제사날이 아니라 하더라도 풍속에 어긋난다고 탓할 겨레는 아무도 없을 것입니다.

조상의 품은 언제나 너그러우니까요.

편지를 덮고 난 나는 한동안 얼없이 앉아 있었다.

밤은 사람들의 무거운 마음을 안고 각일각 깊어갔다.

아쉽기는 하지만 더 이어지지 않은 취재수첩도 지금은 덮어 놓을 수밖에 없다.

허나 통일의 려명은 기어이 오고야 말 것이 아니겠는가.

그때면 나도 끝나지 못한 취재를 마치고 빼곡히 채워진 수첩을 펴 놓게 될 것이다.

북에 있건, 남에 있건, 해외에 있건 온 겨레가 일일천추로 학수고대하는 그날 독자들은 이 단편소설 「쇠찌르레기」가 아니라 온갖 새들이 수려한 이 땅의 푸르른 숲 속에서 노래하며 속삭일 몇 권의 다부작 장편소설『쇠찌르레기』를 받아 안게 될 것이다.

이것 또한 내가 통일의 축제에 올릴 최대의 선물이 아니겠는가.

나는 그 장편소설을 다시는 이 땅에서 분단의 쓰라린 력사가 되풀이 되지 않기를 바라며 세상에 내놓을 것이다.

산제비

리종렬
1934년 4월 함경북도 청진시에서 출생
1955년 작가학원 졸업
'김일성상' 계관인
첫작품 단편소설『명령』(1954년)
작 품 장편소설『돌파구』,『근거지의 봄』,
            『진달래』,『불바람』
외 장·중편, 단편 수십 편

7월의 거리에는 해빛이 넘치였다. 산들바람이 화려한 거리를 장식한 가로수들이 푸른 잎사귀들을 반짝이며 조용히 설레였다. 넓게 틔여 저 멀리로 뻗은 아스팔트 포도에서는 아지랑이들이 아물아물 피여올라 거기에 흐르는 승용차들이며 전차들이 잔물결 이는 신비한 수면 우로 달리는 듯하였다.

보통문 앞 건늠길로 회색 치마저고리 차림의 한 할머니가 바람에 저고리고름을 날리며 총총히 걸어 건너 천리마거리에 들어섰다. 검버섯이 내돋은 갸름한 얼굴, 서리가 내려 희끗희끗한 머리……. 할머니는 행인들 속을 누비며 허둥지둥 걸어나갔다.

다급한 걸음이였다. 때로는 마주오는 사람과 부딪칠 번도 하고 발을 헛디뎌 비청거리기도 했다.

집에 로부모를 둔 듯한 젊은이들이 걱정스러운 얼굴로 할머니를 돌아보았다.

그들, 젊은이들은 물론 거리로 지나가는 나이 지숙한 사람들도 어느 거리나 마을에서도 흔히 만나 볼 수 있는 이 수수한 할머니가 로시인 박세영의 미망인이라는 것을 몰랐다. 녀인은 명망이 높은 시인의 창작활동과 사회활동 뒤에 깊이 숨어 있어 그 모색과 이름조차 세상에 전혀 알려지지 않았던 것이다. 그저 가정주부일 따름이였다.

일흔이 썩 넘은 미망인은 오늘도 입맛이 떨어져 조반을 설치고 자리에 편안히 누워 있었는데 넓은 응접실의 유방고성기에서 갑자기 방송원의 격정에 넘친 목소리가 울려 나왔다.

“시민 여러분!……. 시민 여러분!…….”

처음에는 어느 발전소나 련합기업소가 조업한 흔히 있는 소식인가 싶어 무심히 들었는데 시민 여러분을 거듭 찾자 귀를 기울였다. 제13차 세계청년학생축전에 참가하기 위하여 서울을 떠난 무슨 대표가 방금 전에 평양에 도착했다고 하며 열렬히 환영하자고 호소했다.

김숙화는 어떻게 자리에서 일어났는지 몰랐다. 가슴이 쿵쿵 뛰고 귀 안에서 회오리바람소리가 윙윙거려 고성기소리가 똑똑히 들리지 않았다. 그는 허둥지둥 응접실로 나가 고성기에 다가갔다. 고성기에서는 방송원의 목소리가 아니고 통일이냐 분렬이냐 하는 노래가 터져 나오고 있었다. 문득 잘못 들은 것이 아닌가, 꿈이 아닌가 싶은 의혹이 엄습해 들었다. 누구한테나 물어 보고 싶었지만 식구들은 다 직장이나 학교에 나가고 집이 텅 비여 있었다. 그는 옆집에나 밖에 나가 물어 보면 인차 알 수 있는 데도 머리가 돌아가지 않아 속만 달아올라서 응접실 안을 맴돌다가 라디오도 틀어 놓고 텔레비죤도 켜 보다가 다시 고성기 앞에 앉아서 또 무슨 소리가 나오지 않나 기다렸다. 시간이 얼마나 지났던지 갑자기 바깥 층계 쪽에서 다급한 발자욱소리가 울리고 창문 밖에서 젊은이들이 왁짝 떠들어댔다.

“몇 명인가?”

“한 명이래.”

“아니 여러 명이라던데…….”

“개선문광장을 지나는 걸 본 동무한테서 들었어. 한 명이야. 서독을 거쳐 왔다누만.”

“서독?”

“고려호텔에 든다누만. 모두 보자구 거기로 밀려가.”

“가자구, 가 보자구!”

　김숙화는 창문을 열었다. 벌써 두 청년은 아파트 모퉁이를 날 듯이 돌아가고 있었다. 문득 남편 생각이, 오늘을 보지 못하고 작고한 그이 생각이 가슴을 저릿하게 파고들었다.

　김숙화한테는 웬일인지 서울서 왔다는 그 대표가 고령의 무게 있는 저명인사로 안겨 왔다. 뒤따라 김구 선생이나 려운형 선생과 비슷한 용모가 떠오르는 것이였다.

　그는 안방으로 들어가 후들후들 떨며 나들이 옷을 갈아입었다. 가자. 고려호텔로 가자. 가서 인사드리면 혹시 『새누리』, 『별나라』의 염군사, 카프시절의 청년시인 박세영을 아는 분인지도 몰라. 혹시 문예에 조예가 깊은 분이면 만사람을 제쳐놓고 나하고 회포를 나누며 감회의 눈물에 젖어 「로화」랑 읊어 보일지도 몰라……

　맑은 물에 발 잠그고 사랑을 속삭이며
　우리의 사랑은 딸기같이 열정이라던
　"로화" 그대는 내 사랑이였다……

　거리에는 이전보다 행인들이 퍽 적어 보였다. 모두 소식을 듣고 고려호텔 쪽에서 밀려갔는지, 김숙화는 서울대표를 못 볼 것 같은 조바심에 걸음을 다그쳤다.

　숨이 턱에 닿아 헐썩거리며 활개를 젓는데 웬 처녀들 세넷이 옆으로 달려 지나가며 쨍쨍하게 떠들어댔다.

　"이름이 뭐라구?"

　"림, 림숙경인가 수경이래. 서울 외국어대학 4학년생 21살인가 22살이구."

　"아니 고런 처녀가……."

　"완전히 미인이래."

　김숙화는 걸음을 늦추며 단숨을 헐헐 몰아쉬였다. 서울대표가 그런

애어린 처녀인가.

갑자기 지진이 이는 듯 포도바닥이 움씰거리는 듯한 환각과 함께 현기증이 치밀었다. 너무 다급한 걸음에 혈압이 또 어떻게 되는 것 같았다.

그는 숨을 좀 돌리고 싶어 가로수 그늘 밑으로 가서 잔디밭에 맥없이 주저앉았다.

그때 뒤쪽에서 웬 녀인이 새된 부르짖음소리가 달려왔다. 이윽고 며느리가 달려와 덮치듯이 두 팔을 붙잡았다.

"할머니, 할머니 왜 속상하게 굴어요!"

빨갛게 익은 며느리의 얼굴에 땀줄기가 번들거린다.

"편치 않은 몸에 어디로 간다고 이렇게 나섰어요? 집에 와 보니 계시지 않겠어요. 그냥 찾아 돌아다녔어요. 이웃에서 대주지 않았다면, 아이, 속상해. 담당의사도 얼마나 권유했나요, 집에서 가만히 안정하라고."

"서울대표가 온 걸 아느냐?"

"대표가 처녀라든 게 사실이냐?"

"몰라요. 돌아가자요."

"아가야, 너한테 효성이라는 게 꼬물만치라도 있으면, 애야 날 좀 거기까지 데려다 주렴아. 그 기특한 처녀, 고향처녀를 만나야겠다."

"정 원하시면 저한테 업히세요. 하지만 가야 못 봐요. 거기서 온 사람 말이 사람들이 밀려들어 인산인해래요. 막 밀고들어 수라장이래요. 타고 온 승용차가 오그라졌대요."

김숙화는 며느리의 무던하고 매사에 정직한 성품을 잘 알고 있었다. 그러나 오늘만은 자기를 달래자고 깜찍스레 거짓말을 꾸며대는 것 같아 노여움이 들었다. 그는 입술을 고집스럽게 다물고 응대를 안 했다.

며느리의 목소리가 부드러워졌다.

"할머니 이제 테레비에 방영한대요. 하루종일, 편안히 척 앉아 구경하면 더 좋지 않아요? 돌아가자요, 할머니. 자 일어나자요. 하나, 둘, 셋."

며느리의 팔 힘에 못 이겨 쳐들리우자 할머니는 서러움이 북받쳤다. 며느리들이란 다 이런 것들인가. 령감이 없으니 세상에 자기 마음을 알아줄 데가 없는 것 같았다.

시인은 별세했지만 그의 서재는 생전의 모양과 질서를 고스란히 간직하고 있었다.

채광이 잘 드는 넓은 창문에 드리운 색갈 연한 창가림, 창턱과 그 밑에 주런히 놓인 갖가지 희귀한 화분들, 한 쪽 벽을 채운 서가의 희서들과 옥편, 사전, 시인 자신의 시선집과 시집들, 여러 세대의 작가들로부터 기증받은 책들…… 안쪽 벽에 걸린 고색이 짙은 풍경화, 구석쪽 받침대 우에 불후의 색조와 곡선미를 자랑하며 서 있는 청자기 꽃병, 고즈넉한 정숙, 벽에 배여 연하게 풍겨 나오는 담배냄새…….

모든 것이 예전 그대로인데 없는 것은 시인뿐이다. 그 허무의 공간을 의식하는 순간마다 이 아담한 서재가 시인이 벗어 놓고 떠나간 싸늘한 허울처럼 느껴지군 한다.

며느리한테 부축되여 댁으로 돌아온 미망인은 안방 아래목에 한 시간 남짓 죽은 듯이 누워 있다가 가슴이 좀 진정되고 노여움도 사그라져 서재로 올라왔다.

그는 창 곁의 안락의자에 앉아 구슬픈 눈매로 방안을 둘러보았다. 손때 묻은 책들도 책상 우의 필통도 탁상들도 잉크단지도 모든 것이 시간의 정지 속에 얼어붙은 듯 이전 자리에 그대로 놓여 있다.

어찌 보면 그것들은 숨을 죽이고 아직도 이 방안에 여운으로 흐르는 듯한 시인의 발자욱소리며 기침소리, 펜이 달리는 소리, 바둑 노는 소리를 여겨듣는 것 같다.

미망인은 문득 체소하고 당차게 생긴 그이가 갑삭한(좀 가벼운 듯한)

걸음으로 방에 들어서며 시원한 랭수를 찾는 것 같아 저도 모르게 사이문 쪽으로 눈길을 돌렸다. 그러나 거기에는 그림자 한 점 어른거리지 않는다.

갑자기 그는 두 손으로 얼굴을 가리우고 소리 없이 울었다.

"여보, 여보, 어째 오늘을 보지 못하고 갔어요. 평양에 서울처녀가 왔어요. 당신 그처럼 바라던 통일이…… 통일의 문이 빠끔히 열린 것 같아요. 아. 지금 당신이 계신다면……. 여보! 여보!"

가슴에 피눈물을 떨구며 부르나 아무런 응대도 없다. 방안은 깊은 바다물 속처럼 괴괴하고 어둑해지는 듯했다.

한때 이 방은 얼마나 떠들썩했으며 얼마나 밝은 웃음소리로 흥성거렸던가.

설 명절마다 송영, 엄홍섭, 박태원, 리용악, 박산운, 김순석 등 유명짜한 작가들이 모여들어 큼직큼직한 유리잔들로 축배의 술을 들며 서로 창작성과와 무병장수를 축수했으며 취흥에 거나해지면 시를 읊고 노래까지 불렀었지……. 이 주부는 기쁨에 들떠 피곤도 모르고 안주접시들을 날아들이고……. 향긋한 술냄새와 담배연기 속에서 손님들이 주부가 노래를 불러야 한다고 떠들면 아, 얼마나 수줍고 행복했던가……. 좀 섭섭한 일이 있었다면 민촌 선생이 늘 오시지 않은 일뿐. 자택에 원님처럼 틀고 앉아 좀처럼 남의 집을 찾지 않는 성미인 그이는 채취공업기술자인 아들을 보내여 시인에게 세배하게 함으로써 설 인사를 차렸다.

설날의 손님들은 웃고 떠들고 노래부르지만 않았다. 밤이 깊어 성에 낀 창문 유리에 검푸른 어둠이 비끼면 어느덧 모두 명상에 잠겨 서울과 남녁 여러 지방의 옛 문우들을 추억했으며 그들은 지금 어떻게 설을 쇠는가, 무슨 술을 마시는가, 거기서도 이 순간 우리를 추억해 주는 친구들이 있을가, 술에 만취되여 을지로나 명동 어디에 쓰러진 친구는 없을가 하고 이야기들을 하였다. 그러다가 북남의 문학이 작품의 소재와 주제, 쓰는 방법도 날이 갈수록 달라져 점점 이질화된다고 침울한 안색으로 통탄했다. 이럴 때면 한때 서울의 전위시인이었다는 박산운이 인상적이였다. 그는 술을 쭉 들고 상을 내리치며 한숨만 짓지 말고 모두 건재해서 통일을 위해 싸우자, 통일이 되면 통일문학을 건설하자고 기염을 토했고 듣는 이들의 눈에는 물기가 번쩍이였다.

손님들은 낮에도 밤에도 무시로 찾아들었다. 지금은 중견시인들로 된 이들이 20대에는 이 방으로 조심스럽게 찾아들어와 창작시를 지도 받았다. 박세영은 '서정이 없는 시는 죽은 시다, 서정은 시의 생명력이다, 이 세상 모든 사람들의 목소리가 다 다른 것처럼 시인의 목소리는 개성적이고 특색이 있어야 한다, 자기 개성을 날카롭게 벼러라, 시어를 탁마하라.'고 늘 젊은이들에게 강조하였다. 한 시인은 졸렬한 서정시, 서정이 없는 메마른 구호시 때문에 호된 비난을 받고 그것이 납득이 안되고, 모욕으로, 인신공격으로 느껴져 현관을 나서며 다시는 이 집에 발길을 돌리지 않겠다고 했다. 박세영은 소리쳤다. 리성이 허약한 저런 놈은 시인이 못 된다고……. 그리고는 인차 성이 누그러져 자존심을 보면 뭐가 되긴 될 것 같은데 하고 빙그레 웃었다. 이 방에서 문학론쟁은 얼마나 많았던가. 참 떠들썩한 시절이였지. 그 시절에 이 방은 사색의 방, 론쟁의 방, 탐구의 방, 문우들의 우정이 깊어지는 방이기도 했다.

남조선에서 무슨 충격적인 사변이 생기면 시인은 잠자지 못했다. 전혀 진정을 못하고 방안을 서성거리다가 원고지 우에 펜을 달리는가 하면 얼굴빛이 거멓게 질리고 입술이 까칠하게 말라들어 끙끙 갑자르며 붓방아만 찧었다. 조심스럽게 서재로 들어가 어서 쉬라고 하면 펜을 내던지고 돌아앉아 자기불만을 하소연처럼 토로했다. 어떤 때는 자신이 아니라 제3자에 대한 비난투로 혹은 3자의 입장에서 자기를 가혹하게 깎아내리는 것이였다. "시인 박세영은 없어졌어, '별나라' 시절의 박세영이 아니야. 로둔해졌어. 심장이, 감각이, 배꼽에 기름이 지자 안일해지고 무사태평해져 둔한 고기덩어리가 됐어 젠장, 압제가 있고 감옥이 기다리고 배를 곯아야 감각, 심장이 예민해지는가. 울분 속에서만 시정이 터져오르는가. 압제와 가난만이 량심과 정의, 시정의 토양인가." 시인은 늘 자기불만에 차 있었고 곁에서 누가 괜찮은 시를 쓰면 자기한테는 그만한 시가 없는 듯 몹시 부러워했다. 나타내지는 않지만 속으로는 약간 질투도 하는 것 같았다.

자기불만은 절대 이 방에서 새겨지지 않았다. 며칠 모대기다가는 어느 아침 갑자기 행장을 꾸려가지고 개성으로, 개풍과 장풍지방으로 달려나가 남녘 땅을 지척에서 바라보며 시상을 잡으려고 애썼다. 서울 하늘을 바라보자고 송악산에 오른 것은 여러 번이였다. 그렇게 하여 쓴 것이 「그립다, 서울은 내 고향」, 「어머니이시여, 통곡을 그치시라」, 「다시 돌아와 보고 가라」 등 수십 편의 서정시들이다. 그는 이 시들을 개성의 '시인의 밤'과 분계선 연선 농민들 앞에서 읊어 만사람의 가슴에 통일념원이 식지 않고 설설 끓어번지게 했다. 그리고는 이 방에서 송영을 맞아들여 평온한 얼굴로 바둑을 두는 것이였다.

누구누구해도 이 방의 단골손님은 극작가 송영이였다. 서울 배재고보의 한 학급에서 공부하며 맺어진 그이들의 우정은 반 세기가 넘도록 금이 갈 줄 모르고 깊어만 져 머리에 인생의 서리가 하얗게 내려도 10대의 시절처럼 야자하며 너나들이로 지내고 서로 진정에 넘친 고무와 격려와 비판으로서 도와 참사람, 참문학의 원숙기에 손잡고 가지런히 들어서는 것이였다. 두 분의 우정은 공화국의 문예계에 유명해져 어느 설 명절을 앞두고 한 화가는 커다란 재털이 속에 마주앉아 담배를 피우는 그들을 만화로 그려 문학신문에 싣기까지 했다. 그 희한한 우정은 실로 많은 일화를 남겼다.

송영이 유쾌한 익살의 '대가'라면 박세영은 건망증의 '대가'였다.

어느 날 두 사람이 거리를 산책했는데 시인이 한 리발관 앞에서 송영에게 여기서 좀 기다려 달라 하고는 리발관으로 들어갔다. 마침 안에는 손님이 없었다. 그러자 시인은 밖에 송영이 서 있다는 것은 까마 득히 잊고 리발의자에 편안히 앉아 리발을 했다. 송영은 밖에서 아무리 기다려도 벗어 나오지 않아 리발관으로 들어가 보았다. 그때 시인은 얼굴에 비누거품이 잔뜩 칠해져 있었는데 앞 거울에 비친 벗을 보더니 빙긋이 웃으며 오래간만일세. 어디서 오는 길인가. 자네도 리발을 하자고 왔나 했다는 것이다.

이 방에서 그들은 신중한 얼굴로 마주앉아 작품토론도 했고 밤늦도록 바둑을 두기도 했는데 언제 봐야 송영은 왼쪽 입귀에 상아물부리를 느슨하게 물고 있었다. 거기에 담배가치가 꽂혀 있을 때도 있고 없을 때도 있었다. 어느 해 8·15에는 둘이 마주앉아 맥주를 들며 배재고보의 동창들인 라도향, 리상화, 김소월을 추억하다가 재사박명이라고 한숨지었고 서울의 문단 형편에 대하여 오래동안 이야기했다. 그러다가 임자나 나나 빨리 죽지 말고 오래 살아 조국통일을 보자고 하며 껄껄 웃었다. 웃음 속에 진심이 토로되였다.

시인은 정말 통일을 보기 위해 오래 살려고 애썼다. 완강한 의지로 섭생을 잘해 나갔다. 그처럼 즐기는 술담배도 애써 조심해 과음하거나 과식하는 일이 전혀 없었고 흡연도 알맞춤하게 했다.

환갑이 지난 다음에도 아침 일찍 일어나 이를 닦고 세수를 하고 땀이 약간 내밸 때까지 보통강 유보도(유원지에 만들어진 산책길)를 따라 달리기를 했다. 그 일과는 여름이나 겨울이나 시계처럼 정확히 지켜졌다.

그 년세에 찬바람을 맞으며 달리기가 싫지 않느냐고 물으면 통일을 봐야 될 거 아니요 하고 웃었다.

세월은 빨리도 흘렀다.

고령의 홍명희 선생이 먼저 별세하더니 송영을 비롯한 오랜 문우들이 차례로 세상을 떠났는데 그들이 남긴 유언과 유서들에는 조국통일을 보지 못하고 가는 절통한 심정이 눈물겹도록 차 넘치였다.

시인의 생활에 갑자기 변화가 왔다.

우선 아침달리기를 그만두었다. 아침체조도 이따금 소창을 열어 놓고 방안에서만 했다.

왜 그만두었느냐고 물으니 그처럼 통을 즐기던 이가 침통한 얼굴에 쓸쓸한 미소를 지었다.

"남들이 웃지 않겠어. 다 가고 혼자 남았는데 아직도 더 살고파 이악을 부린다고. 어떤 땐 남들의 나이를 도적질해 가져서 이렇게 오래 사는 것 같아 좀 면구스럽거든."

"통일을 보지 않겠어요. 기다리고 기다려 온 통일인데……."

"통일이라……. 통일이야 봐야지……."

1987년 7월 7일, 탄생 85돐이 되는 날이 다가오자 시인은 한 일 없이 너무 오래 산 것이 창피하다고 생일을 절대 쇠지 않겠다고 했다.

그러나 당에서는 생일잔치상을 차려 보내고 애국가의 가사시인이며 한평생 1800여 편의 서정시, 서사시, 가사, 동요, 동시를 창작하여 민족문화 발전에 거대한 기여를 한 로시인의 생일을 성대히 쇠도록 배려하였다.

로시인은 그 생일잔치상 앞에서 자신의 인생총화와 소감, 결의를 담담한 목소리로 피력했다. 그리고 이 자리에 남녘의 친척들과 문우들이 없는 것이 못내 섭섭하다고 하며 갑자기 떨리는 목소리로, 때문에 우리의 명절, 우리의 기쁨에는 언제나 그늘이 진다. 어서 조국통일을 이룩하여 이 그늘을 가셔내자고 했을 때 일가친척들이며, 래빈들 모두가 가슴들이 후더워졌다.

작년부터 시인은 시름시름 앓다가 아주 자리에 눕게 되었다. 처음에는 그저 로환이려니 생각했는데 거듭된 진찰과정에 불치의 병, 방광암이라는 것이 판명되었다. 그것은 시인에게 가해진 최대의 정신적 타격이였다.

그 후 시인의 건강은 가속도로 파괴되었다.

금년 설날 시인은 아들에게 부축되여 신년사를 듣다가 조국통일문제를 협상하기 위하여 남조선의 정계, 사회계, 종교계 인사들을 평양에 초청한다는 대목이 끝나자 한 손으로 눈을 싸쥐였다. 어깨가 물결쳤다. 조용한 흐느낌……

"애들아, 민촌이, 송영이 보지 못하고 간 통일이, 통일이 오는구나!"

그날 밤 시인은 의식을 잃었다. 혼수상태에 빠졌다. 입밖에 내지는 않았지만 분단의 캄캄한 장벽 우에 아름다운 모습을 눈부시게 드러내기 시작한 통일을(말년의 그한테는 통일이 그 어떤 정치적 개념이 아니라 아름다운 녀인의 모습으로 인격화되여 있었다) 병마 때문에 안아 보지 못하고 가게 되였다는 절망감이 환자를 쓰러뜨린 것 같았다.

미망인의 추억은 끝이 없었다.

일가친척들은 물론 문예계와 사회계, 유명무실의 인사들이 문병하려 이 방으로 찾아들었지……

림종을 며칠 앞둔 어느 날 밤, 이 방에는 일가친척들이 빙 둘러앉아 운명해 가는 그이를 지켜보고 있었다. 마음여린 며느리와 딸의 눈에는 벌써 눈물이 가랑가랑 맺혔다.

숨결이 쇠잔해지던 환자가 갑자기 눈을 뜨더니 둘러앉은 사람들을 하나하나 쳐다보다가 피기 가신 가냘픈 손을 내밀어 극진히 사랑했던 며느리의 손등을 쓸어만지고 키를 낮추는 손자의 머리를 쓰다듬었다.

"왜들 이렇게 모여 앉았나? 아직은 일러. 멀었어." 그리고는 안해를 빤히 지켜보았다. 단둘이 하고 싶은 이야기가 있는 듯. 그 눈치를 인차 알아차리고 아들이 자리를 뜨자 며느리와 손자, 친척들이 이 방에서 나가 주었다.

안해는 가슴 우에 놓인 남편의 손을 두 손으로 싸쥐고 얼굴을 가까이 가져갔다.

그이는 안해의 백설 같은 귀밑머리를 지켜보았다.

"칠흑 같던 머리가 이 지경이 됐으니. 고생이, 맘고생이, 마감에는 간호원 노릇까지??"

"여보!"

안해는 허물어지듯 그이의 가슴에 얼굴을 묻고 흐느껴 울었다.

"울지 마, 울지 말아요. 애들이 듣겠소. 시인은 죽지 않아. 사람들 가슴에 심어 준 시정 속에 영생한다지 않아. 박세영이도 재주는 적지만 시인은 시인이였으니까. 영생은 못 해도??"

안해는 얼굴을 들고 눈물을 훔치고는 애정이 끓는 눈매로 남편을 굽어보았다.

그이는 평소에 통말할 때처럼 눈을 총명하게 빛내이며 입가에 알릴 듯 말 듯 미소를 그리였다.

"나는 말이여, 환생이라는 게 있다면 저 산제비가 되고퍼. 산제비."

실성하여 하는 소리 같았다.

"예?"

"그러면 훨훨 날아다니며 서울에도 가 여기 소식이랑 전하고. 사람들을 통일에로 부르고."

"산제비가 좋아요?"

"그럼. 아, 그게 언제였던가?"

시인은 아득한 추억을 더듬는 듯 실눈을 짓고 무엇인가 골똘히 생각했다.

"아마, 34년 봄이나 여름이었어. 감옥살이를 하고 나서 몸이 말이 아니였지."

그 무슨 힘 때문인가 그이의 눈앞에 50여 전 일이 생생하게 떠오르는 듯하였다.

"몸을 추켜세워 또 시를 써야 했어. 그래 충청북도 보은에서 병원을 경영하는 친구를 찾아갔지. 좋은 친구였어……. 그 친구 도움으로 하루는 충청도 명승인 속리산 문장대라는데 올라가 아침 해돋이를 구경하는데 무엇이 옆으로 획 날아지나지 않겠어. 산제비야 산제비. 눈부신 해빛 속에서 깃을 퍼덕이며 아득히 솟구쳤다가 돌멩이처럼 날아 떨어지기도 하고 거침 없이 획― 획― 날아 도는 그 새가 정말 부러웠어. 병약하고 의기도 저상했던 나한테는 그 산제비의 기상, 용맹이 못 견디게 부러웠어.”

그것도 이전에도 여러 번 한 이야기였다.

그러나 건망증이 심한 시인은 그것을 전혀 느끼지 못하는 듯, 안해도 그런 내색은 보이지 않고 심취해서 들었다. 림종이 다가오고 있는 이 시각 그 이야기에서 남편의 한생을 움직인 심혼의 비밀을 엿보는 것 같아서였다.

“여보, 읽어드릴까요? 저기 「산제비」가 있어요.”

시인은 눈을 명상적으로 내리감았다.

안해는 서가에서 『박세영시선집』을 들고와 펼쳐 들고 조용히 시줄을 읽어 내려갔다.

남국에서 왔나
북국에서 왔나
산에도 상상봉
더 오를 수 없는 곳에
깃들인 새

너희야말로 자유의 화신 같구나
너희 몸을 붙들자 누구냐
너희 몸에 알은 체 할 자 누구냐
너희야말로 하늘이 네 것이요
대지가 네 것 같구나
……
나는 차라리 너희들같이

날개라도 펴 보고 싶구나
한숨에 내닫고 단숨에 솟치여
너희같이 돼보고 싶구나
……
산제비야 날아라
화살같이 날아라
구름을 휘정거리고 안개를 헤쳐라
……

억양의 고저도 없는 매우 서툰 랑독이나 시인은 거기서 최대의 위안을 받고 있는 듯 얼굴에 평온한 안정이 깃들었다. 단지 눈꼬리의 주름살에 투명한 이슬이 맺힐 뿐……

창문으로 흘러드는 부드러운 해빛이 미망인의 무릎을 따스하게 감싸고 있었다.

김숙화가 손바닥으로 볼을 적신 눈물을 닦는데 며느리가 유리사발에 과일물을 담아 가지고 들어왔다.

"할머니 드세요. 막 시원해요."

"거기 아무데나 놓아라." 그는 쌀쌀하게 일렀다.

며느리는 무슨 뜻인지 방긋 웃어 보이고는 유리사발을 원탁 우에 놓고 나갔다.

김숙화는 생각 깊은 눈길로 며느리의 뒤모습을 지켜보았다. 그처럼 살뜰하고 다감다정한 며느리가 속마음을 도무지 알 수 없는 남처럼 문득 느껴져서였다.

그러나 인차 다른 생각이 들었다. 저것들 마음이 우리하고 같을 수야 없지.

분단의 아픔을 한평생 피눈물로 체험한 우리 늙은 것들하고야 다를 테지. 그는 조용히 한숨을 내쉬며 쓸쓸한 미소를 머금었다. 체념의 미소였다.

평양은 제13차 세계청년학생축전과 남녘 백만학도들의 사절 림수경에 대한 환영으로 련일 들끓었다.

집안에서는 매일 림수경에 대한 화제뿐이였다. 그러나 할머니한테는 아들과 며느리를 비롯한 식구들이 그저 놀라운 소식으로 이야기하는 것만 같아 속이 공연히 언짢아졌다.

그는 이전처럼 내내 자리에 누워 있지 못하고 일찌기 일어나 세수를 한 다음 고집스럽게 입을 다물고 기색이 표표해서 화분에 물을 주는가 하면 응접실 마루까지 닦았다. 남편과 그의 문우들의 심정을 대신하여 티끌만치라도 보탬이 되는 일을 하고 싶어서였다.

그는 돋보기를 끼고 림수경에게 편지를 써보내는가 하면 노상 땀을 흘리는 처녀한테 주겠다고 의농에서 흰 천을 꺼내 손수건도 말아 보는 것이였다. 아들과 며느리는 로망으로 여기는 셈인지 도와 주지도 않아 말리지도 않았다. 그는 허리가 아파 자리에 누었다가도 서울처녀가 텔레비죤 화면에 나타나면 며느리나 손자한테 부축되여 응접실로 나왔다.

할머니는 먼저 간 남편과 그의 문우들이 꿈에도 잊지 못한 소원, 숨지면서도 절규한 통일, 통일의 날이 눈앞에 다가왔다고 믿었다. 그래서 마음이 즐거우면서 그만큼 슬픔이 더해져 노상 눈물을 훔치면서 텔레비죤 앞에 앉아 있었다. 그는 애정어린 눈매로 서울처녀를 바라보다가는 소행이 너무 기특하고 대견스러워 혀를 차기도 하고 갖가지 찬사를 아끼지 않았다. 처녀가 수수하면서도 잘 생겼다고, 연설을 막힘 없이 척척 잘한다고, 조선치마 저고리를 입으니 더 산뜻하고 고와 보인다고, 할머니한테 림수경이 벌써 자기 손녀처럼 여겨졌다.

그래서 내내 처녀 곁에 있으면서 그를 보살펴 주는 심정이였다. 어떤 때는 기자들이 너무 매달린다고 나무람하고 너무 많이 연설하고 조국통일 구호를 불러 목이 쉬겠다고 걱정하는가 하면 처녀를 너무

걷기운다고, 자기가 몸만 성하면 내내 업고 다니겠노라고 했다. 그러다가는 텔레비죤에서 곳곳의 집회들에서 연설하는 장면만 비치니 낯색이 흐려져 어째 식사는 안 시키는가고 거듭 잔소리를 했다. 곁에 앉은 며느리가 듣다못해 말했다.

"화면에 비치지 않아 그렇지 어째 식사를 안 시키겠어요. 보살펴 주는 일군들이 따라다니겠는데, 걱정말아요."

"너는 그렇게 마음이 편해서 좋겠다."

림수경이 평양을 떠나는 날은 날씨마저 흐릿했다.

할머니는 나들이 옷차림으로 단장하고 며느리 몰래 집을 나섰다. 자기가 나가지 않으면 환송사업에 구멍이 생기고 림수경이도 섭섭해 할 것 같아서였다.

림수경이 지나가게 될 거리는 어디나 인산인해였다. 서울처녀의 손이라도 꼭 잡아 봐야 하겠다고 마음먹은 할머니는 사람들이 적은 데를 찾아 이리저리 해메다가 전차를 타고 시가중심을 빠져 나가 충성의 다리 앞 대통로로 갔다.

거기에는 사람들이 비교적 적은 것 같았는데 국제평화대행진대가 지나갈 시간이 박두하자 어디서 밀려드는지 대통로의 량 옆에 사람들이 빽빽이 밀려들어 물결치듯 설레이며 술렁댔다. 가로수들의 밑, 아파트들의 베란다, 지붕, 공중다리, 어디에나 사람, 사람, 사람들이였다. 모두 하나같이 림수경에 대한 화제로 웅성거렸다.

처녀가 판문점을 통과하는 것이 위험하지 않는가. 남측에서 받아 주겠는가. 차라리 평양에서 그냥 공부를 시키는 것이 나을 텐데 어째 보내는가. 떠드는 소리, 호각소리, 누구를 찾는 소리. 저 아래쪽에서 승용차의 경적소리 같은 것만 울려도 사람들은 대통로로 왁 밀려 나오고 질서유지 대원들은 두 팔을 벌리고 그들을 뒤로 떠밀면서 소리소리 질렀다. 들어서라고, 사고가 난다고, 사람들은 주춤주춤 물러서면서도 진정 못하고 공연히 붐비며 설레였다. 군중들 속에는 막을 수 없는 열기가 팽배하여 폭발 직전에 이른 것 같았다.

김숙화 할머니는 온몸이 땀에 젖어 모두 제정신이 아닌 것 같은 사람들한테 이리저리 떠밀리다가 어디 좀 나은 자리가 없나 싶어 고개를 쳐들고 두리번거리였다. 그때 누군가의 따뜻한 손이 팔목을 덥석 잡더니 옆으로 끌었다. 환한 옷차림의 젊은 녀인이였다. 무척 낯익은 얼굴이다. 그는 며느리를 알아본 순간 놀라서 멎어 섰다.

"너도 나왔냐?"

"아이 속상해. 어째 알리지도 않고. 온 거리를 찾아 헤맸어요!"

발갛게 탄 며느리의 얼굴에는 땀이 번들거렸다. 흘러내린 머리칼 몇 오리가 이마에 붙었다.

"아가야"

"가자요. 빨리 가자요. 저기 좋은 자리가 있어요!"

며느리는 다짜고짜로 그의 손목을 잡아끌며 설레이는 사람들 속을 비집고 나갔다.

김숙화는 웬일인지 설음(설움) 같은 것이 터져 올라 목이 메면서 걸음이 제대로 되지 않았다.

'너도 마음이 같구나. 통일을 바라는 마음에 높낮이가 있을 수 없지.'

할머니는 자기도, 며느리도 그리고 몇 시간 전부터 여기 나와 기다리고 있는 이 수십만의 사람들도 모두 한결같은 심정일 것이라고 생각하니 가슴이 벅차오르고 눈굽이 저려 왔다. 이렇게 마음들이 한결같은데 통일이 안되겠느냐.

갑자기 아래쪽에서 환성이 터져 올랐다. 뒤따라 승용차들의 경적소리, 징소리, 나팔소리, 열풍 같은 기운이 파도쳐 왔다. 숨이 막혔다. 사람들은 목이 터지게 만세를 부르며 앞으로 밀려 나갔다.

김숙화는 며느리의 손에서 빠져나와 정신없이 대통로 복판으로 뛰여나갔다. 그는 마주오는 선두차를 향해 손을 흔들고 발을 구르며 피타는 소리로 부르짖었다.

"수경아— 애야— 수경아— 장하다. 손녀야—."

터져 오르는 환호성 속에 선두차가 서서히 멎어 서자 사람들이 미친 듯이 달려나가 다음 차, 림수경이 탄 무개차를 에워싸고 팔이나 옷깃이라도 만져 보자고 손을 쳐들고 흔들어대였다.

"수경아!"

"수경아!"

"내 딸아!"

목멘 부르짖음소리, 울음소리, 흐느낌소리, 웃음소리, 림수경은 한 손으로 머리칼을 쓸어올리고 격정에 넘친 얼굴로 사람들을 둘러보며 눈물을 삼킨다.

"여러분! 평양시민 여러분! 안녕히, 안녕히 계십시요!"

"수경아!"

김숙화는 두 팔을 높이 쳐들어 흔들며 허둥지둥 달려나가 사람들 속을 비집고 들어갔다.

"수경아!"

그 순간 누구인가 할머니의 다리를 안아 억척 같은 기운으로 추켜올렸다.

"수경이, 수경이— 이 할머니를 봐요. 박 — 세 — 영 — 시인의 안해야—."

물결치는 사람들의 머리와 손들 우에 우뚝 솟아오른 김숙화는 밑에서 울리는 며느리의 부르짖음소리를 어렴풋이 들으며 림수경을 향해 두 팔을 뻗치였다.

림수경이도 그 소리를 알아들었는지 허리를 굽히고 한 팔을 한껏 내뻗쳐 할머니의 손끝을 잡았다. 처녀의 손은 불덩이 같았다. 그 손으로 혈육의 정이 흘러들어 가슴을 뜨겁게 쳤다.

"할머님! 할머님! 안녕히 계세요!"

“수경아 애야—.”

할머니는 더 말을 잇지 못하고 얼굴을 이그러뜨리며 끅끅 흐느껴 울었다. 눈앞에서 희부연 안개가 소용돌이칠 뿐 아무것도 보이지 않았다. 그 다음에는 무슨 일이 있었는지 알지 못했다.

대통로를 가득 메운 사람들은 앞으로 밀려 나가며 손을 흔들고 함성을 터뜨렸다.

“잘 가라—.”

“여— 잘 가라—.”

할머니는 사람들의 물결에 떠밀려 주춤주춤 걸어 나가다가 저 멀리 인파 우에 언뜻거리는 림수경의 모습을 밝은 얼굴로 지켜보았다.

너희야말로 자유의 화신 같구나
너희 몸을 붙들자 누구냐
……
너희야말로 하늘이 네 것이요
대지가 네 것 같구나

산제비야 날아라
화살같이 날아라
구름을 휘정거리고 안개를 헤쳐라.

우리 선생님

장기성

1946년 8월 황해북도 신평군에서 출생
1970년 사범대학 졸업
첫작품 단편소설 「소나무는 설레인다」(1961년)
작 품 단편소설 「동구의 은행나무」
        「발표되지 못한 실화원고」
      외 소설 수십 편

도 교수강습소로 소환되여 가는 남은희 교원과 방금 대학을 졸업하고 후임으로 온 윤금숙 교원간의 학급인계는 예상외로 오래동안 계속되였다.

학급문건이며 비품, 학과목 인계는 한겻이면 충분했다. 학급학생 36명에 대한 인계가 그렇게 오래 걸린 것이였다. 낮에는 땡볕 속에 학생들의 지역별 생활반을 찾아가 그들의 방학간 활동을 지도하면서 인계했다. 저녁노을이 비낀 산골짜기 길을 걸어 학교로 돌아오면서 그리고 밤늦게까지 은희는 학생들의 건강과 성격, 가정적 영향, 취미와 성적 등에 대하여 참으로 많은 말을 했다.

어제는 라명환이라는 한 학생에 대해 초저녁부터 자정이 훨씬 넘도록까지 이야기를 하는 것이였다.

"……명환이는 새것에 대한 감수성이 누구보다 빠른 애예요. 양지마을에 사는 제일 작은 애 말이예요.

한 번은 국어에서 '나어린 배사공'을 배운 직후였어요.

부상병을 업고 온 인민군대 간호원 누나를 적들의 폭격 속에서 매생이로 건네주는 주인공 소년의 영웅적인 행동이 명환이에게 커다란 감동을 준 모양이예요.

명환이는 자기도 매생이를 몰아 보고 싶어졌어요. 그런데 마을에는 큰 강이 없고 매생이도 없었어요. 그러나 명환이는 단념하지 않았어요.

친한 동무애와 함께 집에 있는 큰 함지를 딸다리에 싣고 개울로 나갔어요. 함지 밑이 닿지 않을 정도까지 개울복판으로 밀고 들어가 그 우에 올라탔어요. 그러니 어떻게 되였겠어요. 함지가 기우뚱거리다가 기울어지는 바람에 물참봉이 되고 말았지요. 호……."

은희의 청랑은 목소리는 자랑겹게 울렸다. 그의 살갗이 흰 동그스름한 얼굴에는 행복한 사람만이 지을 수 있는 그런 미소가 곱게 피여났다.

"참 명환이에겐 손거울로 다람쥐의 눈을 새그럽히여 감쪽같이 홀치는 재간도 있어요. 호호……. 그리고 그 애는 네 발 가진 짐승의 고기를 먹지 못한답니다.

그런 고기는 국물만 입에 대도 온몸에 두드러기가 돋아요. 병원에 데리고 가 물으니 의학술어로 알레르기란 것인데 말하자면 특수체내의 과민성 반응현상이래요. 앞으로 야영을 가거나 어디 견학을 갈 때 그 애 음식그릇엔 그런 것이 담기지 않도록 해줘요."

은희의 이야기는 끝이 없을 듯싶었다. 손목시계의 시침이 열두 시를 넘어서도 아랑곳없이 그냥 했다.

그런 은희를 지친 눈빛으로 물끄러미 바라보며 금숙은 나이들어 첫아들을 본 다심한 어머니라 해도 제 자식에 대해 저렇게 긴 이야기는 못 할 걸 하는 생각을 했다.

"그런데 명환이에게는 꼭 고쳐 주어야 할 점도 있어요."

그 말을 할 때는 어딘가 꺼져 드는 듯한 음성이였다. 얼굴빛도 어두워졌다.

"? ……."

금숙은 의아한 눈길로 은희를 마주보았다.

"얼마 전……. 학기말 시험을 앞둔 산수시간이였어요. 전날에 내준 복습문제풀이 정형을 검열하는데 여느 때보다 좀 많은 문제를 주었댔어요. 명환이의 다섯번째 문제풀이 글체가 눈에 선 것이였어요. 좀 복잡한 넉셈문제(더하기, 빼기, 곱하기, 나누기의 네 가지 셈법을 통털어 이르는 말)였는데 명환이의 글체와 비슷은 했지만 똑같지는 않았어요. 그 애에게 한 학년 우에 다니는 누나가 있는데 분명 그의 글씨였어요. 인내성이 부족한 명환이는 넉셈문제가 잘 풀리지 않자 누나에게 밀어 맡겼던 거예요. 숙제를 그렇게 해 오고도 태연히 앉아 있는 명환이를 보니 가슴이 아팠어요.

'명환 학생 다섯번째 문제를 누나가 대신 풀어 주었지요? 정직하게 대답해 봐요.' 하는 소리가 막 튀여나오는 것을 저는 가까스로 참았어요. 그 애를 흑판 앞에 불러내여 다섯번째 문제를 풀도록 했어요. 그랬더니 명환이의 목덜미는 붉어졌어요. 그 문제에 자신이 없고 또한 선생님이 모든 것을 알고 있다는 것을 느꼈기 때문이였어요.

명환이는 들고 나온 학습장에서 눈을 떼지 못하며 흑판에 그대로 옮겨 써 나갔어요. 응용설명은 못했어요. 어떻게 할 것인가? 나는 망설였어요. 폭로하여 지적한다면 자존심이 센 그 애는 모욕감을 느낄 것이였어요. 그 애는 나의 눈길과 마주치기를 꺼렸어요. 나는 자극을 받았으면 됐다고 생각했어요. 그리고 언젠가 제 스스로 찾아와서 그릇된 학습태도에 대해서 털어놓으리라 믿었어요……. 하지만 아직……. 그러니 그 애를 솔직하지 못한 학생으로 인계하는 셈이군요."

은희는 말끝을 맺지 못했다. 그의 얼굴에는 한 점 그늘이 떠돌았다. 그러더니 잠시 후 호— 긴 숨을 내쉬였다.

'난 또 명환 학생에게 무슨 큰 문제거리라도 있단다구. 아홉 살난 사내애에게 그쯤한 거야 뭐.'

금숙에게는 은희가 명환이를 두고 그처럼 상심한 까닭이 잘 리해되지 않았다. 인계가 너무도 자세하고 오래다 보니 따분하고 지루한 감만이 시간을 따라 더해 갔다. 혹시 신임교원이라고 나를 어리게만 보는 것이 아닌가 하는 불쾌한 마음도 없지 않았다.

그러나 은희는 금숙의 이런 기분상태를 아랑곳하지 않았다.

오늘중으로 읍에 나갔다가 즉시 도에 올라가야 한다는 전화독촉이 아니였다면 인계는 더 오래 계속되였을 것이였다.

은희는 뻐스시간이 박두해서야 학적부의 마지막 페지(페이지)를 덮어 금숙에게 넘겨 주었다. 그리고도 무엇인가 꼭 해야 할 말을 잊고 못한 듯한 그런 표정을 지었다. 그러더니 교탁 밑의 서랍을 열고 과자통만한 비닐함을 꺼내였다.

"우리 반 애들은 장난이 세찬 사내아이들여서 단추를 자주 떨궈요. 이건 바느실과 단추예요."

금숙은 함을 열어 보았다. 까만색, 흰색의 실토리와 바늘쌈지, 여러가지 크기와 색갈의 단추들, 새하얀 목달개천이 그 안에 들어 있었다.

'참 세심한 선생이로구나.' 금숙은 함을 받으며 새삼스런 눈길로 은희를 바라보았다.

금숙이 뻐스시간을 다시 가르쳐 주어서야 은희는 아쉬운 듯 자리에서 일어났다.

출입문 쪽으로 다가간 은희는 아이들의 키에 맞게 낮추 달린 문손잡이를 꼭 쥐고 다시 한 번 교실 안을 빙 둘러봤다. 떠나가는 이 시각에 다시 보는 손때 묻은 모든 비품들과 구석구석이 참으로 소중한 듯이 느껴지는 모양이였다. 깐깐히 교실 안을 훑어본 은희는 마지막으로 잡고 선 문손잡이에 눈길을 박은 채 미안쩍은 어조로 말했다.

"교실을 잘 꾸리지 못하고 인계해 안됐어요. 여기에 관심을 더 돌려야 했을걸……."

"별소릴."

금숙은 도리머리를 저었다. 하면서도 마음 한구석에서는 무엇인가 불만스러운 감이 없지 않았다.

있어야 할 비품은 다 있고 벽과 바닥도 깨끗하다. 인민반 3학년 년령의 장난 심한 남자애들의 교실이고 볼 때 별로 나무랄 것이 없다.

그렇다고 특이하게 눈에 띄우는 것도 없다. 그저 평범한 교실이다.

'흑판 우에 장식이라도 해 달고 화분받치개를 진한 색깔로만 해 놓아도 지금보다는 달라보일 걸, 교실은 그 학급 담임교원의 얼굴이라고 하는데……'

금숙은 며칠 사이 학급담임이 다르다는 평가를 받을 수 있도록 교실을 특색 있게 잘 꾸려 놓으리라 마음다졌다.

교실을 나서 복도를 걸으면서 은희는 하소하듯 나직이 말했다.

"금숙 선생, 전 정말 이 학교에 와서 5년간 학교와 아이들을 위해 별로 해 놓은 일이 없어요. 생활이 교차되는 지금 뒤를 돌아보니 그 귀중한 시간들을 헛되이 보낸 것만 같은 아쉬움과 후회가 들어요."

나직한 은희의 그 소리는 이상하게도 금숙의 가슴에 야릇한 파문을 일으켰다.

'은희 선생은 전보다 더 중요한 임무를 수행하러 가는 길인데 왜 저렇게 마음 심란해 할가.'

금숙은 은희의 속마음을 헤아려 보았다. 교원의 임무대로 성실하게 아이들을 가르치고 위해 주었어도 내가 해 놓은 일이 이것이라고 떳떳이 자랑할 만한 것이 없는 여기에 은희의 아쉬움과 후회가 있지 않을가.

'후회를 안고 떠나는 사람…… 후회 없는 삶을!'

금숙은 먼 후날을 돌이켜볼 때 후회가 없도록 자신은 살리라고 속 다짐했다.

밖은 무더웠다. 8월의 태양은 불볕을 쏟아 붓고 있었다. 숨쉬기 힘든 뜨거운 바람이 불어왔다. 앞뒤좌우 어디라 없이 층층이 뻗어 간 무성한 산발들은 더위에 삶아진 듯 후줄근해 있었다.

금숙이 교장실에 들어갔다가 나와 보니 은희는 더위에 아랑곳없이 운동장에 나가 있었다.

은희는 촘촘히 세워진 크고 작은 여러 형태의 체육기재들을 따라 걸으며 하나하나 흔들어 보고 있다. 그러다가 조금이라도 흔들리는 것이 있으면 돌쪼각을 주어다가 쐐기질을 했다.

은희 걸음은 운동장 한 끝의 제일 작은 평행봉 앞에서 멈춰져 움직일 줄 몰랐다. 키가 낮고 쥠봉이 가는 데 비해 두 봉 사이는 어지간히 넓은 류다른 규격의 기재였다. 그것은 한 해 전 은희가 새로 전학해 온 작은 키에 어깨폭이 남달리 넓은 김수현 학생을 위해 80여 리 먼 광산에 찾아가 특별히 만들어 온 평행봉이었다. 그때 은희는 학교 쪽으로 오는 차편이 없게 되자 그 무거운 것을 머리에 이고 왔다.

평행봉에 깃든 은희의 수고를 다른 교원에게서 들어 알고 있는 금숙은 지금 은희가 느끼는 감회에 리해가 갔다.

차시간을 독촉하려 금숙에게 다가가자 은희는 기다렸던 듯한 표정을 지으며 말했다.

"금숙 선생 이 평행봉 말이예요. 새 학기가 시작될 땐 한 10센치 정도 높여 줬으면 좋겠어요. 지난해 설치할 때는 수현 학생의 키에 좀 높을사 했는데 그 애가 얼마나 빨리 크는지 이제는 좀 낮은 감이 나요. 그럴 것을 예견해서 이 평행봉 밑을 30센치 정도 더 깊이 묻었으니 파고 올리면 돼요. 내가 이미 해 놨어야 했을걸……."

"알겠어요."

대답하는 금숙의 가슴은 뜨거워났다. 은희의 교육자적인 책임감이 느껴져서였다.

그러나 오래 그러고 있을 시간이 없었다.

금숙은 은희를 재촉했다.

"은희 선생님, 어서 짐을 가지고 정류소로 나가자요. 저도 수속을 마저 하려 군에 나갔다 오기로 했어요."

"그래요?! 함께 나가게 됐군요……. 그런데 금숙 선생, 이렇게 예정보다 앞당겨 떠나다 보니 학급애들 다시 만나지 못하고 가는 것이 마음에 걸려요."

은희의 나직한 목소리는 가볍게 떨리였다. 그 순간 은희의 살눈섭 긴 눈가에는 서러움에 가까운 아련한 빛이 흘렀다.

"아침에 분단위원장이랑 이 마을 애들을 만나지 않았나요. 다른 애들에게는 제가 대신해서 잘 이야기하겠어요."

"부탁해요."

광산에서 읍으로 가는 도중에 멈춰 서는 뻐스는 얼마간 늦어서야 정류소에 와 닿았다. 금숙은 은희의 큰 밤색 트렁크를 들고 먼저 뻐스에 올랐다.

은희는 정류소에 나온 교원들과 학부형들의 손과 손을 뜨겁게 잡으며 울먹울먹한 소리로 작별인사를 했다. 그러면서도 그의 눈길은 초점 없이 사방으로 두리번거렸다. 누군가를 애타게 찾는 것이였다.

금숙은 그가 담임했던 학급애들의 모습을 찾고 있다는 것을 직감했다. 은희는 자기가 오늘 떠나는 것을 알고 있는 소재지마을 애들만이라도 정류소에 나와 주었으면 하고 바라는 것이였다.

"자, 빨리 오르시요. 늦잡다가는 기차시간 전에 읍에 닿을 것 같지 못하오."

뻐스운전수가 독촉했다.

"옳수다."

차 안에서 누군가가 호응했다. 기차시간 30분 전에 읍에 도착하게 되여 있는 뻐스인데 오는 도중에 이미 얼마간 늦다 보니 시간의 긴박감을 느끼는 것이였다.

은희는 초조한 눈길로 다시금 주위를 휘둘러 보았다.

아이들은 나타나지 않았다.

눈에 알리게 허전해하는 은희를 보는 금숙의 마음은 언짢아졌다.

'그 철부지들이 그런 례의를 알 게 뭐람. 지금쯤 더위를 피해 시원한 개울물에 들어앉았겠는데.'

은희가 오르자마자 뻐스는 떠났다.

“잘 가요.”

“안녕히들 계세요.”

애틋한 석별의 정이 찌르르 가슴들을 울린다.

이어 차는 굽인돌이를 돌아섰다.

은희는 자리를 찾아 앉을 넘 않고 문 곁에 그린 듯이 서 있었다. 차체의 흔들림에 몸을 맡긴 채 하염없이 밖을 내다본다.

손을 내밀면 담쑥 잡힐 듯싶은 벼랑턱의 노오란 나리꽃, 진보라빛 도라지꽃, 차창 바투 다가섰다 물러섰다 하는 산발들, 은모래 소말거리고 버들치떼 한가로이 헤염치는 맑디맑은 시내물, 히끗히끗 차창을 스치는 길가의 키높은 봇나무며 아름드리 소나무…… 추억이 서린 그 모든 것을 망막에 그대로 새겨 넣으려는 듯 은희는 보고 또 본다.

뻐스가 두번째 굽이를 돌아서서였다.

갑자기 뻐스 안이 술렁거렸다. 방금 옆 골짜기길에서 나는 듯이 달려 내려온 아홉 살쯤 났을 사내애들 네댓이 뻐스를 세우라고 손을 든 것이었다.

“썩 비켜라.”

운전수가 내리운 유리문 밖으로 아이들을 내다보며 꽥 소리를 질렀다. 그리고는 뻐스에 속력을 가했다. 필경 뻐스 뒤꼬리를 잡고 따르면서 좋아할 장난군애들을 떨궈 버릴 심산에서였다.

그러나 아이들은 떨어지지 않았다. 두 주먹을 부르쥐며 뻐스를 따랐다. 차를 세우라고 소리쳤다. 뻐스 뒤로 흙먼지가 타래쳐 나왔지만 아랑곳하지 않았다. 벗어진 모자로 얼굴을 문대며 승벽내기(서로 지지 않으려고 기를 쓰는 일)를 하듯 달려왔다. 팔을 흔들어 무엇이라 신호했다.

“아, 은희 선생님, 그 애들이예요! 샘골애들.”

먼저 애들을 알아본 금숙이 소리쳤다.

“아니, 어디 어디?”

그때까지 먼 산발에 눈을 팔며 서 있던 은희는 소스라쳐 놀라듯 물으며 차 뒤쪽으로 눈길을 돌렸다.

"아! 수국이네 반 애들!"

은희의 상념에 젖어 있던 얼굴이 확 밝아졌다. 그 순간 그의 눈에는 반가움의 눈물이 핑 어렸다.

은희는 급히 뻐스문 손잡이를 잡았다.

"안돼요. 위험해요."

눈치빠른 차장처녀가 은희의 의도를 앞질러 소리쳤다.

은희는 문유리에 볼을 꼭 대고 뒤쪽으로 눈길을 쏟았다. 손을 들어 흔들었다. 그러나 좀처럼 아이들과 눈을 맞출 수 없었다.

"선생님——."

"우리 선생니임——."

겨끔내기로 청 다해 부르짖는 애들의 목소리가 가슴 아리게 들려온다.

"아, 어쩌나——."

은희는 안타까와 어쩔 줄을 몰라한다.

그는 뻐스를 잠시 세워 주었으면 하는 표정으로 운전수를 바라보았다.

그러나 운전수는 은희의 심정을 아는 듯 않고 앞만 보며 차를 몰았다. 기차시간 전에 역에 닿을 것만을 생각하는 듯싶었다.

"저 애들이 떠나가는 제 선생님을 찾는구만."

"어디루 간다우?"

"저런 저——쯔쯔."

뻐스에 탄 사람들이 한마디씩 했다.

뻐스는 속력을 늦추기 시작했다. 운전수가 변속단수를 낮추며 은희를 돌아보았다. 무관심한 듯싶던 그도 후사경으로 애들을 지켜본 것이었다. 그러나 멈춰 세울 용단까지는 내리지 못했다.

은희는 의자 사이에 놓인 손짐들에 발부리를 채우며 넘어지듯 뒤쪽으로 다가갔다.

속력을 죽인 뻐스와 아이들의 간격이 가까와졌다. 드디여 은희와 아이들의 시선이 두터운 유리창을 뚫고 맞부딪쳤다.

"선생님!"

아이들의 눈에 불꽃 같은 것이 인다.

"건한이, 경남아──."

은희는 목메여 아이들의 정다운 이름을 부른다.

"잘들 있어요."

은희는 손을 흔들어 보였다.

"선생니임──."

"이젠 그만 돌아들 가요."

아이들은 떨어지지 않았다. 그냥 따라왔다.

"에그, 애들이 선생님과 얼마나 정이 들었으면 저럴가!"

"아니, 저 애들은 또 뭐요?"

맨 앞 의자에 앉은 사람이 놀란 듯 눈을 크게 뜨며 소리쳤다.

뭇시선들이 그 쪽으로 쏠렸다. 저 앞쪽 개울 건너마을 아이들이 옷을 입은 채로 물 속에 첨벙첨벙 뛰여들어 길 쪽으로 향해 오고 있었다. 뻐스가 지나친 웃쪽에 다리가 있지만 아이들에게는 그리로 건늘 만한 시간적 여유가 없는 것이었다.

그 애들이 이 뻐스를 앞지르려 한다는 것이 누구에게나 알렸다.

개울폭은 퍼그나 넓었다. 애들은 허리치는 물을 헤염치듯 두 팔로 헤가르며 건너왔다. 어쩌나 빨리 건느는지 뒤에 허연 물고랑이 진다.

한 애가 팔을 허우적거리더니 핑그르 돌며 물 속에 넘어졌다. 물 밑 이끼돌을 밟은 모양이였다. 옆에서 건너오던 애가 황급히 다가가 부축여 준다. 정수리까지 물에 젖은 그 애는 두 손으로 얼굴을 훔치며 푸푸거린다. 그러면서도 다른 애들에게 뒤떨어질세라 앞으로 내달린다.

"양지동 애들이예요."

금숙은 그때까지 뒤따르는 애들에게만 정신을 팔고 있는 은희를 깨우쳐 주었다.

개울을 건너온 애들이 껑충 방축을 뛰여넘어 길 우에 올라설 때 뻐스는 천천히 그곳으로 다가갔다.

다시 문가로 나와 선 은희는 젖은 손수건으로 빨갛게 된 눈굽을 씻고 아이들을 향해 손을 흔들었다.

"잘 있어요."

은희는 웃어 보이려 했으나 눈에서는 또다시 눈물이 샘솟았다.

"선생님, 선생님——." 아이들은 합창하듯 소리친다.

"공부 잘해요. 새로 온 선생님 말씀 잘 듣구."

뻐스가 아이들을 지나친다.

"잘 있어. 잘들⋯⋯."

은희는 그만 어깨를 떨며 흐느꼈다.

"은희 선생, 그만해요."

금숙은 자신의 눈굽도 젖어 옴을 어쩔 수 없었다.

뻐스는 속력을 높이기 시작했다.

은희와 아이들 사이가 벌어지기 시작했다.

은희는 다시 뒤쪽으로 옮겨 가 뒤창에 얼굴을 대였다.

아이들은 여전히 따라왔다. 샘골, 양지동마을 아이들이 합쳐져 스무 명도 넘었다. 그들 속에는 리 소재지마을 아이들이 섞여 있었다. 오늘 은희가 떠난다는 것을 그들이 달려와 알린 것이였다.

아이들은 있는 힘을 다하여 팔다리를 놀린다. 숨이 가쁜 듯 입을 다물지 못한다. 땀인지 눈물인지 붉은 량 볼에 줄기진다. 작은 한 애가 무엇에 걸채였는지 앞으로 폭 꼬꾸라졌다. 맥이 진했는지도 모른다.

"앗! 명환이."

은희는 두 손을 모아 가슴 우에 대며 비명 같은 소리를 냈다. 그리고는 희고 자름한(짤막한) 웃이로 아래입술을 깨물었다. 아이들의 모습을 더는 그대로 볼 수 없는 듯 눈을 꼭 감았다.

"운전수 동지! 차를 빨리빨리 몰아줘요."

은희는 목 안이 꽉 잠겨 드는 음성으로 운전수에게 부탁했다. 그 소리는 듣는 사람들의 가슴을 울렸다.

운전수가 선망어린 눈길로 은희를 돌아보았다. 다음 후사경을 통해 애들을 봤다. 타래치는 흙먼지에 아랑곳없이 필사의 힘으로 선생님을 따라오는 애들의 모습이 변속대를 쥔 운전수의 손을 굳어지게 하는 듯싶었다.

"우리 선생님을 싣고 가지 말아요." 하는 애원의 목소리가 엔징소리를 누르며 울려 오는 것 같다.

그때 앞 굽인돌이에서 불쑥 또 한 패의 아이들이 나타났다. 소재지 마을에 사는 분단위원장 금산이가 앞장에 섰다.

다른 애들에 비해 목 하나는 더 커 보이는 한 애의 손에는 롱구뽈 크기만한 종이 꾸레미가 들려 있다. 그 애는 행동의 불편을 느끼면서도 그것을 정히 안고 달려온다.

아이들은 뽀얀 먼지를 일으키며 길 한복판으로 달려오고 있었다.

뻐스와 그 아이들과의 간격이 좁아져 갔다.

경적을 울렸으나 애들은 길을 비켜 주려고 하지 않았다. 반짝이는 그 눈길들은 위험한 차바퀴에로가 아니라 뻐스시창으로 쏠려 헤덤볐다.

은희 선생을 찾는 것이였다.

"아무래도 차를 세워 아이들과 선생님이 만나게 해야겠군."

누군가 말을 하자 "옳소", "그래야지" 하는 말들이 연방 터져 나왔다.

운전수의 심정도 그랬음인지 천천히 뻐스가 멈춰 섰다.

와그그 아이들이 문 쪽으로 몰렸다. 뻐스 뒤를 다쫓아오던 아이들도 엎어지듯 달려들어 한 동아리로 뭉쳐졌다. 애들은 밀고 닥치며 제가끔

문 곁으로 다가서려고 했다.

누구의 손에 의해서인지 뻐스문이 확 열렸다.

"선생님!"

가쁜 숨을 몰아 쉬며 아이들이 부른다.

총알 같은 눈길들이 뻐스 안에 집중된다.

은희가 내려섰다.

"선생님!"

"아, 선생님."

울먹임과 환희에 찬 애들의 목소리가 터졌다.

어느새 앞으로 새여나왔는지 명환이가 은희의 옷자락에 매여달린다.

"선생님, 왜 갑니까?"

그는 울먹울먹하면서 무슨 말인가 할 듯하다가 다른 애에게 밀리웠다.

"선생님, 이거 물앵두입니다."

키 큰 애가 정히 안고 온 종이 꾸레미를 내민다.

"선생님, 우리 집 재빛 토끼가 새끼를 열두 마리나 낳았어요."

"군대 나간 우리 누나가 휴가왔는데 오늘 선생님한테 간댔어요."

"선생님 꼭 가야 하나요?"

"가지 마십시요, 선생님!"

아이들은 간절한 소리로 웨쳤다.

"선생님 가지 마십시오."

"학교로 갑시다, 선생님."

아이들은 저마끔 은희의 손을 잡아 끈다.

울고 웃으며 선생과 아이들이 하나로 설레인다…….

그 모습을 지켜본 금숙의 눈에는 맑은 이슬이 솟아 흘렀다.

'아, 친어머니와 헤여지는 아이들인들 저보다 더할 수 있으랴! 그 얼마나 뜨거운 사랑과 열정으로 학생들을 가르치고 위해 주었으면 저렇듯 따르랴! 저렇게 따르는 교원의 한마디 한마디는 그대로 어린 가슴들을 공명시켜 위대한 수령님에 대한 불타는 충성에로 부를 것이다.'

왜서인지 금숙에게는 지루하게만 느껴지던 학급인계의 전과정이 다시금 생생히 되살아올랐다. 그때는 례사롭게 들어 넘겼던 은희의 그 모든 말마디들과 하나하나의 행동이 이제와서는 새롭게 깊은 뜻으로 되새겨졌다. 은희가 해 놓은 일을 그저 평범한 것으로 그리고 불만족하게 느끼기도 하던 자신이 돌이켜지며 얼굴이 붉어졌다.

"……전 정말 학교와 아이들을 위해 해 놓은 일이 없어요." 하던 은희의 말이 되생각키우자 금숙은 저도 모르게 도리머리를 저었다.

'아니, 아니예요. 은희 선생은 정말 많은 일을 했어요.' 금숙은 은희를 향해 마음속으로 이렇게 속삭였다.

'전 오늘 교원이 해 놓은 일은 눈에 띄우는 것만으로 평가할 수 없다는 것을 느꼈어요. 조국의 미래를 위해 바친 교원의 성실한 노력과 진정어린 고심은 눈에 띄우지는 않아도 아이들의 맑고 깨끗한 가슴속에 새겨져 영원하다는 것을 알았어요. 교육자가 어떻게 일해야 하는가를 그저 개념적으로가 아니라 생활적으로 감수했어요. 아이들은 은희 선생을 <우리 선생님!>이라 목놓아 불렀어요. 그 한마디 부름말은 그대로 선생이 해 온 일에 대한 편견 없는 가장 정확한 총화이며 평가라고 생각해요……. 우리 선생님!'

금숙은 의미 깊게 되뇌였다.

아이들은 여전히 은희를 둘러싸고 떨어질 줄 몰랐다. 좀처럼 선생님을 놓아 보낼 것 같지 않다. 끝내 떨어지지 않을는지도 모른다.

"이젠 모두 돌아들 가요. 손님들이 차 떠나길 기다려요."

은희는 뻐스를 지체시킨 것이 미안하여 이렇게 설레는 아이들을 달래며 운전수 쪽을 바라보았다.

은희가 뻐스에 오를 기미가 보이자 애들 뒤전에 우두커니 서서 흐린 얼굴로 있던 명환이가 와락 앞으로 달려나왔다.

"선생님, 전——."

목이 꺽 막혀 몸이 부르르 떨던 그가 울음을 토하듯 소리쳤다.

"전 다시 거짓말을 안 하겠어요. 숙제도 내 힘으로 할 테니……. 정말 가지 말아요."

그 다음 목소리는 가려들을 수 없다.

금숙의 귀에는 아무 소리도 안 들린다. 눈굽이 더워오르고 가슴만 세차게 들먹인다.

밖에 나와 섰던 운전수는 슬며시 얼굴을 돌리더니 차에 무슨 고장이라도 생긴 것처럼 기관실 덮개를 열어젖히고 느린 동작으로 이것저것 만지였다. 그러는 그의 눈은 기관부에로가 아니라 아이들 속의 은희에게로 향해져 있었다.

뻐스는 오래도록 그 자리에서 떠날 줄 몰랐다. 기차시간과 맞물려 달리는 뻐스에는 갈길 급한 여러 사람들이 타고 있었다. 뻐스가 제 시간에 역에 닿지 못해 렬차를 놓치면 다음 차 시간까지 2시간을 지루히 기다려야 한다. 그러나 그 누구도 뻐스가 떠나지 않는 데 대해 탓하지 않았다…….

그를 알기까지

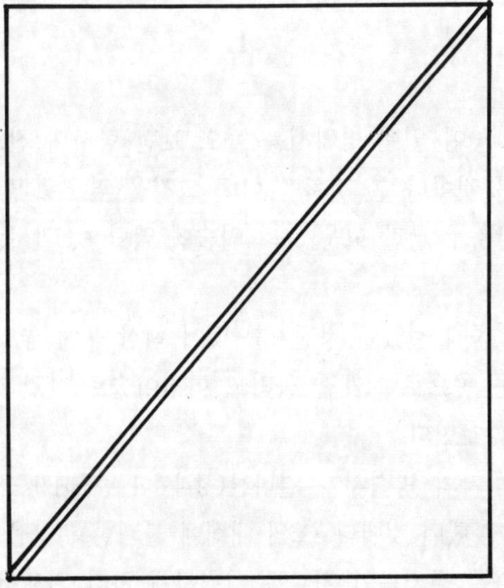

김봉철
작 품 중편소설 『나의 동무들』
　　　　단편소설 「해빛 넘친 땅」
　　　　외 소설 수십 편

1

책상 우에 놓여 있던 병력서를 들고 보던 탐사대 진료소 내과의사 혜심은 못 볼 것이나 본 것처럼 이내 그것을 옆으로 밀어 놓았다. 도도록 하고 담지게 생긴 고운 그의 입술엔 알릴 듯 말 듯한 랭랭한 미소가 어렸다.

그는 금시 목에 걸었던 청진기를 벗어 책상 우에 놓고는 잠시 뒤뜰로 향한 창문 쪽으로 고개를 돌리고 아침이슬로 한껏 깨끗해진 숲을 물끄러미 내다보았다.

아침, 첫 환자의 병력서가 결바른(성격이나 마음씨가 곧고 바른) 그의 마음을 흐리게 했던 것이다. 그의 내심에 불쾌한 파문을 일으켜 준 이런 충격은 다음 환자들의 치료를 성실하게 하기 위해서는 될수록 빨리 좋은 기분으로 바꾸어야 했다.

"가만…… 이것 봐요. 아까 도에서 내려왔다는 작곡가 선생이 오셨던 것 같던데……."

혜심은 문가의 책상 앞에 앉아 있는 어린 간호원 처녀에게 유난히 맑으면서도 어딘가 깔끔해 보이는 눈길을 보내며 태연히 말했다.

"네, 복도에서 기다리고 계세요. 뭐 병을 보러 온 것 같진 않던데요……. 아이참, 얼마나 재미있는 분인지 모르겠어요……. 예술가들은 다 그런가요?"

"글쎄, 옥희가 모르는 걸 낸들 어떻게 알겠니. 그 선생부터 들어오시라구 해요."

"저…… 그럼 은석 기사 동진……. 맨 먼저 와서 기다리는 데요……."

금방 혜심이가 옆으로 밀어 놓은 병력서의 환자였던 것이다.

"일없어요. 어차피 오늘은 위투시나 위액검열을 해줄 수 없으니까……."

마음을 단단히 도슬러 먹고 이렇게 말하는 혜심은 역시 그 병력서가 고리가 달린 추처럼 자기 가슴속에 다리워 떨어지지 않고 있음을 느끼었다.

잠시 망설이듯 하던 간호원 옥희가 복도로 나가자 곧 나이 오십이 가까와 보이는 키가 훤칠하게 크고 두툼한 넥타이 매듭 우에 울대뼈가 불쑥 나온 낯선 사람이 인상 좋게 빙긋이 웃으며 방에 들어섰다. 그의 뒤엔 혜심이도 잘 아는 탐사마을의 한 할머니가 주눅이 든 어줍은 걸음으로 따라 들어섰다.

작곡가는 청 좋은 목소리로 이렇게 말했다.

"의사 선생, 미안합니다. 제가 치료받으러 온 건 아닙니다. 이 할머니의 기관지에 꼬르찌쬰물약 흡입을 좀 해주시오……."

"예?"

혜심은 의아한 눈을 조용히 치뜨며 작곡가와 그의 뒤에 서 있는 할머니를 번갈아 보았다.

"아이구, 글쎄 선생, 이 어른이 날보구 자꾸 노랠 하라구 야단이 아니유. 이걸 어찌우, 별일 다 있다니까. 목에 무슨 물약을 넣으면 확성기처럼 내 목소리가 좋아진다나요……."

할머니가 한 발 나서며 푸념을 하듯 말하고는 사뭇 기가 막히다는 듯 한숨을 내쉬였다. 그리고는 벽가 안쪽에 다금다금 겹쳐 쌓은 조그마한 약장들을 근심스러운 눈길로 둘러보는 것이었다.

간호원 옥희가 캐득(키득)하고 뒤켠에서 입을 싸쥐고 웃다가 혜심이의 침착한 눈길과 마주치자 찔끔하여 목을 움츠리고 돌아앉았다.

"그렇습니다. 의사 선생, 리해해 주시오. 이 할머니가 얼마나 귀중한 보물을 가지고 있는지 아십니까. 옛날 제주도 해녀였던 이 할머니에겐 우리가 모르는 많은 노래가 있습니다. 그걸 채보하려고 합니다. 글쎄 이 할머닌 대단한 것을 감추고 있었지요. 그걸 찾았단 말입니다."

혜심은 그제서야 무슨 영문인지 알았다. 거의 환희에 들뜬 듯한 작곡가는 마치 지질기사가 굉장한 쇠돌줄기를 땅 속에서 찾아낸 듯이 흥분하고 있었다.

혜심은 자기의 마음이 대뜸 즐거워짐을 느꼈다. 왜선지 어린 동요시절 그 어느 화창한 봄날이 불현듯 머리에 떠올랐다.

겨우내 고삭아 버린 묵은 풀그루 밑에서 봄볕을 빨아들인 풀들이 노르끼레한 새싹을 빙긋이 내밀던 봄 언덕길로 아버지의 손을 잡고 산판에 올라갔었다. 거기엔 신비할 만치 아름답고 청아한 새들의 울음소리가 가득했다.

갖가지 새들의 울음소리는 마치 꽃송이와 나무잎사귀들에서 울려 나오는가 싶었다.

그때 혜심은 새들이 부르는 그 노래가 어떤 노랜가고 지꿎게 아버지에게 물었다. 분명 그 새들의 울음소리를 자기는 모르지만 아버지는 그 뜻을 죄다 알고 있으리라고 믿어졌던 것이다.

아버지는 무척 좋았다. 딸이 어떤 것을 물어도 언제나 재미나게 대답해 줄 줄 아는 아버지였다.

"허…… 그래? 그걸 모른단 말이냐. 저런? 우리 혜심이가 새들의 노래소리를 못 알아듣다니, 허허…… 자, 그럼 우리 새들의 노래를 가만히 들어 보자. 저것 보렴. 꾀꼴새랑 방울새랑 뭐라고 부르니……. 뼛쫑 쪼르르 내가 사는 동산은 세상에서 제일 좋은 보금자리죠……. 이러지 않니."

아버지는 능청스럽게 웃으며 어린 딸을 닁큼 안아 주었다.

"정말?"

혜심은 솔깃해서 귀를 기울였다.

그 다음부터 그는 그것을 믿었고 동무들에게도 새들의 노래를 배워 주었다.

그것은 퍼그나 오래 전 일이였다. 이미 돌아가신 아버지와 함께 뛰놀 수 있었던 소녀시절의 즐겁던 추억이였다. 그는 어려서부터 산을 사랑하는 아버지를 무척 좋아했고 그래서 그런지 산을 귀중히 여기는 탐사대원들을 존경했다.

혜심은 얼굴이 온통 산주름으로 뒤덮인 할머니의 얼굴을 유심히 지켜 보았다. 그는 한 번도 저 할머니가 그런 신기한 노래를 가지고 있으리라고는 생각해 본 적이 없었다.

혜심은 즐거웠다. 그는 할머니를 치료하는 데는 전혀 필요없는 청진기를 목에 걸며 재빠른 글씨로 처방을 썼다. 이윽고 처방전을 다 쓴 혜심은 간호원 옥희에게 할머니의 목에 꼬르찌쬰물약 흡입을 해드리라고 일렀다. 할머니는 여전히 미덥지 않은 걸음으로 간호원의 뒤를 따라 방에서 나갔다.

그제서야 작곡가는 저으기 만족한 듯 두 손을 마주 비비며 자리에서 일어섰다.

"의사 선생, 고맙습니다. 채보가 끝나면 노래를 들려드리지요. 들어 보시면 알 겁니다. 우리 땅엔 철의 재부가 숨어 있고 우리 인민의 가슴속엔 민요의 재부가 간직되여 있지요. …… 참 가사를 들어 보시렵니까? ……"

작곡가는 안주머니에서 조그만 수첩을 꺼내 성급히 몇 장을 펼치더니 천천히 읽기 시작했다.

불쌍한 우리 엄마 무슨 꿈 꾸어

짠물 속에 알몸 되라 날 낳았던가
날 하나 이 세상에 아니 낳던들
수중고혼 이 신세 면했으련만

열두 간 부자집에 귀동딸들은
무슨 팔자 타고나서 저리 좋은가
차라리 물고기로 태여났던들
이내 몸도 다 같은 사람이련만

혜심은 가슴이 짜릿해짐을 느꼈다. 그 할머니에게 그런 노래, 그런 어제날이 있었다는 것이 너무도 뜻밖이였다. 매개 인간은 참으로 그로서의 자기 세계가 있으며 자기 추억의 주인공으로서 사연 많은 이야기를 가지고 있다고 그는 생각하였다.

혜심이의 눈엔 다시 리은석이라는 병력서의 이름이 동공을 찌를 듯 아프게 안겨 들었다.

작곡가가 방에서 나가자 혜심은 금시 밝아졌던 마음에 그늘이 지는 것을 은연중에 느끼며 무거운 손길로 그 병력서를 자기 앞에 당겼다.

'리은석', 그는 환자의 이름을 입 속으로 다시 외워 보았다.

그 병력서 매 속종이마다에 위장이 그려져 있었다. 거기에 투시결과와 위액검열수치들이 잔글씨로 씌여져 있었다. 여러 차례의 투시와 검열이 모두 같은 진단으로 되여 있는 병력서였다.

하지만 매번 그 결과에 대해 의사의 소견을 쓴 혜심이의 글씨는 달랐다. 처음 세번째까지는 매우 진지한 글씨였고 또 비교적 길게 학구적으로 씌여 있었다. 다음은 점점 필체가 탄력이 없었고 의혹에 차 있었으며 마지막으로 와서는 단 한줄로써 란필로 씌여져 있었다.

혜심은 이 병력서를 놓고 의사란 직무가 결코 수월치 않다는 것을 새삼스럽게 느끼게 되었다. 렌트겐빛은 때로 사람의 내장뿐 아니라 그의 정신의 밑바닥까지도 비쳐 주는 것이다. 그것은 즐거운 일이 아니다. 왜냐하면 동지들의 좋은 측면을 감소시켜 주는 그 어떤 다른 것을 발견하게 된다는 것은 그리 유쾌한 일이 아니기 때문이다.

2

혜심이의 이런 심중을 알 바 없는 탐사대 마을은 은석이란 사나이를 지나칠 정도로 사랑했다.

사람들은 은석이가 지질기사로 된 데는 특별한 사연이 있을 거라고 생각했다. 그것은 그가 언제나 떼여놓지 못하는 반짝거리는 큼직한 혁띠고리엔 닻이 그 무슨 의문표 비슷하게 새겨져 있다. 그는 한때 해병이였던 것이다. 바다에서 산으로, 이 괴이한 운명의 장난을 쾌활하고 드센 그 사나이가 홀홀히 접수한 것이 리해되지 않았다.

그의 혁띠고리에 새겨진 꾸부정한 닻뿌리처럼 그 인간 전체가 오늘에 와서 혜심에게는 커다란, 살아 움직이는 의문표처럼 생각되였다.

물론 처음은 혜심이 역시 그 닻으로 하여 그에 대한 좋은 인상을 가졌던 것이다. 닻은 믿음의 표시다. 그래서 바다사람에 대한 상징적인 징표로 모표나 단추 혹은 저고리소매에 그런 표식을 하였을 것이다.

은석이는 지질조사중대 중대장이였다.

그의 중대 청년들은 어느새 자기 중대장의 해병식 생활에 익숙해져서 휴식일엔 어디서 구해 입었는지 줄무늬 해병샤쯔들을 입고 이웃 천막에 놀러갔으며 저녁에 그네들의 천막에서는 해병의 노래를 손풍금에 맞추어 부르는 것을 큰 자랑으로 여기는 것이였다.

그들은 자기들의 흰 천막을 '돛배'라고 즐겨 불렀다. 어제날의 끌끌한 해병들이였던 은석은 이 보잘것없는 '돛배'의 선장격으로 되였다.

그렇지만 그는 높은 긍지를 가지고 말하기를 비록 자기네 '돛배'는 배는 아니지만 지하의 동결된 보물밭을 헤치며 나가는 굉장한 '쇄빙선'이라고 말한 적이 있었다. 이 말도 역시 그 중대 청년들이 자기 중대장을 내세우면서 온 탐사대에 퍼뜨린 말이였다.

또 한 가지 은석의 생활에서 사람들의 의혹을 일으키는 것은 당년 서른두 살인 그가 아직도 탐사대 합숙의 취사원 어머니들의 시중에서 벗어나지 못한 것이다. 그는 총각이였다. 탐사마을의 몇몇 다사스러운 아주머니들이 그에게 좋은 혼처를 몇 번 들이대 보았으나 어떻게 된 노릇인지 다 성사시키지 못했다. 아주머니들은 혀를 끌끌 차며 허우대가 그렇게 사내대장부답게 생기고 근직하면서도 착실한 사람이 제구실을 못한다고 못내 아쉬워했다. 아직 은석은 처녀를 사랑한 적이 없었고 더구나 자신의 심중을 어느 한 녀자에게도 고백해 본 적이 없었다. 그는 가끔 실험실이나 제도실 처녀들과 직무상 조용히 만나는 기회가 있었어도 그 기회를 달리 리용한 적이 없었다. 그는 그런 때조차 지질구조와 암석들의 형태에 대하여, 광석에 대하여만 이야기했으며 그리고 그런 이야기를 할 때의 그의 심장은 몹시도 뛰고 뜨거워지군 했다.

누가 또 퍼뜨린 말인지는 모르겠으나 은석은 사랑문제에 대해서 이렇게 말했다고 한다.

"……사랑이란 지질학과는 다르구만. 건 굉장히 복잡한 과학이야. 지질학이란 진실과 인내성과 사색, 이 세 가지만 가지면 해결되는데 사랑엔…… 그보다 더 많은 것이 필요한 것 같애……."

이 말을 들은 분석실과 제도실 처녀들은 눈물이 나도록 웃었다. 그리고는 은석이란 지질기사를 더욱 존경하였다. 말하자면 사랑을 그처럼 존중히 대하는 사람은 진실한 대상이란 것이였다.

그러나 오직 한 사람, 탐사대 진료소 내과의사인 혜심이만은 지질기사 은석에 대해서 놀랍게도 한마디로 이렇게 찍어 평가해 버리고 말왔다.

"내용이 없는 겁쟁이, 시시한 사람이야."

하긴 의사란 직업은 인간의 본질을 가장 정확히 알 수 있는 직업이기도 하다.

은석은 한 달에 한 번씩 정한 날자에 진료소에 찾아와서는 위투시와 위액검열, 그 밖에 소화기 계통의 종합적인 진찰을 받군 했다. 처음 혜심은 은석이를 동정했다. 내내 산발을 타고 다니는 사람이 위가 나빠서 고생한다면 그것 이상 불행이 없을 것이였다. 그리하여 혜심은 은석이의 몸을 매번 세심하게 진찰하였으며 그의 호소를 귀담아듣군 하였다. 그러나 혜심은 한 달, 두 달…… 그를 치료해 주면서 또 투시 결과와 위액검사표를 연구하면서 그에 대한 실망을 느끼기 시작했다.

그에겐 병이 없었으며 그의 호소는 엄살에 불과했다. 혜심이가 합숙 어머니들로부터 들은 바에 의하면 은석은 아직 자기 앞에 차례진 밥과 국과 찬들을 단 한 번도 남겨 본 적이 없었다는 것이였다. 혜심은 처음엔 자기의 의심에 놀랐으며 다음엔 실망하였다. 그리고는 그것이 사실이라고 믿어지자 은석에 대한 환멸은 걷잡을 수 없었고 그에게 혐오감을 느낄 정도로까지 되었다.

"……속물……!"

이것은 오직 혜심이만이 아는 은석의 약점이였다. 의사로서 혜심의 경험은 지나치게 자기 몸의 매개 장기에 대하여 관심을 돌리고 기침만 한 번 해도 겁이 나서 병원으로 달려오는 사람치고 고상한 인격을 지닌 사람을 보지 못했다. 그러니 탐사마을이 아무리 그를 두고 해병 출신이니, 탐사대의 기둥이니 뭐니 하고 떠들어도 혜심이는 말없이 입가에 쓴 미소를 띠울 뿐이였다. 더우기 혜심이를 불쾌하게 한 것은 며칠 전 일이였다. 탐사대 실험실 실장 윤숙희가 혜심이에게 놀라운 귀띔을 했던 것이다.

"얘 혜심아, 거 은석 기사가 있잖니? 미남자 중대장 말이야. 너한테

반한 것 같더라. 다른 녀잔 다 싫다고 하는 사람이 글쎄 내가 일전에
네 이름을 비쳤더니 얼굴이 벌개지면서 '우리 같은 돌쟁이를 그 주사
침 같은 깔끔한 처녀의사가 좋다고 하겠소……' 이러지 않겠니. 그래
서 내가 만일 좋다고 한다면 어찌겠는가고 물었더니 '하긴 석영이란
돌은 모가 예리하고 지질마치로 때려도 튀여나는 돌인데 그 속엔 고
운 금맥이 있지요. 그래서 우리 지질가들은 돌 중에서도 석영을 사랑
한답니다. 다루기는 좀 힘이 들어도……' 하지 않겠니. 호호……. 어떻
니. 너두 이젠 스물일곱인데 그냥 늙은 어머니 속만 바글바글 태울 수
야 없지 않니."

윤숙희는 혜심이와는 어릴 적부터 동무였다. 숙희 아버지도 혜심의
아버지도 탐사대원이였다. 그들이 아직 이 세상에 태여나기 전부터 그
들의 집은 언제나 한 이웃이였다. 이사를 가도 함께 가고 새집을 꾸려
도 함께 꾸려 왔던 것이다. 숙희 아버지는 지금도 이 탐사대 기사장으
로 일하고 있었다. 혜심이 아버지는 전쟁시기에 다친 상처가 다시 후
환을 일으켜 도 병원에서 오래동안 신고를 하던 끝에 혜심이가 아직
대학에 가기 전에 세상을 떠났던 것이다. 그때부터 이들의 사이는 더
욱 각근해졌다. 윤숙희 아버지는 자기의 친딸보다 혜심이를 더 잘 보
살펴 주고 귀히 여겼다. 그래서 그들은 자연히 자매처럼 되고 말았다.

혜심은 어이가 없는 듯 윤숙희를 빤히 쳐다보았다.

"……너두 참 사람 하난 잘 봤구나. 그래 그 사람이 어디가 좋아서
나한테 소개하는 거냐."

"아니 그 사람이 어째서 그러니. 온 탐사대가 그 사람 싫다고는 하
지 않더구나. 게다가 1년 전엔 무슨 큰 광산까지 하나 찾아 놓구두 다
른 사람 같으면 떠들썩거리겠는데 끝까지 확인하지 않고서는 내놓을
수 없다구 하면서 아직 틀구앉아 있다더라. 속이 이만저만 깊은 동무
가 아니야."

윤숙희는 저으기 놀라는 표정으로 눈을 둥그렇게 뜨며 혜심을 의심

스럽게 쳐다보았다.

혜심이는 더 말하지 않았다. 윤숙희 역시 혜심이가 알고 있는 것을 말해 준다면 실망할 것이었다.

우유부단이 때로는 사람들에게 진지하고 속이 깊은 우정으로 보일 수 있다는 것이 혜심이에게는 지어 서글프기까지 하였다. 왜냐하면 허위에는 그것을 합리화하기 위한 모든 수단과 방법과 권모술수들이 있으며 사람들은 자주 그것에 속는다는 것이 분했던 것이다. 무식을 감추기 위해 때로 침묵으로 사색하는 표정을 지을 수도 있으며 일을 빨리 결속하지 못하는 것을 이처럼 근직하고 속이 깊은 사람으로 자기를 내세울 수도 있는 것이었다.

<h1 style="text-align:center">3</h1>

지금 진료소 복도엔 역시 은석이가 어김없이 월말 지정된 날에 와 앉아 있었다.

혜심은 책상 우에 그대로 놓여 있는 병력서를 한동안 맵짠 눈으로 들여다보고 있었다.

"들어오라고 할가요?"

간호원은 혜심의 심정을 눈치챘는지 머밋머밋하며 물었다.

"아니…… 좀 있다가."

혜심은 병력서에서 눈을 떼지 않은 채 말했다. 이제는 그의 호소를 듣는 것이 진저리날 정도로 싫었다.

'이번만은 따끔히 말해 줘야겠어. 자신을 두고 부끄러워할 줄도 모르는 인간이라구.'

혜심은 지친 듯 병력서를 손끝으로 끄당기며 고개를 들었다.

"들어오라구 하세요."

간호원이 나가자 잠시 후 은석이가 꺼리낌없이 방에 들어섰다.

"안녕하십니까?"

"안녕하세요."

매번 그들의 인사는 이렇게 시작되였다. 그러나 이번만은 같은 말이였어도 혜심의 목소리엔 랭랭한 서리가 끼여 있었다.

"앉으세요."

은석은 처녀의 내리깐 눈에서 자기의 시선을 떼지 않은 채 혜심의 맞은켠 둥그런 회전의자에 앉았다. 약간만 몸을 움직여도 안정할 수 없게 삐걱거리는 의자처럼 이 순간 은석의 마음도 이상스럽게 흔들렸다.

'흠…… 성이 났는걸……. 실험실장이 뭐라구 한 모양이지. 참, 처녀들이란……. 싫으면 그만인데 뭘 이렇게까지 독을 쓸 거야 있담.'

은석은 쌀쌀해진 혜심을 두고 제나름으로 생각했다. 공연히 성나서 새침해진 혜심이가 민망하기 그지없었다.

그는 어떻게 보면 상냥한 것도 같고 또 어떻게 보면 맵짜기도 한 것 같은 이 침착하고 조용한 처녀에 대해서 언제부터 친근감을 느끼기 시작했는지 모른다.

열한 달 전에 난생 처음으로 소독약냄새가 코를 찌르는 병원으로 찾아왔을 때 자기를 바라보는 처녀의 부드러운 눈길이 몹시도 따스했다는 것을 느낀 때부터인지, 아니면 자기를 적어도 공업대학을 최우등으로 졸업한 지질기사가 아니라 유치원생처럼 여기며 무슨 가루약과 물약을 주면서 하루에 얼마큼씩 몇 시간 간격으로 먹어야 한다고 오래도록 설명해 주던 그 상냥한 목소리 때문이였던지 혹은 두번째인가 세번째인가 위액검열을 했을 때 아무런 이상도 없는데 왜 소화가 잘 안되느냐고 몹시 걱정하며 안타깝게 자기를 지켜 보던 그 젖은 듯한 눈에서부터였는지 알 수가 없었다.

어쨌든 그는 매달 이 처녀를 만날 적마다 느껴지는 자기의 감정이

감촉할 수 없이 서서히 뜨거워지고 있다는 것을 은근한 공포로 체험
하고 있는 것이었다.

'흠…… 성났는걸…….'

은석은 두터운 입술을 약간 움직이더니 긴숨을 내쉬었다.

'숙희 실장한테 괜히 속을 드러내 놓았어. 참 맹랑하게 됐는데, 역시
녀자란 복잡하군. 그저 난 지질학하구나 친할 남자야. 이 분얀 손대기
가 조심스러워…….'

은석이가 속으로 이런 생각을 굴리고 있는 사이 혜심은 병력서에서
이미 알 대로 알고 있는 글줄을 무의미하게 훑어보고 있었다. 그의 머
리 속엔 사실 병력서의 글이 아니라 이 지질기사, 금시까지 방에 들어
서기만 하면 따끔히 말해 주리라고 벼르던 은석이를 두고 자기가 그
렇게 랭정히 칼로 베듯이 말하지 못하리라는 생각이 떠올랐던 것이
다. 그는 자기도 모르게 긴숨을 조용히 내쉬었다.

"……좀 어떠세요……."

"글쎄…… 뭐라구 해야 할지……. 누워 앓지는 않지요. 하지만……."

"위투시를 또 하시겠어요?"

"해야지요."

"무엇 때문이예요?"

혜심은 병력서에서 눈을 떼지 않았다. 말 뜻과는 달리 그의 목소리
는 저으기 부드러웠다.

은석은 혜심의 그 마지막 반문에 약간 숙일사 했던 고개를 천천히
들었다. 한 번도 혜심으로부터 그런 물음을 받아 보지 못했던 것이다.

혜심이는 그제서야 병력서에서 눈을 떼고 은석이를 조용히 마주 보
았다.

"무엇 때문에 말입니까?"

혜심은 자기의 이 물음을 다시 외웠다. 이 물음이 그 어떤 깔끔한
말보다 은석이를 가장 아프게 할 수 있는 말이라는 것을 그는 비로소

알았던 것이다.

"난 그것을 요구합니다."

은석은 조금도 성난 목소리로 말하지 않았다. 지어 그의 목소리는 침착하고 가라앉아 있었다.

그것이 혜심이를 더욱 불쾌하게 했다.

"의사는 환자의 무례한 요구에 복종하지 않는답니다. 병원에 와서는 환자가 의사에게 무엇을 요구한다는 식으로 말하는 것을 삼가하는 것이 좋습니다. 물론 의사가 환자에게는 그런 말을 자주 쓰지만……."

"좋습니다."

은석은 자리에서 일어섰다.

"그렇다면 그 병력서를 나에게 주시오."

"그건 왜요. 군 병원에라도 가시겠어요?"

"그럴 수도 있지요. 어쨌든 나에게 주시오."

"반대는 없어요. 그런데 은석 기사 동지, 솔직히 말해서 기사 동지에겐 위병이 없습니다."

혜심은 더는 이 일을 두고 뇌심하고 싶지 않았다. 그리하여 그는 자기의 말을 매우 똑똑한 발음으로 매 단어에 또박또박 그루를 박듯이 찍어 말했다. 그러면서 그는 은석의 눈을 똑바로 쳐다보았다. 그가 량심 있는 사람이라면 자기 눈길을 피할 것이었다. 부끄러울 테니까. 그런데 뜻밖에도 은석의 눈엔 웃음기가, 아니 웃음기보다 그 어떤 환희 비슷한 빛이 번뜩하고 빛나는 것을 혜심은 본 듯했다.

"아 그래요, 고맙습니다."

은석은 혜심의 손에서 병력서를 나꿔채듯 받아 들고 잠시 혜심이의 침착하고 조용한 눈길을 지켜보았다.

은석은 무엇인가 말하려고 하는 듯 머밋거리다가 방에서 급히 나갔다.

혜심은 한동안 그 자리에 멍하니 서 있었다. 모욕을 당한 듯했다.

'자기 량심을 저렇게 훌륭히 기만할 수 있는가. 아무리 철면피해도 눈만은 못 속인다는데 저 사람은……. 하긴 량심에 강태가 앉으면 부끄러운 줄도 모르니까.'

혜심은 자기가 지탱했던 마지막 돌마저 발 밑에서 빠져나간 듯 맥없이 자리에 앉았다.

'정말 저런 사람일가? ……. 저 사람이 일 년 전에 찾았다는 그 무슨 광산후보지라는 것두 거짓이 아니겠는가. 지질기사는 량심이 제일 깨끗한 사람들인데 어떻게 되여 저런 사람이 지질기사가 됐을가?'

그는 끊임없이 이런 생각을 좇으며 그냥 한자리에 못박힌 듯 앉아 있었다.

혜심은 자기 아버지를 잘 알고 있었다. 티없이 깨끗한 아버지였다. 어느 핸가 혜심이가 인민학교 다닐 때였다. 그는 지질기사인 아버지의 사무실에 자주 들리군 했다. 거기 가면 갖가지 돌과 그리고 갖가지 색갈로 그린 지질도들이 그의 어린 마음을 잡아 끌었던 것이다. 그런데 하루는 아버지가 실한 산삼뿌리를 가운데 놓고 한 젊은 탐사대원을 서글픈 눈으로 지켜보고 있었다. 혜심의 가슴엔 그날의 일이 세월이 가면 갈수록 더욱 생생한 화폭으로 진하게 새겨졌다.

"이것 보게 영삼이, 동문 온 탐사대가 떠들썩하게 이걸 캐왔는데 어떻게 되여 이 산삼이 동무 눈에 띄웠나……. 전후엔 우리 탐사대원들이 통강냉이를 먹으면서도 산삼 캤다는 사람이 없었네. 동무의 눈에 삼이 보였다면 동문 놓쳐서는 안될 많은 돌을 그냥 밟고 지났을 거네. 10년을 산에서 산 지질기사들이 산삼잎을 모르는 사람이 많네. 그런데 동문 탐사대에 들어와서 1년도 못 되는데 이런 걸 먼저 찾아냈단 말이야. 우리의 눈엔 약초가 아니라 돌이 보여야 해. 동문 칭찬을 바라지만 이건 직무태만이야."

처음 혜심은 그런 신기한 산삼을 캐 온 청년을 나무람하는 아버지가 잘 리해되지 않았다. 훨씬 후에야 그때 아버지의 말이 무슨 뜻이였던가를 새겨 보며 마음속으로 머리를 숙였던 것이다.

그런데 지질기사란 사람이 꽤병을 하고 다니다니…….

혜심은 입술을 감쳐 물며 머리를 저었다. 그런 사람을 더는 생각지 말자는 것이였다.

창밖의 돌서덜(돌이 많은 땅) 험한 비탈에는 나리꽃이 불처럼 타고 있었다.

4

며칠이 지났다. 혜심은 작곡가의 청을 받고 할머니의 '해녀의 노래'를 채보한 록음을 들으려고 회관으로 가는 길이였다.

낮게 드리운 구름 때문에 황혼이 짙어 가는 저녁대기는 몹시 축축하였다. 그가 막 둔덕 우에 있는 회관층계로 오르려고 하는데 "혜심 선생" 하는 낯선 목소리가 혜심이의 걸음을 멈추게 했다. 급히 다우쳐 오는 걸음걸이였다. 아마 구급환자가 어디에 생긴 것 같았다. 혜심은 본능적으로 마음이 긴장해짐을 느끼며 다가오는 사람을 기다렸다.

풋낯이나 있는 은석 기사 중대의 청년이였다.

"아이구 숨차라, 막 뛰여왔더니……. 선생님, 우리 중대장 동지가 좀 와 달랍니다."

"네?"

혜심은 순간 가슴이 섬쩍했다.

'혹시 자리에 누워 있는 게 아닐가.'

"앓는가요?" 혜심은 급히 물었다.

"아니 앓기야 뭐. 우리 중대장 동무가 체중 87키로로서 전국 스키 선수란 걸 모르십니까……. 그저 좀 지금 자료종합 때문에 꼼짝 못합니다. 선생한테 무슨 방조받을 일이 있는 것 같습니다."

혜심은 그제서야 안도의 숨을 내쉬었다. 그럼에도 불구하고 그는 불쾌했다.

"미안해요. 제가 지질기사 동지의 일에 무슨 방조를 드릴 수 있겠어요. 은석 기사 동지한테 전해 주세요. 환자가 생기면 전 어느 때든지 갈 수 있다구요……."

청년은 저으기 난처한 듯 뒤더수기(뒷덜미)를 어루만지며 입맛을 쩝쩝 다시였다.

"하, 이거…… 의사 선생을 강제로 모셔갈 수두 없구……. 난 지금까지 우리 중대장 명령을 수행 못한 적이 없는데……."

"호호, 걱정 마세요. 제 말을 그대로 전하면 동무를 욕하지는 않을 거예요."

혜심은 사뭇 속상해 하는 청년을 겨우 돌려보내고 회관으로 들어갔다.

그는 웬일인지 마음이 뒤숭숭하였다. 록음기 앞에서 구성진 노래에 귀를 기울이면서도 은석이가 무엇 때문에 자기를 불렀는지 그 일이 못내 궁금하여 마음이 진정되지 않았다. …….

작곡가는 어찌나 흥분했던지 눈물이 글썽하여 테프를 도로 감으면서 떨리는 목소리로 말했다.

"이것이 바로 어제날의 우리 인간들의 노래였지요.

우리 시대 사람들은 이런 슬픈 노래를 모릅니다. 오늘의 기쁨과 행복의 진가를 알기 위해서는 이런 슬픈 노래를 알아야 하지요……."

혜심은 노래를 뒤 번 다시 듣고는 회관에서 나왔다.

그는 자기 자신이 이 세상에 그런 노래가 있었다는 것을 모르고 살아온 것이 놀랍기도 하고 미안스럽기도 했다. 그는 행복만을 누려 왔지만 그 '행복'이란 말을 자주 쓰지 않았던 것이다.

퇴근 무렵이 되자 진료소는 더욱 조용해졌다. 다만 벽에 걸린 시계의 단조로운 소리가 유난히 똑똑히 울릴 뿐이었다.

앞뒤가 높은 산으로 마주선 골안이여서 초여름이여도 가을 같은 선기가 스며들었다.

그는 컴컴한 빈방에 점도록 앉아 있었다. 자기를 찾아왔던 청년의 딱해하던 얼굴이 자꾸만 눈앞에 밟혀 왔다.

그의 마음은 이 며칠간 가벼워지지 않았다. 은석 기사에게 너무 매정하게 했다고 그는 후회하고 있었다. 어쨌든 그는 병원에 찾아온 사람이 아니였던가. 또 오늘은 사람까지 띄워 자기를 찾았다.

혜심은 머리를 도리질했다. 그런 생각은 약한 인정과의 값눅은 타협이라고 그는 자신을 나무랐다.

이때 실험실장 숙희가 급히 병실로 들어섰다.

"아이참, 전화를 걸다 못해 뛰여왔다 얘."

"왜? 무슨 일이 생겼니?"

"자, 여러 말할 새가 없어. 빨리 가자, 어서."

숙희가 혜심의 팔을 잡아 끌며 서둘러댔다.

"왜 이렇게 급하게 그러니. 말을 해야 무슨 약을 가지고 가겠는지 알지."

혜심은 덤벼치는 숙희의 말이 무슨 말인지 쇠통 알아들을 수가 없었다.

"아이구, 의사 선생님은 그저 환자밖에 모르시네. 혜심이, 구급환자가 생긴 게 아니야. 지금 백룡산 지질조사총화회의가 시작됐는데 글쎄 비서동지가 내과의사인 혜심이를 참가시키라고 하지 않겠니."

"나를?"

혜심은 위생복을 벗다가 깜짝 놀라 숙희를 의아한 눈길로 쳐다보았다.

"아니 내가 거기 참가해서 어찌라는 거니. 의사가 거기에 무슨 필요가 있을가."

"낸들 알 게 뭐니. 가 보면 알 테지."

숙희도 알 수 없다는 듯 고개를 저었다. 년간 지질총화보고서를 놓고 총화하는 장소에 의사를 참가시킨 례는 아직 없었다. 혜심은 의사의 본능으로 적십자표가 붙은 멜가방에 재빠르게 필요될 수 있는 약을 넣었다.

'왜 그럴가……'

아무리 속대중을 해봐도 짐작이 가지 않았다. 혜심은 자기가 무슨 일을 버르집어 놓은 것 같은 가늠할 수 없는 불안을 느끼며 숙희와 함께 진료소를 나섰다.

그들이 탐사대 청사 앞에 다가왔을 때는 불이 환히 켜진 기사장실의 열린 창문으로 한방 둘러앉은 사람들의 모습이 들여다보였다.

혜심은 숙희와 함께 조용히 긴 복도를 지나 기사장실 문가에 다가섰다. 숙희가 먼저 문기척소리를 내고는 살며시 문을 열고 혜심을 방에 들여보냈다.

사람들은 무엇에 그리 열중하고 있는지 혜심이가 허리를 굽히고 맨 뒤자리에 조심히 앉는 것도 곁눈으로 살피는 사람이 없었다. 맨 앞에 마주앉았던 당비서가 그저 혜심이 쪽을 넌지시 넘겨다보며 빙긋이 눈웃음을 보냈을 뿐이였다.

방 앞벽엔 여러 가지 색갈로 그려진 갖가지 지질도와 광맥분포도며 그리고 시료분석표들과 지질구조도들이 걸려 있었다.

은석이는 그 앞에서 매우 침착한 목소리로 이야기하고 있었다.

"……이상과 같은 제반 확인된 자료로서 이제는 이 <프>토를 확신성 있게 개발대상으로 넘길 수 있습니다. ……"

혜심은 피끗 은석이 쪽을 바라보고는 다시 고개를 숙였다.

은석은 그 다음 또 매 시료분석점들의 품위들을 설명하고는 잠시 말을 끊었다가 계속했다.

"그러나 이 화학분석은 일 년 전에 우리가 이미 알고 있었던 것입니다. 이 자료는 또 중앙에도 보고되였고 또 <프>토를 약재원료로 쓸 수 있다는 보증을 받은 자료들입니다. ……"

은석은 또 말을 끊었다. 한동안 방안은 조용했다. 웬일인지 은석은 말을 계속하지 않았다.

이때 당비서가 자리에서 일어섰다.

"……혜심 동무, 이 병력서의 수표는 동무가 한 거지요."

혜심은 무엇 때문인지 가슴을 울렁이며 자리에서 일어섰다. 그는 자기 눈을 의심했다. 은석이가 며칠 전에 자기에게서 가지고 간 그 병력서가 당비서의 손에 쥐여져 있었던 것이다.

"네……"

혜심은 그저 영문을 알지 못한 채 자신없이 대답했다.

당비서는 알았다는 듯 얼굴에 기쁜 미소를 지으며 고개를 끄덕였다.

"동무들……. 은석 동무는 자기가 1년 전에 찾은 <표>토를 오늘에야 국가에 내놓았습니다. 1년 전에 우린 그것을 실제적 가치가 있는 것으로 인정했습니다. 그러나 은석 기사는 자신이 찾아낸 것을 서둘러 세상에 공포하지 않았습니다. 왜냐하면 그 <표>토는 약재에 쓰는 중요한 원료의 하나이기 때문에 더 연구해야 한다고 주장했던 겁니다. ……. 그런데 그는 어떻게 연구했는가. 1년간 그것을 하루에 50그람씩 은석 동무 자신이 먹었습니다. 누구도 모르게 말입니다. 그리고 한 달에 한 번씩 위검열을 했습니다. 병력서엔 이상이 없습니다. ……. 그는 열한 번의 검열을 하고 나서야 오늘 비로소 자기가 찾아낸 것을 내놓았습니다. ……. 혜심 동무, 이 병력서엔 모든 것이 정상입니다. 믿어두 됩니까?"

혜심은 순간 눈앞이 핑 돌며 비서의 얼굴도, 한켠에 머리를 숙이고 서 있는 은석이도, 벽에 붙은 화려한 지질도들도 보이지 않았다.

"네……"

그는 간신히 이렇게 한마디 대답하고는 자리에 앉았다. 누가 맨 먼저 박수를 쳤는지 온 방안이 박수갈채로 떠나갈 듯했다.

모임이 언제 끝났는지 그리고 웅성거리며 나오는 사람들 속에 몸을 숨기듯 혜심이 자신이 언제 그들 속에 묻혀 밖으로 나왔는지 알 수 없었다. 그는 될수록 빨리 자기의 조용한 치료실로 가고 싶었다. 부끄러웠다. 그리고 분했다.

'그 동문 나쁜 동무야. 왜 그 사실을 내게 말하지 않고 속였을가.'

그는 이 말을 수없이 속으로 외우며 진료소로 달려왔다. 고까운 생각이 그의 가슴을 옥죄듯이 아프게 했다. 그는 진찰실에 들어와서도 이윽토록 한자리에 선 채 굳어져 있었다.

'아니야, 내가 만일 그 동무가 그것을 먹는다는 걸 알았다면 결코 난 그렇게 하지 못하게 했을 거야. 의사로서 절대로 허락하지 않았을 거야. 그러니 속일 수밖에……'

시간이 얼마나 흘렀는지 알 수 없었다. 혜심은 창가에 선 채 고개를 숙이고 무엇인가 종잡을 수 없는 생각 속에 헤매고 있었다. 언제부터 비가 내리기 시작했는지 처마에서 떨어지는 기스락물소리가 류달리 가슴에 아프게 마쳐왔다.

불현듯 캄캄하던 방에 갑자기 환히 불이 켜졌다. 혜심은 놀라듯 고개를 돌렸다. 문가에 은석이가 스위치에서 손을 내리며 아무 일도 없었던 듯 태연히 서 있었다.

"합숙에 내려가던 길에 가방을 가져왔습니다."

은석의 손에 적십자표가 그려진 혜심의 위생가방이 들리워 있었다.

혜심은 피끗 은석이 쪽을 바라보았으나 이내 눈길을 돌렸다. 왜선지 갑자기 설음이 났다.

"……난 동무가 그럴 줄 몰랐어요……. 1년간이나 절 속였지요……. 아니 어쩌면……."

혜심은 두 손으로 얼굴을 싸쥐며 돌아서고 말았다.

만일 이때 작곡가가 방에 들어서지 않았다면 순박한 은석이는 대단히 어려운 곤경을 치르었을 것이었다. 그는 어찌할 바를 몰라 가방을 든 채 그 자리에 장대처럼 서 있기만 했던 것이다.

"아…… 둘이 다 여기 있는걸……. 은석 기사 동무, 자 그 손을 좀 잡아 봅시다. ……. 얼마나 즐거운 밤인가요. 난 지금 당비서한테 가서 그 일을 알았습니다. 그래서 은석 기사를 만나자구 합숙에 갔다 오는 길에 이 방에 불이 켜져 있길래 의사 선생이라두 만나서 이 기쁨을 나누자구 들렀지요. 아니 그런데 의사 선생, 왜 우셨습니까?"

쾌활한 작곡가는 혜심이와 은석이를 번갈아 보더니 제나름으로 생각하고는 두 손을 맞비비며 빙긋이 웃는다.

"좋습니다. 울 수도 있지요…… 혜심 선생, 전 여기 와서 옛날의 가장 슬프고 처참한 인간의 노래를 채보했습니다. 전 그것을 두고 얼마나 기뻐했는지 모릅니다. 그러나 기사 동지, 난 오늘밤 진실하고 참된 우리 시대 인간들의 새로운 노래를 들었습니다. 최고의 인격을 가진 우리 시대의 인간들, 숨은 영웅들의 노래지요. 그건 채보할 수가 없는 겁니다. 작곡해야지요. 그렇지 않습니까…… 가만 내가 방해한 것 같군……."

"아니 조금도 방해한 건 없습니다."

은석이가 침착하게 작곡가를 안심시켰다.

"허허…… 자, 그럼 실례합니다. 전 래일 떠납니다. 안녕히들."

혜심이와 은석은 작곡가가 내미는 손을 힘껏 잡았다.

이윽하여 방안은 다시 조용해졌다. 그러나 그 정적은 종전에 있었던 무겁고 답답하던 그 모든 감정들을 깨끗이 정화시킨 순결하고도 안정된 정적이었다.

혜심은 비로소 맑아진 눈으로 은석을 쳐다보았다.

은석의 은근한 눈이 혜심이를 지켜보고 있었다.

혜심은 그 순간 은석의 그 눈이 얼마나 많은 것을 이야기하고 있는가를 조용한 마음으로 읽었다.

벽시계가 밤 열한 점을 치기 시작했다. 순간 두 사람은 매우 단순한 의미밖에 없는 벽시계의 종소리를 하나 둘 입 속으로 세며 진지하게 듣고 있었다. 마치 그 종소리에서 서로의 마음속에 숨겨 둔 그 어떤 암시라도 찾을 수 있기나 한 듯이……

림진강

김명익
1942년 11월 황해남도 신천군에서 출생
1980년 사범대학 졸업
첫작품 단편소설 『나의 직무』(1963년)
작 품 단편소설 『정든 고장』
        외 단편소설 10여 편

아침나절에 렬차에서 내린 숙희는 그 길로 리 소재지까지 가는 뻐스에 옮겨 탔다. 어머니가 계시고 숙희 자신이 태여나 처녀시절을 보낸 정든 고향 림강마을까지는 뻐스로 한 시간이면 가 닿을 수 있었다.

때는 마가을이여서 어디에나 누렇게 황이 든 락엽들이 날리고 이미 곡식단들을 꺼들인 들판에서는 뜨락또르들이 가을갈이에 여념이 없었다.

읍거리를 벗어난 뻐스는 굽이굽이 산기슭을 따라 에돌기도 하고 무연한 벌 한가운데를 가로질러 곧추 달리기도 하였다. 차창가에 이마를 바투 대고 흘러가는 산발들과 전야를 바라보느라니 떠나올 때 목에 매여달리던 어린 딸의 모습이 느닷없이 떠올라 가슴이 뭉클하였다.

"엄마, 몇 밤 자면 오나? 할머니도 같이 오나?"

배웅나온 아버지를 따라 역 구내에까지 나왔던 어린 영아는 자기도 할머니한테 가겠노라고 여간 졸라대지 않았다. 그런 걸 숙희는 매정하게 떼놓고 떠났다. 딸애는 물론이거니와 고향에 홀로 계시는 어머니가 영아를 더욱 못 견디게 보고 싶어 한다는 것을 숙희는 모르는 바가 아니였다. 그러나 그는 바로 그런 어머니를 위하여 그냥 떼두고 왔던 것이다.

자식을 길러 봐야 부모의 사랑을 알게 된다고 숙희는 딸을 낳아 키우면서 어머니의 사랑이 얼마나 컸던가를 새록새록 느껴지게 되였다.

그나마 결혼을 하고 어머니 곁을 훌쩍 떠나오고 말았으니 녀자라는 것은 어차피 그렇게 되고 마는 것인지…… 협동농장 기사로 일하던 남편이 도 농촌경리위원회로 소환되게 되어 도시로 이사와 보니 현대적인 살림집에 그 흔한 살림살이 정말 부러운 것이 없었다. 단지 근심은 고향에 남겨 두고 온 어머니였다. 농촌에서 태여나 평생을 농사일로 늙어 온 어머니를 모셔다 여생을 편안하게 하여 드린다면 자식된 도리를 얼마간이라도 지킬상 싶었다. 남편의 마음도 다를 바 없어 어머니에게 몇 번이나 청을 드렸는지 모른다. 그때마다 어머니는 머리를 가로저은 것이였다.

"너희들의 그 마음이 고맙구나. 그러나 이렇게 서로 보고 싶을 때 찾아오고 찾아가 만나면서 살면 되는 거지 꼭 모여 살아야만 맛이겠니. 만나고 싶어도 만나지 못하고 수십 년 동안이나 소식 한 장 모르고 사는 사람들을 생각하면 나는 이 림강 땅에서 뜰 수가 없구나."

림진강 나루를 건너 한 나절이면 오갈 수 있는 그곳! 소리치면 화답할 수 있는 지척에 잠시 다녀온다고 떠나간 남편과 아들이 아직 돌아오지 못하고 있다. 그 남편과 그 아들을 애오라지 기다리며 스물다섯 꽃나이부터 무릇 서른여섯 해를 고스란히 늙어 오는 어머니, 어머니의 그 심정을 모른다 하면 숙희는 벌써 인간이 아니였고 딸일 수 없었다.

아무리 그렇다 해도 나라가 통일이 되면 찾아올 사람들은 찾아오기 마련이요, 언제일지 모를 그날을 무료히 기다리며 호젓한 집에서 외로이 살도록 할 수는 없는 것이다. 어떻든 숙희로서는 더 이상 자식된 도리를 어길 수 없어 이번에는 무슨 일이 있더라도 기어이 모셔가리라 벼르고 벼러 떠난 것이다. 영아를 부러 떼놓고 온 것도 실은 그 때문이였다.

숙희의 간절한 생각을 싣고 달리던 뻐스가 멎어 섰다. 어느덧 목적지에 다 온 것이다.

숙희의 고향집은 림강마을에서도 좀더 강변 쪽으로 치우쳐 외따로 떨어져 있었다. 전쟁 전부터 살아오는 집자리였다. 집터가 특별히 좋은 것도 아니였지만 어머니는 집을 다른 곳으로 옮기는 것을 원치 않았다. 집 떠난 사람들을 기다리는 곡진하고 갸륵한 마음이랄가. 분렬이 된 나라가 통일되고 나루길이 열리면 누구이든 이 집주인들이 발을 구르며 뜨락으로 들어설 것만 같은 열망과 비원이 미루고 미루어져 어언 서른 해 하고도 여섯 머리를 채워 가고 있는 것이다.

어머니의 마음인 양 지붕 우에는 누렇게 익은 동이만한 호박들이 주렁주렁 열리여 있었다. 강 건너 간 아버지가 한겨울의 호박국을 그렇게도 좋아했다며 어머니가 해마다 알심들여 지어오는 호박농사다.

고향집 사립문을 열고 마당가에 들어서니 숙희의 마음은 그지없이 설레였다. 집은 예나 변함이 없었다. 자루채 묶어서 처마에 매여단 종자 강냉이며 정성들여 일쿠고 심은 마늘밭, 올벼짚으로 일매지게 둘러친 울바자 등은 부지런하고 깐진 어머니의 일 솜씨를 그대로 보여 주고 있었다. 터밭 변두리에 새로 옮겨 심은 애어린 감나무 몇 그루가 숙희의 눈길을 끌었다. 해방이 되여 토지를 분여받은 그 해에 아버지가 심었다는 아름드리 감나무가 뒤뜰 안에 적게도 세 그루씩이나 있는데 어머니는 올 가을에 또 심었다. 당대 이 집에서 사시려는지. 그제서야 숙희는 마을에서 집으로 오는 길이며 강변 쪽으로 향한 길이 여느 때 없이 넓고 번뜻하게 닦아진 것이 우연하지 않다고 생각되였다.

"어머니!"

숙희는 반가움에 젖은 음성으로 어머니를 찾았다.

"……"

집안에서는 아무런 대답도 없었다.

"제가 왔어요. 어머니!"

숙희는 왜 그런지 목이 메였다. 꽉 닫겨져 있는 방문이 그의 마음을 더욱 서글프게 했다. 집은 텅 비여 있었던 것이다. 그래도 행여 뒤뜰

안으로 돌아가 보았다. 어미닭이 제 새끼들을 거느리고 무심히 모이를 주어먹고 있었다. 점심때가 이슥한데도 집이 비여 있는 걸 보니 밥까지 싸가지고 일나가신 모양이다. 얼핏 양수장 생각이 났다. 지난 10년 동안을 양수기 운전공으로 일하여 온 어머니였다. 올 봄에 양수장을 다른 사람에게 인계한 어머니는 그 후에도 보조운전공격으로 하루도 빠짐없이 나와 일하였으며 특히 농한철의 양수장 관리는 도맡아 해 온다.

어머니에게는 그럴만한 사연도 없지 않았다. 공화국 정부의 시책에 의하여 나라에서 100만 정보 관개공사를 한창 벌리던 그 해 이 고장에서는 흐르는 림진강 물을 퍼올리는 양수장을 건설하고 있었다. 림진강이 련천으로 굽어드는 그곳에 양수기를 설치하고 물을 퍼올리면 림강벌은 억년 가뭄을 모르게 될 것이다. 그런데 림강벌과 잇닿은 련천벌은 어떻게 될 것인가? 분계선이 막히기 전에는 림진강이 하나의 흐름이였듯이 벌도 하나였고 수로도 하나였다. 그런 것이 지금은 강도 벌도 논뚝길도 다 갈라졌다. 양수장 기초를 파며 사람들은 자연히 이웃 마을 농민들을 생각하였다.

어머니의 마음은 더했다. 돌아오지 못한 남편과 아들이 그곳에 살고 있으며 인정을 나누며 살아온 농군들이 있다. 통일이 되면 예전처럼 그들과 함께 들길로 오가고 수로의 물도 의좋게 나누어 쓰면서 농사를 지어야 할 것이다. 한다면 그때가서는 저 양수장물이 작을 테지, 그럴 바에는 아예 이 양수장을 더 크게 지으면 어떨까? 두 마을 농민들의 마음 역시 그랬었다. 그리하여 양수장 기초가 다시 넓게 파지고 능력이 배는 되는 양수기와 전동기가 실려 왔다. 그리고 현판도 '통일양수장'이라고 크게 내다 걸었다. 첫 통수식날 퍼올린 강물이 수로에 철철 차 넘치고 막혀진 수로 때문에 절반나마 강으로 다시 흘려 보내지 않을 수 없을 때 사람들은 말없이 가슴을 쳤다. 그때 다섯 살이였던 숙희는 어째서 어머니가 집에서 애지중지 길러 오던 어미돼지를 양수장 건설장으로 끌고 나갔었는지 그 마음을 다 몰랐었다. 지금도 물론 그러하지만.

강뚝에 올라서니 흐르는 듯 마는 듯 푸르고 유유한 림진강 물결이 시원히 안겨 왔다. 숙희는 마음이 하냥없이 유정해졌다. 아버지와 오빠가 건너갔다가 다시 건너오지 못한 강, 그래서 어머니의 한생에 그리움과 시름만을 남겨 놓았으니 이제 어머니의 성기고 바래여진 머리는 저 강물로 하여 얼마나 더 희고 희여질 것인가. 그간 어머니는 얼마나 늙으셨을가. 때식이나 제바로 끓여 잡수며 만가지 시름 속에 잠 못 이루는 밤은 없으실가?

회벽칠을 하얗게 한 양수장이 강뚝 끝에 빤히 보이였다. 문이 열리며 흰 저고리에 작업복을 덧걸친 녀인이 머리수건을 벗어 들며 밖으로 나왔다. 한가닥 강바람이 작업복 앞섶을 가볍게 날리였다. 어머니였다!

숙희는 다소 놀라왔다. 생각했던 것처럼 그렇게 어머니는 늙고 쇠잔하지 않았다. 허리도 꼿꼿한 채 그대로이고 여느 때 없이 생기가 넘쳐 보였다. 그렇다고는 하나 숙희는 북받쳐 오르는 련민의 정만은 어쩔 수가 없었다.

“엄마!”

눈앞이 뿌얘서 달려간 숙희는 어머니의 손을 잡고 놓지 못했다.

“용케 떠났구나. 아침에 까치가 짖더니 네가 오느라고 그랬구나.”

“그간 어떻게 지냈어요. 몸이랑 일없어요?”

“나야 무슨 일이 있겠니? 아무렇지도 않다. 자, 보렴아.”

어머니는 미소를 머금으며 우습꽝스럽게 팔까지 흔들어 보였다.

숙희는 그러는 어머니가 오히려 더 측은하게 느껴졌다.

“그래 집에서들은 다 무고하냐? 애 애비랑……”

“다 잘 있어요.”

“영아는 왜 안 데리고 왔느냐?”

숙희는 살며시 눈길을 내리깔았다.

"어디 앓니?"

"앓기는요."

"그럼 왜? 보고 싶구나."

어머니는 한동안 귀엽고 재롱스러운 영아의 모습을 그려 보듯 먼 하늘을 바라보았다.

"아니 원, 내 정신 봐라. 왜 이러구 섰다니, 어서 집으로 들어가지 않구. 가자. 배가 고프겠구나."

어머니는 서둘러대며 숙희를 앞세웠다.

오래간만에 딸이 왔다며 어머니는 닭을 잡는다 별식을 만든다 잠시도 가만 있지 못하고 집 안팎을 드나들었다. 숙희도 팔을 걷고 나섰다. 그러나 어머니는 방안에 앉아서 영아 이야기나 하라며 애당초 부엌에 들여놓지부터 않았다.

저녁에는 마을사람들이 모여왔다. 도회지로 출가한 강변집 딸이 왔다며 동네 늙은이들도 찾아오고 소꿉시절 동무들도 왔다. 일무리(잔치나 그 밖의 큰일을 치르느라고 손님을 대접하는 것) 집처럼 숙희네 집은 온 밤 흥성이였다. 아침에는 또 아침대로 집집마다 그들 모녀를 청하였다. 그들은 해가 퍼그나 솟아올라서야 마을에서 돌아왔다.

"나와 강에 나가보지 않으련?"

집에 가까이 이르자 어머니가 말했다.

어머니가 양수장일 때문에 그런다는 걸 뻔히 알면서도 숙희는 순순히 응했다. 벼르고 떠나온 말을 할 수 있는 조용한 기회가 생긴 것이다.

"그러자요 어머니, 저도 림진강이 그리울 때가 많아요."

그들 모녀는 자욱자욱 추억이 깃든 강변길을 걸으며 가지가지 지나온 회포를 나누었다.

"어머니, 이번에 제가 마음먹고 떠나왔는데 제 말을 꼭 들어주시죠?”

어머니는 별스레 심각해지는 숙희를 보며 시무룩히 웃었다.

“웃지만 마시고 어서 대답해 주어요.”

“원 애두. 그런다지를 않니.”

어머니는 딸의 손목을 이끌고 잔디밭에 나란히 앉았다. 림진강 흐름이 한눈에 바라보였다.

“어머니, 전 이번에 어머니를 모셔가자고 떠나왔어요.”

숙희는 단도직입적으로 말했다.

“나를……?”

“그렇지 않으면 올해에도 빈집에서 홀로 겨울을 나겠어요.”

“혼자라니?”

“혼자가 아니구요. 영아 아버지도 어머니를 모시고 오기 전에는 올 생각 말랬어요.”

“원 애들두. 하긴 그렇지 않아도 가을걷이나 끝내고는 나두 한번 다녀오려 했다만.”

“일이 뭐 그렇게도 바빠요? 빈 양수장이나 관리하는걸.”

숙희는 여전히 싫죽한 어조다.

“그래도 그렇지. 아무리 빈 양수장이라 해도 사철 비여 두지 않는 것이 우리 림강마을 사람들의 굳어진 관례라는 거야 너두 알지 않니.”

어머니는 딸을 바라보며 손으로 보드러운 잔디를 어루쓸었다.

“어머니는 그저 림강마을 생각뿐이죠?”

숙희는 아주 앵돌아졌다. 자식의 마음을 아랑곳하지 않는 것은 조금도 달라지지 않았다. 어찌 보면 정이 더 메말라진 듯싶었다. 숙희는 저도 모르게 눈물이 쿡 내솟았다.

“너무하세요. 양수장이 어쨌다는 거예요. 그래 하나밖에 없는 이 딸자식마저 버리고 림진강가에 혼자 살면 어머니 마음이 편해요? 잘났건 못났건 저도 자식이예요. 이제는 손녀도 있고 살림도 남부럽지 않아요. 자식이라는데 홀어머니를 고향에 버려둔 채 저희들끼리만 재미있게 산다고 동네가 웃어요. 딸이 오죽하면 어머니가 촌에서 외롭게 살면서도 올 생각을 않는다구 손가락질을 해요. 이젠 남편 볼 면목도 없어요."

"됐다. 그만해라. 내가 지극한 너희들의 그 마음을 알면 되지 않니." 어머니는 너그럽게 웃으며 딸을 진정시키려고 했다.

"아니 전 그냥 떠나지 못해요. 어머니, 어디 말씀해 보세요. 솔직히 말해 줘요. 어머니는 제가 딸이여서 그러시죠? 아들이라면, 제가 아들로 태여났다면 어머니는 안 그러실 거예요. 아마 남에 계시는 아버지가 후날에라도 돌아오신다면 저를 불효한 딸이라고 원망하실 거예요. 오빠두 용서하시지 않겠죠."

"숙아."

어머니도 딸의 설분을 어떻게 눅잦힐(누그러뜨릴) 줄 모르는 듯 잔디풀을 가만히 쓸어 쥐고 소리 없이 흐르는 강물만 멍하니 바라보았다. 푸른 강물은 한낮의 해빛을 받아 눈부시게 반짝거렸다. 어머니는 강쪽에서 눈길을 떼지 못한 채 귀밑머리를 쓸어 올렸다. 숙희의 눈길도 어언 강 쪽으로 옮겨졌다.

멀고 먼 북쪽 아호비령산 기슭에서 흐름을 시작하여 양덕과 법동, 이천과 철원을 연연히 거쳐 그 무슨 사무친 사연을 전하려는 듯 남쪽 땅으로 유유히 굽어 들었다가 그대로는 흘러갈 수 없듯이 다시 북반부의 판문군에 와 닿아서야 한강과 합류되여 서해로 흘러드는 림진강. 그 강물을 바라보며 그들 모녀는 무슨 생각에 잠겨 있는 것인가.

림진강은 숙희의 아버지 오만석과 어머니 류성녀의 첫사랑에 움을 틔워 주었고 결실을 맺어 주었다. 남의 집 머슴살이와 부엌데기 신세였던 그들은 해방이 되여 성례를 갖추고 자유와 인간의 존엄을 찾았다. 땅을 부여받은 그들은 고마운 제도를 받드는 마음으로 부지런히 농사를 지었다. 그들에게는 누렁소도 생기고 새 집도 지었으며 귀여운

복덩이도 태여났다. 이 좋은 세상에서 만복을 누리며 살라고 이름을 오만복이라고 지었다. 행복은 갈수록 늘어나고 앞날은 더욱 휘황하였다.

허나 전쟁은 다른 모든 사람들과 마찬가지로 그들의 행복과 미래를 하루아침에 교란하였다. 어머니의 가슴이 둘로 갈라지고 새까맣게 재가 된 것도 그때부터였다.

어데선가 한 쌍의 까치가 소리 없이 날아와 림진강 너머로 가볍게 사라졌다. 숙희는 다섯 살나던 여름날이 떠올랐다. 빨래하는 어머니를 따라나와 물장구랑 치면서 강가에서 놀던 숙희는 자유롭게 강을 날아넘는 두 마리의 까치를 보았다. 멀리로 날아가는 까치를 손채양 너머로 오래오래 지켜보고 섰던 숙희는 어머니에게 물었다.

"엄마, 울 아버지는 어디 있지?"

빨래하던 일손을 멈춘 어머니는 귀밑머리를 쓸어 넘기며 나직히 숨을 내쉬였다.

"너희 아버지 말이니? 저 림진강 건너에 있단다. 저 강 건너에."

"근데 왜 안 오나, 강물이 깊어서 못 오나?"

"강물이? 응, 그래."

"저 강물이 그렇게 깊으나?"

"그렇게 깊으냐구? 그렇단다. 너무 깊구 너무 넓어서 아버지도 네 오빠도 건너오지를 못하는 모양이구나."

어린 숙희는 다시 손채양을 하고 새들이 날아간 남쪽 하늘을 끝없이 바라보았다. 그리고 나서는 맥없이 혼자소리로 중얼거린 것이였다.

"야, 까치들은 좋겠구나."

어머니는 딸을 와락 그러안았다. 더운 눈물이 소리 없이 물 우에 떨어졌다. 그날 어머니는 채 헹구지 못한 빨래감들을 주섬주섬 모아가지고 넋잃은 사람처럼 집으로 돌아왔다.

그 후 숙희는 오래동안 아버지에 대하여 묻지 않았다. 어린 마음에 혼자 두고두고 생각했는지 모른다. 그가 아버지에 대하여 두번째로 물은 것은 숙희가 중학교에 입학한 어느 해 봄날이였다.

감빛으로 물든 림진강의 저녁노을을 바라보며 어머니는 벌에서 돌아오고 있었고 학교에 갔던 숙희는 공부를 마치고 강뚝길을 따라 어머니를 마중해 왔다. 언제나 그랬다. 먼 발치에서 어머니를 보면 달려와 매달리며 때늦은 어리광도 부리고 깔깔거리며 웃어대기도 하였다.

그러나 어쩐 일인지 그날만은 그러지 않았다. 달려오지도 않았고 웃지도 않았다.

어머니 곁으로 다가온 숙희는 수심에 잠긴 눈길로 노을을 싣고 흐르는 강물을 바라볼 뿐이였다.

"어머니."

숙희가 어머니의 손을 살근히 잡았다. 어머니는 아무 생각 없이 딸에게 손을 맡긴 채 푸른 주단이 펼쳐진 논벌을 바라보며 풍요한 가을을 눈앞에 그려 보았다.

"어머니, 한 가지 물어도 좋아요?"

별나게 어른스러운 음성이다.

"물으렴, 뭐게?"

어머니는 딸의 머리를 귀엽게 쓸어 주었다.

숙희는 바재이듯 가만히 모두숨을 내쉬였다. 그리고 나서야 저어하며 입을 열었다.

"어머니, 우리 아버지는 어디 있어요?"

어머니는 가볍게 나무라며 그가 다섯 살때 강변에서처럼 아버지의 행처를 알려 주었다.

숙희는 그때처럼 날아가는 새를 보며 아버지는 강물이 깊어서 돌아오지 못하는가고 묻지 않았다. 중학생이 된 숙희는 강 건너에 철조망이 두겹 세겹 늘어지고 지뢰가 매설되였으며 '군사분계선'이라는 표말이 우리 나라 글과 다른 나라 글로 쓰여져 말뚝에 박혀 있는 것을 제

눈으로 보아 알고 있었다. 콩크리트장벽이 나라의 허리를 짜르며 가로 뻗어 있으니 아무리 지척인들 돌아올 수 없다는 것을 왜 모르랴. 그보다 숙희는 전혀 다른 것에 대하여 물었다.

"남들은 다르게 말들 해요."

"다르게라니?"

"나의 아버지는 강 건너에가 아니라 여기 어디에 있을 거라구 말예요."

어린 숙희는 가냘프게 한숨을 내쉬였다.

어머니는 어이없이 웃었다. 그러나 말할 수 없는 수치와 유린당한 자존심으로 하여 쓰디쓴 열물이 속에서 괴여오르는 듯 몸을 떨었다. 젊은 몸으로 혼자 살아오는 녀인의 죄 아닌 죄에 대한 억울함과 분함이였고 마음의 아픔이였다.

"남들이라니 그게 누구냐?"

어머니의 어조는 따지듯 랭담하였다.

"백세네 엄마랑, 다른 애들두 더러 그래요."

어머니는 입을 다물어 버렸다. 입심이 사납고 심술궂기로 소문난 그라면 무슨 말인들 떠돌릴지 않으랴.

억이 차서 말문이 막혔던 어머니는 간신히 마음을 다잡고 나서 숙희의 볼을 따스히 어루만졌다.

"숙아, 남들이야 아무려면 뭘 하니. 너만은 달리 생각지 않으면 된다. 너희 아버지는 림진강 남반부에 있다. 통일만 되면 아버지도 오빠도 만나게 될 게다."

그러나 어린 숙희는 몸을 흔들었다.

"싫어 엄마, 아버지가 남에 있는 거 난 싫어."

숙희는 눈물이 비오듯 했다. 아무리 달래도 울음을 그치지 않았다. 딸의 그 울음은 어머니의 가슴을 갈갈이 찢어 놓았다. 갑자기 딛고 선 땅이 꺼져 내린 듯 어머니는 무릎을 꺾으며 주저앉아 숙희의 아래도리를 부여잡았다.

"이년아 어쩌자고 이러니, 너마저 이러면 난 어떻게 살라는 거니."

어머니는 끝끝내 터져 나오는 오열을 참지 못했다. 그 오열은 어린 숙희를 겁나게 했다. 자기의 그 물음이 어머니에게 그렇게도 크나큰 설음으로 안겨질 줄은 몰랐다. 숙희는 울음을 그쳤다.

"엄마 잘못했어요. 다시는 안 그래요. 안 그럴 테야요."

저녁노을은 이미 스러져 버리고 강물은 밤의 어둠 속에서 무겁게 흘렀다. 그 대신 수룡산 우에는 둥근 달이 솟아올라 모녀의 앞길을 고즈넉히 비쳐 주었다. 유난히도 달이 밝던 그 밤이였다.

그때로부터 많은 세월이 흘러 왔다. 숙희는 자라면서 차츰 아버지 없는 설음을 잊었다. 남들처럼 철따라 교복과 신발을 선물로 받았으며 마음껏 배우며 자랐다. 상급학교를 졸업한 그는 농장의 기술지도원으로 일하였으며 마음에 드는 끌끌한 청년을 남편으로 선택하였다. 그에게 차려진 모든 행복은 아버지 없는 불행을 영영 잊게 하였다. 그는 세상에 부러움이 없었다. 있다면 단지 어머니였다. 한평생을 허전한 마음으로 그렇게 살다가 그렇게 끝날 것만 같은 어머니의 빈 가슴에 기쁨만을 가득히 채워 주는 것이였다. 정녕 그럴 수만 있다면……

"어머니, 제발 거절하지 말아 주세요. 저와 함께 떠나시죠? 어서 약속해 주어요."

숙희는 어머니의 두 손을 모아잡고 절절히 호소하였다.

어머니는 괴로운 듯 딸의 손을 꼭 쥐였다.

"용서해 다오. 세상만물이 다 변해도 부모는 자식을 못 버린다 했는데 이 에미가 너희들 앞에 모진 사람이 되는가 보구나."

어머니는 저으기 림진강을 바라보며 융단처럼 하르르한(매우 보드레한) 잔디를 어루쓸었다.

"이 에미 마음을 누가 알겠니. 저 림진강이나 알겠는지. 나라가 두 동강으로 갈라만 지지 않았다면 이런 일이 왜 있겠니."

그때 너희 아버지가 다섯 살난 네 오빠를 등에 업고 저 나루를 건늘 때에는 한 밤 자고는 오는 줄 알았더니. 하긴 전쟁이였지. 전선이 몇 차례나 저 림진강을 사이에 두고 밀려왔다 밀려갔다 할 때이니 무슨 일인들 없었겠니. 허지만 그때 나와 너희 아버지도 그런 걸 가려볼 경황이 없었다. 열병에 걸린 네 오빠가 불덩이처럼 열이 나고 금시 숨이 넘어가는 듯 할딱거렸으니 아무리 불비 속이라 해도 강 건너 삼거리마을 명의네 집을 찾아 떠나지 않을 수 없었구나.

그렇게 떠나간 너희 아버지가 닷새가 지나고 열흘이 넘었는데도 돌아오지 않고 아무런 기별조차 없었구나. 무사히 가 닿기나 했는지 아들의 병은 어떠한지…… 나는 뜬 눈으로 날을 밝히며 기다리지 않았겠니. 그 사이 나루길도 막혀 버리고 말았다는 것도 모르고 말이다.

또 열흘이 지났는데 그렇게도 날마다 밤마다 쉴 사이 없이 울부짖던 포성이 씻은 듯이 뚝 멎는 것이였다. 글쎄 전쟁이 끝났구나. 아, 평화가 왔다. 헤여졌던 사람들과 행방을 모르던 혈육들이 돌아오고 소식이 전해 왔다.

나도 기다렸단다. 강 건너 간 아버지와 오빠가 언제면 돌아오려나……. 군사분계선이 림진강을 따라 그어졌다는 말이 나에게는 귀등으로도 들려오지 않았다. 나는 처음 그 말이 무엇을 의미하는 것인지조차 깨닫지 못했다. 아니 장벽이라는 걸 믿으려고조차 하지 않았단 말이다. 병 보려고 잠시 간 네 아버지와 오빠가 어떻게 영영 돌아올 수 없단 말인가. 우리에게 사랑의 인연을 맺어 주고 행복과 미래를 안겨 준 림진강이 장벽이 되다니 어디 믿을 수가 있어야지. 그들은 꼭 돌아오리라……. 하고 나는 믿었다. 그걸 믿었기에 나는 허물어진 집을 일떠 세우고 밭을 갈고 씨를 뿌려 곡식을 가꾸었다. 무덥던 그 해 여름도 그 해 가을도.

성녀는 밤에도 깊은 잠에 들지 못했다. 자정이 넘도록 방 등불도 끄지 않았다. 집 떠난 남편이 돌아오는 길에 잠시라도 길을 헛갈리지 않기를 바라며 사립문도 열어 놓았다. 그러면 강 건너 우는 소쩍새도 남편이 전하는 소식처럼 들리고 날아예는 물새도 아들의 모습처럼 정다웠다. 농사일로 날을 보내고 생각으로 밤을 지새웠다. 그렇게 날이 가고 밤들이 지새노라면 때는 올 것이며 때가 오며는 올 사람은 기필코 오고야 말 것이다.

손꼽아 기다리던 그날은 마침내 오고야 말았다. 사람의 마음은 하늘이 알아준다 하더니 아마 사실이 그랬는지 모른다. 행운이 찾아온 자정이 깊은 그 밤, 성녀는 비몽사몽간에 남편의 발걸음소리에 눈을 번쩍 떴다. 뒤이어 들려 온 귀에 익고 몸에 밴 사랑하는 남편의 걸걸한 음성.

"여보, 만복이 어머니, 나요. 내가 왔소!"

몹시나 성급히도 뇌인다.

"아유나! 당신이……."

성녀는 어느새 문턱을 넘어 남편의 넓은 가슴에 쓰러질 듯 안기였다. 물에 젖어 남편의 옷자락이 척척한 것도 감촉하지 못했다. 이처럼 남편을 만난 것이 꿈만 같고 꿈이면 영영 깨여나지 말기를 기원했다. 남편의 등이 허전한 것을 발견한 것은 그 다음 순간이였다.

"여보, 진정하오. 애는 일없소. 병도 이제는 나아가오."

"그럼 왜 그 애를 안 데리고 왔어요. 강 건너가 예전처럼 이웃 마을인 줄 아세요?"

림진강 건너 분계선이 아무리 장벽이라 말을 해도 믿지 않던 성녀가 남편이 돌아오고 아들만이 남아 있는 그곳이 왜 그다지도 딴 세상처럼 느껴졌던지 그 자신도 알 수 없었다. 성녀는 눈앞이 캄캄하였다.

"너무 걱정마오. 이제 그 애 병이 다 나으면 함께 오겠소. 그러나 오늘은 그럴 수 없었소. 앓는 애를 어떻게 강물에 업고 헤엄쳐 오겠소. 그 애의 생명이 구원됐으니 그것만 해도 천행이요. 당신이 걱정할까 봐 당신이 보고 싶고 그리워서 하루밤 다녀가려고 떠나 왔소."

귀여운 아들의 생명이 구원되였으니 천행이라는 남편의 말은 옳았다. 그 애 없이 성녀는 이 세상을 어떻게 살 수 있단 말인가. 그리고 자기가 보고 싶어 강물을 헤엄쳐 건너왔질 않는가.

만복이가 병에서 구원되고 사랑하는 이가 돌아온 그 밤은 성녀에게 더 없이 행복한 밤이였다. 기쁘고 행복한 그 밤이 지새지를 말고 행복의 순간이 오래오래 이어지기를 성녀는 바라고 또 바랬다. 허나 그날의 그 밤은 왜 그리도 빠르게 지새였던지.

날이 밝자 남편은 떠날 차비를 했다.

성녀는 본능적으로 문턱을 넘어서는 남편의 팔을 붙잡았다. 이 순간 성녀는 앓고 있는 어린 아들이 강 건너에 있으며 그 때문에 남편이 다시 돌아가지 않을 수 없다는 어쩔 수 없는 운명의 길임을 망각한 듯싶었다.

"이러지 마오. 난들 왜 가고 싶겠소. 그러나 빨리 가서 만복이 병을 완쾌시켜 데려와야 하지 않겠소. 만복이를 데리고 올 테니, 죽어서라도 다시 돌아올 테니 기다려 주오. 오겠소, 꼭 오겠소."

남편은 성녀를 꽉 그러안았다.

"알아요. 알겠어요. 기다리겠어요. 하늘이 무너지고 땅이 꺼져도 당신과 애를 기다리겠어요. 부디……."

성녀는 다시금 남편의 가슴에 안겼다.

이것이 그들의 마지막 리별의 밤이 될 줄이야. 성녀는 인차 태기가 섰다. 그는 자기의 심장 밑에서 새 생명이 싹트고 있다는 것을 확신하였을 때 행복감에 사로잡혔다. 그것은 녀성으로서 사랑하는 남편을 가진 안해로서 생애에 두번째로 맛보는 행복이였고 환희였다. 그에게는 자기 몸에서 두번째로 태여날 새 생명을 소중히 자래워야(키워야) 할 권리가 있었고 의무가 있었다. 그 권리와 의무는 오로지 남편이 돌아옴으로 하여 빛날 것이며 자랑스럽고 떳떳할 것이였다. 그는 남편이 하루속히 무사히 돌아오기를 더욱 학수고대하였다.

가을이 가고 첫눈이 내렸다. 얼어붙은 강물 우로 물새들만 구슬피 울며 울며 림진강을 오갔다. 때없이 찬바람이 눈가루를 날리며 성녀네 집 뜨락으로 휩쓸어 들었다. 허나 그의 젊디젊은 몸 안에서는 봄날의 새움인 양 어린 생명이 무럭무럭 자라고 있었다. 눈은 내리고 그 무슨 간곡한 사연을 하소하듯 펑펑 쏟아져 내리고.

어머니는 버릇처럼 귀밑머리를 쓸어 넘기며 말을 이었다.

"다 지나간 일이다만 이제 와서 내 너에게 무엇을 숨길 게 있겠니."

한 달이 가고 또 지나도 떠나간 남편은 두 번 다시 돌아오지 않았다. 애타는 그 마음 아는지 모르는지 배 속의 아이는 하루가 다르게 자랐다. 몸이 무거워지고 배가 불러 왔다. 새 생명을 키우는 어머니의 남 모르는 기쁨의 틈바구니로 불안과 근심이 새여들었다. 그날까지도 애 아버지가 돌아오지 않으면 이 일을 어쩔가? 사람들이 뭐라고 할가? 내막을 알 리 없는 그들은 아무것도 믿으려 하지 않을 것이다. 백세네 어머니는 벌써 눈치를 채고 뒤에서 입을 비죽거리니 장차 무슨 말인들 지어내지 않으랴.

"생각하고 생각했다만 나에게는 헤어날 길이 바이 없었구나. 나중에는 모진 마음까지 먹게 되였지, 세상에 죄 되는 일이긴 하다만."

그날도 소리 없이 눈이 펑펑 내려 퍼부었다. 성녀는 아무 생각 없이 집을 나섰는데 다달아 보니 림진강변이였다. 손에 잡힐 듯 보이던 강 건너도 뽀얀 눈발 속에 잠기고 얼음장 갈라지는 소리만이 쩌—엉, 쩡 아츠럽게(애처롭게) 귀전을 때리였다

얼어붙은 듯 움직일 줄 모르고 한 자리에 섰노라니 펑펑 내리는 눈발 속에 남편의 모습이 뚜렷이 안겨 왔다. 아들의 얼굴도 보였다. 그들은 달려오며 무어라 소리를 치고 있었으나 그 목소리는 들리지 않았다.

안타까움에 못 이겨 강가 쪽으로 한 걸음 내짚던 성녀는 눈을 번쩍 떴다. 환각이였다. 그러나 이때 뇌리에 마쳐오는 한 가지 생각이 그의

정신을 맑게 하였다. 그것은 어느 때이든 떠나간 그들이 돌아오리라는 믿음과 희망과 소원이였다.

'아, 내가 이제까지 무슨 욕된 생각을 하였단 말인가. 순간의 잘못으로 아이를 낳을 수 없게 된다면 후날 나는 그 죄를 두고두고 씻지 못할 것이다. 남편 앞에 아들 앞에……'

성녀는 그제야 비로소 솜외투도 없이 맨몸으로 나온 자신을 탓하며 총총히 집으로 향하였다.

"죽어서 고혼이 되는 그날까지 아니 죽어서라도 네 아버지를 기다리겠다는 그 결곡한 마음이 없었더라면 너는 아마 이 세상의 인간이 아니였을 것이다. 그래서 숙아, 너는 우리 오씨 가문의 유복녀로 태여났구나."

"어머니……."

숙희는 어머니의 무릎에 얼굴을 묻었다. 들먹이는 그의 어깨를 어머니 손이 다정히 쓰다듬었다.

"내라구 어째 너희들이 있는 곳으로 가서 모여 살고 싶지 않겠느냐. 잠을 자다가도 불쑥불쑥 그 생각이지. 영아가 보고 싶을 때엔 막 살이 내리는 것 같다.

허지만 생각을 해보렴. 나라가 통일되여 저 림진강 나루길이 열리면 고령이 되였을 네 아버지와 마흔이 넘는, 아이 원 세월두. 우리 만복이가 벌써 그렇게 되였구나. 네 오빠가 아마 제일 선참으로 건너올 게다. 그러면 내라도 기다렸다가 집에서, 아니 집에서라니 나루까지 마중 나와야지. 맞아 들여야 하지 않겠니. 아마 네 아버지와 오빠가 우리 유복녀가 애기 어머니가 된 줄 알면 눈이 둥그래질 게다. 그들도 믿어지지 않을 테지."

어머니는 연신 고개를 끄덕이며 소리내여 웃는데 눈에서는 후두두 눈물이 뿌려졌다.

"어머니!"

숙희는 몸을 뒤채며 더욱 흐느끼였다.

"그렇게 될 날이 멀지 않아. 왜 그런지 요즘 나는 서른여섯 해 동안을 애타게 기다려온 통일의 그날이 하루하루 앞당겨지는 것만 같은 생각이 든다. 너도 방송에서랑 들어 알겠지만 저 남쪽에서 문익환 목사랑 황석영 분이랑 우리 북반부를 다녀가지 않았니. 그리구 어린 처녀인 림수경이와 문규현 신부도 통일을 위해 평양에 왔다가 통일을 위해 돌아갔지. 장벽이라던 군사분계선을 걸어 지나서 말이다. 그들 모두 조국해방 쉰 돐이 되는 해까지는 기어코 나라를 통일하고 분단민족의 슬픔을 끝장내자고 하였지. 민심은 천심이라구 통일의 날은 반드시 온다."

숙희는 고개를 들고 눈물을 거두었다.

"민족분단의 슬픔과 고통을 당하는 이들이 어디 우리 가족뿐이겠니. 이제 나라가 통일되면 모두 옛말을 하며 살자.

자, 그만 일어나 같이 강가에나 나가 보지 않겠니. 저 강물은 그저 흐르는 물이 아니야. 우리 마음이고 넋이지……."

어머니는 딸의 손목을 잡고 일어섰다.

숙희는 어렸을 때처럼 어머니의 손에 이끌려 강가로 내려갔다.

태양은 더욱 높이 떠서 빛나고 강물은 해빛을 싣고 남으로 흘러갔다.

열쇠

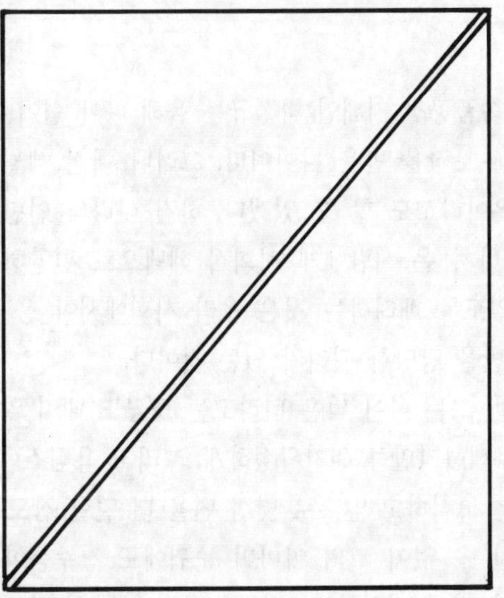

류도희

1926년 11월 서울시에서 출생
중학교 졸업
첫작품　단편소설「아침」(1947년)
작　품　단편집『행복한 날에』
　　　　　외 단편, 수필 수십 편

은평관개부속품공장 지배인 박성규는 올해 나이 쉰여덟이다. 이태만 더 있으면 년로보장을 받을 나이이다. 그러니 예전 세월 같으면 한생을 다 산 늙은이라고도 할 수 있겠다. 하긴 나라와 인민을 위하여 성실히 한생을 바쳐 온 사람에게 사회적 혜택으로 편안히 쉬면서 여생을 보낼 수 있도록 배려하는 것은 우리 사회에서야 응당한 도리이니 그도 그것을 받을 당당한 권리가 있는 것이다.

그런데 웬걸. 그는 나이 먹은 티라고는 조금도 내지 않고 아직 40대 젊은이들도 무색하리만큼 원기왕성하게, 그리고 욕심스럽게 일하는 품이 년로보장은 고사하고 앞으로 몇십 년을 더 일할 잡도리 같다.

나이는 속일 수 없어 그의 이마며 눈귀에도 잔주름이 덮이고 머리에는 흰서리가 짙게 내려앉았으나 쩍 벌어진 넓은 어깨며 두툼한 가슴이며 우둥퉁하고 붉으레한 얼굴에는 아직도 팔팔했던 젊은 시절의 여운이 청춘의 후렴처럼 간직되여 있다. 백발홍안이란 바로 이런 사람을 두고 하는 소린지도 모른다.

그래서 그런지 그를 처음 대하는 사람들은 흔히 그의 나이를 잘못 보기가 일쑤다. 지지난해 언젠가는 공장에 취재를 왔던 한 잡지사의 젊은 기자가 그의 나이를 마흔댓쯤으로 착각하여 한바탕 유쾌한 웃음을 터뜨린 일까지 있었다.

그가 지배인으로 일하고 있는 공장은 군이나 도에는 물론, 온 나라에 널리 알려져 있다. 그것은 결코 공장이 커서가 아니다. 크기로 말하면 기껏해서 4류급에나 속하겠는지……. 종업원이 500명도 되나마나한 공장이다.

그렇다면 다른 데서 만들지 못하는 류다른 제품이라도 만들기 때문인가? 그런 것도 아니다. 이 공장의 기본 생산지표란 타빈양수기와 용접관이며 기타 물뿜개나 각종 토시 등 양수설비부속들과 정미부속들, 그리고 양수관류들이니 그런 것들이라면 우리 나라 어디서나 만들고 있지 않는가.

하다면 아마 중앙과 도의 신문, 방송들에 자주 소개되였기 때문인지도 모른다.

나라의 살림살이가 늘어남에 따라 인민경제계획으로 공장 앞에 시달되는 생산과제도 해마다 높아지게 마련이였으나 이 공장에서는 어느 한 해도 그것을 미달해 본 일이 없이 꼭꼭 넘쳐 수행하였다. 그러다 보니 중앙과 도의 출판보도기관들에서 기자들이 뻔질나게 찾아와서는 이들의 빛나는 성과를 취재하여 특필로 자랑하군 하였다. 그러나 공장의 명성이 높아진 데는 두 말 없이 일을 잘한 공장과 함께 취재 기자들의 수고 또한 적지 않게 들어 있다고 보아야 할 것이다.

박성규 지배인은 이 공장과 처음부터 운명을 같이 해 온 사람 중의 하나다. 그가 제대 배낭을 벗어 놓고 공장의 기초를 파기 시작한 때로부터 꼭 30년이 된다. 그 긴 세월을 그는 이 공장에서 작업반장으로부터 직장장을 거쳐 지배인으로, 이날 이때까지 일해 오고 있다.

30년, 강산도 변한다는 그 10년이 세 번씩이나 고패쳤으니 그 사이 얼마나 많은 것이 변했겠는가.

처음에 제초기나 달구지, 액비땅크, 호미와 낫 등 쇠쇠한 농기구들을 두드려 만드는 것으로부터 걸음마를 떼였던 공장이 오늘은 양정고가 100메터를 넘는 성능 높은 양수기를 꽝꽝 만들어 내고 있으며 1,000미리까지에 이르는 각종 규격의 양수관들을 기계로 척척 맡아내고 있으니 그 규모나, 기술장비로나, 생산능력으로나를 어찌 피대선반 두 대를 가지고 닻을 올렸던 30년 전과 대비를 할 수 있겠는가.

사람들의 생활에서는 또 어떤가.

허리띠를 졸라 매며 함께 공장을 일떠 세우던 그 시절의 동무들은 이렇게 저렇게 흩어지고 없어져 이제는 그때를 추억하며 함께 이야기를 나눌 만한 사람도 몇 사람 남지 않았고 그나마 모두 다음 세대들에게 자리를 내주고 뒤전으로 물러나 '아바이(나이가 지긋한 남자를 친근하게 부르는 말)' 대접을 받고 있다. 그 사이 옹군 한 세대가 자라났으니 어찌 그렇지 않겠는가.

사람들은 흔히 박성규를 두고 일밖에 모르는 사람이라고들 한다. 하긴 그런 말을 들을 만도 한 것이 지난 수십 년 동안을 명절날이고 쉬는 날이고 하루도 쉼없이 공장에 나와서 일에 파묻혀 살다싶이 하기 때문이다.

그의 집으로부터 공장까지는 뒤 마당 실히 되는데 그 어간에서 살고 있는 읍사람들은 비가 오나 눈이 오나 하루도 빠짐없이 같은 시각에, 같은 자세로 공장으로 가는 박성규를 보게 마련이다. 만일 그 시각에 보이지 않으면 그때는 회의나 강습으로 그가 은평을 떠나고 없다는 것을 의미하는 것이었다.

그를 두고 한때 괴벽하다는 말도 있었는데 까닭인즉 그가 이상스럽달 만치 문소리에 신경을 쓰기 때문이었다.

공장의 건물들은 지은 지 오래돼서 쇠붙이들에 녹이 쓸어 문을 여닫을 때마다 돌쩌구에서 쇠갈리는 소리가 나군 했는데 지배인은 웬일인지 그 소리를 남달리 싫어했다. 남들은 별로 느끼지도 못하고 범상히 흘려 보내는 문소리에조차 그는 별스럽게도 귀를 밝히고 여간만 신경을 쓰지 않는다. 어디서 삐걱소리가 나기만 하면 영락없이 경리부가 추궁을 받군 했다. 경리부로서는 골치를 안 앓을 수 없다. 아무리 크지 않은 공장이라 하드라도 수백 개를 헤아리는 그 많은 문들을 돌아가며 살핀다는 것이 어디 간단한가. 참으로 조련치(만만하지, 대수롭지) 않은 일이라 하겠다.

"제기랄! 돌쩌구에서 삐걱소리가 난다고 생산이 안되나? 별로 까다롭게시리……." 이렇게 해서 따라 나오게 된 소리였는데 그 후 얼마 지나지 않아 문들에서 삐걱소리가 사라져 감에 따라 그 푸념도 어느 사이엔지 잦아들고 말았다.

어쨌든 박성규 지배인은 주위에서 자기를 뭐라고 하든 들었는지 못 들었는지 그에는 아랑곳하지 않고 오직 공장일에만 온 넋을 쏟아 붓고 있다.

이렇듯 밤낮 일에 파묻혀 사는 박성규의 심정을 그의 안해는 잘 알고 있다. 그는 자기 남편이 결코 남들이 말하는 것처럼 그렇게 메마른 목석이 아니며 오히려 겉보기와는 달리 무척 다감하고 속이 깊은 사람이라고 믿고 있다. 그의 이 믿음은 날이 갈수록, 나이들어 갈수록 점점 더 굳어져 가기만 했다.

허지만 그는 남편을 두고 이리쿵저러쿵 하는 사람들을 절대로 나무랍게 생각지 않았다. 왜냐하면 누구보다도 남편에 대해 잘 알고 있어야 하고 또 알고 있다고 자신 있게 생각해 오는 자기 자신조차도 남편의 남다른 깊은 심정을 아직 너무도 적게밖에 리해하지 못하고 있다고 생각하기 때문이며 그러니 남이야 탓해 뭣하랴 싶어서였다.

박성규는 웬일인지 퍽 나이들어 늦게야 결혼했다. 그들이 결혼한 것은 박성규가 직장장으로 사업하기 시작한 1959년이었으며 나이 서른세 살때였다. 그때까지 독신으로 지내다 보니 주위에서는 "왜 장가를 안 가느냐?", "고향에 두고 온 안해를 기다리는 게 아니냐?" 하고 별의별 소리들을 다해 가며 성화를 먹였다. 사실 총각으로 집을 떠난 성규는 분계선 넘어에 계시는 어머니를 만나게 될 날을 하루와 같이 기다려 왔던 것이다. 어머니 앞에서 성례를 치루고 어머니로 하여금 새 며느리의 큰절을 받으시도록 하는 것이 아들로서의 마땅한 도리라고 생각해 왔기 때문이다. 그의 결혼이 늦어진 것은 순전히 이 때문이였던 것이다.

결혼 후 안해는 고향의 어머니를 그리워하는 남편의 아픈 심정을 리해하려고 무척 애썼으며 그의 외로운 마음을 메꾸어 주려고 남모르는 노력도 많이 해왔다. 그러나 함께 생활하면서 보니 고향을 그리며, 고향으로 향하는 남편의 마음은 자기로서는 도저히 따를 수도 없을 뿐 아니라 헤아릴 수도, 가늠할 수도 없는 그런 폭과 깊이와 농도를 가진 그런 것이라는 것을 그는 갈수록 절감하게 되는 것이였다. 세월이 흘러가고 나이를 먹으면 차츰 남편의 마음의 아픔도 가라앉겠지 하고 속으로 자신을 위안하기도 하였다. 그러나 어떻게 된 셈인지 나이들어 갈수록 남편의 마음은 가라앉기는커녕 점점 더해 가는 것만 같았다.

몇 해 전에 있은 일이다. 하루는 집에 돌아온 남편의 기색이 어쩐지 좋지 않아 보이기에 그 까닭을 물었더니 주물직장장네 어머니 장례를 치루고 왔다는 대답이였다. 장례에 갔다온 사람이 기분이 가벼울 수야 없겠지 하고 안해는 범상하게만 생각하였었는데 남편이 "당신은 젊어서 나한테 와서, 시어머니의 사랑도 한 번 받아 보지 못하고 이젠 로친이 됐구려!" 하고 느닷없이 말하며 쓸쓸하게 웃는 것이였다.

"아니 그건 또 무슨 소리요?"

자기 생활에서 시어머니란 있어 본 일이 없었으며 따라서 시어머니란 말조차 입에 올려 본 일이 없었던 안해는 갑자기 목이 콱 메여올랐다.

"여보! 이젠 어머니가 살아 계시기를 바라기가 힘들겠지?"

갈린 소리로 뇌이며 바라보는 성규의 오뇌에 찬 눈빛 앞에서 안해는 온몸이 붙는 듯 굳어져 버렸다.

'그래서였구나!'

그저 장례를 치루고 왔기 때문이라고만 생각했던 자기 생각이 끝없이 민망스러웠다. 갑자기 미안하고 죄스러운 생각이 들면서 눈물이 왈칵 솟아나왔다. 남쪽에 고향을 둔 남편과 평생을 같이 살아오면서도 아직까지 남편의 아픈 심정도 헤아리지 못하고 살아왔다는 자책이 아프게 가슴을 조이고 들었다.

"여보! 안됐어요. 용서하세요!"

안해는 다른 말을 할 수가 없었다. 그저 앉은 자리에서 눈물만 흘렸다. 성규는 그 소리를 들었는지 못 들었는지 오래도록 말없이 앉아 있기만 하더니 이윽고 혼자소리처럼 나직하게 말했다.

"올에 일흔다섯에 나시는데…… 살아계시기나 하시는지……"

그리고는 별로 피우지 않던 담배를 피워 물고 깊은 한숨과 함께 연기를 길게 내뿜는 것이였다. 그러기를 몇 번 거듭하더니 한참 만에

"여보! 당신이나 나나 우리는 일을 더 많이 해야겠소. 더 많이! ……" 하고 힘주어 말하는 것이였다. 안해는 그 말 속에 담긴 남편의 심정을 새삼스럽게 깊이 생각하게 되였다. 그리고 사람들이 하는 일에 대하여 사람들이 늘 쓰는 '일'이라는 말의 뜻에 대하여 다시금 깊이깊이 되새겨 보게 된 것이였다. 장창(언제나 늘) 공장에 나가 사는 남편 심정이 이날따라 어느 정도 짐작되는 것 같았다. 그 후부터 안해는 남편이 밤늦게 돌아와도, 휴식날을 공장에 나가 살아도, 휴가를 받지 않아도 다시는 이러쿵저러쿵 하지 않았다.

그러나 제딴에 아무리 남편의 깊은 마음속을 리해하려 하고 또 그를 위한다지만 역시 남편의 생각을 대신해 줄 수는 없는 것인가 보았다.

이듬해 봄, 한식을 하루 앞둔 청명날이였다. 마을의 집집마다에서는 산에 갈 차비들을 하느라고 지지고 볶고, 기름 냄새를 피우며 흥성거렸다. 허나 성규의 안해는 올해부턴 산에 가는 것을 그만두기로 마음 먹고 아무런 준비도 하지 않았다. 고향에도 가지 못하는 남편에게 어쩐지 미안한 생각이 들었고 남편의 아픈 상처를 건드리는 것 같아서

였다. 친정의 아버지 어머니들이 세상을 떠난 지도 이제는 10년, 6년이 지났는데 눈치도 없이 해마다 빼놓지 않고 산에 갔다 온 지난날이 그 해따라 새삼스레 죄스럽게 돌이켜졌던 것이다.

그날 밤, 공장에서 돌아온 성규는 무엇인가 이상한 기미를 차렸던지

"여보! 산에 갈 준비가 어떻게 됐소? 래일이 한식인데……."

하고 집안을 두리번거리는 것이었다. 안해는 속이 뜨끔했다. 그러나

"올해부턴 오빠네나 가라 하고 난 그만두자고 해요." 하고 태연히 말했다.

성규는 금시 낯색이 달라졌다.

"무슨 쓸데없는 소릴 하는 거요?!"

안해는 당황했다. 제 딴에는 깊이 생각하고 한 일인데 도리여 성을 내니 왈칵 설음이 북바쳐 올랐다.

"왜 역정을 내슈? 남의 속도 모르고……."

안해는 속이 돌아져서 돌아앉고 말았다. 미묘한 침묵 끝에 성규가 조용히 입을 열었다.

"당신이 왜 그런다는 걸 내 모르지 않소! 허지만 내가 바라는 건 그 것이 아니요!"

안해는 옷고름으로 눈물을 닦으며 어깨를 떨기만 하였다. 한결 부드러워진 남편의 목소리가 다시 울렸다.

"여보! 자식들이나 후손들이 조상의 뼈가 묻힌 선산을 찾아 그들의 명복을 빌며, 세상 떠난 분들을 추억하는 것은 예로부터 내려오는 우리 조선사람들의 좋은 풍습의 하나요. 한식이나 추석날, 돌아가신 부모들이나 할아버지, 할머니들의 묘를 찾아가 옛일을 추억하며 그 분들의 이루지 못한 념원을 가슴속에 되새기며 마음속으로 맹세를 다지는 것이 얼마나 좋은 일이요? ……. 지금 분계선이 막혀 선산을 찾아가지 못하는 것만 해도 조상들 앞에 죄스럽고 가슴이 터질 노릇인데 하루면 갔다올 수 있는 데야 왜 가지 않겠소. 더우기 아이들에게 지난날을

잊지 않게 하고 조국통일을 잊지 않도록 교양을 주는 데도 좋은 기회가 아니요……. 공연히 딴 생각 말고 이제부터 간단히 차비해서 래일, 아이들과 함께 산에 가도록 하오!"

나직하나 그 어떤 울분이 배여 있는 듯한 그 소리를 들으며 안해는 가슴에 옥죄여 드는 것을 어쩔 수 없었다.

그날 밤, 안해는 자정이 넘도록 음식을 마련하면서 등을 돌려대고 앉아 말없이 망질(맷돌질)을 하는 남편의 거쿨진 뒤모습에 자주 눈길을 보내며 남편의 가 보지 못한 고향에 대하여, 아직 뵈옵지 못한 시어머니에 대하여, 그리고 남편의 심중에 대하여 더 깊이 생각해 보았으며 그 어떤 엄숙한 감정에 사로잡히기까지 하였던 것이다.

이렇게 안해는 결혼 후 그와 25년을 함께 살아오는 동안, 생활의 걸음마다에서 남편의 사람됨됨을 더욱 깊이 리해해 가면서 자기의 어깨 우에 단순히 안해나 어머니로서만이 아닌, 민족적이며 시대적인 보다 숭고하고도 무거운 책임이 실리여 있다는 것을 새삼스럽게 느끼게 되는 것이였다. 이러한 느낌이 그로 하여금 남편을 한층 더 새로운 눈으로 보게 만들었는지도 모른다.

언제부터인지 성규의 안해는 아파트의 현관까지 내려와 출근하는 남편을 바래주기 시작하였는데 이제는 그것이 일과처럼 되여 버리고 말았다.

한 손에 가방을 들고 다른 한 손을 힘있게 저으며 성큼성큼 걸어가는 남편의 걸음새는 언제 봐야 한모양, 한본새다. 읍사람들이 하루도 빠짐없이 같은 시각에 보게 되는 그 모습이다. 젊은이처럼 크게 걸음을 옮기며 급하게 걸어가는 그를 바라보노라면 "이 걸음으로 내쳐 고향에 갈 수 있다면 얼마나 좋겠소!" 하고 언젠가 말하던 남편의 목소리가 되살아나군 하여 정말 남편을 고향으로 떠나보내는 심정이 되여 떨어져 가는 남편을 오래도록 지켜보군 하는 것이였다.

박성규의 고향은 경기도 가평이다. 북한강 지류인 창평강 기슭에 자리잡고 있는 조용하고 아름다운 농촌 읍이였다. 누구에게나 그러하겠지만 그에게도 역시 고향은 정답고 잊을 수 없는 곳이였다.

고향이란 참 별난 것이여서 거기서 살고 있을 때에는 모르다가도 막상 떠나서 오래 지나고 보면 평범했던 모든 것들이 소중하게 여겨지게 마련이다.

나무 한 그루, 풀 한 포기, 지어 추녀 밑에 매달려 반짝이던 거미줄까지도……. 그리고 기쁘고 즐거웠던 일뿐 아니라 슬프고 괴로왔던 일들마저도 그립게 추억되군 한다.

박성규는 가평에 수많은 추억들과 함께 어머니와 일가친척들을 두고 떠나왔다. 그것이 34년 전이였다. 그 후 물론 아무 소식도 모르고 있다. 그가 스물네 살때 고향을 떠났는데 어머니는 그때 마흔일곱이였다. 그러던 성규가 이태 후면 환갑을 맞게 되였으니 어머니가 그 세상에서 아직 살아 계시리라고 그가 어떻게 믿으랴.

아들과 헤여진 그날부터 아들을 애타게 그리며 한시도 마음 편한 날이 없었을 어머니의 한생을 생각할 때마다 그의 가슴은 막 터지는 것만 같았다.

젊어서 홀로된 어머니는 하나밖에 없는 어린 아들의 배를 채워 주려고, 그리고 아들이 커서는 공부를 시켜 보려고 손톱이 닳도록 땅을 뚜지며(파 뒤집으며) 버둥거렸다.

아들이 겨우겨우 중학을 마치고 제 입살이를 할 때가 되니 왜놈들이 징병으로 끌어가겠다고 아들을 노렸다.

징병을 피해 성규가 도망가 있던 1년 남아, 매일같이 달려드는 왜놈 경찰의 행패와, 어디서 굶지나 않는지, 놈들에게 잡히지나 않았는지 하는 가슴 조이는 불안과 걱정으로 어느 하루도 마음 못 놓으셨던 어머니였다.

8·15 해방 후 죽지 않고 돌아온 아들을 붙안고 다시는 헤여지지 말고 잘살아 보자고 그리도 기뻐하시던 어머니였다. 그 후에도 가난에

쪼들려 얼마나 몸고생, 마음고생을 많이 하셨던가.

박성규는 집을 떠날 때까지만 해도 어머니의 이러한 아픈 심정을 오늘처럼 깊이 생각해 보지 못했었다.

그러던 것이 집 떠난 후 한 해, 두 해 세월이 흐르면서 어머니에 대한 그리움이 점점 커 가고 또 슬하에 둔 자식들이 커 가면서, 자식들에 대한 부모의 심정을 직접 자기가 체험하면서 보니 진작 어머니를 위해 아들 구실을 잘하지 못하고 고생만 끼쳤다는 뉘우침이 점점 가슴을 아프게 하는 것이였다.

헤어져 34년.

그간 어머니에게 묻고 싶은 사연은 얼마나 많으며 또 하고 싶은 이야기는 얼마나 많은가.

이곳에서 어머니에게는 알리지도 못한 채 결혼을 하여 어느새 세 아이를 슬하에 두었고 맏딸은 시집을 보내게 되였으며 막냉이도 대학생이 되였다.

어쩌다가 돌아와야 할 시간에 학교에서 돌아오지 않는 아이를 두고도 속을 태우며 안절부절 못 하는 안해, 집을 떠나 외지에 가 공부하고 있는 자식에게서 한동안 편지가 오지 않아도 이것저것 찾아드는 근심과 걱정. 아이들에 대한 자기들의 심정이 이럴진대 하물며 30여 년의 긴긴 세월을 생사의 소식조차 모르는 이 아들을 두고 어머니는 얼마나 많은 밤을 뜬 눈으로 새우셨겠는가. 이처럼 행복하게 사는 아들을 두고……

이제는 눈물도 깡그리 마르고 가슴에는 깊은 상처와 함께 재만 무득히(수북이) 쌓였으리라.

어머니에 대한 성규의 이러한 남다른 심정은 그의 가슴속 깊이에 묻혀 있다가 생활의 이러저러한 계기에서 불쑥불쑥 되살아나서는 그의 가슴을 가차없이 허벼 놓군 하였다. 딸의 잔치날에도 바로 그러하였다.

　사람들의 축복 속에 잔치를 마치고 시집으로 떠나가기에 앞서 남희가 아버지에게 술잔을 드리고 깊숙히 머리숙여 큰절을 하였다. 딸의 눈에서 눈물이 방울방울 떨어지는 것을 보자 성규도 갑자기 눈앞이 흐려지며 목이 메여 올랐다.

　술잔을 가까스로 비우고 난 성규는 딸에게 말했다.

　"애, 남희야! 나는 네가 태여났을 때 어린 너를 안고 너는 이 다음에 아버지와 함께 고향에 가서 살게 되고 거기서 시집도 보내게 되리라고 생각했었다. 또 그렇게 될 것을 바라마지 않았다. 그런데 오늘 이렇게 성례를 치루고 너를 떠나보내게 되니 이 애비의 마음이 편안치 않구나. 허나 어쩌겠니, 통일이 될 때까지 시집을 안 갈 수는 없지 않느냐? ……. 아무쪼록 행복하게 잘 살아라. 그리고 너희들이 행복하게 살면 살수록 남쪽에 계시는 할머니와 그곳 사람들을 잊지 말아야 한다. 우리 모두가 합심해서 극성스럽게 일을 하노라면 조국은 통일될 것이고 고향에 있는 너의 할머니도 만나게 될 것이다. 남희야! 너의 한생에서 가장 뜻깊고 기쁜 날에 아버지가 하고 싶은 소리는 이것이다. 부디 명심하여라!"

　밖에서는 승용차가 기다리고 있었다. 신랑이 먼저 차에 올랐으나 남희는 정든 집을 떠나기가 서운한 듯 차 곁에서 머뭇거렸다. 딸의 심정을 알아차린 어머니가 나무라듯 큰 소리로 말했다.

　"애! 엎디면 코 닿을 데로 가면서 뭘 그러니. 시집에서 기다리겠다. 어서 가거라!"

　그제야 남희는 느릿느릿 차에로 다가갔다. 그러자 이번엔 안해가 갑자기 생각난 듯 주머니에서 무엇인가 꺼내더니 몇 발자국 뒤쫓아가서 "애! 남희야! 이걸 가지고 가거라!" 하고 딸 앞에 내밀었다.

　그것은 집의 현관문 열쇠였다.

　"그럼 집에선……."

　딸은 주저하는 눈빛으로 어머니를 마주보았다.

"집엔 또 맞쇠가 여럿 있지 않니?"

"그래도……."

딸은 선뜻 손을 내밀지 못했다.

"원 애두! 그럼 집엔 다시 안 오겠니?"

안해는 딸의 손목을 잡고 열쇠를 쥐어 주며 나무라듯 말했다.

"어머니! 고마와요. 내 자주 와요!"

남희는 차에 오르며 행복이 넘친 밝은 미소로 어머니를 마주보았다. 순간 성규는 가슴속 깊은 곳에서부터 불뭉치 같은 뜨거운 것이 온몸을 안으로부터 불태울 듯 치밀어 오르는 것을 느끼며 자기도 모르게 옆에 서 있는 버드나무를 손으로 짚었다.

"아! 어쩌면 신통히……."

그의 눈앞에 아득히 흘러간 옛일이 어제일처럼 생생히 되살아 올랐던 것이다.

1950년 여름, 그날은 몹시도 무더웠다.

아들의 배낭을 다 꾸려 주고 난 어머니는 마지막으로 종이에 싼 찹쌀음식을 배낭 뒤주머니에 넣어 주며 말했다.

"얘! 이건 가다가 동무들과 함께 먹어라!"

"됐어요. 어머니! 량식도 모자라는데 뭘 그런 것까지!"

성규는 퉁명스럽게 말했다.

"그런 걱정일랑 말아라. 산 사람 입에 거미줄 쓸겠니?"

어머니는 자애에 넘친 눈길로 아들을 바라보며 말했다. 떠날 준비는 다 되였다. 잠시 시간이 있었다.

"어머니! 고생이 많으시겠군요!"

성규는 어머니의 거칠은 손을 어루만지며 말했다. 어머니는 손을 내맡긴 채 아들을 오래도록 바라보더니

"원 자식두……. 별소릴 다 하는구나? 떠나는 사람에게 이런 소리하기가 뭣하다만? 장가나 들었드라면 오죽 좋아?"

하고 한숨 섞인 목소리로 말하는 것이었다. 너무도 여러 번 들어오던 소리였으나 성규에게는 오늘따라 그 소리가 전에 없이 가슴에 마쳤다.

"조금만 참아 주세요! 내 돌아오면 곧 데려올께요!"

자기마저 떠나고 나면 어머니가 혼자서 얼마나 외로우시랴 하는 생각에 성규는 가슴이 아릿했다.

그는 집을 떠나기 전날 하루를 고스란히 어머니를 위해 바쳤다. 아버지의 묘지를 찾아 작별의 큰절을 올리고 나서 세 행보나 지게로 나무를 해다가 도끼로 맞춤하게 패서는 마당가에 무드기 가려 놓았고 오후에는 기울어져 가는 말짱들을 다시 박아 울타리를 반듯하게 바로 세워 놓기도 했다. 그리고 밤에는 안방으로 건너가 어머니와 가지가지 이야기를 나누며 마지막 밤을 함께 보냈다.

"그럼 천천히 떠나 보겠어요!"

성규는 더 마주앉아 있기가 괴로와 배낭을 들고 움쭉 일어났다.

"벌써 떠나려니?"

어머니도 따라 일어섰다. 어둑한 방에서 밖으로 나오자 한여름의 강렬한 해빛이 성규의 눈을 아프게 찔렀다. 성규는 마당에 내려서서 집을 다시 한 번 돌아다 보았다. 추녀가 낮고 조그마한 초가집이였으나 그가 태여났고 동요시절이 흘러갔으며 가난 속에서나마 꿈을 키워 온 정든 집이였다. 마당 한구석에 서 있는 그와 동갑짜리 대추나무는 바람에 무성한 잎을 흔들며 정답게 속삭이는 듯하였고 강아지는 무엇이 그리도 좋은지 꼬리를 흔들며 발치에서 감겨돌았다. 울 밑의 장독대, 나무가리, 울타리에 기대 세운 삽자루, 마당에 굴러 있는 싸리비와 삼태기……. 성규는 얼마 동안이나마 헤어져야 하는 이 모든 것들에 다시금 눈길을 주고나서 집을 나서며 삽짝문을 밀었다.

"삐—걱!"

문이 열리며 귀에 익은 돌쩌구소리가 울렸다. 순간 그 소리는 아득히 먼 어린 시절의 갖가지 추억들을 한꺼번에 불러일으키며 가슴을 가득 메웠다. 성규는 무춤 걸음을 멈추고 돌아섰다. 언제부터 기름을 쳐야겠다고 생각해 오면서도 차일피일 미루어 왔던 그였다. 막상 떠나는 마당에서 그 소리를 들으니 별로 마음에 걸렸다.

"어머니! 기름을 못 치고 떠나는군요!"

그는 죄스러운 마음으로 어머니를 바라보았다.

"원 애두! 별걱정을 다 하는구나!"

어머니는 정 깊은 눈으로 그를 마주보며 미소지였다.

"내 돌아와서 칠 테니 그냥 둬 두세요!"

성규는 용서를 빌 듯 벌쭉 웃으며 말했다.

"오냐. 그래라! 내 그냥 두고 기다리마!"

어머니는 말끝을 떨며 얼른 고개를 돌렸다.

어머니는 멀리 창평강 나루터까지 아들을 따라 나왔다. 나루가에 이르자 성규는 어머니를 향해 돌아섰다.

"어머니! 그만 들어가세요!"

"내 걱정은 말고 몸성히 돌아오너라!"

어머니는 떠나는 아들의 모습을 망막 속에 영원히 새겨 두려는 듯 이윽도록 바라보며 조용히 미소짓고 있었다. 성규는 가슴이 콱 메여 올랐다.

"어머니! 소란한 세월에 부디 안녕히 계십시요!"

성규는 머리를 깊숙히 숙여 절을 올렸다.

"오냐, 내 풀뿌리를 캐 먹으면서라도 네가 올 날을 기다리겠다. 부디 잘 가거라!"

수그린 성규의 머리 우에서 어머니의 축축한 목소리가 근엄하게 울렸다. 성규는 갑자기 솟구치는 눈물을 간신히 참으며 머리를 들어 어머니의 얼굴을 바라보았다. 순간 해빛을 받은 어머니의 머리에 갑자기 흰오리가 훨씬 많아진 것을 보았다.

‘아, 어머니가 벌써!’

고생 많던 어머니의 한생이 한꺼번에 되살아나는 듯하여 성규는 굳어진 채 어머니의 머리에서 눈길을 떼지 못하였다. 이때 어머니가 괴춤에서 무엇인가 꺼냈다.

“애야! 이걸 받아라!”

어머니의 꺼칠한 손의 감촉과 함께 딱딱한 물체가 손에 닿는 것을 느낀 성규는 손바닥을 펴 보았다.

“아니? 이건 집의 열쇠가 아녜요?”

그것은 삽짝문에 매달리군 하던 거부기모양의 넙적한 자물쇠를 열던 열쇠였다.

어머니는 의아해하는 아들을 바라보며

“가지고 가거라!” 하고 고개를 끄덕이였다.

“이거야 집에서나 필요한 건데……. 내게 주시면 어떡해요?”

성규는 푸접없이 말했다.

“집엔 또 맞쇠가 있지 않니?”

“그래두 뭘 이런 걸 가지고 가겠어요!”

그의 말은 여전히 푸접이 없었다.

“원 애두! 그럼 집엔 안 돌아올라느냐!”

어머니가 나무라듯 말했다. 순간 짧은 그 말 속에 응축된 어머니의 깊은 심정이 천근의 무게로 전류처럼 그의 가슴에 흘러들었다. 성규는 정신이 번쩍 들었다.

“허허, 참 그렇군요! 어머니가 문을 잠그고 어디 나가셨을 때 내가 올 수도 있을 테니까요.”

성규는 어머니의 깊디깊은 그 심정을 헤아리지 못했던 죄스러움을 너스레로 눙치며 열쇠를 주머니에 넣었다.

“잘 건사하거라!”

속삭이듯 다정하게 당부하는 어머니의 음성이었다. 성규는 문득 이 순간이 자기의 생애에서 매우 중요한, 운명적인 순간이 될지도 모른다는 생각이 들었다. 어째서 그런 생각이 들었는지는 알 수 없으나 어쨌든 그는 무엇인가 이 순간에 어머니에게 가장 살틀하고도 뜻깊은 그런 말씀을 해드리고 싶었다. 그러나 안타깝게도 그런 말이 얼른 떠오르지 않았다.

나루배가 기슭에 와 닿았다. 성규는 종내 그것을 찾지 못한 채 다시 한 번 황황히 절을 올리고는 배에 올랐다. 배가 기우뚱거리며 기슭을 떠나 강심을 향해 차츰 멀어지자 어머니는 내젓던 손을 내리고 석상처럼 그 자리에 서 있었다. 강바람에 어머니의 흰 치마자락이 기폭처럼 나부꼈다. 성규는 배전에 서서 멀어져 가는 그 모습을 눈이 아프도록 오래오래 지켜보았다.

그때로부터 30여 년. 성규는 고향의 나루가에서 어머니가 넘겨 주신 그 열쇠를 지금까지 한순간도 몸에서 떼놓은 일이 없다.

고향에 갈 수 없는 그에게 있어 그것은 자물쇠를 여는 단순한 기구, 하나의 조그만 쇠붙이가 아니라 어머니의 간절한 소원과 사랑이 뭉치고 굳어진 응결체였으며 고향의 상징이였으며 다름아닌 고향 그것이였다.

성규는 그것을 통해 어머니와 고향사람들을 그려 보았으며 그들과 마음속으로 이야기를 나누곤 하였다. 또한 그것을 통하여 고향의 산과 들, 마을길을 걸어 보기도 하였고 출렁이며 흐르는 창평강의 푸른 물을 나루배로 건너 보기도 하였다.

그것을 통해 그는 마을어구에 하늘을 찌를 듯 치솟아 있는 은행나무의 우람한 모습을 눈앞에 그려 보기도 하였고 그 가지에 앉아 꼬리를 촐삭대던 까치소리며, 쓰르라미의 서늘한 노래소리를 듣기도 하였다. 뿐 아니라 그것을 통해 나무 우를 불며 지나가는 고향의 잊지 못할 바람소리도 들었고 바람에 실려 오는 구수한 땅냄새를 맡기도 하였다.

"남희야! 아무때나 오고 싶으면 오너라! 집이 비여 있으면 문을 열고 들어오렴! 너에게 열쇠가 있지 않느냐?"

그러나 성규의 눈앞에는 밝게 웃던 남희의 얼굴이 아니라 집엔 안 돌아 올라느냐고 나무라시며 열쇠를 쥐여 주시던 어머니의 얼굴이며, 치마자락을 기폭처럼 날리며 강가에 서서 손 저으시던 어머니의 모습이, 그리고 삐걱하는 문소리에 행여나 아들이 돌아오지 않았는가 하여 방문을 열고 밖을 내다보시는 백발의 어머니의 모습이 번갈아 어른거리며 떠나지 않았다. 그러더니 그 모습들이 점점 뿌옇게 멀어져 가는 것이었다.

"여보! 걔들이 간 지 언젠데 아직 뭘 보구 있어요?"

안해가 어깨를 건드려서야 성규는 현실로 돌아왔다.

손님들도 다 돌아가고 딸까지 떠나간 집안은 빈집같이 휑하고 쓸쓸하기까지 하였다. 성규는 생각이 많았다. 집에 안해와 아들딸들을 그득히 거느리고 있으면서도, 그 중의 딸 하나를 그것도 행복한 새 생활에로 떠나보내고 나서도 애비의 심정이 이렇듯 허전하고 쓸쓸할진대 며느리조차 없는 외로운 어머니가 저 분계선 넘어 남쪽 땅에서 이 아들을 기다리는 심정이야 오죽하랴 싶어 도무지 마음을 진정시킬 수가 없었다. 성규는 부엌일을 마치고 들어온 안해를 앉혀 놓고 말했다.

"여보! 난 어머니에게 알리지도 못한 채 당신과 살림을 시작했는데 오늘은 또 이렇게 어머니도 모르게 딸을 시집 보냈소. 할머니 품에 한번 안겨 보지도 못한 손녀를 말이요! 세상에 이런 불효막심하고 죄스러운 일이 또 어디 있겠소!"

말을 하고 보니 더욱 가슴이 터져 오르며 억이 막혔다.

"그러게 말이에요. 허지만 어찌겠어요. 당신의 잘못이 아닌 걸요!"

안해도 눈물이 그렁해서 한숨을 쉬며 말하는 것이었다. 안해의 말을 듣고 보니 그의 가슴은 한층 더 비통해졌다.

"여보! 그것이 차라리 내 잘못 때문이면 가슴이 이렇게까지 아프지는 않겠소. 차라리 그것이 내 잘못 때문이라면……. 내 어머니 앞에 종아리를 내대면서 용서라도 빌지 않겠소? ……. 하긴 종아리를 맞더라도 어머니를 만나뵈올 수만 있다면 얼마나 좋겠소만……."

성규는 뒷말을 잇지 못하고 뜨거운 숨을 내뿜으며 몸을 떨었다. 그의 가슴속에서 용암보다 뜨거운 격정의 파도가 세차게 소용돌이치고 있었다.

이튿날 아침, 사람들은 언제나와 같이 한 손에 큼직한 가방을 들고 다른 한 손을 힘있게 저으며 젊은이처럼 성큼성큼 걸음을 다그쳐 가고 있는 박성규 지배인을 보았다.

그러나 그의 바지주머니 속에 고향집의 열쇠가 들어 있다는 것을 아는 사람은 많지 않았다.

박성규가 주머니 속에 있는 그 열쇠를 가지고 고향에 가게 될 날은 앞에 있었다. 그날이 언제인지 아직은 기약하기 어렵다.

그러나 지난 30여 년을 저렇듯 하루같이 다그쳐 왔으며 지금도 변함없이 다그치고 있는 저 걸음에 의해, 그리고 갈라진 혈육들과 겨레들을 그리는 북과 남의 수천만 사람들의 하나같이 뜨거운 마음들에 의해 박성규가 삐걱소리 나는 고향집 문을 열고 들어가 어머니품에 안겨 사나이 울음을 터뜨릴 그날은 하루하루 다가오고 있는 것이 아닌가.

고향의 모습

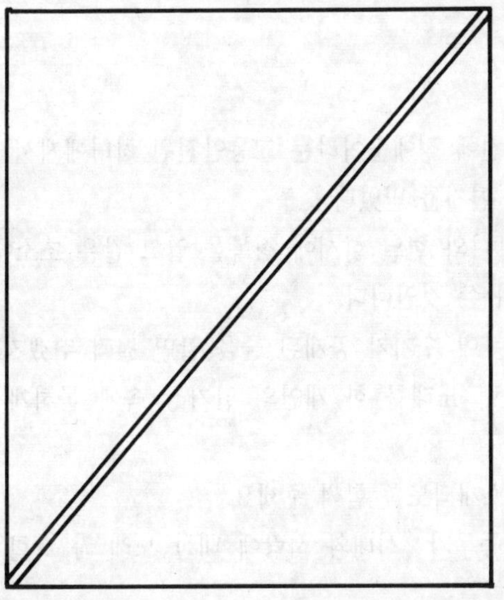

로정법

1945년 10월 평안남도 남포시에서 출생
1962년 기계공업학교 졸업
첫작품 단편소설「초병의 눈」
작 품 단편소설「마중가는 길」
              「산촌의 아침」
         중편소설『그 해 가을』
         외 단편소설 수십 편

나는 얼마 전에 정애순이라는 교통안전원 처녀에게서 한 통의 수기와 함께 이런 편지를 받았다.

"이 수기는 나와 한날 한시에 정복을 입고 같은 초소에서 근무하는 조선희 동무가 쓴 것입니다.

아마 선희는 이 수기가 공개된 줄을 알면 펄쩍 뛰겠지만 시대와 사랑에 대한 이런 노래를 한 개인의 일기장 속에 묻히게 하고 싶지는 않았어요.

이 수기가 소개되도록 힘써 주세요."

나는 애순 동무가 "시대와 사랑에 대한 노래"라고 한 수기를 펼쳤다.

시민으로 부탁한다

나는 교통안전원의 임무가 매우 중요하다는 것을 깨닫고는 무용가로 되려던 꿈마저 버리고 정복을 입었다. 하지만 입대할 적의 마음과는 달리 그 생활에 선뜻 정을 쏟지는 못했었다. 왜냐하면 내가 개별적으로 대상하게 되는 사람들은 대개가 교통안전규정을 어겨 단속된 위반자들이였기 때문이다. 우리 교통안전원들이 개별적 운전사들과 알게 되는 계기는 마치 병 때문에 그 사람을 알게 되는 의사들처럼 이루어지는 것이니 이것이 우리한테만 있는 생활의 류다른 한 면이라 하겠지마는 나는 바로 그 류다른 면에 인차 젖어들 수가 없었다. 그들을 찾을 때에는 이름 대신 호각을 불어야 하고 처음 만나는 사람인데도 반갑다는 인사가 아니라 증명서부터 요구해야 하는 생활.

단속자와 위반자 사이에 어쩔 수 없이 생기게 되는 자세의 높낮음……

여직껏 누구한테 싫은 소리 한마디 못 하고 살아온 내가 이런 생활에 익숙된다는 것은 힘에 겨운 일이 아닐 수가 없었다. 나는 선생이 아니라 학생이 되기에 적당한 녀자였다. 추궁하는 편이 아니라 추궁받는 편을 택하기에 알맞춤한 녀자였다.

나는 나한테 단속된 사람들이 나를 정복 입은 안전원으로서가 아니라 예쁘게 생긴 일개 처녀로 대하면서 나를 존중해 주지 않고, 무서워하지 않고, 슬슬 웃으면서 반죽좋게 매여달릴 것만 같아 겁이 났다. 나를 시끄러운 존재로 여기면서 귀먼 욕을 하지 않겠는지, 간혹 벌칙이나 좀 가하면 두고두고 나를 원망하지나 않을가 하고 늘 걱정하다 나니 하루는 일정한 정도의 벌칙을 주어야 할 운전사를 아버지벌이 된다는 리유로 그냥 돌려보냈다가 범 같은 초소장 아바이한테 욕을 얻어먹은 일도 있었다. 그때 애순이가 얼굴이 빨갛게 되여 초소장실을 나서는 나를 보더니 깔깔 웃으며 이렇게 말했었다.

"선희야, 넌 아무래두 너무 곱게 생기구 맘씨가 착해서 위반자들 앞에 나서기가 좀 힘들겠어.

네가 만일 아차 실수하여 그 사람들 앞에서 그 고운 눈매로 한번 웃기라도 해보렴. 그때부턴 너한테 우정(일부러) 단속이 되여 보자고 차가 막 무리로 쓸어들 거다. 나처럼 좀 말째게 생긴 녀자한텐 그 어떤 검질긴 사내도 접어들지 못하지만……. 그러니 너도 나를 닮아라. 응?"

아닌게아니라 나는 늘 애순이를 닮아 보려 하였다. 그가 어떻게 하는지 애순이한테 걸려 들기만 하면 모두가 절절 매며 돌아가기 때문이였다. 그러면서도 모두 애순이를 싫어하는 눈치는 아니였다.

내가 초소에 선 지 두 돐이 되여 오던 어느 날이였다.

방금 애순이한테 신호봉을 넘겨 주고 다님길(통로)로 올라서는 참인데 째지는 호각소리가 들렸다. 돌아보니 차바퀴를 잘 닦지 않은 대형 화물차 한 대가 철강재를 싣고 들어오다가 세우라는 신호를 들었는지 못 들었는지 달아나고 있었다. 기관도 정상이 아닌 모양, 배기관으로 검은 연기가 쏠어 나오는데 짐도 바로 싣지 못해 차가 들출 때면 왈카당절카당 스산한 소리를 내질렀다. 나는 교양실 앞에 세워 놓은 모터찌클 쪽으로 뛰여갔다. 하지만 발동이 잘 걸리지 않았다. 다시 차길로 뛰여나온 나는 마주오는 차를 세웠다.

"미안해요, 운전사 동무."

나는 운전칸으로 뛰여오르며 앞차를 따라 잡아달라고 부탁하였다.

"무엇을 위반했습니까?"

"예……."

"그러고도 도주한단 말이지요? 그럼 추격해 볼가요?"

운전사는 나에게 눈을 끔찍해 보이며 변속지레대를 3단에서 4단으로, 4단에서 5단으로 밀어 넣었다.

나는 앞차가 한 발 가면 거리가 그만큼 어지러워지리라는 안타까운 생각에 차창 밖으로 가끔 고개를 내밀며 좀더 빨리 달릴 수 없나요? 하는 눈치를 보였다. 하지만 얼마동안 달려도 앞 차와의 간격은 크게 줄어들지 않았다. 나는 속도를 알리는 계기에 눈을 주었다가 가스변디디개를 밟고 있는 운전사의 발에 그리고 다시 운전사의 표정을 살폈다. 그때에야 나는 이 청년이 앞선 차를 따라잡지 않으려 한다는 것을 알아차렸다. 운전사들끼리 통하는 그 무엇이라 하겠는지 나는 종종 서로 이렇게 싸고도는 경우를 목격하군 하였다.

나는 뒤비침거울을 통해 운전사를 깔끔하게 바라보았다. 어쩐지 운전사가 낯이 익었다.

"어디서 보았을가? ……."

다음 순간 나는 목을 움츠렸다.

'아니 이걸 어쩌나. 별치 않은 것을 가지고 내가 혼쌀을 내 준 그 청년이구나. 아이, 이런 우연도 있담.'

네거리 운행질서를 어겨 단속했던 청년,

약간의 실수였으나 그가 갓 제대되여 온 운전사임을 중시하여 두 시간 동안을 '교통안전교양실'에 붙들어 앉혀 놓고 '평양시 안에서의 자동차 운행질서'를 학습시키고 시험까지 받아 내고서야 돌려보냈던 바로 그 사람이였다.

"덕분에 질을 떼고 갑니다."

교양실을 나서며 그가 던지고 간 말이였다.

나는 오한을 만났을 때처럼 몸이 옹송그려짐을 느꼈다.

'오늘은 이 사람이 내 질을 뚝 떼주려 하겠지. 자기를 혼쌀내운 안전원에 대한 깨고소한 보복, 아이 분해라.'

"박두남 동무."

이럴 때 그의 이름이 생각난 것은 참으로 다행이였다.

"우리가 아이들도 아닌데 이런다는 건 너무 유치하지 않아요?"

"알아보았군요."

두남은 싱긋 웃었다. 그리고는 다시 "달리 생각 마십시오. 차가 낡아놔서 도무지 나가질 않누만요. 소처럼 때릴 수도 없구요." 하고 시침을 뗐다.

나는 창피하고 분해서 당장 차문을 열고 뚝 뛰여내리고 싶었다. 이럴 때 내가 애순이였다면 얼마나 좋았으랴. 애순이라면 아마

"정 이러겠어요? 정말 혼 좀 나봐야 알겠나요?" 하며 옆구리를 뚝뚝 두드려 보였을지도 모른다.

“저것 보세요. 운전사 동무.”

나는 사정하였다.

“저 동무가 피우던 담배를 차창 밖으로 던졌어요. 이 거리가 어떤 거리나요? 이런데도 동문 분하지 않아요? 어서 따라가자요. 이건 직무상 요구라기보다 같은 수도시민으로서의 부탁이예요.”

그 말에 운전사는 입가에 띄우고 있던 능청스런 웃음기를 거두며 나를 새삼스런 눈길로 바라보았다. 그 다음 인차 미안해 하는 표정으로 변하면서 가스변디디개를 지그시 밟았다. 그러자 ‘낡은 차’는 갑자기 성난 말처럼 내닫기 시작했는데 마치도 강한 강심제를 한 대 얻어맞고 기운을 회복한 것 같았다.

“사실 저 차는 방경준이라는 내 친구의 차랍니다.”

두남은 나를 돌아다보며 미소했다.

“건설장에 가는 긴급자재인데 오늘중으로 송림에 한 탕 더 갔다 와야 래일 작업이 걸리지 않는다고 저러지요.”

“그렇다고⋯⋯.”

“옳습니다. 하, 이거 나한테 자기 누이동생을 주겠다구 하는 친군데⋯⋯. 에라, 잡아 준다. 하지만 성미가 보통 우락부락하지 않으니까 처음부터 잘 다스려야 합니다.”

그 말을 하는 사이에 두남은 벌써 앞차의 길목을 막아 버렸다.

“여 처남, 내리라구. 알 품는 암탉처럼 눈이 머룽머룽해 앉아 있지 말구⋯⋯.”

두남은 ‘5만’이란 붉은 별이 빼곡이 들어찬 그 차의 문짝을 열어제끼며 얼이 나간 사람처럼 뺑해 앉아 있는 운전사에게 소리쳤다. 그러자 도망치던 운전사가 얼굴을 이즈러뜨리며 두남을 덮칠 듯 뛰어내렸다. 하지만 인차 웃음까지 띄우며 나에게로 돌아서더니

“수고합니다. 안전원 동무.” 하고 악수부터 청해 왔다. 내가 남자였다면 아마 이 사람은 담배곽부터 내밀며 접근해 왔을 것이다. 하는 잡

도리가 보통 엉큼하지 않고 검질기지 않으리라는 인상을 주는 사람이
였다.

"면허증을 보여 주세요."

나는 쌀쌀하게 말했다. 이런 류의 사람들과는 절대로 말을 오래 끌
어서는 안된다는 것을 나는 알고 있었다. 면허증을 안 보이려고 지들
지들 늘구던 운전사는 내가 거듭 요구하자 안되겠는지

"옜수다. 밑천이 드는 일도 아닌데, 면허증이야 못 보이겠소." 하며
놀라울 정도로 씨원씨원하게 나왔다. 면허증이 내 손에 들어오자 나는
숨이 나갔다. 그 어떤 운전사라 하더라도 면허증만 앗기고 나면 그때
부터는 고삐를 잡힌 소처럼 끄는 대로 오기 마련이다.

"차를 돌려 세우세요. 교양실로 가셔야겠어요."

그 말에 운전사는 대번에 울상이 되였다.

"아니 이거 날 정말 '도주자'로 모는 겁니까?"

"어서 돌려 세워요. 시간을 끌면 끄는 만치 벌칙이 가해진다는 것을
모르세요?"

나는 무표정하려 애쓰며 애순이가 즐겨 쓰는 말을 그대로 옮겨 놓
았다. 내가 양보하지 않으리라는 것을 알자 운전사는 로골적인 적의를
품고 두남 동무 쪽을 노려보았다. 그때 두남은 자기 차의 바퀴를 퉁퉁
차 보며 혼자 싱글거리고 있었는데 가끔 가다 시계를 들여다보는 것
으로 보아 그가 몹시 초조해 하고 있다는 것이 알렸다. 나는 지체되는
한초 한초가 이때처럼 안타까와 보기는 처음이였다.

수도건설장으로 가는 긴급자재, 오늘중으로 황철에 한 탕 더 갔다와
야 래일작업이 풀린다고 뛰는 사람……

이러다가 이 운전사가 혹시 "맘대로 하시구려. 난 못 가겠수다." 하
고 차에 올라가 발동을 꺼버리고 길게 누워 버린다면 어쩌랴. 이런 사
람은 보통 몇 번 사정하다 되지 않으면 그런 '버티기' 전술로 나온다.
애순이와는 달리 나는 운전사가 그렇게 나오면 꼼짝 못하였다.

그때부터는 내가 오히려 운전사보다 더 조급해지고 고통스러워지기 때문에

"앞으로는 그러지 마세요." 하기 마련이었다.

나는 차를 돌려 세우라고 거듭 요구하면서도 그렇게 되면 어쩌나 하고 조마조마해 있는데 뜻밖에도 옆을 지나던 한 운전사가 차창 밖으로 머리를 기웃하고 내밀더니

"여 친구, 동무 또 단속됐구만. 동문 언제 가야 정신을 차리겠나 엉? 안전원 동무, 저런 동문 평양에서……." 하고 가뜩이나 화가 난 운전사를 골려 주었다. 그러자 방경준 운전사는 대번에 얼굴이 험상하게 변하면서 돌이라도 하나 찾아 쥐려고 두리번거렸다. 하지만 그가 허리를 펼 무렵엔 이미 자기를 골려 준 운전사가 무궤도전차를 앞질러 내뺀 뒤였다.

옆을 지나던 사람들이 이쪽을 보며 웃고 있었다.

"이런 제길."

성난 범처럼 펄펄 뛰던 운전사는 도망치듯 운전칸으로 뛰여오르더니 차머리를 오던 방향으로 씽 돌렸다.

"타라구요. 가겠으면……."

그때까지 떠나지 못하고 있던 두남 동무가 차 곁으로 다가오며 미안해 하는 웃음을 지어보였다. 그러자 방경준 운전사는 불찌가 튕기는 눈길로 그를 노려보며 "홍, 웃어?" 하고 쓴 입을 다시더니 "여, 이젠 내가 다른 처녀를 소개 안 해도 되겠구만." 하고 심술궂게 내뱉었다.

대극장 구경표

그런 일이 있은 다음부터 두남 동무는 차를 몰고 지나가다가도 나를 보면 고개를 끄덕해 보이며 알은 체를 하였고 나 역시 그가 반가

와 웃어 보이거나 손을 들어 수고하라는 뜻을 표했다.

하루는 우연히 그의 차를 타고 어디로 가게 되였는데 그날 우리는 방경준 동무를 혼쌀내우던 이야기를 하며 즐겁게 웃었다.

"그 친군 그날 안전원 동무가 자기를 기어코 교양실로 끌구 가서 '교통 안전에 관한 규정' 책을 통채로 외우게 하는 것 같아 혼났답니다. 그런데 뜻밖에도 차를 빨래집이 있는 아빠트 뒤골목으로 안내 했다면서요?"

그랬었다.

빨래집 녀인들에게 차가 매우 바쁘다는 사정 얘기를 하고 물 몇 바께쯔를 얻어 쓰자고 했더니 모두 떨쳐나와 차를 순식간에 멀끔하게 만들어 놓았었다.

"처녀안전원 동무, 저 운전사란 량반두 새말갛게 빨아드릴가요? 어쩐지 수도에 사는 량반 같지 않은데 그저 세탁기 속에 한번 넣었다 꺼내면 돼요."

"고맙지만 아주먼네들한테야 새말갛게 씻어 주어야 할 사람이 따로 있지 않수?

난 벌써 이 안전원 동무의 덕에 마음까지 깨끗해졌수다." 하고 롱까지 하며……

아마 경준 동무가 그때의 일을 두남 동무한테 다 이야기했는지 두남은 혼자 껄껄 웃었다.

"그 친군 그날 송림에 한 탕 더 갔다 오구두 안전원 동무의 몫으로 건설장에 모래 두 바리를 실어다 놓구서야 들어갔답니다."

"그렇다면야 그건 두남 동무의 몫이예요."

나는 웃었다. 하지만 그것은 내 진심의 고백이였다.

직무상 요구라기보다 같은 수도시민으로서의 부탁이라는 말에 공감해 주고 자기를 자책하면서 보통 친하지 않은 듯싶은 친구의 차까지 서슴없이 붙들어 준 두남 동무.

그런가 하면 수도건설장에 필요한 긴급자재라고 한시를 바빠하던 방경준 동무와 웃는 말로나마 저런 친군 평양에 살 자격이 없다고 뜨끔하게 충격을 주고 가던 낯모를 운전사…….

이런 하나같이 훌륭한 시민들 앞에서 내가 달리 행동할 수 있었으랴.

"우리는 수도에서 산다." 바로 이것으로 하여 우리는 첫 대면에 서로 리해하게 되였으며 두번째로 만날 때에는 벌써 허물없어지고 나날이 친근해졌다.

나는 모터찌클이 고장이 나도 두남 동무와 방경준 동무를 찾아갔고 간혹 초소에서 차 쓸 일이 생겨도 그들에게 부탁하였다. 특히 두남 동무와는 매우 가까운 사이로 되였는데 우리는 무슨 일이 생기면 서로 방조를 청하였고 그것을 들어주는 것을 기쁘게 생각했다. 그러면서도 나는 그에 대해 그 이상의 별다른 감정을 품은 적은 없었다.

하건만 두남 동무가 나를 대하는 태도는 점차 이상해졌다.

나를 찾아올 적마다 자주 변하는 옷차림과 나를 바라볼 때의 그 눈길이며 얼굴 표정……. 왜 그런지 체대가 크고 듬직하게 생긴 사내답지 않게 자주 주춤거리고 어줍어하는 몸가짐새…….

한번은 대극장 구경표 한 장을 가지고 와서 나에게 내밀며 별로 어색해하는 것이였다. 나는 두남 동무의 그런 태도가 불쾌하였다. 여직껏 그를 퍽 점잖은 사람으로, 사람을 분별 있게 대할 줄 아는 그런 동무로 여겨왔는데 이제 와서 보면 내가 사람을 잘못 본 것 같았다.

나는 그와의 허물없던 사이에 금이 가는 것 같아 괴로왔다. 그러지 않아도 나는 그러한 문제로 골치를 앓고 있는 중이였다. 나는 매일과 같이 이름도 얼굴도 기억하지 못하는 사람들로부터 편지를 받고 있었다. 물론 그 편지들 가운데는 나의 근무생활을 고무해 주고 나한테 단속되였던 일을 즐겁게 회상하면서 고마움을 표시해 오는 것도 있었지만 글줄 속에 미묘한 감정이 담긴 그런 편지가 적지 않았다.

한번은 초소장 아바이가 열 장나마 되는 신년축하장을 전해 주며
"선희한테는 무슨 편지가 이렇게 많이 오나?" 하고 웃었는데 나는
창피한 생각에 머리를 들 수가 없었다. 애순이 역시 편지가 올 때마다
"선희야 넌 좋겠구나. 뭐니뭐니 해도 얼굴은 좀 생기구 봐야겠어. 난
아무리 기다려두 편지 한 장 해주는 사람이 없구나. 하다못해 '정애순
보라!' 하는 쪽지라도 하나 받아 보았으면 좋겠는데……." 하고 나를
놀려 주었다.

나는 끊임없이 날아드는 그런 편지로 하여 혼자 속을 태웠다. 애순
이처럼 화장을 좀 하고 싶어도 얼굴 생김새 때문에 그런 시끄러운 일
이 생기는 것 같아 분 한번 제대로 바르지 못하고 다니는 정도였다.
바로 그런 불유쾌한 일이 두남 동무 때문에 또 생길 줄이야 어이 알
았으랴. 남자들이란 다 이런 것일가. 나는 듣기 좋은 말로 그가 내미는
구경표를 거절하였다. 그러자 두남 동무는 눈에 알리게 당황해하며 출
장가던 길인데 주머니에 그냥 넣고 온 구경표 생각이 나서 아무한테
나 주고 가려 하였다고 하였다.

나는 그 말이 진심이기를 바랐다.

그때로부터 며칠이 지나지 않은 어느 날 밤, 내가 근무를 서고 있었
는데 최신류행으로 옷차림을 한 한 청년이 로타리 변두리를 천천히
거닐며 가끔 내 쪽을 바라보군 하였다. 처음에는 밤거리 구경을 나온
사람이겠거니 스쳐 버렸으나 한식경이 지나도록 그러고 있어 자세히
보니 두남 동무였다.

그러자 가슴이 두근두근 뛰면서 그가 두려웠다.

나는 애순이를 불러 그렇다는 이야기를 하였다.

"그럴 사람은 아닌 것 같은데 점점 이상하게 구누나." 하고……

애순이가 그에게로 다가갔다. 그리고는 그에게 뭐라뭐라 하더니 그
를 데리고 초소장실로 가는 것이 보였다. 그 후부터 두남은 다시 나타
나지 않았다. 네거리를 지나는 그의 차도 볼 수가 없었다.

아마 여기를 피하여 다른 길로 돌아다니는지, 아니면 차를 가지고 어디 먼 곳으로 장기출장을 나갔는지 한 달, 두 달, 석 달이 지나도 보이지 않았다.

나는 성공하지 못한 짝사랑의 쓰거움과 환멸을 이길 수가 없어 부서 책임자에게 장기출장을 자청해 나서는 두남 동무를 상상하였다. 그러자 왜 그런지 그가 측은해졌다. 하지만 얼마 지나지 않아 나는 그를 말끔히 잊어버렸다. 두남 동무처럼 일시적인 감정으로 접근해 오다 사라져 버린 청년들이 그 후에도 많았기에……

살구꽃 핀 모란봉길

일요일이였지만 부지런한 도로관리원들이 방금 거리를 깨끗하게 쓸어 놓고 들어간 이른 아침이였다.

아동백화점에서 모란봉으로 올라가는 큰길을 따라 아래통이 넓은 살색바지에 쥐색의 봄외투를 입고 반들거리는 밤색 의혁단화를 신은 키가 후리후리한 한 청년이 책을 읽으며 천천히 걷고 있다가 길가에 내버린 담배꽁초를 발견하고 허리를 굽히는 것이 보였다. 앞에 가는 사람이 금방 내버린 꽁초에서는 아직도 실연기가 피여오르고 있었다.

청년은 그것을 집으려다 말고 격분해서 앞에 가는 사람을 쏘아보았다.

하지만 그 사람이 들고 가는 볼품없이 뚱뚱한 려행용 가방을 보고 그가 농촌에서 들어온 사람이라고 짐작했는지 그를 따라가려다 말고 꽁초를 조심히 집었다. 그리고는 그것을 어떻게 처리할지 몰라 두리번거렸다. 하지만 주변에는 그런 꽁초 하나도 버릴 구석이 없는 너무나도 깨끗하고 화려한 수도의 거리가 펼쳐져 있었으니 청년은 주머니에서 종이를 꺼내여 그것을 쌌다. 그 종이를 한 손에 꾸겨 쥔 채 다시

책을 들여다보며 살구꽃이 만발한 가로수 옆을 따라 모란봉 쪽으로 천천히 걸어갔다.

그것은 1년 만에 다시 내 눈앞에 나타난 두남 동무의 모습이였다. 이제는 감감 잊어버렸던 두남 동무가 그런 얼굴로 다시 내 앞에 나타날 줄이야 어이 알았으랴.

한 손에 꽁초를 싼 종이가 쥐여져 있다는 것도 잊어버린 듯 책에 정신이 팔려 멀어져 가는 두남 동무를 점도록 지켜보며 나는 생각하였다. 언제인가 그와 함께 방경준 동무의 차를 추격하던 때를……

그때 나는 그에게 직무상 요구라기보다 이 거리에 사는 시민으로서의 부탁이니 저 차를 어서 따라가자고 했었다. 어쩌면 두남 동무가 그때의 내 부탁을 아직 잊지 않고 저러는 것이나 아닌지……

물론 그도 이 거리의 주인된 자각으로 응당 그렇게 행동했겠지만 나에게는 왜 그런지 그가 나의 부탁을 잊지 않고 저러고 있는 것 같이만 생각되고 또 그렇게만 생각하고 싶었다. 비록 배척은 받았지만 이번에도 자기를 배척해 버린 애인으로서가 아니라 수도시민의 부탁이였음을 존중하고……

나는 그를 보지 못한 1년 사이에 저런 청년이 이 수도를 위하여 해놓았을 일을 상상하였다.

저 수도 한복판에 두각을 드러내며 일떠선 대기념비적인 건축물마다에 남모르게 바친 두남 동무의 땀방울이 스며 있을지 어이 알랴.

그를 두고 해보는 상상은 끝간 데 없이 나래를 펴면서 현실처럼 선명하게 펼쳐졌다.

물론 길가에 떨어진 꽁초를 보면 누구나 두남 동무처럼 행동했겠지만 그 순간의 충격은 그렇게 컸다. 아마 그 충격에서였을 것이다. 나는 어느 사이에 두남 동무를 따라갔는지도 몰랐다.

"손에 쥔 것을 이리 주세요."

나는 두남 동무가 그때까지 쥐고 있던 꽁초를 싼 종이를 빼앗아 뻐스정류소 옆에 놓인 휴지통에 넣었다.

"아, 선희 동무군요."

두남 동무는 나를 보자 몹시도 반가와했는데 활짝 웃고 있는 그의 얼굴은 어색해하는 그림자조차 찾아 볼 수 없는 그런 순결한 것이였다. 내가 이 청년에게 공연한 선입견을 가지고 멀리하려 하지 않았던가 하고 다시 생각해 볼 정도로…….

그 후 어느 날 나는 퇴근길에 새로 일떠서는 거리 앞을 지나다가 우연하게도 건설장 게시판에 나붙은 두남 동무의 사진을 보게 되였다. 게시판에는 백 명에 가까운 혁신자들의 사진이 주런이 나붙어 있었는데 두남 동무의 사진 밑에는 '야간지원중대 수송중대장 박두남 동무'라고 씌여 있었다.

가던 걸음에 얼핏 눈길을 주었던 게시판의 그 많은 사진들 가운데서 두남 동무를 첫눈에 찾아본 것은 우연이면서도 우연이 아니라는 생각이 들었다.

왜 그런지 저 사진들 가운데 두남 동무가 있지 않을가 하고 생각했던 것만 같았다.

나는 집으로 가던 걸음을 멈추고 현장지휘부로 찾아 들어가 예쁘게 생긴 공구창고장 처녀한테서 삽 한 자루를 타들었다. 그날 밤 나는 두남 동무 차의 상하차공이 되여 모래를 실었다. 그러자 두남 동무도 꽤 기뻐하는 눈치였는데 우리는 날이 샐 녘까지 무려 아홉 탕을 실어 사람들의 이목을 집중시켰다.

우리는 같이 일한 시간이 매우 짧았다는 것을 아쉽게 생각하며 헤여졌다. 하지만 바로 그 아쉬운 마음이 벌써 래일의 상봉을 마련해 놓고 있었으니 어디서 만나자는 약속은 없었어도 우리는 종종 건설장과 유원지에서, 식수절을 맞이한 만경봉과 지하건늠길 공사장에서 만날 수가 있었다.

그때마다 나는 마치 약속이나 한 것처럼 우리를 이곳으로 이끌어온 힘이 무엇일가 하고 생각하였다. 그러면 밤 사이에 수도의 창공으로 우리가 까마득히 자래워 올린 또 하나의 대기념비적 건축물이 대답을 대신해 주었다.

그런 나날을 통하여 우리는 서로가 이 거리를 더없이 사랑하고 있으며 나날이 젊어져 가는 이 거리에 무엇인가 자기의 것을 보태고 싶어한다는 것을 알게 되었다.

평양은 우리가 나서 자란 고향이였으니 고향에 대한 이 공통된 마음은 우리도 모르게 우리 사이를 더욱 접근시키고 있었다.

신호봉은 순천으로 가리킨다

김일성광장에서 군중대회가 열리고 있었다.

드디여 착공의 첫 삽을 뗀 순천비날론련합기업소 건설장에 지원물자를 싣고 가는 자동차들을 환송하는 모임이였다.

광장에서 터져 오르는 열기띤 목소리들이 확성기를 통하여 도간도간(간간이) 내가 서 있는 네거리에까지 날아오군 하였다.

나는 복이 있는 처녀였다.

내가 근무를 서는 때에 그들이 여기를 지나가게 된 것이니 범과 같이 무섭고 뚝뚝하기만 하던 우리 초소장도 애순이와 교대하러 나가는 나를 세워 놓고는,

"선희가 복이 있거던. 애순인 아무때 봐야 발이 좀 짧아." 하며 혁띠를 다시 매거라, 장화를 닦아라 하고 노상 벙글거렸다.

"어때 교통안전원이 괜찮지?"

"참 좋아요."

나는 웃었다.

"좋다? '난 도루 가겠어요.' 하던 때가 언젠데? ……."

152

"이젠 가랠가 겁나는 걸요."

"나이 차면 가야지. 네거리 복판에 이삭을 업은 강낭대처럼 애기를 업고 교통지휘를 하는 '아주머니통검'은 없거던. 네거리에 차를 세워놓고 탁아소로 가겠나?"

초소장은 껄껄 웃었다.

나는 무용가가 되려고 했었다. 동무들도 키며, 몸매며, 큰 눈이며, 부드럽고 길다란 손가락이며가 선희는 무용가로 찍어 놓았다고 말했었다. 그러던 내가 교통안전원이 되였다. 초소장 아바이가 교장실에 세 번씩이나 찾아와서 나와 애순이를 꼭 데려가야겠다고 한 것이였다.

"아바이, 지나가고 지나오는 차들이 몽땅 나한테로 달려드는 것 같아서 길복판에 서 있기가 무서워요."

"그 운전사 동무가 면허증을 내라고 막 내 손까지 잡으며 못나게 굴었어요."

"난 도루 갈래요."

그때로부터 세월은 퍼그나 흘렀다.

이제는 초소장 아바이의 말대로 '나이가 차오는 것이' 겁난다.

교통안전원! 얼마나 영예로운 직무인가.

행복의 물결이 쉼없이 흘러가고 흘러드는 네거리. 흘러가고 흘러오는 행복의 교차점에 서 있는 나.

나는 흥분한 마음으로 이제 꽃테에 묻힌 자동차 행렬이 나타날 광장 쪽으로 초조하게 눈길을 주고 있었다. 그들이 지나갈 때 사소한 불편이 있을세라 아침부터 모터찌클을 타고 드달려 다니던 초소장이 광장 쪽으로 급히 달려오면서 "애, 온다." 하고는 모란봉 쪽으로 사라졌다. 오가던 자동차들이 길 옆으로 바싹 붙어 서고 길가던 사람들이 큰길 쪽으로 돌아서며 박수를 치고 손을 흔들고 뭐라고 부탁의 말들을 웨쳤다. 거리 쪽으로 향한 아빠트의 창문들이 벌컥벌컥 열리면서 할머니의 백발머리가 나타나고 젖살이 오른 아이가 어머니의 손에 받들리여 창턱에 올라선다.

식료상점 판매원들이 매대를 비워 놓고 달려나오고 국수 먹던 사람, 머리를 깎던 사람들이 창 곁에 붙어선다.

나는 힘있는 동작으로 손에 든 신호봉을 머리 우로 한껏 쳐들었다가 바람소리가 일게 획 가슴 앞으로 가져왔다.

순천으로!

동무들 어서 지나가시라. 순천으로 가는 길은 활짝 열렸다.

몇 대의 승용차와 함께 방송선전차가 먼저 지나가고 뒤이어 인민생활을 높이는 데서 생명선으로 되는 순천비날론련합기업소 건설을 적극 지원하자는 내용의 구호를 단 크고 작은 자동차들이 굴착기와 불도젤, 각종 설비들과 후방물자들을 싣고 꼬리를 물기 시작하였다.

두남 동무는 대렬의 중간쯤에서 제관설비를 실은 차를 몰고 있었다.

늘 보던 얼굴이였지만 왜 그런지 그와 눈길이 마주치자 나는 운전사와 교통안전원이 떨어져 살 수 없듯이 서로의 지향과 감정, 속마음까지도 하나의 피줄처럼 이어지는 그런 격정을 체험하였다.

나를 바라보는 두남 동무도 그러한 표정이였는데 그와 눈길이 마주친 것은 불과 한 초나 되나마나한 순간이였지만 그 한 초 어간에 우리 사이에는 남이 모르는 약속이 이루어진 것처럼 생각되였다. 아마 그래서였을지 모른다. 지원물자를 싣고 간 지 이틀인가 사흘인가 되던 날 저녁에 나는 퇴근차비를 해가지고 교양실문을 나서다가 어디론가 바삐 가고 있는 두남 동무를 보았다.

"두남 동무!"

그러자 두남 동무는 반갑게 웃으며 나에게로 다가왔다. 방금 교대를 하고 다님길로 올라서던 애순이가 두남 동무의 등 뒤로 살금살금 다가들더니 그의 손등을 찰싹 때리며

"로타리 근방에도 얼씬 말라고 했는데 왜 또 왔어요?" 하며 즐겁게

154

웃었다.

"정말 수고가 많았겠어요. 순천 땅이 굉장하지요? 우린 텔레비죤에서 지원물자를 넘겨주고 넘겨받는 광경도 보았답니다."

나는 이런 말로 인사를 대신했는데 이때처럼 그 어떤 감정의 구속도 받지 않고 자연스레 말해 본 적은 없었던 것 같았다. 그저 반가운 생각뿐이였다.

"바쁘시지 않아요?"

"뭐 별로……."

"그럼 어디로 가시는지 가시자요. 요샌 그저 모여 서면 순천 이야기뿐인데 가서 듣고 본 이야기나 좀 하세요. 전 퇴근이랍니다."

어떻게 되여 말이 그처럼 자연스럽게 나가는지 나로서도 놀랄 정도였다.

그날 밤 우리는 수도의 밤거리를 함께 걸었다.

추석이 지난 지도 한 달경이 되여 오던 때여서 밤거리는 신선하고 깨끗하였다.

두남 동무는 언젠가처럼 아래통이 넓은 살색바지에 쥐색 봄가을 외투를 입고 반들거리는 밤색의 혁단화를 신었는데 롱구선수처럼 키가 크고 체격이 좋은 그에게는 키가 작은 사람과는 달리 주름발이 곧게 간 통넓은 바지가 잘 어울렸다.

나도 녀자치고는 키가 큰 축이지만 나보다 어방없이 더 큰 두남 동무는 나의 보폭에 맞추느라고 퍽 불편하게 걸었다. 나는 두남 동무가 나의 걸음새에 맞추느라 원심을 쓰는 것을 보기가 왜 그런지 즐거웠다. 지나가고 지나오는 사람들이 가끔 우리 쪽을 돌아보군 했는데 그때마다 나는 그들이 우리를 남다른 사이로 여기는 것만 같아 얼굴이 붉어졌다.

그러면서도 한편으로는 체격으로 보나 얼굴 생김새로 보나 인품과 성격으로 보나 남한테 짝지지 않는 그런 청년을 상대로 걷고 있다는 녀성으로서의 그 어떤 자랑 비슷한 생각도 들었다. 그렇게 걸으면서도 별다른 말은 없었다. 하지만 우리는 서로가 언제부터 이런 기회를 바랐으며 오늘밤 이렇게 만나자는 약속은 이미 오래 전에 하고 있었던 것처럼 생각되었다. 그 무언의 약속이 이루어진 것은 내가 그의 손에서 담배꽁초를 싼 종이를 빼앗아 쥐며 서로 마주보던 그 순간일 수도 있고 같이 모래를 퍼 실으며 정겹게 웃던 그 밤일 수도 있었다. 또 두남 동무가 지원물자를 싣고 네거리로 지나던 날 내가 눈물을 머금고 그를 바라보고 그가 나를 바라보던 그 순간에 이루어졌을 수도 있었다. 나는 말했다. 왜 그런지 그날 두남 동무를 보자 나도 모르게 눈물이 나오더라고……. 그러자 두남 동무는 대답을 피하듯 그저 미소했을 뿐인데 그때로부터 두 달이 지난 어느 날에 가서야

"나도 그 순간처럼 선희 동무가 아름다와 보기는 처음이였소." 하고 자기의 심정을 솔직히 고백하였다.

우리의 사랑은 그렇게 시작된 것 같았다. 하지만 그때까지도 나에게는 이것이 사랑이라는 확신은 없었다. 그저 이른 봄날의 아지랑이처럼 마음을 유혹하며 가물거리는 그런 것으로 느껴졌을 뿐…….

그때로부터 다시 몇 달이 지나 우리가 서로 사랑한다는 것을 어쩔수 없이 깨닫게 되고 그것을 깨달음과 동시에 사랑은 이미 깊어질 대로 깊어졌다는 것을 느끼게 되었을 때 하루는 두남 동무가 나에게 하는 말이

"나는 선희 동무가 신호봉을 들어 길을 열어 줄 때마다 그 신호봉이 단순히 신호봉으로만 보이지 않고 우리의 앞길을 시사해 주는 조국의 손길처럼 느껴지면서 생각이 많아진다."고 하는 것이였다.

그때 나는 두남 동무의 말을 좀 감상적이라고 생각하면서 무심히 스쳐 버렸다. 그렇게만 스쳐 버리지 않고 지금 온 나라의 이목이 서해갑문과 순천비날론, 태천과 북부철길 등 대기념비적 건축물들에 집중되고 있다는 것과 순천에 가니 그곳 건설장에 차는 많이 들어왔는데

운전사가 모자라는 것 같더라는 두남 동무의 말을 결부시켜 좀더 깊이 생각했더라면 그 후에 벌어진 일로 하여 그렇게 놀라지도 않았을 것이고 가슴아픔도 덜했을 것이다.

아닐세라 두남 동무가 나를 찾아오는 회수가 점점 떠졌다. 확실히 그런 이야기를 한 다음부터였다. 그때는 이미 내가 그를 하루라도 못 보면 (비록 차를 몰고 네거리를 지나가는 모양이라도) 그날은 온 종일 무엇을 잃어버린 것 같은 허전한 생각이 들고 만나기로 약속한 다음 일요일이 7년처럼 길게 느껴지던 때였으므로 그가 오기를 기다리다 못해 내가 그를 찾아가군 하였는데 그러면 두남 동무는 나보다 자기가 나를 더 그리워했다는 것이 확연히 알릴 정도로 반겨 맞아 주었으며 나를 위해 무엇인가 해주지 못해 애써하였다.

그러면서도 날이 갈수록 발길이 점점 떠지는 것은 무엇 때문일가. 그러더니만 어느 날엔가는 어디서 몇 시에 만나자던 약속도 어겨 버리는 일이 생기고야 말았다. 나는 깜짝 놀랐다. 몇 년을 지내오면서도 우리 사이에는 아직 이런 일은 없었기 때문이였다. 물론 차를 몰고 다니는 사람이니 생각과는 다르게 불가피한 사정이 생길 수도 있겠지만 왜 그런지 예감이 이상했다.

나는 그가 오지 않을 것이라고 생각하면서도 만나기로 했던 장소에서 두 시간을 꼬박 기다렸다.

그렇게 하고 그냥 돌아오려니 너무도 분해 눈물이 쏙 나왔다. 나는 혼자 울며 걸어오면서 이제부터는 그가 나를 만나러 와도 만나 주지 않겠다고 벼르었다. 절대로…… 하지만 그 이튿날엔 벌써 그한테서 무슨 전화라도 있으려니 하고 기다리기 시작하였다. 한 주일이 지나도 감감 무소식이여서 혹시 급하게 출장을 갔나 하여 알아보니 그런 것도 아니였다. 나는 기다리다 못해 그를 찾아갔다.

처녀로서의 자존심이라는 것도 있는데 그런 것도 무릅쓰고 찾아가려니 무슨 생각을 안 했으랴.

두남 동무는 이번에도 이전처럼 자기가 나보다 더 그리워했다는 것이 눈에 알릴 정도로 반갑게 맞아 주었다. 그러면서도 왜 그런지 나와 만나는 것을 괴로와하고 어서 헤여졌으면 하는 눈치여서 나는 눈물을 떨구며 무슨 일인가고, 나한테도 말 못할 것이 있는가고 따지고 들었다. 그러자 두남 동무는 당황해하며 약속을 어기게 된 사유를 밝혔다. 사유인즉 "그날 사업소에서는 12명의 운전사들과 기술자들, 그리고 청장년 제대군인들이 자기들을 대비날론건설기지로 보내 줄 것을 제기해 나섰다. 사업소에서는 시대의 요구에 호응해 나선 이들을 열렬히 축하하였다. 그들 모두가 순천 땅에 영원히 뿌리를 내리거나 그곳 건설이 끝나면 또 다시 당이 부르는 대건설장으로 떠날 결심을 한 동무들이다. 그들을 선뜻 따라나서지 못하고 정문 밖을 나오려니 당원의 량심으로……. 그래서 못 왔다." 이런 것이었다.

나는 그가 솔직하게 말해 주는 것이 고마와 "그런 줄은 모르고……." 하고 용서를 빌었다. 하면서도 가슴이 묵직해 오는 것은 무엇 때문일가.

"난 사실 요사이에 와서야 내 자신을 알게 됐소. 량심은 오른쪽을 가리키는데 발길은……."

두남은 괴로와하였다.

"선희, 앞으로 난 그냥 이러고 있어야 할가?"

그 한마디로 하여 우리 둘 사이에는 무거운 침묵이 시작되였다. 이윽하여 두남은

"선희 생각엔 어떻게 하면 좋겠소?" 하고 조심스런 어조로 물으며 나의 눈치를 살폈다.

"그거야 자신의 결심에 달린 거지요."

"그렇소? 그럼 내가 래일이라도 우리 동무들을 따라나선다면?"

"제가 반대할 줄 알았나요? 시대의 부름에 따라서겠다는 동무를 아무려믄 제가……." 하면서도 나는 입술을 피가 나게 꼭 깨물었다. 어쩐

지 그가 내 곁을 영영 떠날 것만 같은 예감…….

나는 그의 사람됨을 알고 있었다. 그래서 자꾸 눈물이 나왔다.

"하지만 평양에서 영원히 떠나야 한다는 법이야 없잖나요."

"뭘 자꾸 그렇게 심각하게 생각하오. 내가 가겠다구 한 것도 아닌데
…….'

"날 위로할 생각은 마세요. 동문 벌써 가기로 결심했어요. 그것도 영
영……. 저 때문에 이런다는 걸 모르지 않아요. 그래 저를 잊어버리자
고 찾아오지도 않고 혼자 괴로와하지요?"

나는 눈물을 감출 수가 없어 흑흑 흐느꼈다.

"선희, 내 안 갈 테니 이러지 마오. 우리 교예극장에나 갑시다. 좀
늦기는 했지만 문지기 로인을 내가 잘 아오. 선희와 같이 가면 틀림없
이 들여놓아 줄 거요."

그 후부터는 두남 동무가 이전처럼 나를 자주 찾아와 나한테 류다
른 기쁨만을 주려고 하였다. 하지만 내 마음은 이전보다도 즐겁지 못
했으니 그것은 두남 동무가 나에게 더 각별히 굴면 굴수록 그가 나한
테서 떠나려 하며, 떠날 날이 점점 가까와 오고 있다는 것이 분명해졌
기 때문이었다. 다른 한편으로는 량심이 가리키는 곳으로 가려는 동지
의 앞길을 본의 아니게 내가 가로막고 있다는 죄의식에서였다. 량심은
그렇게 가르치는데 실천은 그렇지 못했다고 괴로와하던 두남 동무의
말이 어쩐지 나를 두고 하던 소리처럼 여겨지여 나는 괴롭게 모대겼
다. 그저 위안삼아 해보는 생각은 제대될 때 혹시 평양에 떨어지지 못
하는 것 같아 걱정했다는 동무인데 서뿔리 가랴 하는 것뿐이었다.

그러던 어느 날이였다.

왜 그런지 제대되여 온 두남 동무를 처음으로 '단속'하던 날을 련상
시키는 밤이여서 나는 어수선한 마음으로 지나가고 지나오는 차들의
번호판에 눈길을 주며 네거리에 서 있었다. 그 밤처럼 하늘은 창창하
게 맑았다. 상점이며 양복점, 리발관의 간판을 장식한 네온등의 현란

한 빛발이 아빠트의 벽체를 무지개색으로 물들여 놓았는데 파르스름한 빛으로 사물사물 떨고 있는 가로등 밑으로는 밤거리 산보에 나온 사람들이 쌍쌍이, 혹은 아이들의 손목을 잡고 네거리에 한참씩 서 있기도 하고 어디론가 가기고 하고 국수집에 들어가기도 하였다.

두남 동무를 처음 만나던 밤처럼 네거리의 교통도 그리 복잡하지 않았다. 왜 그런지 나는 아까부터 지나가던 두남 동무가 차를 문득 세워 놓고 나한테로 걸어올 것만 같은 생각을 하고 있었다. 하여 나는 저 전속으로 달려오는 화물차가 신형 '자주호'이기를 바라면서 가까이 오기를 기다리다가는 실망해서 지내보내고 다시 가슴을 조이며 기다리군 하였다.

그날따라 '자주호'는 많이도 지나갔다.

하지만 발동소리만 듣고도 알아 볼 수 있는 두남 동무의 차 '3394'호는 없었다.

예감이란 참 이상한 것이였다. 내가 기다리던 두남 동무는 전혀 예상치 않았던 곳에 벌써 와 있었다.

거리 산보를 나온 한 청년이 '교통안전교양실'이 마주보이는 큰길 저쪽 다님길의 나무 밑에서 이쪽을 바라보고 있었다. 가로등 밑에 나서지 않고 나무 아래 서 있는 걸 보면 애순의 눈에라도 띄울가 보아 겁내는 것 같았다. 그가 두남 동무이며 나를 만나러 나왔다는 것을 알았을 때 내 마음이 어떠했으랴. 오늘밤엔 필경 무슨 일이 생길지 모른다는 생각에 가슴이 널뛰듯하였다. 두남 동무는 분명 그 말을 하자고 나왔을 것이다.

두남 동무는 진곤색 봄가을 외투에 회색바지를 입고 있었다. 그것 역시 륙감으로 알아보았을 따름이였다.

나는 시계를 들여다보았다. 교대하자면 아직 반 시간을 더 기다려야 하였다. 반 시간을 앞두고 나의 마음은 그를 기다리던 때보다 더 초조해지기 시작하였다. 왜 그런지 그 반 시간을 기다려 주지 않고 두남 동무가 훌쩍 가버릴 것만 같아 불안하였다. 이윽하여 두남 동무는 내 근무에 지장이라도 있을세라 념려했음인지 나무 밑에서 나오더니 뻐스정류소 쪽으로 천천히 멀어져 갔다. 예전처럼 정류소에서 나를 기다려 줄 모양이였다.

교대를 하고 들어가니 애순이가 교양실에 앉아서 『교예단의 소녀』를 읽고 있었다.

소설책을 잘 읽지 않는 그에게 재미를 붙여 주려고 억지로 떠맡기다싶이 한 것인데 내가 들어가도 "수고했구나." 하고서는 머리도 들지 않는 것을 보면 맛이 무던한 모양이였다.

나는 어떻게 하면 애순이가 눈치채지 못하게 빠져나갈가 궁리하다 그가 국수를 좋아하지 않는다는 것을 깜빡 잊은 듯이

"애순아, 국수집에 안 갈래? 왜 그런지 씨원한 걸 먹고 싶구나." 하였다. 애순은 책에서 머리도 들지 않고 "혼자 가, 네가 속이 달긴 달았구나." 하더니

"잔돈이 있니? 없으면 이걸 가져가. 입금시간이겠는데 잔돈이 없으면 못 먹는다." 하며 주머니를 털어 냈다.

그가 주는 돈을 아무렇게나 쑤셔 넣고 문밖을 나선 나는 얼른 벽쪽으로 돌아서서 손거울을 꺼내 들었다. 나는 지나가는 사람들이 보건 말건 꼼꼼하게 옷매무시를 바로잡고 나서 뻐스정류소로 뛰여갔다. 방금 마감손님을 태우고 떠나던 뻐스가 나를 보더니 속도를 늦추며 앞문을 열어 주었다.

하지만 인차 별 싱거운 처녀도 다 있다는 듯 칙— 소리가 나게 문을 닫아 버리고는 뻐스 안에 선 사람들이 뒤로 휘뜩 쏠리도록 윙— 하고 급속도를 놓았다.

그 근방을 아무리 찾아도 두남 동무는 없었다.

나는 가슴에 미쳐 오는 그 어떤 예감에 속이 덜컥 하였다. 아닐세라 그 이튿날 밤 아홉 시쯤 되였을 때 같이 퇴근했던 애순이가 집으로

찾아왔다.

"어머니 선희 있어요?" 하는 어지간히 다급해하는 말소리를 듣고 나는 아래방으로 내려갔다.

"나 좀 보자."

애순은 무작정 나를 복도로 끌어내더니

"어서 본역으로 가. 떠난다 영영……." 하고 제먼저 눈물을 쏟았다. 그리고는 들고 왔던 사과며 사이다, 과자곽이 들어 있는 구럭을 내 손에 쥐여 주었다.

"정말?"

나는 눈앞이 캄캄했다.

본역으로 가자고 정신없이 집을 나서는데 뒤따라 나오던 애순이가 "선희야!" 하고 다시 찾더니 역 쪽으로 가는 승용차 한 대를 세워 주었다.

작별

나는 역을 떠나는 기적소리가 이렇게 쓸쓸하게 들리리라고는 생각하지 못했었다. 나는 다만 어머니의 바래움을 받으며 묘향산 등산 야영소로 떠나던 날 아침의 즐거운 그 기적소리만을 알고 있었고 군대로 가는 동생을 바래우던 날의 그 우렁찬 기적소리만을 기억하고 있었다.

가는 사람도, 바래 주러 나왔던 사람도 다 가버린 텅빈 구내에 나는 서 있었다. 두남 동무는 가버렸다. 간다는 한마디의 말도 없이, 작별할 한순간의 기회도 주지 않고…….

내가 울고 있던 모양인지 구내를 돌아보던 역전 분주소 상위 동무가 조심스럽게 내 옆으로 다가서며

"동무, 사람들이 봅니다." 하고 조용히 일깨워 주었다.

정복을 입은 우리가 눈물을 보여서야 되는가 하는 뜻이였다. 나는 얼른 손수건을 꺼내 들며 역구내를 나왔다.

나는 한동안 역전공원의 의자에 앉아 있었다.

의지했던 발판이 꺼져 내리는 듯한 아찔한 환각 속에 휘말리웠다 나서인지 온몸이 나른해 왔다. 나는 의자등받이 우에 이마를 가져다대고 눈을 꼭 감았다. 그러자 또다시 의자를 타고 미궁 속으로 떨어져 내리는 듯한 환각……

누구인가 부드러운 손길로 나의 머리를 쓰다듬었다. 의자 아래로 실실히 드리운 버들가지가 잔바람결에 흐느적이는 것이였다.

병사시절 배낭을 어깨에 메고
탄광마을 찾아서 새로 온 동무
꽃다발 안겨 준 처녀 앞에서
얼굴만 붉히면서 말도 못했지

한 처녀가 내 옆을 지나며 맑은 목청으로 노래를 불렀다. 아직 지원자들을 역두에서 환송하던 때의 홍분이 사라지지 않은 듯 음정은 부드럽고 청아하였다. 내가 사랑하던 노래였다. 하지만 이 순간엔 처녀가 나를 골려 주려고 우정 그런 노래를 골라낸 것만 같아 속이 꼬여났다. 그래도 처녀는 "제대군인 그 총각 제대군인 그 총각 인상도 깊었네." 하며 멀어져 갔다. 그 처녀가 사라진 쪽에서 귀에 익은 모터찌클 소리가 들려왔다.

전속으로 달려오던 초소장 동무가 역사 앞에 차를 세우더니 보안경을 벗어 들며 안으로 뛰여들어 가는 것이 보였다. 초소장 동무는 인차 다시 나왔다.

그 뒤로 따라나온 아까의 그 상위 동무가 내가 앉아 있는 공원 쪽을 가리켰다. 그러자 초소장 동무는 큰 길을 건너 곧장 공원으로 들어오며 내가 놀랠가 봐 겁내듯 "선희 동무, 선희야." 하고 나직한 음성으로 나를 불렀다.

나는 그만 참고 참아 오던 설음이 북받쳐 올라 버드나무를 마주하고 서며 흐느꼈다. 등 뒤에서 서성거리며 어쩔 바를 몰라하던 초소장 동무는 내가 좀 진정하자

"너무 상심 말아. 내 당장 그 녀석이 갔다는 순천안전부에 전화를 걸어 차에서 내리는 차로 붙들어 보내도록 해줄라. 망할녀석……." 하고 격분해하였다.

"어서 가자."

초소장 동무는 고등중학교(북한의 전반적 11년제 의무교육체계-학교전 교육 1년, 학교교육 10년-에서 인민학교를 졸업한 학생들이 들어가는 중등교육기관으로 고등학교와 중학교를 병합한 6년제이다)를 졸업한 나를 초소로 데려오던 날처럼 무던히도 조심조심 모터찌클을 몰았다.

"집으로 가련? 하긴 이런 때는 동무들이 있는 데가 낫지. 애순이가 어떻게나 야단을 해대는지 그만 혼이 나서 나왔구나. 당장 나가서 그 녀석을 못 가게 하던가 그래도 안되면 '체포'라도 해 오라는 거지."

초소장 동무는 어떻게 해서나 내 마음을 녹잦혀 주려고 전에 없던 웃는 소리까지 하였다.

"그 녀석이 떠나면서 뭐라든?"

"만나지도 못했어요."

"그렇게 복잡하든?"

나는 부끄러움도 잊고 손 우 오빠한테 어리광이라도 부리듯 그가 묻는 대로 대답해 주었다.

내가 역에 도착한 것은 금골행 급행렬차가 발차시간을 한 시간쯤 앞둔 때였다. 역은 여느 때 없이 많은 사람들로 붐비고 있었다.

당의 부름을 받들고 건설장으로 지원해 가는 청년들이 많고 그만큼

바래 주러 나온 사람들이 많은 것이여서 지하통로는 물론 역사주위로 돌아간 철울타리문까지 열어 놓아 사람들이 자유로이 드나들며 석별의 정을 나누고 있었다.

기차에 올라가 떠들썩하게 웃으며 이야기판을 벌려 놓은 청년들이 있는가 하면 축하의 꽃다발을 받아 안고 승강대에 서서 기념사진을 찍는 이도 있고 울타리 옆의 으슥한 어둠 속에서 처녀와 소곤소곤 속삭이는 청년도 있었다.

어디선가 기타를 치며 부르는 노래소리가 들려왔다.

아름다운 평양 너는 나의 요람
그 어데를 봐도 가슴은 설레이네
……

역전의 이런 분위기는 나의 마음을 한결 진정시켜 주었다. 나는 얼른 간이상점으로 들어가 실장갑 몇 컬레와 세면도구 한 조를 사서 과일구럭과 같이 꿰들었다. 그리고는 구내와 기다림칸, 차안을 오가면서 두남 동무를 찾았다.

나는 차안에서 대비날론기지건설을 다그칠 데 대한 오늘호 《로동신문》 사설을 읽고 있는 방경준 운전사를 만났는데 그가 먼저 나를 알아 보고는 몹시도 반가와하며 사과라도 한 알 깎고 가라면서 당반 우에 올려 놓은 배불뚝이 가방을 내리려고 하였다.

"아니 그러지 마세요."

나는 황황히 그 자리를 물러나오면서도 그의 수더분한 인정미에 가슴이 뭉클하였다. 어쩐지 그가 나의 마음을 알아보고

"두남 동무 때문에 너무 괴로와 마시우다. 그 친군 자기가 갈 길을 안다오." 하고 위로하는 것만 같아 나는 다시 그를 찾아 들어가 애순이가 주던 과일구럭을 그의 손에 들려 주었다. 그러자 방경준 운전사

는 너무나도 감사하여 어쩔 줄 몰라하더니 승강대까지 따라나와 바래
주었다.

"집에서도 누가 떠나는 모양이지요?"

나는 그의 물음에 "예" 하고 적당하게 대답하고 나서 그와 헤여졌
다. 하지만 두남 동무를 찾아다니는 과정에 우연히도 그와 두번째로
맞다들렸을 때에는 누구 때문에 나왔다는 것을 솔직히 말해 주었다.

"그런 걸 그렇게 찾았구만요. 그 친군 선발대로 어제 밤차에 벌써
떠났습니다."

이때 발차를 알리는 기적소리가 길게 울렸다.

그와 함께 역구내가 갑자기 소란스러워지면서 환영곡이 빵빵 울려
나기 시작했다. 나는 다만 떠나는 렬차의 승강대에 나와 서서

"안전원 동무, 잘 있소. 내 그 친구를 만나 편지하도록 하겠소—
오." 하는 경준 동무의 음성을 가려들었을 뿐이였다.

고백

두남 동무는 떠나갔지만 수도의 생활은 빈자리를 내지 않고 예전
그대로 흘러갔다.

네거리는 어제처럼 붐비였다. 하지만 거리가 텅빈 듯한 내 마음속의
공백만은 메꿀 수가 없었으니 저 광장에 물결치는 시위군중 속에도,
입장표를 사들고 경기장으로 떼를 지어 들어가는 구경군들 속에도, 나
날이 불어만 가는 평양시민들 속에도 나의 두남 동무만은 없겠구나
하는 것이였다.

평양을 그리도 사랑하던 두남 동무.

제대될 때 혹시 고향에 배치되지 못하면 어쩔가 하고 걱정했다는
그런 평양을 두고, 떨어지기 서러워하는 사랑을 두고 당이 부르는 대

건설장으로 용약 달려간 두남 동무.

나는 마음속으로 가장 화려한 꽃다발을 골라 그에게 안기면서도 솟구치는 눈물을 걷잡을 수가 없었다.

여직껏은 그가 나의 곁에 있어 네거리가 그토록 활기로와 보였고, 가로수잎새는 저렇듯 푸르렀고, 비오는 날 물을 튕기며 달아나는 차를 보면서도 마음이 그토록 즐거웠던 것인가, 저 큰길이 메지게 차를 몰고 지나가는 운전사들 속에 나의 사랑도 있어 그들 모두가 오빠처럼 아버지처럼 친근하게 생각되던 것인가.

통넓은 살색바지를 보아도 그가 좋아하던 색갈이기에 그렇듯 은근하고 고상하게 보였고 세 번씩이나 본 '려단장의 옛 상관'도 그와 나란히 앉아 보았던 영화여서 보면 볼 적마다 눈물이 났던가.

두남 동무가 떠난 후부터는 하루하루가 무던히도 굼뜨게 흘러갔다. 두 시간 사이에도 봄이 오고 여름이 가고 한 인간의 일생까지도 흘러가는 영화필림처럼 세월도 그렇게 빨리 지나갔으면 얼마나 좋으랴. 나는 세월만이 약이라는 격언을 믿었다.

두남 동무가 떠나간 이튿날이였다.

나는 우연히 그가 일하던 차사업소 앞을 지나다가 차고에 세워 놓은 '3394'호를 보았다.

널직한 차고에 그 차만이 주인 없이 서 있었다.

차는 마치도 나를 알아보고 반기는 듯하고 나 역시 그 차가 생명 있는 존재처럼 여겨지여 우리는 서로 마주보며 오래도록 서 있었다.

사흘째 되던 날 나는 네거리를 지나는 '3394'호를 보았다. 그 차를 보았을 때 내 마음이 어떠했으랴.

차에는 전연 낯모를 청년이 타고 있었는데 얼핏 그와 눈길이 마주치는 순간 왜 그런지 가슴이 철렁하였다.

차는 나를 본 척도 하지 않고 바람을 일쿠며 씽— 하고 지나갔다. 어쩐지 저 차가 두남 동무를 벌써 잊어버리고 새 주인한테 정을 붙인 것 같아 서운하였다.

소처럼 생명 있는 존재라면 때려라도 주련만은…….

그날은 하루종일 속이 좋지 않아 퇴근하자 바람에 자리에 누웠다. 집에까지 따라왔던 애순이가 국수집에 가자고 나를 얼리다 못해 내놓고 두덜대며 문을 탕 닫고 나가더니 얼마 안 있어 초소장 동무가 주더라면서 편지 한 장을 가지고 뛰여들어왔다.

두남 동무에게서 온 편지였다.

나는 어렸을 때 간혹 가다 어머니가 아버지와 다투고는 하루종일 애꿎은 우리 오누이만 못살게 굴다가도 저녁에 퇴근한 아버지가 빙그레 웃으면서 내가 알아들을 수 없는 말로 뭐라뭐라 중얼거리기만 하면 당장 기분이 좋아가지고 닭알을 기름에 튀긴다, 맥주를 받아온다 하던 어머니를 기억한다. 그럴 때마다 내 동생은 “아버지와 어머니가 좀 자주자주 다투었으면 좋겠지? 그러면 우리도 자주자주 맛나는 음식을 먹을 게 아니야?” 하고 까르르 웃군 했다.

나는 두남 동무의 편지를 읽으면서 바로 내 어릴 적의 어머니처럼 방금 전까지도 그에 대해 품고 있던 원망과 외롭고 쓸쓸한 생각을 깡그리 잊어버리고 울다가는 웃고 웃다가는 울었다.

선희 동무.

온단 말도 없이 이렇게 갑자기 떠나온 나를 용서하오.

나는 선희의 그 맑은 눈동자에 눈물이 고이는 것을 보고 싶지 않았소. 그것을 보고 온다면 그것은 그대로 내가 두고 온 고향, 나를 바래 준 고향의 마지막 인상으로 되여 두고두고 나를 괴롭힐 것 같아 겁났던 거요. (물론 선희의 마음을 모르지는 않지만…….)

나는 언제나 밝게 웃는 얼굴로 수도의 네거리에 서 있는 선희의 모습만을 간직하고 싶었소. 그것이 사랑하는 평양을 멀리에 두고 여기로 온 나에게 어떤 힘이 된다는 것을 동무가 안다면…….

선희 동무.

군사복무시절에 나는 종종 동무들과 같이 고향에 대한 이야기를 나누군 하였소. 송림이 고향인 한 동무는 제철소 구내에서 귀가 솔게 울어대던 구내기관차의 기적소리만 상기하면 웅대한 철의 도시 전경뿐만이 아니라 영양제식당 뚱보책임자의 걸음새까지 보인다고 했소.

나에게도 그런 고향의 상징인 듯싶은 표상이 있었으니 그것은 바로 수도의 네거리에 서 있는 교통안전원이였소.

나는 교통안전원만 생각하면 심장에서 여러 갈래로 뻗어 나간 피줄처럼 수도의 복판에서 전국의 방방곡곡으로 시원하게 흘러간 대도로들이며 길을 메우는 자동차와 시위행렬이며 상점간판이며 환영연도, 날로 면모를 바꾸는 평양의 웅장한 모습이 되살아났소. 중학시절에 새벽이면 책을 읽으며 모란봉 쪽으로 걷군 하던 일과의 나날까지도

…….

이렇듯 선희를 알기 썩 이전부터 고향에 대한 표상은 네거리에 서 있는 교통안전원의 모습에 체현되여 있었으니 아마도 내가 운전을 하다가 군대로 갔던 사람이여서 더 그랬던 것 같소.

생각나오? 선희,

언제인가 로타리 주변을 에돌며 선희를 넋잃고 바라보다 애순 동무한테 쫓겨가던 일이…….

선희는 나에게 물었소. 그날은 어떻게 된 일이였던가…….

그날 밤 나는 선희의 모습에 완전히 넋을 잃었댔소.

우러러 바라보면 수도의 밤하늘을 붉게 물들이며 주체사상탑의 봉화가 타오르오. 거기서 퍼져 나가는 수천수만 갈래의 빛발이 그대로 아빠트 창가의 밝은 전등이 되고 인민대학습당의 아치가 되고 유유히 흘러가는 대동강 물결 우에 은구슬 금구슬로 되여 부서지고 있었소.

그 빛발의 한 줄기를 전조등에 담아 들고 차들이 네거리를 지나오. 올려다보면 모두 보물 같은 짐들을 실은 차들이였소.

위대한 수령님과 친애하는 지도자 동지께서 아침저녁으로 지나신다는 이 길.

언제인가는 아이들의 선물옷감을 가득가득 실은 차들이 큰 길을 메웠고 해빛이 따사롭던 어느 봄날에는 금가락지와 은장도를 선물로 받아 오는 세 쌍둥이가 지나가던 사람들의 눈물어린 축복 속에 서로 손을 잡고 아장아장 건늠길을 건넜다는 네거리……

흘러가고 흘러드는 행복의 교차점에서 하늘색 군복에 하늘색 모자에 까만색의 가죽장화를 맵시 있게 받쳐 신은 키가 호리호리한 처녀가 파란 불을 켠 신호봉을 들고 서 있었소. 그것은 그대로 십 년 가까운 군사복무의 나날에 내가 그려 보던 고향, 사랑하는 사람의 형상 속에 구현된 평양의 모습이였소. 나는 그날 신호봉을 들고 서 있는 선희를 보며 할아버지가 들려준 이런 옛말을 상기했소.

"옛날도 옛날 호랑이 담배 피우던 시절에 신기한 금방망이를 가진 할아버지가 살고 있어 굶주린 사람들이 찾아가면 그 방망이를 휘둘러— 쌀이 나오나라, 떡도 나오고 밥도 나오나라— 헐벗은 아이들이 찾아가면 다시 한 번 휘둘러 비단옷감이 폭포처럼 쏟아지게 했더란다."는……

소원하면 무엇이든지 나온다는 그 신기한 보물방망이를 오늘은 선희가 쥐고 있었으니 선희가 그 방망이를 휘둘러 동쪽을 가리키면 기계며 석탄이며 강재를 실은 차들이 줄줄이 지나가고 다시 휘둘러 서쪽을 가리키면 이사짐을 실은 차들이 문수거리로 흘러가고 세 번 다시 휘둘러 남쪽을 가리키면 헐벗고 굶주린 남조선 수재민들에게로 구호물자를 싣고 가는 차들이 큰길을 꽉 메우고 있었소.

서해갑문과 북부철길공사장으로, 순천과 안주, 태천지구로……

우리 조국의 거창한 숨결이 동무의 눈앞으로 흘러가고 있었소.

선희는 이 시대의 한복판에서 당이 마련해 준 그 금방망이와도 같은 신호봉을 들고 사람들을 가장 보람차고 행복한 곳으로 안내하는 길잡이였소.

어디로나 가 보라고, 소원하면 가 보라고 기쁨에 넘쳐 행복에 겨워 순간도 쉼없이 네거리에서 춤을 추는 선희는 이 시대의 무용가였소.

동무는 수도가 사랑하는 네거리의 꽃이요.

시대의 숨결이 깃든 신호봉을 들고 있는 처녀, 나 역시 동무의 신호봉이 가리키는 길을 따라 여기로 왔소.

선희 동무.

한시를 떠나서도 살지 못할 것만 같던 평양을 두고, 하루라도 못 보면 그리워지던 선희를 두고 여기로 오기까지에는 생각도 많고 모대김도 컸소.

하지만 평양이 너무나도 소중하기에, 수도의 꽃으로 피여난 선희를 사랑하기에, 이 모든 것이 나에게는 조국으로 안겨 오기에 왔소.

선희 동무.

이제부터 나는 내 차에 실리우는 부재로써 동무를 사랑하고 평양을 사랑하고 나의 조국을 사랑하겠소.

어제는 분계선의 초소에서 이 제도를 지켰지만 오늘은 우리 당이 제대군인들을 부르는 이곳에서 내 조국을 받들겠소.

나를 찾아 역으로 달려와 그리도 안타까이 헤맸다는 선희,

난 오늘 선희가 보낸 과일구럭을 받았소. 선희가 보내 준 장갑을 끼고 첫 운전에 나가겠소. 장갑이 여러 켤레지만 누구도 주지 않고 나 혼자만 끼겠소.

선희, 울지 마오.

동무한테는 눈물이 어울리지 않소. 평양이 사랑하는 네거리의 꽃은 언제나 활짝 피여 있어야 하오.

나는 언제나 밝게 웃는 얼굴로 수도의 네거리에서 신호봉을 들고 서 있는 선희의 모습만을 간직하겠소. 이것이 내가 사랑하는 선희의 모습이자 내가 영원히 간직하려는 고향의 모습이요.

조선희 동무의 수기는 그가 두남 동무에게 보내는 이런 편지로 끝을 맺고 있었다.

……울지 않아요, 두남 동무. 나도 동무의 편지를 읽으면서 이런 것을 생각했어요.

내가 고등중학교 1학년에 다니던 때였던가 보아요. 그 해 우리 학교에서는 여름방학을 타서 묘향산 등산을 갔었는데 닷새 동안에 걸쳐 등산을 마치고 집으로 돌아오던 날 법왕봉 밑에서 '보물찾기'가 있었어요.

풀덤불이나 나무아지, 바위짬에다 묘하게 감춘 종이쪽지를 찾아내여 펼쳐 보면

"이 학생에게 바삭과자 한 통을 주시오."

"이 학생에게는 아무것도 주지 말고 독창을 시키시오."라는 글들이 씌여 있었어요. 하지만 그 쪽지는 보물을 내주는 선생님만이 펼쳐 보게 되여 있어 별의별 재미있는 일들이 많았답니다.

쪽지에서 분명 젖사탕냄새가 난다면서 냄새를 콕콕 맡으며 가져간 학생에게는 엉뚱하게 난처한 일이 차례지고 아무래도 이 쪽지에선 놀부네 박이 터질 때의 소리가 난다면서 어쩔가 망설이던 학생한테는 '묘향산기념'이라는 글까지 새긴 고급수첩에 만년필에 동생한테 가져다 주라고 인형이며 콩알사탕까지 차례졌거든요. 나는 '묘향산'이라고 새긴 담배물부리가 소원이였어요. 어머니와 동생한테는 상점에서 사다 줄 셈 치고라도 아버지한테만은 내가 찾은 보물을 안겨드리고 싶었거든요.

그런데 애순이는 내 뒤로 오면서도 보물 쪽지를 세 개씩이나 찾았지만 나는 집합나팔소리가 날 때까지도 못 찾았어요. 나는 혼자 몰래 가만가만 울면서 집합장소로 내려오고 있었어요.

그런데 난데없이 머리 우에서

"소녀야, 너는 왜 우느냐?" 하는 부드러운 목소리가 꿈 속에서처럼 들려왔어요. 그래 놀라 고개를 드니 글쎄 내 앞에는 백발의 할아버지가 서 있지 않겠나요. 나는 눈을 비볐어요.

"할아버지. 난 보물쪽지를 하나도 못 찾았어요."

나는 이렇게 말하며 눈물을 똑똑 떨구었어요.

"애야, 울지 말고 말해라. 그래 넌 무슨 보물이 소원이냐?"

"물부리를 갖고파요. 할아버지, 묘향산이라고 새긴 것 말이예요."

그러자 할아버지는 수염발을 쓰다듬어 내리며 껄껄 웃으시였어요.

"착하고 예쁜 애야, 그럼 네 손을 들여다보아라."

나는 놀라 손을 보았어요. 하지만 내 손엔 아까 내려오면서 풀숲에서 무심결에 뜯어 든 꽃 한 송이밖에는 아무것도 없었어요.

"그게 진짜 보물이란다. 애야, 네가 쥐고 있는 그 꽃은 우리 묘향산의 명산물인 산삼꽃이다.

물부리 대신 그걸 한 뿌리 캐여다 아버지한테 달여드려라."

두남 동무.

제가 왜 이런 이야기를 하는지 리해하세요?

편지를 받고 보니 두남 동무가 꼭 그때 만났던 묘향산 유적관리원 할아버지 같아요. 산삼꽃과 신호봉, 이것만이 다를 뿐이지요.

두남 동무.

나는 지금까지 얼굴도 모르는 숱한 사람들한테서 편지를 받았어요. 나는 끊임없이 날아드는 그런 편지로 하여 골치를 앓았답니다. 편지마다 나에게 사랑을 호소하는 것 같았기 때문이였어요.

옳아요. 그것은 모두가 사랑의 편지였어요.

평양이 아름다우니까 여기 사는 사람들이 모두 아름다와 보이는 것처럼, 시대를 안고 사니 사람마다 가까와지는 것처럼, 우리의 당중앙이 이 거리를 아름답게 가꾸어 주고 나를 시대의 꽃으로 수도의 복판에 내세워 주었기에 꽃을 찾아 날아드는 벌처럼 그런 사랑의 편지가 끊임없이 날아온 것이예요. 그런 줄도 모르고 난 분도 한 번 제대로 바르지 못하고 다녔지요.

이제는 그 편지 한장 한장이 산삼꽃 한 송이 한 송이로 보여요. 이제는 그 편지들의 구절구절이 조국찬가의 선률로 울려 와요. 방금 편지가 또 왔어요. 어마나, '사랑하는 선희 동무' 또 이렇게 썼구만요……

나는 수기를 조용히 덮었다. 그리고 이런 수기가 한 개인의 일기장 속에 묻히지 않도록 나에게 보내 준 정애순 동무에게 충심으로 감사를 드렸다.

나는 애순 동무가 "시대와 사랑에 대한 노래"라고 한 수기의 첫머리에 '보물방망이를 든 처녀'라고 큼직한 부제목을 달아 놓았다. 어쩐지 동화의 제목 같은 느낌이 없지 않았지만 그런들 어쩌랴. 동화가 현실로 되고 현실이 그대로 동화의 세계 같은 오늘이 아닌가.

운전사 출신의 작가로서 내가 애순 동무를 도와 줄 것이란 그것뿐이었다.

어서 출판사로 가져 가자. 그들의 사랑을 세상이 다 알도록……

칼도마소리

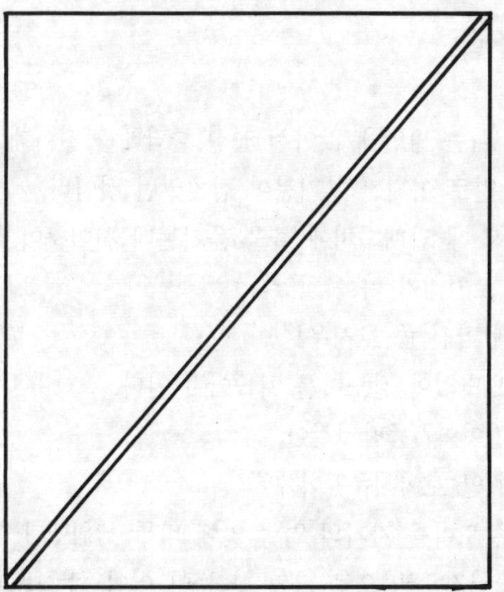

안홍윤

1946년 12월 황해남도 신천군에서 출생
1964년 농업기술학교 졸업
첫작품 단편소설「새로 온 부선장」(1976년)
작 품 단편소설「약속」
        외 소설 수십 편

그날 저녁, 나는 방안에 앉아서 연신 줄담배를 갈아대고 있었다.

낮에 있은 일로 어지간히 기분이 잡치였던 것이다.

내가 또다시 새 담배가치에 불을 옮기는데 사이문이 불쑥 열리면서 저녁을 짓던 로친네가 나를 찾았다.

"령감, 글쎄 이걸 좀 보시우!"

로친네는 느닷없이 칼도마를 쳐들어 보인다.

"뭘 보란 말이야? 뚱딴지같이."

"아니 이게 안 보이시우? 이게?"

로친네는 칼도마를 자기의 얼굴 앞에 바투 세워댔다. 순간 칼도마의 복판에 펑 뚫어진 구멍으로 그의 한 눈이 어이없는 듯 나를 내다보고 있었다.

언제부터 칼도마 복판에 난 옹이가 미타하다고 하면서 새것을 사오겠다더니 그예 훌렁 빠져 달아난 것이다.

"거참 보기 좋구려!"

나는 허구프게(어이없게) 웃으며 덧붙였다.

"이왕이면 구멍을 좀더 크게 내구려. 당신의 '예쁜' 얼굴이 다 보이게."

로친네는 흔연히 맞장구를 쳤다.

"아따, 그럽시다레. 령감이 예쁘다는데 이까짓 칼도마 하나쯤 대수

겠수?”

“허허허……”

“호호호……”

누가 들으면 늙은 내외가 체신머리 없다고 할 만큼 우리는 크게 웃었다.

날씨가 별로 따가우면 소나기가 뒤따르는 법이다. 우리 내외의 분수에 넘친 웃음소리는 곧 ‘소나기’를 불러왔다.

“아무튼 좋시다. 늘그막에 령감한테서 예쁘다는 소릴 들으니.”

로친네는 웃느라고 눈귀에 맺힌 눈물을 손등으로 찍어내며 푸념조로 뒤를 이었다.

“이러나저러나간에 당신이 이젠 늙긴 늙었수다. 칼도마 하나 제꺽 못 자르는 걸 보니.”

“뭐가 어 — 째?”

나는 저도 모르게 버럭 언성이 높아졌다. 로친네는 와뜰 놀라 하마트면 칼도마를 떨굴 번하였다.

“아니, 령감 왜 그러슈?”

“왜가 뭐야, 왜가! ……” 나는 더욱 언성을 높이며 허공에 삿대질을 했다.

“칼도마란 게 작다구 간단한 물건인 줄 알아? ……. 베는 석 자라도 틀은 틀대루 차리랬다구 판자를 밀구, 깎구, 자르구, 게다가 굳은 나무면 칼날이 무디겠구 또 무른 나무면 인차 닳을 게구, 혹시 독이나 없는 나무인지도 알아봐야겠지? ……. 이래저래 간단칠 않길래 선뜻 손을 못 대고 있느라니까 이건 그저……”

“?! ……”

로친네는 급류처럼 쏟아지는 내 말에 깜짝 놀란 듯 입을 하 — 벌리였다.

하긴 나 역시 스스로 놀라지 않을 수 없었다. 얼결에 주어대기는 하였지만 고작 반 메터 내외의 판자토막에 그처럼 복잡한 공정과 까다로운 요구가 담겨져 있다는 것이 참으로 놀라운 일이였다. 동시에 그것은 사실이며 따라서 칼도마란 것이 결코 간단치 않다는 생각이 들었다. 하건만 잠시 후에 로친네의 입은 비쭉해졌다.

"그렇게 만들기 힘든 물건인 줄 알면서두 일전에 내가 새 칼도마를 사러 갈 땐 왜 말렸수? 집안에 흔한 게 판자라고 흰소리칠 땐 언제구요? ……."

나는 더욱 화가 동했지만 이렇다하게 트집잡을 것은 없어서 강짜로 한마디 더 윽박질렀다.

"보자보자하니까 이건 나살이나 건사해가지구두 이따금 생억지를 쓴단 말야!"

한구들이나 되던 아이들이 다 자라서 군대로, 대학으로, 직장으로 흩어져 가고 보니 간혹 내외간이 언짢은 일이 생길라치면 썰렁한 기운이 인차 가셔지지 않는 우리 집이였다. 그날 밤 우리는 한생의 고락을 같이해 온 늙은 내외답지 않게 마치 앵돌아진 젊은 부부마냥 멀찌감치 돌아누워서 새날을 맞았다. ……

독자는 혹시 나를 만나면 핀잔할 수도 있을 것이다. 그날 저녁 도대체 그게 무슨 망동이냐고 말이다.

그런데 사실 내가 로친네에게 얼토당토 않게 큰소리를 친 것은 네거리에서 뺨맞고 이불 속에서 주먹질을 하는 격이라고 할가, 낮에 있었던 불쾌한 일 때문이였던 것이다.

그날 낮에 나는 도 수산관리국에 올라갔었다. (간단히 소개하면 나는 ㅎ바다가 양식사업소 지배인이다.)

사업소에 제기된 애로를 해결받기 위해서였다.

관리국에 올라간 나는 직방 관리국장 고봉수를 찾아 들어갔다. 고봉수로 말하면 정전 직후 나와 한배를 타고 물고기를 잡던 사람이였다. 그는 선장이였고 나는 어로공이였다. 하기에 세월의 흐름 속에서 그는 도 수산관리국장으로, 나는 한 사업소의 지배인으로 위치가 달라졌지만 공식적인 자리 외에는 별로 간격이 없었다.

나는 근 한 시간이나 고봉수에게 장황하다고 할 만치 실태를 구체적으로 설명했다.

우리 사업소는 바다 기슭에 새로 다시마 건조장을 건설하였는데 문제는 당장 생산물의 상하륙을 위한 다섯 대의 기중기를 설치하는 것이였다. 그러자면 우선 부두나 잔교를 건설해야 하였는데 우리 힘만으로는 아무리 줄잡아도 반 년 이상은 걸려야 하였다. 게다가 막대한 량의 특수세멘트를 해결한다는 것은 더욱 난감한 문제였다.

"……자, 난 국장 동무만 믿수다. 어찌겠수, 좀 도와 주시우. 허허허……."

말을 마친 나는 주머니에서 손수건을 꺼냈다. 고봉수를 잘 납득시키느라고 일장 력설을 했더니 이마에 땀까지 질펀히 내돋았던 것이다.

"음—."

고봉수는 고개를 끄덕이며 한동안이나 나를 물끄러미 건너다보았다. 두 눈을 약간 쪼프린 그의 눈길은 동정이랄가, 아니면 질책이랄가 가늠키 어려웠다. 마침내 그는 입을 열었는데 그것은 내 기대와는 너무도 엄청난 것이였다.

"여보게 택현이, 자네가 이젠 늙었구만! 응?"

"? ……."

나는 어안이 벙벙하여 고봉수를 멀뚱멀뚱 마주보았다.

"그쯤한 일을 가지고 무슨 말이 그리도 많은가? 사람두 참!"

"아니 그건 어떻게 하는 소리요?"

나는 실망보다도 분노가 솟아올랐다.

했으나 고봉수는 내 기분에 개의치 않고 더욱 화를 돋구었다.

"이보라구, 난 도와줄 힘도 없네만 우선 그렇게 징징 우는 사람과는 마주앉고 싶지 않네."

“? ……”

나는 너무도 기가 막혀 입을 딱 벌리였다. 물론 될수록 실태를 구체적으로 설명하느라고 애쓰다 보니 자연히 말이 길어진 것은 사실이며 또 우는 소리가 나간 것도 사실이였다. 그렇다고 다른 사람이 아닌 바로 고봉수한테서 그런 말을 들어야 한단 말인가?

이쯤 되고 보니 나도 그냥 빌붙기만 할 수는 없었다.

“고견을 많이 줘서 고맙수다. 하지만 국장 동무. 방조를 주기 싫으면 그만이지 시비는 무슨 시비요?— 예?”

“허허허, 그럼 내 좀 지나쳤나?”

고봉수는 껄껄 웃었다. 그렇다고 위안을 가질 것은 없었다.

“아무튼 방도를 잘 찾아보라구, 문제는 어떻게 혁명적으로 달라붙는가에 달려 있네.”

그런 말이나 듣자고 내가 고봉수를 찾아왔던가?

나는 분연히 일어섰다. 괘씸하게도 고봉수는 나를 붙들지 않았다. 오히려 어서 가게 하려는 듯 천연히 따라 일어섰다.

나는 더욱 화가 동하여 한마디 비꼬았다.

“난 늙었지만 국장 동문 갱소년해서 좋겠수다. 오래오래 젊어 계슈!”

“허허허…… 고맙네.”

고봉수는 껄껄 웃고 나서 한마디 덧붙였다.

“내 곧 내려가 보겠네. 아무튼 술 석 잔은 잘 준비해 두라구. 나야 임자네 백년가약을 맺게 해준 사람이 아닌가.”

나는 대답 대신 코방귀를 불며 ‘갱생’에 올라앉았다.

‘넨장 제가 뭘 했다구 만날 때마다 술 석 잔 소리야……. 고작해야 우리들이 눈을 다 맞추고 중이 제 머리 못 깎는다구 방조를 좀 받았더니 머리가 허애 가는 오늘까지 우려먹는단 말이야!’

하긴 고봉수의 ‘공적’이 작은 것은 아니다. 우리 장모가 부모형제 하나 없는 나에게 외동딸을 못 주겠노라는 바람에 능구렝이 같은 고봉수가 얼렁뚱땅 업어넘기고 벼락같이 잔치를 치르도록 수를 썼던 것이다. 하기에 나는 고봉수가 감지덕지하여 그의 술 석 잔 소리에 흔연히 맞장구를 치는 것이 상례였었다. 하건만 오늘은 고봉수가 그저 밉기만 하여 그의 일거일동에도 오만 가지 트집을 잡으며 집으로 내려왔다.

생각할수록 고봉수가 괘씸하여 속이 두부장 끓듯 하는데 로친네까지 나를 보고 늙었다니 그야말로 불붙는 데 기름을 끼얹는 격이었다.

이쯤한 사정을 알고 보면 독자는 그날 저녁 나의 망동을 너그럽게 리해할 수 있을 것이다.

×

다음날 아침, 나는 기중기 문제를 가지고 또다시 과장 이상급 협의회를 열었다. 했으나 역시 론의만 분분할 뿐 보람이 없었다.

나는 하도 답답하여 또다시 차고에서 '갱생'을 끌어냈다. 군에라도 가 볼 생각에서였다.

내가 승용차의 발판에 막 한 발을 올려놓았을 때였다.

"지배인 동지! ……."

다급한 목소리에 나는 뒤를 돌아보았다. 아직 령장자리가 지워지지 않은 군복차림의 젊은이가 숨을 헐떡이며 달려왔다.

"음, 3직장 장기봉 동무던가?"

"아닙니다. 5직장 황봉기입니다."

"아, 그렇지, 내 또 실수했군!"

사업소에 온 지 반 년이 넘었건만 이름과 생김새까지 어슷비슷한 두 제대군인을 나는 통 분간할 수가 없었다.

"지배인 동지, 한 가지 제기하랍니까?"

"제기라? ……."

‘보나마나 집을 달라는 소리겠지. 그런즉 색시감을 골랐는가? 그러나 언제 살림집 건설까지 벌려 놓을 경황이 있어야지, 그것 참!’

한순간에 이런 난처한 생각이 나의 머리 속을 지나갔다. 젊은이에게 실정을 리해시키자면 또 세월없이 말주머니끈을 끌러야 될가 보다. 나는 사정조로 입을 열었다.

“량해하우. 내 지금 몹시 급한데 출장갔다 와서 동물 부르겠소.”

군에 올라간 나는 동서남북이 좁다하게 뛰어다녔다. 우리 사업소와 사돈의 팔촌이라도 되는 기관들은 빠짐없이 다 찾아다니며 호소를 하고 구구히 사정을 하였다. 하건만 보람은 없었다.

저녁 무렵이 되여 사업소로 돌아오니 뜻밖의 소식이 나를 기다리고 있었다.

아침에 내가 사업소를 떠난 뒤 고봉수 국장이 내려왔다는 것이다.

그는 내려오는 길로 현장에 나가 로동자들과 담화도 하고 합숙에도 가 보고 나서 방금 전에 우리 집으로 갔다는 것이였다.

황황히 집으로 달려간 나는 그만 아연해지고 말았다. 고봉수가 뚱뚱한 몸집을 구불거리며 무슨 대패질을 하고 있었기 때문이였다.

사람의 마음이란 별스러운 것이다. 어제만 하여도 두 번 다시 만나지 않을 사람처럼 서슬이 시퍼래서 그와 헤어진 나였다. 하건만 오늘 우리 집에서 제집처럼 스스럼이 없는 그를 보니 그전 날 한배를 타고 고락을 같이하던 정회가 솟구쳐 올라 얼싸안고 싶도록 반가왔다. 나는 슬금슬금 그의 등뒤로 다가가서 짐짓 발을 탕! 굴렀다.

“도대체 누가 주인행세를 하는 거요? 남의 집에서, 응?”

비로소 나를 돌아본 고봉수는 빙긋 웃으며 턱짓으로 마루 우를 가리켰다.

“술 석 잔 받으러 왔더니 케가 글렀네. 내 그때 자네 소개를 과히 잘못했거든.”

나는 그제야 마루 우에 놓인 그 구멍난 칼도마를 알아보았다. 알고 보니 고봉수는 지금 새 칼도마를 만드는 중이였다.

후에 안 일이지만 우리 로친이 하도 답답하여 제 손으로 칼도마를 만들어 보자고 일감을 벌려 놓았는데 공교롭게도 고봉수가 들어섰던 것이다.

"자, 어서 안으로 들어갑시다. 소털같이 많은 날에 하필이문……."

"옜네."

고봉수는 나의 말허리를 꺾으며 톱을 내밀었다. 그리고 자기는 대신 판자를 든든히 눌러 잡았다. 그러니 나보고 톱으로 판자를 자르라는 소리였다.

"자, 그러지 말구 들어가자구요. 내 차차 만들 테니."

"글쎄 자르라니까!"

"정 이러기요?"

"어서!"

"원 고집도 이렇게 세다구야……."

나는 또다시 밸이 불끈 솟았다.

"아니 우리 집에 와서까지 국장 행세요?"

"이건 형님벌 되는 사람으로서 요구하는 거야!"

"좌우간 내 두 손 바싹 들었수다. 에― 에참!"

나는 하는 수 없이 톱을 쥐고 허리를 굽혔다. 고봉수가 판자를 잡아 주었다.

하여 한 도의 수산관리국장과 한 사업소 지배인의 협동하에 칼도마 제작이 시작되였다.

기력이 쇠진해지자면 아직 멀었지만 나는 판자 한 토막 자르기가 그닥 수월치 않았다. 숨을 몰아쉬며 판자를 동강내였을 때에는 이마에 땀이 내배기 시작했다.

우리는 마침내 두 손을 털고 허리를 폈다. 그런데 언제 왔는지 우리 뒤에는 그 제대군인 황봉기가 서 있었다. 순간 나는 아침에 그와 한 약속이 생각났다.

"아, 뭔가 제기할 것이 있다고 했지? 집 문제 말이요?"

"아닙니다. 국장 동지를 좀……. 국장 동지! 설계가 끝났습니다."

"뭐라구? 벌써!"

고봉수는 두 눈을 크게 떴다.

더욱 놀란 것은 나였다. 도대체 무슨 설계가 끝났단 말인가?

"어서 지배인 동무에게 설명해 주우."

황봉기는 들고 온 도면을 마루 우에 펴 놓고 새 칼도마로 한 귀를 지질러 놓았다. 무엇인가 둥글둥글한 것을 삼각으로 련결한, 너무도 간단한 도면이였다.

"기중기의 기초입니다."

황봉기는 손가락으로 도면을 짚어 가면서 설명을 했다. "이 둥근 것들은 5톤 이상짜리 바위들입니다. 이 바위들을 땅 속에 삼각으로 묻고 그 중심들에 착암기로 구멍을 뚫습니다. 다음 그 구멍들에 볼트축을 해박고 산형강으로 련결합니다.

결국 세 바위가 한덩어리로 되는데 그만하면 기중기의 기초로 넉넉합니다. 이렇게 해서 부두나 잔교를 다 걷어치우고 바다 기슭에 바로 기중기를 설치하자는 겁니다."

"! ……."

설계도면이라고 할 것이 없었다. 설명 역시 너무도 간단하였다.

하지만 리치와 기술적 타산은 명확하고도 남았다.

믿기 힘든 사실 앞에 얼떠름해진 나는 고작 한다는 소리가 이런 질문이였다.

"장기봉……. 아니 저 황봉기 동무, 군대나가기 전에 대학에 다니지 않았소?"

"아닙니다. 군대 복무때 서해갑문 건설장에서 일해 본 경험이 좀 있습니다."

이번에는 고봉수가 물었다.

"얼마면 다 끝낼 것 같소?"

"기초 하나에 3일이면 충분합니다."

'3일? ……. 게다가 세멘트 한 톤, 막돌 한 립방도 필요없단 말이지. 이게 과연 사실이란 말인가? ……'

나는 요지경 속에 빠진 사람마냥 멍청히 서 있었다. 머리 속에는 도에로, 군으로 뛰여다니며 구차한 사정과 우는 소리를 하던 자신의 모습이 선히 떠올랐다. 끝없이 반복되던 지루하면서도 보람 없던 협의회도 생각났다. 그 모든 것들이야말로 얼마나 허무맹랑한 놀음이였는가! …….

"여보게, 담배나 한 대 주게."

고봉수의 말에 나는 깊은 생각에서 깨여났다.

황봉기는 언제 갔는지 보이지 않았다.

우리는 마루에 걸터앉아 말없이 담배를 피웠다.

한동안 침묵이 흘렀다.

문득 고봉수가 말을 꺼냈다.

"택현이, 생각나나? 자네가 신혼살림을 할 때 찬장을 만들던 일 말일세."

"예 — 에? 갑자기 그 얘기는 왜 꺼내시우? 그게 언제적 일이라구."

……그게 아마 정전 직후의 일이였던가?

내가 고봉수와 한배를 타면서 신혼살림을 폈을 때의 일이였다.

살림살이라고는 안해가 가지고 온 이부자리와 옹배기솥, 국밥사발이 각각 두 개, 거기에 고봉수네가 보내 준 쟁개비 하나가 전부였다. 원쑤들에게 량 부모를 다 잃은 나는 집에서 부지깽이 하나 보탬 받을 것이 없었다.

하지만 나는 모든 것이 만족하기만 하였다 사람들은 나보고 처가집 말뚝에까지 절을 할 사람이라고 놀려 주었다.

나는 그 만큼 안해를 사랑하면서도 한 가지만은 못마땅한 것이 있었다.

안해는 부모와 오빠들의 사랑 속에 고이 자란 딸이여서 무슨 애로가 생기면 친정으로 달려가군 하였다.

나는 그것이 질색이였으나 연약한 녀자들에게서 십분 있을 수 있는 일로 여기고 일에만 몰두하였다.

당시 사업소의 배들은 거의 다 범선들이였다. 우리 배도 마찬가지였다. 하여 돛을 달고 바람을 맞받아 갈지자로 항해할 때에는 지루하고 답답하기 짝이 없었다.

나는 궁리 끝에 마사진(부서진) 자동차 엔징으로 배를 동력화할 엉뚱한 생각을 하였다. 모두 코웃음을 쳤지만 고봉수만은 적극 지지해 나섰다.

나는 기를 쓰고 달라붙었다. 기계에 들어서는 통 무식쟁이였던 내가 그것을 실현하기까지에는 실로 미국놈들과 총부리를 맞대고 결사전을 하던 것만큼이나 악을 써야 하였다. 마침내 우리는 돛을 내리고 바다를 종횡무진으로 달리게 되였으며 그 덕에 두 배나 되는 물고기를 잡게 되였다.

그러던 어느 날 저녁이였다. 안해는 또 친정에 다녀오겠다고 하였다. 아버지에게 찬장을 만들어 달라겠다는 것이였다.

그때 우리는 널판자 석 장을 붙여서 그 우에 그릇들을 올려 놓았는데 볼품도 없거니와 불편하기 짝이 없었다. 그것은 우리 집의 형편만이 아니였다. 전쟁의 상처가 사람들의 생활에 그대로 남아 있던 시절이였다. 하물며 처가켠이라고 무엇이 넉넉하겠는가.

"여보 웬간한 건 좀 참소." 하고 나는 안해를 나무랐다.

"다 자라가지고도 부모님들께 그냥 근심만 끼치면 되겠소?"

안해는 뾰로통해졌다. 자연히 우리 사이에는 점차 곱지 않은 소리가 오가기 시작하였다. 마침내 나는 주먹으로 방바닥을 내리치며 버럭 소리를 질렀다.

"여보! 그럴 바엔 짐을 다 싸가지고 아주 가오. 아주! 엉?"

"가라면 가잖구요, 못 갈 줄 아세요?"

대답은 그렇게 하였으나 역시 녀자의 약한 마음이라 안해는 돌아앉아 눈물을 쪽쪽 짜기 시작하였다.

"원 저런 맹꽁이라구야!"

나는 처음으로 안해를 탓하며 자리에서 벌떡 일어섰다.

'넨장! 찬장 하나 못 만들어서 녀편네가 울고불고하게 하다니!'

밖으로 나간 나는 헛간의 나무가지들을 죄다 부엌으로 끌어들였다.

거개다 바다에서 건져낸 것들이여서 널쪼각과 합판쪼각, 각재토막과 통나무토막, 굵고, 가늘고, 넓고, 좁고, 길고, 짧고…… 찬장재료라기보다 잡동사니였다. 그래도 공구에 비하면 재료는 너무도 훌륭한 편이였다. 공구라고는 손도끼 하나뿐이여서 하다못해 끌조차 없어 배못을 넙적하게 두드려 써야 하였다.

이제는 찬장의 '원형'을 좀 보아야 했다.

나는 고봉수의 집으로 슬금슬금 내려갔다. 밤이 깊었는지라 모두 잠자리에 든 듯 집안은 조용하였다. 한밤중에 고봉수를 깨울 수는 없어서 문짬으로 부엌을 들여다보았다. 불을 꺼놓아서 희미한 달빛에 비친 찬장의 형태는 좀처럼 가려보기 힘들었다.

이쪽저쪽 문틈을 찾아 열심히 부엌을 들여다보던 나는 갑자기 이마가 지끈하면서 두 눈에서 불이 번쩍 일어났다.

고봉수의 아들 녀석이 괴춤을 부여잡고 다급히 뛰여나오면서 문짝을 걷어차는 바람에 미처 어쩔 사이가 없이 문짝에 이마를 짓찧었던 것이다.

"어이쿠!"

고봉수가 잠에서 깨여 밖으로 나왔다.

"아니, 이 밤중에 어떻게 왔나?"

"넨장! 거…… 담배나 한 대 주시우."

나는 얼얼한 이마에 손이 올라가는 것을 겨우 참으며 퉁명스레 내뱉었다. 화김이라 사실대로 말이 안 나갔던 것이다.

고봉수는 나를 쳐다보며 고개를 기웃거리더니 안으로 들어가 마라초를 한줌 꺼내다 주었다.

'까짓거 내 생각대로 만들고 말아야지.'

이마의 혹을 어루쓸며 돌아온 나는 손도끼로 열심히 나무를 깎기 시작하였다. 내가 한동안 정신이 없을 때였다.

문득 머리 우에서

"사내 자식이 쑥스럽긴, 사실대로 말할 것이지." 하고 웅얼거리는 소리가 들리였다.

머리를 드니 언제 왔는지 고봉수가 장승처럼 버티고 서서 찌프린 눈길로 나를 내려다보고 있었다. 내가 담배 한 대 얻자고 한밤중에 자기를 찾아갔었다는 것이 아무래도 석연치 않았던 모양이였다.

'어쨌든 화가 복으로 된다더니 혹값치고는 꽤나 후한걸. 또 가서 혹을 두어 개 더 붙여 볼가부다.'

나는 사기가 올라 힝—힝 소리를 내며 대패질을 했다. 그러던 나는 너무 덤벼치다가 그만 망치로 손가락을 내리쳤다. 피가 줄줄 흘러내렸다.

순간 방문이 펄쩍 열리면서 안해가 달려나왔다. 그런즉 그는 문쌈으로 나의 일거일동을 빠꼼히 내다보고 있은 것이 틀림없었다.

"여보! 내가 잘못했어요!"

안해는 내 손가락을 감싸쥐고 흐느껴 울었다.

"내 다시는…… 다시는 그런 일로 친정에 안 가겠어요. 제발 그만두세요. 네?"

안해는 눈물 고인 두 눈에 자신에 대한 자책과 나에 대한 사랑과 간절한 기대와 애원을 담고 올려다보았다.

아, 그때의 안해의 모습이야말로 얼마나 복스럽고 아름답던지!
…….

했으나 내 결심을 굽힐 수는 없었다.

이레밤을 지새운 끝에 드디여 찬장의 마지막 조립이 끝났다. 나무가 각이하다 보니 문양도 각각이였고 색갈도 색색이였다. 곱게 다스리지 못하여 윤택도 없었다. 사개가 잘 맞지 않아 어설픈 데도 많았다. 그러나 당시로써는 뭇녀인들의 부러움을 살 만치 훌륭한 것이였다. 우리는 신혼살림에서 일약 사업소적으로 몇 세대 안되는 찬장을 가진 세대로 껑충 도약하게 되였던 것이다.

아무리 하찮은 것이라 할지라도 자기의 피땀과 류다른 사연이 깃든 것은 별로 소중한 법이다. 우리 로친네는 그 알량한 찬장이 가보라도 되는 듯 30여 년이 지난 오늘까지 버릴 생각은 꿈에도 하지 않는다. 세탁기요 랭동기요, 으리으리한 세간들이 이 부엌을 가득 채웠는데도
…….

지금 생각하면 내가 그때 어떻게 맨손으로 기계배를 만들고 손도끼로 찬장을 만들자고 접어들었는지 스스로도 놀라지 않을 수 없었다. 그런데 오늘은 눈앞의 예비도 못 찾고 판자 한 토막도 제때에 못 자르게 되였으니 내가 왜 이 모양이 되였는가? …….

문득 고봉수가 침묵을 깨뜨렸다.

“택현이, 자네 병집의 근원은 저 구멍난 칼도마에 다 씌여져 있는 것 같네.”

그는 자리에서 일어나며 이렇게 덧붙였다.

“명심하라구, 사람이 안일해지기 시작하면 자기 생활도 혁명사업도 제대로 할 수가 없어!”

그는 뒤짐을 지고 마당을 거닐었다.

‘내가 정말 안일해졌단 말인가? …….’

그것만은 가슴에 걸려 내려가지 않았다. 잠시도 가만 있지 않고 뛰

여다니고 목청을 돋군 내가 아니였던가.

했으나 깊이 따져 보면 내가 한 일이란 사업소의 구내만 벗어나면 의례히 승용차를 불러대는 것이였고 옆 방의 과장도 전화로 찾는 것이였다. 결국 내 대신 승용차가 바쁘게 '뛰여다니'고 전화기가 요란스레 떠들었을 뿐 나 자신은 언제나 편히 의자에 앉아 있었던 것이다.

'망할 놈의 칼도마 같으니! 그저……'

마당을 거닐던 고봉수가 내 앞에 와서 걸음을 멈추었다.

"여보게 주인어른, 인사불성도 정도가 있어야 할 게 아닌가? 그래, 손님을 그냥 밖에 세워 둘 작정인가?"

나는 어줍게 웃으며 응수하였다.

"그럼 손님이 주인을 그렇게 조겨대는 건 도대체 무슨 인사법이요, 아예 마당 밖으로 쫓아내지 않는 것만도 다행인 줄 아시우."

"허 이것 봐라! 이 사람이……"

그때 부엌문이 열리며 손님대접 준비에 바삐 돌아가던 우리 로친네가 나왔다.

칼도마가 필요한 듯 그는 새 칼도마를 집어 들고는 좋아서 떠들었다.

"에이구, 이젠 마음놓구 칼질을 해두 되겠구만! 뭘 좀 썰라문 도무지……."

"여보! ……."

나는 듣다 못하여 큰소리로 그의 말허리를 꺾었다.

"황아장수 망신은 고불통이 다 시킨다더니 이건 나살이나 먹은 게 주책없이…… 에 — 에, 참!"

"원 누가 할 소린지 모르겠시다……."

로친네는 제편에서 오히려 눈을 흘기고는 고봉수에게 말머리를 돌리였다.

"아주버니, 이담부턴 처녀한테 총각 소개를 하실라문 좀 잘하시우다. 글쎄 칼도마 하나두 제때에 못 만드는 량반을 나한테 소개하실 건 뭐예요?”

고봉수는 기꺼이 맞장구를 쳤다.

“그러찮아도 후회가 막심합니다. 하지만 내 술 석 잔을 바라구 백리 길을 왔다가 그냥 갈 수야 없지 않소.”

우리 로친네의 대답도 걸작이였다.

“그렇지만 예로부터 정해진 례의범절이야 어찌겠나요. 소개를 잘못 하셨으니 아예 바라지 마시우다.”

“핫하하하……”

고봉수는 물론 나도 유쾌하게 웃었다.

로친네는 서둘러 부엌으로 들어갔다. 이어 부엌으로부터 야무진 칼장단소리가 가락맞게 들려나왔다.

딱딱딱, 뚝딱뚝딱, 딱딱딱……

일생을 들어온 소리였다. 오늘따라 그 소리는 류다르게 들려왔다. 그 소리를 들으면서 나는 생각하였다.

사람들이여, 당신들도 칼도마소리에 귀를 기울여 보시라, 그리고 하루일과를 되새겨 보시라.

혹시 아침에 마당쓸기가 싫어서 그만두지나 않았는지, 아니면 세수물 놓아 주기를 기다리며 서 있는 일은 없는지……

혁명은 곧 투쟁이며 투쟁은 곧 생활이다. 그 생활은 아침에 마당을 쓸고 세수를 하는 등 작고 사소한 일로부터 시작된다.

작고 사소한 것, 바로 그 속에 그 사람의 정신상태와 투쟁의욕과 기백이 반영되는 것이어늘, 아침에 마당쓸기가 싫어지면 낮에 일에서도 몸을 아끼게 되며 나중에는 간고한 혁명의 행군길을 걸어가기 싫어지는 것이다.

이렇게 생각하고 칼도마소리를 다시 한 번 들어 보시라. 그러면 그 소리는 반드시 의미심장하게 들릴 것이다.

마감사람들

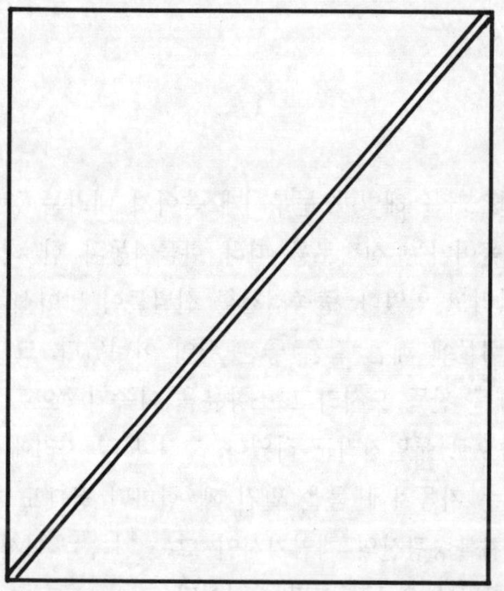

김창옥

1934년 4월 함경남도 함흥시에서 출생
1963년 평양문학대학 졸업
첫작품　단편소설「백명옥」(1958년)
작　품　단편소설「환희」
　　　　　　　「숲이 푸르러 가는 시절」
　　　　외 소설 수십 편

1

가을의 유난스러운 해빛이 눈부시게 쏟아져 내리는 한낮때. 금패령의 막바지로 들어가는 신작로를 따라 화물자동차 한 대가 적재함을 들썩거리며 달리고 있었다. 중중첩첩한 산발들이 막아선 산골이라 돌부리가 솟고 비물에 패인 길은 좋은 편이 아니였다. 그 때문에 젊은 운전사는 어깨를 잔뜩 도사리고 조향륜을 이쪽저쪽으로 잡아 돌리면서 자주 입 속으로 투덜거리군 하였다. 그러나 옆 자리에 앉은 박정혁은 춤추듯 하는 자동차에 몸을 맡긴 채 한마디 응대도 하지 않았다. 새로 개발된 천불령광산의 책임기사인 그는 가족을 이사시키기 위하여 이미 살던 금사동으로 들어가는 길이다.

금사동은 그의 일생에서 잊을 수 없는 추억을 남겨 놓은 곳이였다.

금사동! 여기서 가장 뜨겁게 사랑을 쏟아 부은 맏딸 경심이가 고등중학교를 졸업하였다.

그렇게도 정을 주고 사랑을 주던 경심이가 이제 아버지의 품을 떠나 바야흐로 날아오르려 하고 있다. 미술에 대한 남다른 소질을 가지고 있어 그의 앞날을 아름다운 색갈로 채색된 그림과만 련결시켜 생각해 온 딸 경심이가……

그런데 청천벽력과 같은 소리를 전해 들을 줄이야.

경심은 며칠 전에 보내온 편지에서 자기는 학급의 몇몇 동무들과 같이 간석지 건설장을 지망하였다고 자랑했다.

'동해안에서 서해의 간석지로?'

정혁의 가슴은 철렁 내려앉는 것 같았다.

아직 부모의 슬하를 떠나 본 적이 없는 애리애리한(애티가 나게 젊은) 딸이였다.

"참, 책임기사 동무, 텔레비 중계소의 찬길이가 검덕으로 지원가는 걸 압니까?"

문뜩 던지는 운전사의 말에 정혁은 번잡한 생각에서 깨여났다.

그리고 어정쩡한 기분으로 되물었다.

"떠났소?"

"전번 주에 군당으로 찾아가는 걸 봤습니다."

"음— ……."

이때까지 딸의 전도문제를 두고 생각에 잠겨 있던 정혁은 운전사의 말을 듣자 이상스럽게 마음이 옹색해지는 감을 느꼈다. 성미가 급하고 감정을 숨길 줄 모르는 운전사가 자기 말만 계속하였다.

"그 처녀가 사랑을 배반하자 격분이 치밀어서 그런 결심을 했을 겁니다. 누구나 자존심이 짓밟히면 그렇게 되는 법이니까요. 내 아무때건 그 처녀를 만나기만 하면 이 주먹으로 그 반반한 얼굴을 한 대 주어갈기고야 말겠습니다. 제길할……."

운전사는 마치 자기가 사랑에서 배척을 받기라도 한 듯 조향륜을 돌리던 한 손으로 떡메 같은 주먹을 내흔들었다.

"쓸데없는 소리……. 우리 마을이 새 광산지구로 모두 옮겨 갔으니 텔레비죤 중계소도 철수하구 찬길이도 떠난 것이겠지."

"글쎄 그렇기도 하지만……."

운전사는 말을 잇지 못했다. 그것은 개인감정이 섞인 자기의 말보다 정혁이의 해석이 사실에 더 가까왔기 때문이다. 다혈질의 성격에 감정의 변화가 순간적인 운전사는 금패령 쪽의 산발을 바라보며 혼자 생각에 잠겨 있더니 퍽 누그러진 목소리로 다른 말을 꺼내는 것이였다.

"정말 이번차에 공무반장네 이사짐을 싣구 다음번에 책임기사 동무네가 이사를 하면 금사동은 텅 비고 말겠군요."

"그렇게 되겠지."

"섭섭한데…… 첫사랑처럼 정말 정이 들었던 고장이였거든요."

"……"

정혁이도 운전사를 따라 가벼운 한숨을 지으면서 낯익은 산발들에 추억의 눈길을 옮겨 갔다.

……지금으로부터 8년 전에 정혁이네 제철련합기업소에서는 다른 단위에서 받아다 쓰던 흥광석을 자체로 해결하기 위하여 금패령의 막바지에 한 개 직장규모의 자그마한 광산을 개발하였다.

그때 금패령광산의 책임기사로 임명된 정혁은 선발대를 이끌고 무릎을 치는 생눈길을 헤치면서 인적기라고는 바이 없는 깊은 골짜기로 들어갔다. 그날부터 잡관목숲에 천막을 치고 개척자의 생활을 시작한 그들은 어느 날 밤엔 우등불(화롯불)가에서 앞날의 생활을 토론하다가 원시림에 묻힌 골짜기에 우선 금사동이라는 이름을 붙였다. 하지만 언 땅에 불을 피워 가면서 자동차길을 닦고 산판에서 군두쇠로 통나무를 끌어내려 기계실과 합숙의 기둥을 세우는 일은 새마을의 이름같이 랑만적인 것이 아니였다. 사람들은 아름드리나무가 얼어 터지는 강추위 속에서도 걸음걸음 땀방울을 떨구었다. 사나운 눈보라 때문에 쌀을 실은 발구가 미처 도착하지 못할 때는 허리띠를 졸라매면서 생눈을 씹어 넘기기도 했다. 그렇게 한두 해가 지나가는 사이에 무인지경이던 골짜기에 집들이 생기고 생산시설들이 일떠섰으며 학교와 유치원에서 맑은 종소리가 울려 퍼지게 되었다.

그러나 그들의 생활은 한곳에서만 이어지지 않았다. 지난해부터 갑자기 광맥이 줄어들어 전전긍긍하던 정혁이네들은 마침 탐사대의 도움을 받아 금패령에서 서쪽으로 100리 가량 떨어진 천불령에서 매장

량이 대단한 ㅎ광석을 새로 찾아내게 되였다. 련합기업소에서는 확인을 거듭한 끝에 지체없이 일자리를 금패령의 금사동에서 천불령으로 옮길 것을 결정하였다. 기업소의 집중수송으로 기계설비들이 옮겨졌다. 살림집이 되는 차례로 가족세대들이 군 경계를 넘어 새로운 거주지에 등록되였다. 그리하여 이미 살던 마을에는 지금 두 세대의 가족들만 남아 있게 된 것이다. 정혁이네는 바로 그 두 세대 중의 한 집이였다. ……

자동차가 숲 속의 무성한 산굽이를 돌아서자 앞이 확 트이면서 50여 호의 마을이 나타났다. 교재림에 묻힌 하얀 회벽의 단층학교와 2층집 높이의 먹이 저장고가 첫눈에 띄웠다. 이 마을이 군에서 제일 깊이 들어앉은 리 소재지였다. 동구길을 들어서면서 바라보느라니 강냉이숲이 누런 비탈밭에서 농장원들이 내려오고 학교운동장에서는 어린 학생들이 새무리처럼 와— 쏟아져 나왔다. 방학기간이 끝나 감에 따라 예비등교로 모였던 학생들이 점심시간이 되여 헤여져 가는 모양이다. 학생들을 보자 정혁은 불쑥 최영준 교원의 얼굴 모습이 생각키웠다. 최 선생으로 말하면 여기 본교에 있다가 새로 생긴 금사동의 분교에 올라와 지난 8년 동안 광산의 학생들을 위하여 묵묵히 바쳐 온 교원이다. 리 소재지 축산반의 수의사로 있는 안해 때문에 가정을 떠나 합숙생활을 하게 된 영준 교원은 한때 정혁이네 웃칸에서 지낸 적도 있었다. 사람의 감정이란 참으로 미묘하고 지꿎은 것이였다. 검덕으로 떠났다는 찬길이를 두고 저도 모르게 옹색해지던 정혁은 최 선생의 믿음이 가는 둥글한 얼굴이 떠오르자 문득 딸 경심이의 소행이 생각났다.

'곤난할 때 친구지. 딸의 장래문제를 최 선생에게 부탁해 보자.'

그의 입에서는 걷잡을 사이 없이 이런 말이 튀여나갔다.

"우리 최 선생네 집에 잠시 들려 볼가? 점심시간도 된 것 같은데."

"들려야지요. 우리 '털털이'에게도 물을 좀 먹여야 하니까요."

정혁이의 심리를 알 길 없는 운전사는 길가에 있는 영준이네 집앞에 이르자 자동차를 비껴 세웠다. 정혁은 그를 남겨 두고 차에서 내리자 곧 영준이네 싸리대문을 밀고 들어섰다. 줄당콩숲이 우거진 울바자 밑에서 모이를 쫓고 있던 닭들이 인기척에 놀라 풍기듯 사방으로 달아나면서 새된 소리를 질렀다. 순간 빨갛게 익어 가는 고추밭 옆에서 낮잠을 청하던 누런 수캐가 뜨락의 수호자답게 으르렁거리며 일어섰다. 지나간 초봄에 정혁이네 집에서 내려온 강아지가 어느새 송아지만하게 자란 것이다.

"허— 이 친구, 옛 주인도 몰라본다……. 최 선생 계시오?"

거의 같은 시각에 열려진 부엌문으로 행주치마를 두른 중년의 녀인이 상반신을 내밀었다.

"아이, 경심이 아버지군요!"

녀인은 행주치마에 젖은 손을 훔치면서 얼굴에 함뿍 웃음을 피웠다.

"그 새 편안하셨수?"

"우리야 잘 있지 않구. 애, 철이야. 금사동의 아저씨가 오셨다."

"……경심이 어머니가 더 아프다나요?"

안방에서 들려 나오는 소년의 애된 목소리, 그러자 최 선생의 안해는 잊었던 생각이 난 듯 금시 걱정스러운 소리를 하였다.

"참, 경심이 어머니가 해소병이 더해서 고생한다면서요? 이자(이제, 지금) 리 병원에 내려왔던 복희 의사에게 산꿀을 보내기는 했지만."

"아니, 우리집사람이 앓는 대요?"

정혁이의 놀라운 물음에 영준이의 안해도 눈이 둥실해졌다.

"아니, 그럼……."

"아주머니, 나는 지금 천불령에서 오는 길이우다."

"어마나……."

녀인은 그제사 모든 것을 깨달은 듯 더욱 헤덤비였다.

“그러니까 모르겠구만, 준의(의사보다 한 급 낮은 기술자격을 가진 중등보
건일군) 선생은 시간이 급하다구 점심도 짓지 못하게 하면서 약을 가
지고 떠났는데.”

“챠 이런……”

“좌우간 좀 들어와요. 내 얼른 점심을……”

“그럴 시간이 없을 것 같습니다. ……”

정혁은 이러면서 대문 쪽으로 돌아섰다.

정혁의 생각은 복잡하였다.

경심이와 함께 자리에 누워 있을 안해 그리고 약가방을 메고 산골
길을 달리고 있을 처녀 준의의 땀에 젖은 모습이 얼른거리였다.

그의 이런 마음을 알아차린 최 선생의 안해도 더 막아서지 않았다.
정혁은 운전사를 독촉하여 곧 길을 떠났다. 여기에서 금사동까지는 무
인지경의 20리 길이다. 그런데 자동차가 방금 자리를 떴을 때 뒤에서
웬 아이의 다급한 목소리가 날아왔다. 정혁이가 돌아보니 최 선생네
굴뚝모퉁이의 울바자 구멍으로 철이가 빠져나오고 있었다.

“아니 저 애가……. 차를 세우오.”

자동차가 멎어서기 바쁘게 소년이 숨을 할싹거리면서 달려왔다.

“철이야, 너 웬일이냐?”

소년은 자동차를 따라잡은 것이 다행이라는 듯 가쁜 숨을 몰아쉬면
서도 웃음을 지었다. 그리고는 설명도 없이 서너뽐기장의 수수강대를
내미는 것이었다.

“이건 도대체 뭐냐?”

정혁은 얼결에 수수강대를 받아 쥐며 의아하게 물었다.

“래일이 철옥이의 생일이거든요. 우리 아버지에게 그 애의 키가 이
만치 컸다구 보여 주세요.”

정혁은 흥에 뜬 소년의 기분과는 달리 눈이 둥실해졌다.

“아니, 그럼 너의 아버지가 아직도 금사동에 있단 말이냐?”

그제야 영준 교원을 찾아왔던 자신을 생각했다.

"네, 식물채집도 하고 다른 일도 많다나요."

철이는 은연중 금패령 쪽을 바라보았다. 그 애의 까만눈에 금시 아버지에 대한 그리움이 가득 비끼였다. 정혁은 생각이 많아졌다.

그는 광산마을이 이웃군으로 옮겨 갔으니 최 선생은 의례히 여기 본교에 내려왔으리라고만 생각하였다.

그런데 그가 아직도 서너 명의 학생들이 방학을 하고 있을 금사동에 그냥 있다니.

"알았다. 내 오늘중으로 아버지를 내려오게 하겠다."

"정말? 야……."

정혁은 녀동생의 키를 재였다는 수수강대를 도로 주려다가 소년의 마음을 흐리게 하지 않으려고 그냥 받아 두었다. 자동차는 기쁜 얼굴로 손까지 흔드는 소년을 남겨 두고 다시 길을 떠났다.

2

자동차는 성벽처럼 막아선 벼랑사이를 에돌아 달리였다. 울긋불긋한 단풍과 룡소에 떨어지는 폭포수로 하여 산천은 깊어질수록 절경을 이루었다. 하지만 정혁은 자연에 심취되기보다 무릎에 놓인 짧은 수수강대에 눈길을 떨군 채 하염없는 생각에 잠겨 있었다.

강복희 준의 그리고 최영준 교원 모두 기억에 새삼스러워지는 이름들이였다. 그들은 8년 전에 정혁이네 선발대보다 며칠 뒤에 이 골짜기에 들어온 두번째 대오였다. 그들도 크지 않은 배낭을 걸머지고 학교와 진료소를 짓기 위하여 생눈길을 헤치면서 들어왔던 것이다. 그래서 로동자들은 새로 도착한 그들을 진심으로 반가와하였고 같은 천막에서 한 가마밥을 먹기 시작하였다. 학교와 진료소, 식량공급소들을 짓는 일이 추가적으로 엎치였지만 누구도 불만을 가지지 않았다.

물론 두번째로 도착한 개척자들의 생활도 순탄하지 않았다. 언 땅에 기초를 파고 얼음이 덮인 개울바닥에서 구들돌을 골라 내고……. 어느 날 정혁은 통나무를 찍으러 산에 올라갔다가 눈구뎅이에 최영준 교원과 마주앉아 눈물을 짓고 있는 녀준의를 보게 되었다. 나무가지를 따내다가 도끼가 빗나가면서 손등을 다친 듯 처녀가 만지던 통나무에도 붉은 것이 물들어 있었다. 최 선생이 녀준의의 손에 붕대를 감아 주면서 뜻 있는 말을 하였다.

"……힘이 들지만 이것이 귀중한 추억으로 될 거요. 선생의 피땀이 스민 진료소의 방들에서 사람들이 조국의 품을 느낄 때 복희 선생은 군 병원으로 돌아가라고 떠밀어도 가지 않을 거야. 거짓말이나 이제 두고보지? ……."

처녀 준의는 눈물을 훔치고 통나무에 군두쇠를 박더니 바줄을 어깨에 걸고 산비탈로 나무를 끌고 내려갔다. 그때로부터 설날은 여러 번 지나갔지만 복희는 정말 자기가 찍어 세운 기둥처럼 진료소에 뿌리를 박은 듯 교대기간을 무시하고 여기를 떠나지 않았다. …….

정혁은 얼굴이 갸름하고 살색이 가무잡잡한 복희의 모습을 그려 보면서 줄곧 앞길에서 눈을 떼지 않았다. 그러나 한 굽이를 돌아서고 다음 굽이를 또 돌아섰지만 녀준의의 모습은 나타나지 않았다.

'혹시 범산덕의 지름길을 탄 것이 아닐가?'

처음에는 은연중에 떠오른 추측이였지만 길을 갈수록 그 생각은 사실처럼 굳어졌다. 범산덕은 수림이 우거지고 집채 같은 바위들이 겹겹으로 층을 이룬 울울침침한 산발이여서 이전에는 포수들이나 다니고 근래에는 산림보호원이 가끔 순시나 하는 곳이였다.

"제길, 병은 왜 앓아 가지고 남까지 고생하게……. 아, 저기 있구만!"

녀준의의 수고를 생각하면서 공연히 안해를 원망하던 정혁은 자동차가 또 한 굽이를 돌아서는 순간, 환성에 가까운 소리를 냈다. 개울역에 한 처녀가 앉아서 주먹만한 돌로 발바닥을 두드리고 있었던 것이다. 길을 급하게 걸어오느라고 발바닥에 물집이 생긴 모양이었다. 산굽이에 불쑥 나타난 자동차소리를 들은 처녀가 반가운 듯 맨발바람으로 일어섰다.

"빨리도 왔구만, 세우오."

그러나 운전사는 자갈이 깔린 개울길인데도 가속기를 밟으면서 자동차를 윙 하니 몰았다.

"저 녀자는 준의가 아닙니다!"

운전사의 말과 함께 처녀는 어느결에 뒤로 물러가고 자동차의 앞바퀴에 채운 개울물이 기관실 우에까지 튕겨 올랐다.

"그래도 우리 마을에 오는 처녀겠는데."

"그냥 갑시다. 바로 저 녀자가 텔레비죤 중계소의 찬길이를 배반한 그 나쁜 처녀입니다."

"농장의 도서보급원 말이요?"

"예. 얼굴이 반반한 은별이라구."

"좌우간 세우오!"

운전사는 하는 수 없이 제동기를 밟았다. 발동기소리가 멎자 숲 속에서 우짖는 온갖 새들의 지저귐과 개울물소리가 차 안으로 흘러들었다. 두 사람은 말이 없었다. 앞을 내다보는 정혁이의 머리에는 아까 딸의 문제 때문에 흘러들었던 한 토막의 추억이 생생하게 떠올랐다. ……

금사동을 꾸릴 때, 정혁이네는 마을에서 가까운 어느 한 산봉우리에 자체로 텔레비죤 중계탑을 세웠다. 중계소라야 자그마한 귀틀집과 긴 장대 끝에 통로안테나를 설치한 극히 단순한 것이었다. 그렇지만 광산마을에서는 그 중계탑을 통하여 온 나라의 숨결을 느끼고 심산 속에서도 문화생활의 혜택을 받았다. 중계소의 관리원은 군 체신소에서 보내 준 마음이 무던한 찬길이라는 청년이였다. 금사동 사람들은 저녁마다 유치원 아이들의 물통과 밥곽을 차고 높은 산으로 오르군 하는 청년을 무척 아껴 주었다. 세찬 바람이 휘몰아치던 어느 겨울날 부러진 안테나의 장대를 끌어안고 중계를 보장하느라고 손발을 얼구었다는 소식이 퍼졌을 때는 온 마을이 갖가지 약재를 구해 가지고 찬길이의 합숙방을 찾아갔다. 뿐 아니라 평화로운 나날에 남들을 위하여 자신을 희생할 줄 아는 그의 소행은 최영준 교원의 마을에서 사는 은별이라는 처녀의 마음까지 울려 주었다. 중계소 관리원과 도서보급원이라는 직책으로 하여 전혀 모르지 않던 두 청춘남녀의 사랑은 이때로부터 움이 트고 푸르러 갔다. 그런데 뜻밖에도 그들의 사랑에 꽃샘과도 같은 회오리바람이 닥쳐올 줄이야 어떻게 알았으랴. 일찌기 남편을 잃고 드살이 세기로 소문이 난 처녀의 어머니가 두 청춘의 앞을 죽기내기로 막아 나선 것이다.

“……나는 너를 이런 범산덕에 맡기려구 티끌이 묻을세라 자래운 게 아니다. 곁에서 기름지게 사는 너를 보는 것이 내 일생의 소원이니 네가 여기로 오는 날엔 나도 이 세상에 없는 줄 알아라……”

찬길이를 만나려고 왔던 처녀는 몸부림치는 심정이면서도 뒤따라온 어머니의 드센 손탁에서 자기의 손목을 뽑지 못하였다. 처녀는 그렇게 떠나갔다. 그 후에는 다시 보이지 않았다. 그런 은별이가 오늘 이렇게…….

정혁은 곁으로 다가오는 인기척에 얼굴을 들었다. 눈매가 곱고 아련하게 생긴 은별이가 자동차의 두 사람을 알아보자 순간적으로 나타나던 반색의 빛을 감추고 긴 속눈섭을 내려깔았다. 처녀가 들고 있는 꽃보자기에는 보온병, 3단밥통, 늄쟁개비(알루미늄으로 만든 작은 남비) 등 야외생활에 필요한 세간살이 등속이 모서리를 내밀고 있었다. 정혁은 한 쪽 신을 벗어 든 처녀의 하얀 발에 눈길이 미치자 동정의 말이 튀여나갔다.

"낯이 익은 동무구만. 타오."

하지만 처녀는 정혁이의 눈길을 피하면서 목에 걸리는 소리를 하였다.

"……고마와요. 전 걸어가겠어요."

말을 하고난 은별이의 얼굴에는 지나간 일을 두고 떳떳치 못해하는 죄책감이 더 짙게 물들었다.

"그러지 마오. 아직 길이 먼데."

처녀는 손에 든 한 쪽 비닐신을 내려다보면서 호— 한숨을 지었다. 그때 곁에서 씩씩거리기만 하던 운전사가 푸접없이 입을 열었다.

"보아하니 찬길이를 만나러 오는 것 같은데 때는 이미 늦었소. 광산 마을도 다 옮겨 가구 중계소도 철수했단 말이요……."

"네?" 은별은 검은 눈을 놀라웁게 떴다. 운전사는 처녀에 대한 그어떤 보복의 감정을 여전히 누르지 못하였다.

"그 사람은 정말 없단 말이요. 그러나 기억해 두오. 동무는 우리 찬길이를 배반했지만 사람들은 조국의 숨결을 안아다 주던 찬길이를 보배처럼 아꼈다는 것을 말이요."

은별은 굳이 변명을 하려고 하지 않았다. 그는 한숨을 지으면서 굽이굽이 걸어온 멀고도 외진 길을 허전하게 돌아보기만 하였다. 정혁은 갑자기 처녀가 측은해졌다. 은별은 아픈 가슴을 누르듯 입술을 꼭 씹고 나서 다시 물었다.

"최영준 선생님은 남아 계시나요?"

"있소."

정혁이가 대답해 주었다.

"그럼 최 선생님이라도 만나겠어요."

운전사가 또 끼여들었다.

"선생은 뭐하려? ……. 아직 해도 높은데 여기서 돌아서는 게 좋겠소."

은별은 얼굴이 홍당무가 되여 떠듬떠듬 대답했다.

"너무……하군요. 사람이란 길을 헛갈릴 때도 있지 않아요."

정혁은 그의 진심을 읽으면서 속으로 머리를 끄덕이였다. 본인의 말
처럼……

처녀는 처음 당하는 사랑의 초행길을 어떻게 걸어야 하는지 잘 몰
랐을 뿐이다. 은별은 그것을 깨닫고 지금은 눈물을 떨구면서 가던 이
길을 다시 찾아오고 있는 것이다. 처녀가 갈 길을 찾은 이상 어머니와
의 일을 물을 필요도 없었다. 그 어디에 가 있든 끝까지 찾아가고야
말 테니까.

"됐소. 타기요!"

정혁은 손수 자동차의 문을 열어 주고 처녀의 손짐까지 받들어 올
려 주었다.

자동차는 숲그늘이 진 길을 따라 달리였다. 옆을 지나치는 수림 속
에서 숲의 고유한 쏩쓸하기도 하고 향긋한 냄새가 바람을 타고 흘러
들었다.

이윽고 정혁이 침묵을 깨뜨리며 말을 뗐다.

"최 선생은 만나 뭘 하려오?"

"저는 최 선생님의 제자입니다. 그런데……"

"음— ……"

정혁은 처녀가 최 선생을 꼭 만나려고 하는 마음을 알고 있었다. 영
준 교원은 은별이가 찬길이를 만나지 못한 채 어머니에게 끌리여 가
던 그날 이렇게 말하였다.

"은별이! 금사동을 영영 떠나간단 말이지……"

은별은 옛 스승에게 그 일을 사죄하려고 할 것이다. 그런데…… 정
혁은 은연중에 자기의 딸 경심이의 일이 떠올랐다. 만약 이 아버지의
손길에 잡혀 경심이가 간석지의 새 마을로 떠나지 못하게 된다면 최
선생은 역시 같은 말을 하게 될 것이다. 그러면 정혁은 그 애의 아버

지로서 영준 교원에게 무엇이라고 대답해야 하는가?

그는 착잡해지는 생각을 뿌리치려고 앞길에 눈정신을 보냈으나 녀준의의 모습은 끝내 나타나지 않았다.

3

짐작한 대로 강복희 녀준의는 범산덕의 험한 지름길을 타고 돌아왔다. 그 녀자의 뒤로 60고개의 산림보호원 아바이가 따라 들어섰다. 원래 가무잡잡하던 복희의 얼굴은 산길을 달려오던 사이에 더 캄캄해지고 이마는 구슬땀에 함북 젖어 있었다. 병구완을 왔던 40대의 상점판매원이 녀준의의 모습에 혀를 차면서 헤덤비였다. 그러나 복희 자신은 방에 들어서자마자 위생가방에서 꿀병을 꺼낸다, 주사약을 찾아낸다 하면서 이마의 땀조차 제대로 훔치지 못하였다. 머리를 쓰다듬어 주고 싶도록 사랑스러운 처녀였다. 이부자리에 일어나 앉은 정혁이의 안해는 잦은 기침을 하면서 눈굽을 찍었다. 기침 때문에 나오는 눈물만 같지 않았다. 정혁은 뜨거운 심정을 누르려고 산림보호원에게 얼굴을 돌렸다.

"그런데 아바이는 어떻게 범산으로 마중갔습니까?"

산림보호원이 수염발이 꺼먼 하관을 쓸어만지면서 껄껄 웃었다.

"마중은 무슨 마중…… 사람이 있건 없건 산판을 돌아보는 거야 내 임무가 아닌가. 산 속을 다니노라면 별의별 일이 다 생긴다니까."

"정말 아바이를 만나 쉽게 왔어요. …… 참, 꿀을 타려면 샘물을 떠와야겠군요."

복희는 환자의 기침이 잦아지자 자리에서 냉큼 일어섰다. 정혁은 미안한 생각이 들어 안해에게 큰소리로 물었다.

"경심이는 어디 갔소?"

"약초를 캐러……. 산에…….”

"그럼 경옥이는?"

상점판매원이 끼여들었다.

"학교에 갔어요. 예비등교날이라구 하면서 학부형들도 오라고 하던데. 이거참, 야단났군요.”

정혁은 응당한 일이면서도 무언가 리해되지 않는 생각도 들었다. 마을에 남아 있는 학생이 도제 몇이기에 예비등교란 말인가? 그의 생각을 알 바 없는 안해가 기침을 하면서 말을 옮겼다.

"여보. 늘 밖에 나가 있던 당신인데…… 이런 때 한번 가 보구레. ……최 선생도 만나 볼겸.”

정말 정혁은 최 선생을 만나려 하지 않았던가.

"내가……. 내가 가 보지…….”

정혁은 자리에서 일어서자 방구석에 세워 두었던 철이의 수수강대를 쥐고 인차 밖으로 나왔다.

산기슭에 자리잡은 분교의 운동장에는 네 명의 학생이 나란히 서 있었다. 상점판매원의 아들과 그리고 공무반장네 아들 형제와 정혁이의 둘째 딸 경옥이였다. 그렇지만 예비등교 모임은 수백 명의 학생들이 있는 리 소재지의 본교에서처럼 자못 엄격한 기분을 주었다. 키가 후리후리한 최영준 교원은 넥타이를 맨 단정한 양복차림으로 매개 학생의 책가방을 깐깐히 검열하였다. 그 일이 끝나자 이번에는 학생들을 앞뒤로 돌려 세우면서 교복차림새를 살피였다.

'그저 한대중 고지식한 사람이라니까. ……'

운동장 밖에서 그 모양을 바라보면서 정혁은 이렇게 중얼거리면서 주변을 둘러보았다. 다섯 칸짜리 단층교사에 비하여 꽤 넓은 운동장에는 롱구대와 배구장, 철봉과 평행봉 등 갖가지 체육기재들이 빠짐없이 갖추어져 있었다. 굵은 들메나무로 해 세운 운동장의 교문에는 옥돌을 파서 새긴 '금사고등중학교 분교'라는 학교 이름이 생생하게 돋우어 보였다. 새 학년도를 앞두고 붉은 라크로 덧색을 먹인 것이 확연했다. 그 어디서나 영준 교원의 숨결과 체취가 느껴지는 학교였다. 5년 전인가 정혁은 영준이와 같이 학교의 이름이 새겨진 저 옥돌을 얻어 오려고 80리 길을 떠났다가 갑작스러운 폭우를 만나 무인지경의 벼랑 밑에서 밤을 새운 일이 있었다. 소낙비에 불어난 골개물(산골짜기로 흐르는 강이나 개울의 물)을 건늘 수 없었던 것이다. 한밤중이 되자 정혁은 배가 고팠다.

"나무기둥에 글씨만 잘 써도 되는걸……."

그때 영준 교원은 모닥불에 삭정이를 덧놓으면서 대답하였다.

"몇 글자 안되는 명판이지만 학생들은 거기에서 조국의 숨결을 느끼거든……." 하면서 그는 림산로동을 하던 아버지를 따라 산 속에서만 자라다가 12살 때에야 인민학교의 교문을 들어서던 때의 추억을 말하는 것이었다.

"……옥돌에 금박을 먹인 학교 이름을 볼 때마다 어린 마음에도 생각이 엄엄해지더군. ……."

정혁은 운동장에서 들려오는 소리에 정신을 차렸다. 교원이 무엇이라고 하였는지 학생들이 목소리를 합쳐 "녜!" 하고는 교사의 옆 마당에 있는 토끼사로 달려가기 시작하였다. 영준은 학생들의 모습을 사랑스럽게 바라보다가 산기슭에 잇닿아 있는 기상대로 걸어갔다. 때를 기다리던 정혁은 그의 뒤를 따랐다. 기상대 앞에서 떨어진 꽃바자의 널쪽을 쥐던 영준이가 피뜩 얼굴을 돌렸다.

"아니, 이게 책임기사가 아니요!"

지난해에 40고개를 함께 넘어선 그들은 허물이 없는 사이였다.

"허허…… 훈장님은 여전하구만……."

두 사람은 유쾌하게 웃었다. 그들의 상봉을 반가와하듯 기상대의 장대 끝에서 바람개비가 뱅글뱅글 돌아갔다. 정혁은 우선 철이가 부탁하던 수수강대부터 내밀었다. 영준이가 의아해하리라는 지꿎은 생각을 하면서.

"자, 받소. 무슨 장난감인지 아들이 보내더군."

한데 그의 추측과는 달리 수수강대를 받아 쥔 영준이의 얼굴에는 환한 웃음이 피여났다.

"보오. 그 사이 우리 딸애가 또 한치 자랐소!"

최영준 교원은 모든 것을 알고 있었다. 철이는 집을 떠나 있는 아버지에게 늘 그런 식으로 기쁜 소식을 전하는 모양이다. 수수강대를 쓸어만지는 영준이의 눈에는 귀여운 딸을 안아 보고 싶어하는 빛이 그대로 어려 있었다. 순간 정혁은 하고 싶었던 이야기가 불쑥 나갔다.

"그런데 왜 집에는 내려가지 않소?"

"집에 내려가다니?"

"래일모레는 우리까지 이사간단 말이요."

영준은 머리를 가볍게 끄덕이면서 말머리를 돌리였다.

"알고 있네. 그래서 요즘엔 생각이 많아지누만. 생눈길을 차면서 여기를 찾아오던 일부터 시작해서 말이네. 복희, 찬길이, 상점판매원…… 나이와 성별은 서로 달라도 참 좋은 길동무들이야. 곤난도 있었구 이런저런 곡절도 있었지만 모두 용케 이겨냈었지."

추억에 젖어드는 그의 이야기를 듣자 정혁이도 마음이 별스러워졌지만 영준이에게 다소나마 기쁨을 주고 싶은 생각으로 다른 말을 꺼냈다.

"참, 우리 집으로 가기요. 은별이가 찾아왔소."

"뭐, 은별이가?"

"걸어오느라구 발이 다 부르텄더군. 찬길이를 못 만난다 해도 최 선생에게 꼭 할 이야기가 있다면서."

"그래? 음……."

영준은 갑자기 흥분하기 시작하였다.

그는 기상대의 꽃바자를 손질하려던 생각을 단념한 듯 손을 털고 돌어서더니 오히려 정혁이를 재촉하였다.

"갑시다!"

두 사람이 정혁이네 집에 가까이 갔을 때 은별이는 길섶의 오동나무 아래에 다소곳이 서 있었다.

"은별이! ……."

영준이가 처녀를 알아보고 소리쳐 불렀다.

와뜰 놀라면서 얼굴을 든 은별은 옛 스승을 보자 "선생님! ……." 하고 소리를 지르면서 그 어떤 강한 힘에 끌려오듯이 영준이의 앞으로 달려왔다.

"끝내 왔구만. ……엉? 왔어!"

"선생님!"

처녀가 그의 가슴 앞에 얼굴을 떨구면서 울먹거렸다.

"됐어 됐어. 오늘은 반가운 사람들만 찾아오는 기쁜 날이구만!"

"기쁜 날이니 나도 가만 있을 수야 없지. 자, 들어들 갑시다."

정혁은 처녀의 손에서 갖가지 부엌세간이 싸인 꽃보자기를 앗아 쥐면서 주인다운 소리를 하였다. 하면서도 꽃보자기를 쥐고 보니 가슴속이 알싸해졌다.

'찬길이까지 있었으면 얼마나 좋으랴. …….'

순간 정혁의 눈앞에는 비물이 흘러내리는 창문을 통해 보는 듯 딸의 모습이 분명치 않게 안겨 왔다. 어째서일가, 밝게 웃는 딸의 얼굴모습은 어디로 갔단 말인가. 영준이를 만나 이야기하려던 말은 삭막해졌다. …….

세 사람은 마당에 들어섰다. 그가 토방에 막 올라서려고 하는데 열려진 방문으로 들여다보이는 텔레비죤에서 애국가의 장중한 선률이 흘러나왔다. 화면에 백두산의 숭엄한 모습이 흘렀다. 공화국 기발이 휘날리는 속으로 날개 돋힌 천리마가 네굽을 안고 푸른 하늘로 날아올랐다. 이어 녀방송원이 부드러운 웃음을 지으면서 나타났다.

"여러분, 이제부터 일요일 오후 방송을 시작하겠습니다. ……"

정혁은 매일같이 눈에 익혀 온 그 화면을 처음 보기라도 하듯이 넋을 잃고 바라보았다. 놀란 사람은 정혁이만이 아니였다. 그의 곁에 선 은별은 손가락을 깨물면서 터져 나오려는 소리를 삼키더니 허둥거리는 눈길로 중계탑이 있는 산봉우리를 바라보는 것이였다.

"아니, 저 산에 지금도 사람이 있소?"

정혁은 놀라웁게 물었다.

"그럼 빈 장대만 있는 줄 알았나."

"찬길이 말이요?"

"그럼 누구겠소. 허허……"

영준의 가슴 그들먹이 차오르는 만족한 웃음이다.

순간 정혁이의 머리에는 여직껏 범상하게만 여겨 오던 생각이 새로운 뜻을 가지고 번개치듯 하였다. 8년 전에 이 골짜기에 들어온 두번째 대오는 오늘도 그대로 남아 있었다! 한적해진 이 골안에서 오늘 그들은 두 집의 광산세대를 위하여 변함없이 봉사하고 있는 것이다.

영준이가 말한 것처럼 인민이 있는 곳에는 진료소와 중계소가 있어야 하고 학생이 있는 데는 학교가 있어야 하는 것은 우리 나라가 정해 놓은 하나의 법이다.

정혁은 그것이 자기의 생활과 직접 련결되어 체험되자 가슴이 불같이 뜨거워졌다. 텔레비죤에서 아릿다운 녀가수의 맑은 노래가 흘러나왔다.

한 그루 나무 안아 보아도
한 송이 꽃을 바라보아도
아 사랑의 정 넘쳐나는 곳
은혜로운 보금자리 정든 산천아

정혁은 생각이 더욱 깊어졌다. 혹시 저 녀가수도 환희에 빛나는 눈으로 노래를 부르고 있지만 노래에 깃들어 있는 생활의 깊은 뜻을 다 모를 수 있다.

사람이란 행복에 도취되거나 행복한 생활에 오래 관습화되면 모든 것을 응당한 것으로 여기면서 그 행복의 뜻에 대하여서는 소홀히 하고 마는 것이 아니겠는가! 생활에서 사소한 불편이 생기면 트집을 부리거나 자기만 편안하려고 하는 것도 역시 행복에만 버릇되여 왔기 때문이다. 은별이네 모녀는 물론 정혁이 자신의 딸을 두고 그렇게 생각하지 않았는가. ……

"최 선생, 먼저 들어가오. 난 바람을 좀 쏘이겠소."

정혁은 뜨거워지는 가슴을 식히려고 이렇게 말하고는 터밭이 있는 뒤산기슭으로 걸음을 옮기였다. 무르익어 가는 숲 속의 온갖 향기를 머금은 훈훈하고 들크무레한 가을바람이 불어왔다. 스적스적 걸음을 옮기던 정혁은 넓은 잎사귀 우에 환하게 피여난 연분홍꽃 앞에서 멈추어 섰다. 이름은 알 수 없는 꽃이였다.

향기가 그윽하였다. 여느때 같으면 그는 아릿다운 꽃송이에 먼저 손길이 갔을 것이지만 지금은 자기도 모를 감정에 묻힌 채 넓은 잎사귀를 살며시 헤쳐 보았다. 그리고 손가락같이 굵은 꽃줄기에 한동안 눈길을 멈추었다. 대지의 온갖 자양분을 빨아올려 향기를 풍기게 하고 바람 세찬 날에는 꽃송이를 튼튼히 받쳐 준 대줄기…… 녀가수가 부르던 노래의 구절들이 새삼스럽게 귀전을 울리였다.

한 그루 나무 안아 보아도
한 송이 꽃을 바라보아도

사람이란 우리 사회제도의 참뜻을 깊이 알게 될 때라야 그들을 위해 헌신적으로 복무할 수 있다.

정혁은 뒤에서 나는 인기척에 돌아섰다. 얼굴에 생기가 피여난 은별이가 경심이와 같이 꽃보자기를 맞들고 다가왔다. 사랑하는 청년을 찾아 중계소로 올라가는 처녀의 입가에 웃음이 남실거렸다. 정혁은 저절로 롱말이 나왔다.

"우리 경심이가 방해군이 되지 않을가."

"아이참, 아저씨두……."

이번에는 고등중학생 차림의 그대로인 경심이가 물었다.

"아버지, 전번에 편지에 쓴 내 문제는 어떻게 할가요?"

"네가 생각을 잘했다. 거기 가서 네가 꿈꾸던 무릉도원을 꾸려 보아라. 이 좋은 사람들 속에서 마음만 먹으면 무슨 일인들 못하겠느냐……."

"호호호…… 아버지두."

경심은 은별이에게 아버지를 자랑하듯 해쭉 웃고 나서 가볍게 걸음을 뗐다. 정혁은 산탁으로 나란히 걸어가는 그들을 바라보느라니 단번에 만시름이 놓이면서 저도 모르게 후더운 숨이 길게 나갔다.

그로부터 며칠 후 금사동에서 나오는 굽이 많은 길로 배낭을 걸머진 여섯 사람이 걸어나오고 있었다. 길 우에 주단같이 깔린 울긋불긋한 단풍잎을 밟으면서 지나간 이야기를 감회 깊이 나누는 그들은 최영준 교원과 강복희 준의, 마음좋은 상점판매원과 텔레비죤 중계소의 찬길이와 은별이였고 마지막 사람은 이들과 작별하려고 눌러 있던 정혁이였다.

골짜기의 세대들은 깡그리 이사하였다. 여기에서 사람들이 산 기간은 고작 8년이다. 그러나 금사동이라는 복받은 이름은 광산 어른들의 자서전에는 물론, 여기에서 유치원과 학교를 다닌 아이들의 기억에도 정든 고향으로 남아 있을 것이며 조국은 력사를 수록한 어느 갈피에 그 이름을 새겨 넣을 것이다.

숲 속에서는 온갖 새들의 우짖음소리가 들려왔다. 정혁이의 귀전에

는 숲의 아름다움, 보금자리의 귀중함을 신비경을 담아서 노래하는 듯
들려왔다.

인간의 수업

리규택
1937년 12월 경기도 강화군에서 출생
1975년 김일성종합대학 졸업
첫작품 단편소설「미래를 키우는 마음」(1968년)
작 품 장편소설『탐구자의 한생』
        중편소설『소금꽃』
        외 단편소설 수십 편

1

총국장 채석준은 요즘 고등중학교를 졸업한 맏아들 정원이의 일로 하여 남모르게 속을 쓰고 있었다. 자식들의 교양문제 때문에 골치를 앓는 것이 무엇인지를 통 모르고 살아오던 그가 뜻밖의 변고를 당했기 때문에 그에 대하여 남달리 원심을 쓰게 됐고 지어 당황하게까지 됐는지 몰랐다.

저물녘이였다. 채석준이 총국에서 퇴근한 지 한 시간 좋이 지났건만 정원이는 그때까지도 집에 들어오지 않았다. 안해는 불안한 기색을 감추지 못하며 밖에서 나는 기척소리에 귀를 기울이고 있었다. 석준은 아침에 보다만 신문을 펼쳐 놓고 말없이 들여다보고 있었다. 쉰 살이 넘었지만 아직도 밝은 불빛 아래에선 안경을 끼지 않고도 깨알 같은 글씨를 불편 없이 보고 있다. 머리카락도 자세히 들여다보면 흰오리가 없지 않지만 겉봄에는 새까맣고 윤기조차 흐른다.

석준이 아래목에 태연히 앉아 있긴 하나 마음은 몹시 순편치 못했다. 그는 정원이가 남동제염소로 배치장을 받아 쥔 지 사흘이 된다는 것을 알고 있었다. 그러나 맏아들은 집에 들어와서 자기가 어디에 배치되였다는 말을 단 한마디도 내비치지 않고 표표해서 웃방에 올라가 있다가는 횡 하니 밖으로 나가 버리군 하는 것이였다. 석준도 맏아들이 고등중학교를 졸업하면 상급학교에 보내려고 작정하고 있었다. 그러나 그 애는 머리가 나쁜 것 같지 않은데 어찌된 일인지 공부에 열성을 내지 않았다. 무슨 말인들 안 해보았으랴. 정원아, 피나게 배우는 사람만이 참된 인간이 될 수 있는 것이다. 현재까지는 애써 공부하지 않아도 그럭저럭 살아갈 수 있을는지 모르지만 너희들이 큰 다음에는 그런 건달군이 배겨날 자리가 없다. 진정을 다해 아들의 자각성에 호소도 해보고 그래도 뜨끔조차 하지 않자 넌지시 그의 자존심을 건드려 보기도 했다.

"넌 부끄러울 줄도 모르느냐. 너 때문에 아버지의 체면이 여지없이 깎일 때가 드문하단 말이다. 일전에 우리 총국 초급당비서가 당회의 뒤 끝에 처장 이상 간부자제들의 학업성적을 홍보했는데 너의 학기말 성적을 제일 선참으로 부르는 게 아니겠니?"

그때 정원이는 낯이 벌개서 고개를 푹 숙이고 있었다. 그런 일이 있은 다음에는 책상 앞 벽에 '자체학습계획'이라는 것까지 써 붙이고 공부를 하는 것 같았지만 이내 열이 식어지고 말았다. 한마디로 말하여 그 애의 가슴에는 불이 없었다. 그런 대로 단과대학이나 고등전문학교쯤은 추천을 받을 수도 있었다. 그러나 석준이 그것을 단호히 잘라 버렸다. 그렇게 뜨뜻미지근하게 공부를 할 바에는 보다 실력이 있고 열성이 있는 학생에게 양보하는 것이 량심적인 태도라고 보았던 것이다. 석준과 맏아들과의 관계가 악화되기 시작한 것은 이때부터라고 할 수 있었다. 맏아들은 못해도 전문학교쯤은 시험에 응시해 볼 수 있다고 생각했던 모양이고 설사 실력이 얼마간 딸린다고 해도 아버지가 도와 주리라고 믿었던 것 같다.

"난 상급학교 시험두 쳐 볼 수 없단 말이예요? 됐어요. 더는 아버지 신세를 지지 않겠어요. 소금밭에 나가 소금농사나 지어먹겠단 말이예요."

학교에 나갔다가 상급학교 추천명단에 자기가 없다는 걸 확인하고 돌아온 정원이는 제 실력이 낮은 건 꼬물도 생각지 않고 원망에 차서 이렇게 부르짖었다. 이때에 이르러서야 석준은 자기가 맏아들에 대한 교양에서 실패했다는 것을 뼈아프게 느끼였다. 어떻게 되여 소금공업 총국장의 아들이 염전에서 소금을 내는 일을 막부득한 경우에 치루게 되는 부당한 희생처럼 생각하게 됐단 말인가. 채석준은 뒤늦게나마 단호한 결심을 내리기로 속다짐했던 것이다.

자정이 가까와 올 무렵이였다. 벌컥 하고 바깥 출입문이 거칠게 열리더니 잇달아 방문이 열리면서 정원이가 불쑥 들어섰다. 고개를 돌려 맏아들을 쳐다본 채석준은 아연하여 안색을 흐리였다. 술을 마신 듯 벌거우리한 얼굴에 꼬깔 달린 덧저고리를 되는 대로 걸친 정원이는 한 쪽에 앉아 있는 부모들은 거들떠보지도 않고 횡 하니 아래방을 지나 드르륵 미닫이문을 열고 웃방으로 올라갔다. 채석준은 끓어오르는 격분을 지그시 누르며 까딱하지 않고 앉아 있었다. 웃방에서는 애타는 심정을 깊숙히 잠재운 침착하면서도 부드러운 안해의 목소리가 파고들듯 끈지게 나직나직 울리는가 싶더니 불현듯 정원이의 반발하는 듯한 음성이 툭 튀여 나왔다.

"동무들이 찾아서 갔댔어요. 안되나요? 난 며칠 전에 로동과에서 남동염전판 제염공으루 배치장을 받았어요."

우정 염전판이라는 말을 거칠게 뇌이는 큰 목소리였다. 아래방에 있는 아버지도 들으라는 소리 같았다. 아래 웃방에는 숨막힐 듯한 정적이 깃들었다. 웃방에서는 울상을 하고 더욱 나직이 속삭이는 안해의 목소리가 났다. 아마도 안해는 제발 우뚤우뚤(자꾸 투덜거리며 성을 내거나 불평을 부리는 모양) 하지 말고 무슨 방도를 찾아 보자고 안타까이 정원이를 달래는 것 같았다. 한데 또다시 그 모든 당부를 대번에 뿌리치는 듯한 투정섞인 목소리가 울려 나왔다.

"됐어요. 난 필요없어요. 래일 아침차루 떠나겠단 말이예요."

석준은 벌뛰듯하는 가슴을 가까스로 진정시키며 아픈 마음으로 자기를 돌이켜보고 있었다. 내가 어떻게 하여 저 애를 배은망덕한 투정

군으로 만들었단 말인가. 내 딴에는 저 애를 대바르고 진실한 인간으로 키우기 위해 할 수 있는 모든 것을 다해 왔다. 그런데 어떻게 되여 이런 예기치 못한 파탄이 왔는가. 석준은 큰 머리를 두 손으로 무겁게 받쳐 든 채 어둠이 깃든 창 밖을 응시하고 있었다.

"꽥꽥—."

귀성역에서 막차를 단 증기기관차가 목갈린 소리를 지른다. 객차 뒤에 화물방통을 주런히 단 저 혼합렬차도 제시간에 어김없이 떠나는가 보다. 꼬리를 물고 출발하는 렬차마다에 소금을 그득그득 실은 차바곤을 달아 보내지만 이 해가 저물고 새해에 접어들어도 염전마다에 산처럼 쌓아 놓은 소금을 미처 다 실어내지 못하리라. 이 해에는 소금생산 최성기가 끝나는 7월 초순경에 총국적으로 년간 소금 생산계획을 완수하였다. 정무원, 부위원회에서 사업하는 동료들이 선망에 차서 말하듯이 그는 '복을 타고난' 총국장이였다. 그런데 가정사에서는 이런 헤여날 길 없는 곤경에 빠져 있다는 것을 그 누가 상상이나 할 수 있으랴. 사실 채석준은 자녀교양에 대하여 특별히 신경을 쓰지 않고도 아들딸들을 말썽 없이 순조롭게 키우는 행복한 학부형에 속했다. 그는 항상 긍지감을 가지고 고등기계전문학교를 마치고 중 기계공장에 가서 설계사업소 제도공으로 일하는 맏딸 정심이를 자랑하여 마지 않았다. 그 어떤 부모들이나 첫 자식에게는 각별히 정을 기울이고 품을 먹이는 것이지만 정심이야말로 석준이 나름의 신념을 가지고 키운 첫 산아이라고 할 수 있었다. 그 애는 총국장이라고 해서 어느 한때도 아버지의 덕을 보려는 기미를 꼬물만치도 보이지 않았다. 중학교를 마친 다음에도 제 실력으로 고등기계전문을 추천받아 제 절로 차비해가지고 가서 시험을 쳤고 입학시험에도 우수한 성적으로 합격하였다. 전문학교를 우등의 성적으로 졸업한 정심이는 제 어머니가 그렇게도 집에 끼고 있고 싶어했지만 흔연히 자기 희망에 따라 큰 기계공장으로 갔고 거기에 가서도 맡은 일을 착실히 하면서 공장대학에 다니고 있었다. 한데 어째서 정원이는 그가 기대했던 생활의 궤도에서 걷잡을 수 없이 탈선하여 버렸는가. 자녀교양 때문에 애를 먹는 부모들은 흔히 사업에 분망하여 자식을 가르칠 새 없었다느니 그만 나쁜 아이들한테 섭쓸리는 바람에 그렇게 됐다느니 하는 말들을 넣어 놓기가 일쑤다.

"천만에, 문제는 절대로 시간이나 교양환경에만 있는 것이 아니요……." 론의가 있을 때면 석준은 확신에 찬 어조로 우리의 아들딸들은 가정에서 부모의 훈시나 가르침을 받고 자라기보다는 그들의 눈에 비쳐 드는 부모들의 인격이나 행동을 영양소처럼 받아물고 성장하는 것이다. 안팎이 다른 아이들의 행동은 반드시 표리부동한 부모의 처사에 근원을 두고 있는 것이며 남의 것에 욕심을 내는 아이의 집에는 의례히 정직한 물질생활이 결여되어 있는 법이라고 언명했다. 그렇다. 리유를 불문하고 그 아버지에 그 아들이지 다른 존재로는 될 수 없는 것이다. 이번 일을 당하고 보니 그가 아들의 정신상태를 적시에 낱낱이 감득하고 일이 찌그러질세라 제때에 바로잡지 못한 것은 두말할 것 없고 자기 자신의 생활에도 스스로는 느끼지 못하고 있는 심각한 허점이 있을 수 있다고 생각된 점이였다. 이것이 무엇보다도 석준의 마음을 불안케 하고 있었다.

<h2 style="text-align:center">2</h2>

아들의 방에서 내려온 성희의 안색은 흐려 있었다.

"여보, 한 가지 묻고 싶어요. 당신이 정원이를 남동염전에 보내게 했지요?"

안해는 자신 없이 묻고 있었다. 스스로도 도저히 믿을 수 없는 질문을 하고 있다고 느낀 듯했다. 그러는 안해를 측은한 눈길로 내려다보던 석준은 놀랄 정도로 침착하게 응대했다.

"그렇소, 내가 그렇게 해줄 걸 요구했소."

안해의 두 눈에는 눈물이 글썽했다.

"정원이 말이 옳았군요."

그윽한 눈에 가득히 차 있던 눈물은 상혈진 시울을 넘어 주르르 소리 없이 흘러내렸다.

"너무해요. 어쩌면……."

조용히 고개를 들고 석준을 직시하는 성희의 눈매에는 참을 길 없는 원망의 빛이 서려 있었다. 그것을 감촉한 석준은 칼끝처럼 예리한 것이 가슴을 후벼 내는 듯한 아픔을 느꼈다. 그는 어차피 당하고야 말 이러한 사실에 대하여 미리 안해에게 숨김없이 터놓았어야 했다. 은연중 아들의 마음속에 뿌리를 내린 의존심과 비렬하게도 아버지의 그늘 밑에서 제 앞길을 열어 보려는 태도를 뿌리채 뽑아 던지기 위한 수술칼을 들어야 한다는 것을 설득시켜야 했다. 허나 그는 소동이 일어날 것을 두려워했다. 결국 때를 놓친 일은 회피할 수 없는 무거운 짐을 덧지워 놓고야 말았다.

"여보! 나는 요새 정원이 때문에 고민하고 있소."

"당신이?"

안해가 눈을 치뜨자 확 살아오른 쌍가풀조차 격분으로 떨고 있는 듯했다. 매끈한 코잔등에는 잔주름이 잡히고 도툼한 입술 언저리에는 쓰거운 미소가 맴돌았다.

"당신은 랭정해요. 그렇게 해야만 제 자식을 바르게 키울 수 있다고 생각하는 사고방식은 원칙적일는지는 모르지만 아버지의 처사로서는 너무도 몰인정해요. 그래 하다못해 정원이를 집에서 다닐 수 있는 귀성염전에라도 내보내면 큰일이 나나요? 당신이 사람들 앞에서 우리 책임일군들로부터 제 자식들을 가장 멀고도 조건이 불리한 염전에 보냅시다. 나도 우리 맏아들을 남동염전에 제염공으로 보내겠소라고 했지만 기술부국장네도 철남이를 거기엔 안 보내겠대요. 당신이야 책임

일군으로서의 자기 체면이 있는데 정원이를 다른 데루 빼돌리겠나요? 자식보다두 그게 몇 배루 더 귀중할 텐데요.”

안해는 웃방에서 정원이가 부모들이 주고받는 말을 귀담아들을 수 있다는 것조차 념두에 두지 않았다. 그는 이 기회를 놓치면 더는 아들애를 붙잡아 둘 수 없다고 생각한 듯 결사적으로 나섰다.

“난 절대로 정원이를 남동염전까지는 보내지 않겠어요.”

잠자리에 들었던 둘째 아들 경원이가 부시시 깨여나 웬일인가 하여 두리번거리며 량친을 번갈아 바라보았다. 파르끄레한 빛조차 어린 경원이의 순결하고도 맑은 눈동자와 눈길을 마주친 석준은 정색했다.

“여보, 섭섭하구만. 거뭐 남동이 사람 못 살 고장이기라도 하단 말이요? 거긴 내가 10여 년 동안이나 제염로동을 한 고장이요. 어쩐지 내게는 복에 들어와 제일 오래 있은 그 염전이 나서 자란 고향 못지않게 소중한 곳으로 여겨진단 말이요.”

“알고도 남았어요. 그렇다 해두 설마 제 자식까지 그 소금밭에서 일을 시켜야만 하겠나요? 지금은 그때와는 사정이 달라요. 할 수 없으니 그렇지 그래 자식들을 키워서 보란 듯이 주간대학에 보내면 나쁜 게 뭔가요?”

석준이 안해에 대하여 미타하게 여긴 것은 우연한 일이 아니였다. 그 때문에 그는 정원이를 객지에 내보내는 중대사를 집사람과 의논하는 것을 두려워하였다. 아니, 그의 의견을 듣는 것을 단념하고 자기의 결심대로 처리해 버렸다. 채석준은 잘못이 어디에서 생겼는가를 깨달았다.

“당신은 몰라요. 요새는 애들한테두 체육복을 철따라 해 입히는 게 류행이예요.”

언젠가 정원이에게 몇번째인지 모르게 새 체육복을 해 입히는 걸 보고 너무 호강을 시키면 안된다고 했을 때 안해가 실퉁하여 대꾸한 말이다. 그 말이 아직도 가슴속에 박혀 있는 걸 보면 애한테 지나친 사랑을 기울이는 것이 심히 못마땅했던 게 확실하다.

"그건 또 뭐요?"

애 옷 때문에 언성을 높였던 불쾌한 일이 잊혀질 번했을 때 석준은 또다시 화를 내지 않을 수 없었다. 학교에서 솜덧저고리며 교복, 샤쯔, 신발들을 선물로 받은 지 얼마 되지 않았는데 안해가 정원이에게 남 없이 새 형의 덧저고리를 해 입혔던 것이다.

"왜 쓸데없이 아이한테 남다른 특전을 베푸는 거요?"

석준은 아무래도 안해가 아들애에게 허영심과 의존심을 조장시키고 있는 것 같았다. 그러나 그때에는 그것을 그닥 중시하지 않았고 그저 주의하라는 뜻으로 지나가는 말처럼 뇌이고 말았다. 허나 그때 중얼거린 서뿌른 그의 말은 정원이의 기분을 덧쳐 놓는 결과밖에 가져다 준 것이 없었다. 깽깽이걸음으로는 멀리 갈 수가 없는 법이다. 정원이에 대한 량친의 견해의 불일치는 응당한 결과를 빚어 내고야 말았던 것이다.

3

총국에는 마침 남동제염소 지배인 안병모가 와 있었다. 오전 한겻 동안 석준의 방에서는 산하 제염소 지배인들의 협의회가 있었는데 모임이 끝나자 안병모는 그에게 다가와 말했다.

"차로 떠나겠습니다."

"그— 래—."

석준은 말마디를 길게 끌며 불깃불깃한 얼굴에 정력이 넘치는 병모의 다부진 체구를 조용한 눈길로 바라보았다. 남동 지배인이 타고 가는 그 기차편에 그의 아들도 배치지로 떠난다는 것을 생각하지 않을 수 없었던 것이다. 병모는 십 년 전, 석준이 남동제염소 지배인을 할 때 군대에서 제대되여 제염공을 하다가 석준의 추천으로 작업반장이 되였고 그 후 지령원으로 끌어올려 곁에 두고 일을 시키다가 인민경제대학에 보낸 사람이다. 그에게 정원이에 대하여 한마디만 비치면 친자식처럼 돌봐 줄 것이다. 그러나 한순간 어리석은 생각에 잠겼던 자신을 스스로 비웃듯이 쓰거운 미소를 지으며 말했다.

"잘 가게."

그전 날 그가 이 사람을 귀애한 것은 그 어떤 남다른 인정 관계가 있었기 때문이 아니였다. 그것은 병모 자신이 로동에서 헌신적이였기 때문에 사람들이 그를 인정했고 지배인의 눈에도 띄였던 것이다. 석준 역시 안병모가 정원이를 자기가 그를 대해 줬던 것처럼 공정하게 원칙적으로 대해 주길 바랐던 것이다.

"뭐 당부할 건 없습니까?"

넌지시 묻는 병모의 말이다. 순간 석준의 뇌리에는 지배인들의 협의 회때 병모 옆에 앉아 있던 부국장의 모습이 스쳐 지났다. 그는 오늘 석준과 눈길을 마주치길 두려워했다. 아마도 정원이와 같이 남동으로 자기 아들도 떠나 보내겠다고 했다가 그만둔 때문인 듯했다. 그의 아들은 갑자기 감기에 걸려 병원에 입원했다가 편도선까지 수술하고 나온 후에 슬며시 가까이에 있는 제염연구소 실험공장에 입직시켜 버렸다. 무엇을 나무랄 수 있으랴. 사람들의 눈밖에 날 만한 일은 아무것도 없지 않은가. 한데 그가 혹시 병모에게 총국장의 아들이 남동에 배치되여 간다고 넌지시 귀띔할 수 있지 않는가. 그는 알릴 듯 말 듯 안색을 흐리였으나 "할말은 다 했네. 그저 명년도 생산준비를 단단히 틀어쥐고 나가게."라고 했을 뿐이다. 석준은 점심 한끼는 늘 총국 구내식당에서 먹군 했다. 그러나 낮차로 떠나는 아들을 바래워 주려고 승용차에 몸을 싣고 집으로 향했다. 그는 역에 나가지 않고 집에서 아들을 전송하려고 마음먹었다. 흔들리는 차에 몸을 맡긴 석준은 두 눈을 지그시 감고 혼자 속으로 중얼거렸다.

"끝내 아들과 흉금을 털어놓고 이야기를 나누어 보지 못한 채 이렇게 헤여져야 한단 말인가."

아침 일찍 자리에서 일어난 그는 아들과 서로의 의향을 사나이답게 토로해 보자고 미닫이문을 열고 웃방으로 올라갔다. 정원은 이불을 푹 뒤집어쓴 채 침대에 엎드려 자고 있었다. 석준은 책상 밑에 밀어 놓은 의자를 소리나지 않게 들어내 놓고 그 우에 앉아 아들이 깨여나길 기다렸다. 이 웃방은 석준의 서재이자 침실이였다. 그러나 정원이 중학교 상급학년이 되자 석준은 이 방을 맏아들의 학습실로 맡기였다. 벽에 걸린 기타, 방 한 쪽 구석의 함롱에 가득차 있는 반도체소자며 축전지와 납덩이들, 이 방에서는 한동안 시끄러울 정도로 기타를 뜯는 소리가 울려 나왔고 그것이 즘즞해지자 매캐한 송진내와 찌르륵거리는 라지오의 소음이 그칠 새 없이 울리였다.

저 애는 장차 무엇이 될까. 아들의 장래를 그려 보는 석준의 얼굴에는 달콤한 꿈의 세계가 펼쳐질 때도 있었다. 어찌 석준인들 제 자식이 남다른 훌륭한 일군이 되길 바라지 않았으랴. 아니 터놓고 말하여 자식에 대한 그의 사랑은 그 누구에게도 비길 수 없을 정도로 류다르다고 지어 애잡짤한(은근하게 애절한 느낌이 있는) 정회로 얽힌 것이라고 할 수 있었다! 그런데 결국 어떻게 되였는가. 그 자신이 맏아들을 서해 북변의 외진 바다가에 자리잡고 있는 소금밭으로 떠밀어 보내고 있지 않는가.

그의 집 현관 앞에 정원이와 몸이 실한 부국장의 아들이 마주서 있었다. 승용차의 경적소리를 들은 그들은 황급히 헤여졌다. 아들애의 손에는 부국장의 아들 경철이 쥐여 준 듯싶은 자그마한 종이 꾸레미가 들려 있었다. 주경철은 황급히 인사를 하고는 고개를 푹 숙인 채 길모퉁이로 사라졌다. 석준은 못 본 체하고 아들의 뒤를 따라 묵묵히 집안으로 들어갔다. 아래목에는 아들애가 먼저 먹고난 점심상이 그대로 있었다. 밥을 몇 술 뜨지 않았다는 게 눈에 띄였다.

“왜 점심을 그렇게 설치느냐?”

석준은 지나가는 말처럼 한마디 하고는 웃방으로 올라갔다. 웃방에는 뜻밖에도 중기계에 가 있는 맏딸 정심이 와 있었다. 그 애는 볼살이 좀 빠지긴 했으나 영채론 두 눈을 밝게 빛내이며 인사를 했다.

“아버지, 앓지 않았어요?”

“앓긴?!”

석준은 며칠 새 처음으로 밝은 웃음을 지었다.

“전화를 받고 급히 왔어요.”

정심이는 꽃보자기에 싼 보따리를 눈으로 가리키며 미소를 지었다. 정심이가 가져온 꽃보 안에는 그 무슨 책들이며 학습장들이 가득 들어 있었다. 명랑한 미소를 뿌리며 잽싼 솜씨로 정원이가 가져갈 짐을 꾸리던 정심이는 무엇을 어떻게 할지 몰라 우두커니 서 있는 제 어머니에게 말했다.

“이런 모포 같은 건 필요 없어요. 거긴 뭐 합숙이 없나요? 이 가죽장화는 가지구 가면 겨울에 추운 소금밭에서 일하기 좋겠지만 남들이 뭐라겠나요? 로보물자루 내주는 솜신을 타 신는 게 좋을 거예요. 아버지, 그렇죠.”

석준은 씁쓸히 웃으며 고개를 끄떡였다. 전문학교를 다니느라고 3년 나마 기숙사생활을 한데다가 그 후에도 계속하여 공장에서 합숙생활을 하는 정심이는 객지생활을 두려워하지 않았다. 그는 선배연하며 활기 있는 어조로 정원에게 말했다.

“아버지가 말시시는데 ‘소금바람’에는 돌두 막 소화된다구 하시더구나. 맨 밑에 어머니가 집에서 만든 빵이 들어 있어. 출출할 땐 참지 말구 동무들하구 나눠 먹어.”

정심은 마치나도 어머니를 대신하여 오랍동생의 원족 차비라도 해주는 듯 쾌활했다. 누이의 명랑한 기분에 어쩔 수 없이 젖어든 정원은 불안하고 어수선한 기분을 어지간히 가신 기색으로 침대 한 쪽에 앉아 있었다. 낮차가 떠나는 시간까지는 역으로 나갈 시간을 내놓고도 아직 한 시간의 여유가 있었다. 석준은 정원이와 한 침대에 나란히 걸터앉았다. 그는 아들에게 할말이 많았다. 그러나 어째서인지 입이 떨어지지 않았다. 그래도 사나이라고 작별의 시각에만은 대범한 기색을 짓느라고 애쓰는 것 같았으나 정원이의 얼굴에는 불우한 수난자와 같은 비통한 표정이 어려 있었다. 이런 정신상태에 빠져 있는 자식에게 아무리 신중한 말을 한들 무슨 소용이 있으랴. 그의 가슴속에는 맏아들이 사회에 나갈 때 들려주려고 소중히 간직한 이야기가 그들먹이 차 있었다. 그는 자기의 뒤를 이을 아들이 자기 자신처럼 아니 자기보다 낫게 사고하고 행동해 주길 얼마나 간절히 바랐던 것이랴. 더우기나 정원이는 30년 전 석준이 배치되여 갔던 조국땅 한끝 외진 소금밭으로 가게 된 것이다. 그는 정원이가 오래 전에 자신이 겪은 고민과 오류를 되풀이 하지 않기를 바랐다. 부디 그의 아들만은 그가 헛되히 헤맨 길에서 방황하지 말았으면 했다. 그러나 아들의 마음속으로 뚫고 들어갈 자그마한 틈새조차 없으니 얼마나 안타까운 일인가. 이애는 지금 무엇을 생각하고 있을가. 총국장이라는 큰 직책에 앉아 있으면서도 제 자식 하나 건사하지 못하고 염전 중에서 막끝에 있는 염전의 제염공으로 떠밀어 보내는 아버지를 뼈 속 깊이 원망하고 있는가. 과연 이애는 낯선 염전으로 달려가 보란 듯이 큰 일을 하고 제 집으로 돌아올 꿈을 꿀 수 없단 말인가. 끝내 채석준은 마지막 순간까지도 아들과 화해하는 말을 찾을 수 없었다. 정원이는 자리에서 일어났다. 그는 문밖까지 따라 나가다가 마당어귀에서 아들을 불러 세웠다.

"정원아."

침중한 표정으로 석준을 쳐다본 맏아들은 불현듯 고개를 떨구었다. 막상 작별의 시각이 되고 보니 부친에게 너무 모질게 대했다는 자책감이 든 때문인지, 분명 그런 것 같다. 그가 정녕 아버지의 진정을 모를 수는 없지 않는가.

"여기서 헤여지자."

석준은 아들의 손을 덥석 잡았다. 아버지의 큰 손에 아직 여물지 못한 손을 맡긴 정원이의 눈가에 그 무엇인가가 번쩍하고 스쳐 지나는 것 같았다. 석준은 아들의 손을 꼭 쥔 채 말했다.

"가서 일 잘해라. 너도 이젠 자립적인 생활의 길에 들어섰다. 너의 아버지도 이렇게 사회생활을 시작했다는 것을 명심해 주기 바란다."

정원이는 고개를 돌리고 무엇이라고 말하려는 듯 입술을 잘근잘근 깨물었으나 부친의 손을 맥없이 잡았다 놓고는 뒤를 돌아보지 않고 바삐 걸어갔다.

4

정원이가 남동제염소로 떠난 지 달포가 되였으나 그한테서는 아직 편지 한 장 없었다. 창 밖에서는 첫눈이 부슬부슬 내리고 있었다. 거리를 오가는 사람들 중 년로자들을 내놓고는 아직 솜덧저고리를 입고 다니는 사람들을 별로 찾을 수 없다. 그러나 소금밭에서 일하는 사람들은 벌써 누비 솜바지저고리에 솜신으로 든든히 차비하고 일터로 나가고 있었다. 여기 양지바른 산 밑에는 따뜻한 해볕이 장글장글하지만 저기 염전두렁의 륜곽이 어슴푸레 내다뵈는 벌에는 찬바람이 불어치고 있었다. 그런데 남동염전은 압록강을 지척에 둔, 위도상으로도 평남도 해안지대보다 훨씬 북쪽에 위치하고 있다. 거기에는 더 맵짠 바람이 일 것이다. 채석준은 그것을 온몸의 피부로 느끼고 있었다. 그 자신이 거기에서 여름에는 땡볕을 고스란히 받고 겨울에는 찬바람을 다 맞으며 10여 년 동안이나 일했던 것이다. 그러나 아무리 살을 어이는 칼바람이 불어도 그것을 맞받아 힘차게 나가는 사람에게는 아무것도 아니지만 마지못해 찬바람 부는 벌 가운데에 나선 사람에게는 순한 바람결에도 진저리를 치며 흐느끼는 법이다.

석준은 가끔 남동에서 걸려오는 사업상 전화를 받거나 자재인수 때문에 총국 자재상사에 들렀다가 찾아온 남동공급소 지도원을 떠여볼 때에도 문득 정원이에 대한 불길한 소식이 전해지지 않았나 하여 마음을 쓰게 되는 것을 어쩌지 못했다.

"덜룽스러운 녀석 같으니라구. 제 에미가 눈이 까매서 기다린다는 생각조차 못한단 말인가."

석준은 집 떠난 아들 생각으로 속을 태우는 안해를 볼 때마다 이런 말이 튀여나오는 것을 꾹 참군 했다. 새달 초에는 사업계획에 따라 석준이 남동제염소에 나가 보게 되여 있으나 그는 이 사업을 생산부국장에게 넘겨 버렸다.

그날 저녁 밤늦어 집에 들어가 밥상을 물리고 났는데 안해가 말없이 편지 한 장을 내놓았다.

"실은 어제 온 편진데 당신 기분이 언짢은 것 같애서."

안해는 뒤말을 여물구지 못했다. 석준은 말없이 편지를 집어 들었다.

사랑하는 어머니에게……

그러게 마련이었다. 아들은 아버지의 아들이라는데 정원이는 다심한 어머니를 더 따르는 것이었다.

……남동염전 사무실은 '눔섬'마을이라는 곳에 자리를 잡고 있어요. 나도 이 눔섬 끝에 있는 제염소 합숙 5호실에 들었지요. 창문 밖에는 시퍼런 염전 저수지가 출렁거리구 그 너머에는 컴컴한 염전이 누워 있어요. 첫 날 로동과에 나가니까 종업원 카드를 작성하더군요. 전 부친의 직업이 무엇인가고 묻는 말에 귀성제염소 로동자라구 대답했어

요. 혹시 어머니는 노여워하실 수 있겠지만 저는 달리 할 수가 없었어요. 아마 그렇게 하는 게 아버지한테두 좋을 게구 저한테두 맘 편해요. 피차가 다 옹색한 처지를 면할 수 있지요. 전 그날 아버지의 덕을 입는 건 큰 수치라는 것을 똑똑히 깨달았거든요. 저는 지금 3구 1호라는 작업반에 배치되어 일하고 있어요. 여기 사람들은 어째서인지 모르겠지만 직장을 구라구 하구 작업반을 호라구 해요. 작업반장은 김중화라는 공훈제염공인데 키는 전보대만큼 크구 몸은 호리호리한 게 영 볼품이 없는 아바이예요. 제가 배치장을 보였더니 말없이 받아 보구는 씩 웃더군요. 그게 반갑다는 표식이라나요. 그 다음 박치화라는 어머니가 있어요. 남편 없이 아들 며느리하구 사는 어머니인데 코가 뻘겋게 생겼어요. 올해 쉰넷이라니까 년로보장 나이가 거지반 된데다가 아들 며느리가 다 염전에서 일을 하고 있지요. 그렇지만 집에 들어앉아 손자 시중이나 들기에는 아직 힘이 남아돌아 간다면서 소금판 관리공을 하고 있어요. 나는 치화 어머니 밑에서 일하게 됐어요. 그한테서 소금판 관리하는 법을 배워 치화 어머니가 아주 일을 그만두면 그 대신 소금판을 맡아 보라는 거겠지요……. 이렇게 나는 '소금농사군'이 됐습니다. 어제는 종일 짠물 담아 두는 해자(물웅덩이)의 감탕을 져나르는 일을 했어요. 저녁밥을 먹고는 피곤하여 옷도 벗지 못한 채 침대에 곯아 떨어집니다.

용렬한 녀석 같으니라구. 아직도 아버지의 처사에 의견을 가지고 속이 꼬부장해 있구나. 편지를 다 읽고 난 그는 불안한 생각을 금치 못하면서도 흥분된 가슴을 진정하지 못했다. 잊지 못할 3구 1호. 그가 다년간 일하던 정든 작업반에서 아들이 또다시 사회생활의 첫걸음을 내디딘 것이다. 그는 정원이를 남동으로 전송하면서도 이런 우연한 일치가 생기리라고는 미처 생각지 못하였다. 이제라도 총국장 사업을 그만두고 옛 작업반으로 찾아가 모든 것을 새롭게 시작하고 싶은 강렬한 충동을 누를 길이 없었다. 아, 정녕 내가 정원이 나이로 되돌아가 제염 공으로부터 인간수업을 다시 할 수는 없단 말인가. 그렇게 할 수만 있다면 나는 그 얼마나 행복한 사람으로 될 수 있으며 또 얼마나 많은 일을 목적의식적으로 할 수 있겠는가. 숨이 가쁠 지경으로 가슴이 벅차올랐다. 아무리 간절히 바라도 가버린 시절은 다시 돌아오지 않는 법이다. 오로지 가능한 길은 그의 아들이 더는 후회 없이 아버지의 옛 일터에서 참다운 일군이 되도록 도와 주는 길이 있을 뿐이 아닌가.

"당신 좀 생각되는 게 없어요?"

성희는 뚫어지게 남편을 응시하며 물었다.

"뭘 말이요?"

동문서답격이 되고 말자 성희는 깊은 한숨을 내쉬였다. 그의 눈에는 눈물이 글썽했다.

"그 애는 감탕을 져나르고 있단 말이예요. 그게 얼마나 큰 대가를 치루는 일인가야 당신이 잘 알잖나요. 난 더는 참지 못하겠어요. 남동 지배인 동무한테 편지를 쓰겠단 말이예요."

석준은 격하여 부르짖듯이 뇌이는 안해의 얼굴을 지그시 바라보았다. 그리고 안해의 두 눈에 서린 분노의 빛을 보고 그가 실지로 그렇게 할 수 있다는 것을 알았다. 섭섭하기 그지 없었다. 그의 안해는 석준이 다년간 염전에서 로동생활을 하며 얻은 것이 무엇이라는 것을 몰랐다. 그에게 자기가 소금밭에서 체험한 생활을 한두 번만 들려준 것이 아니였건만 사람이란 어디까지나 자기가 몸으로 겪어 보지 않은 일을 제 일처럼 여기기는 어려운 듯하였다.

언젠가 한 고향에서 온 부친의 막역한 친우인 중앙방송의 공훈기자는 석준을 조용히 앉혀 놓고 단단히 이르는 것이었다.

"……장가는 나이가 좀 들더라도 착실한 직업을 가진 다음에 가도록 하는 게 좋겠다."

석준은 풍부한 인생체험을 지닌 그 공훈기자의 말을 의미심장하게 새겨들었다. 사랑의 진정한 의미를 알지도 못하면서 때 이르게 장가를 들어 마음고생을 하는 동료들의 생활을 넘겨다보면서 관록 있는 그 공훈기자의 말에 거역할 수 없는 진리가 있다고 보았던 것이다. 그래서 그는 로총각이라는 말을 들으면서도 온갖 유혹을 물리치고 사업에만 몰두하다가 지배인이 된 후에 맞춤한 대상을 만나 결혼을 했다. 신중하게 택한 대상인 리성희는 그때 원산경제대학을 졸업하고 군 산업은행에서 과장사업을 하고 있었다. 서로 지체에 어울리는 상대를 고른 셈이었다. 성희의 부친도 해방 직후부터 내내 정권기관에서 일해 왔는데 그들이 결혼할 당시에는 군 인민위원회 위원장 사업을 하였다. 말하자면 인민의 충복으로 한생을 살아온 분이다. 그는 상급기관에서 퇴비를 군중적 운동으로 생산하여 농촌에 보내 줄 데 대한 지시가 내려오면 이른 아침 허름한 작업복을 입고 다니면서 진거름을 한 삼태기씩 모아서 집 모퉁이에 쌓아 놓고야 인민위원회로 출근하군 했다. 그런데 그의 딸은 제 자식이 어쩌다가 한번 감탕짐을 진 걸 가지고 분개하여 원망에 차서 그를 쏘아보는 것이었다. 채석준은 가슴속에서 소용돌이치는 분한 감정을 지그시 가라앉힌 연후에 침착한 목소리로 말했다.

"내가 정원이한테 편지를 쓰겠소."

그리고는 자리에서 일어나 웃방으로 올라갔다. 부모들이 이러쿵저러쿵해야 무슨 소용이 있는가. 아들의 운명은 아들 자신이 결정하게 하자. 이렇게 생각했던 것이다. 그는 책상 앞에 다가앉아 탁상 등을 켜 놓고 아들한테 편지를 쓰기 시작했다.

……정원아, 너를 집앞에서 바래울 때 내 몸도 너와 함께 남동으로 떠나가는 심정이었다. 너는 작별의 분위기를 흐리우게 하지 않으려고 짐짓 굳센 표정을 지어보였지. 그러나 지금으로부터 30년 전 남동제염소로 배치되어 가던 나의 심정도 너처럼 그렇게 불만스러운 것이었다

는 것을 상상할 수조차 없겠지. 떠나는 날 아침 네가 하도 마뜩잖아 하는 기색을 하길래 아버지는 끝내 너와 조용히 마주앉아 진지하게 나누고 싶던 그 이야기를 끝내 터놓지 못하고 말았다. 그러나 네가 3구 1호에 제염공으로 배치되였다는 소식을 들은 지금 나는 더는 그 말을 뒤로 미룰 수가 없구나! 정원아, 군대에서 제대되여 룡성 고기 가공공장에서 제관공으로 일하던 내가 갑자기 남동염전으로 조동(전근)되게 되였을 때의 심정은 집을 떠난 너의 마음과 조금도 다를 바가 없었다. 아니 어떤 면에서는 너의 심정보다 더 착잡했다고 해야 옳을 것이다. 그때 제염소와 고기 가공공장은 같은 경공업성 산하 식료공업처에 속해 있었는데 고기 가공공장에는 로력이 남아돌아 가는 반면에 제염소에는 로력이 없어서 낸 소금도 미처 거두지 못하는 형편이였다. 그런 제 나 같은 신입 로동자를 공장에 눌러두고 유능한 기능공들을 뽑아서 염전으로 보낼 수 있겠니? 그적에 내가 제염소로 떠나는 청장년들 속에 섞이게 된 건 너무도 자연스러운 일이였다. 그런데 나는 그것을 심히 부당한 처사로 받아들였다. 나의 부모들은 남반부에서 리승만 정권을 반대하여 싸우다가 희생되였다. 나 역시 어린 몸으로 군대를 따라 후퇴하여 학원에서 공부를 하고 군대에 나가 복무하다가 제대되였다. 그런데 어째서 부디 나 같은 사람을 뽑아서 그런 소금밭으로 보낸단 말인가. 생각할수록 분하기만 하여 나는 정신없이 뻐스를 타고 평양시내로 들어갔다. 상술집에서 꼬치 안주에 술 몇 고뿌를 마시고 얼근한 김에 시 인민위원회에서 처장사업을 하는 아버지의 친구한테 찾아갔구나. 류아무개라고 하는 그 사람은 50년 6·28 이후 우리 고향 면에서 인민위원장 사업을 했었다. 나는 마침 퇴근하여 집에 들어와 있는 그한테 성풀이를 해댔구나. 네가 남동염전으로 파견장을 받아 가지고 성이 나서 동무들과 술까지 나눠 마시고 집에 들어와 어머니에게 분풀이를 하는 소리를 들었을 때 나는 너를 나무래기 전에 자기 자신의 지난 생활을 돌이켜보지 않을 수 없었다. 마치 나도 자기의 운명이 끝장나기라도 한 듯이 네가 어머니에게 "됐어요. 난 래일 낮차루……"라고 을러대듯이 말할 때 나는 두 눈을 지그시 감고 그 류아저씨한테 원성을 터뜨리던 자기 자신을 보고 있었다.

"아저씬 량심이 있어요? 만약 우리 아버지가 잘못되지 않고 살아 계셨다면 이 아들이 소금판으루 가서 일하는 걸 그냥 보고만 있었겠나요?"

홍분하여 분별마저 잃은 나는 감히 저 세상으로 사라진 부친의 성스러운 이름까지 내휘두르며 자신의 '권리'를 주장했다. 정원아, 지금도 이 애비가 농 안에 소중히 간직하고 있는 너의 친할아버지와 할머니의 렬사증이 자기 자식에게 공짜로 헐한 작업을 마련해 주는 그런 눅거리 증표였겠니. 그런데 그 류아저씨는 아무말도 안 하고 나를 웃방 침대에 자리를 펴고 재우더니 이튿날 조용히 앉혀 놓구 묻는 것이였다.

"석준아, 네가 하고 싶은 일이 무엇이냐?"

나는 인차 대꾸를 할 수 없었다. 그러자 류아저씨는 천천히 뒤말을 이었다.

"그러니 아직은 이렇다할 지망이 없는 것 같구나. 그런데 제1차 5개년 계획을 수행하는 길에 들어선 나라살림에는 소금이 딸리게 되였다. 각곳에 화학공장들이 일떠서게 되자 거기에만도 소금이 굉장하게 들어가게 됐거든. 그래서 나라에서는 각 부문에서 로력예비를 찾아 제염소들에 보내 주도록 조치를 취한 것이다. 그리고 보면 소금을 내는 일도 나라를 부강하게 하는 놓칠 수 없는 사업이 아니냐. 너는 나보구 전우에 대한 의리와 량심에 대해서 말했다만 우선 나는 혁명을 위해 목숨도 서슴없이 바친 네 아버지가 생존해 계셨더라면 이 자리에서 무엇이라고 말했겠는가고 너에게 묻고 싶다."

그 말에 나는 말문이 막혀 아무 대꾸도 할 수 없었다. 얼마나 론리 정연하고 지당한 말이였겠느냐. 그러나 나의 감정은 랭철한 그의 론리를 인정이라고는 손톱눈만큼도 없는 매정한 처사로밖에 받아들이지 않았다. 이렇게 그의 말을 고깝게 생각한 나는 두 번 다시 이 집에 찾아오지 않겠다고 속다짐을 했다. 그 집을 나설 때 류아저씨는 정색하고 나에게 말했다.

"나는 네가 이번에 어렵고 힘든 일을 이겨내는 과정을 통하여 자신이 그 어떤 난관도 두려워하지 않는 굳센 인간이라는 것을 보여 주기 바란다."

의미심장한 그의 말에는 가슴치는 데가 있었지만 그때 내 귀에는 그 말이 전혀 들어오지 않았다. 너를 남동제염소루 보내는 이 애비의 처사를 네가 도무지 리해하려고 하지 않고 도리여 반발심을 가진 것처럼 나 역시 그를 인정머리라구는 털끝만치도 없는 인간이라고 치부해 버렸던 것이다. 요즘 일부 젊은이들은 우리가 지난날 간고분투하며 전후 복구건설을 하던 때 있은 일을 얘기할라치면 '새로운 말은 없구 늘 듣던 그 얘기군요. 지금은 그때하구 달라요.'라고 말하기가 일쑤이다. 세상일이란 그런 것이지. 지나간 일은 다 례사롭고 헐해 보이는 법이거든. 그러나 우리가 보건대 지난날의 간고한 로동에 비해 볼 때 오늘의 로동은 흥타령을 부르는 노라리라 해도 과언이 아니다.

일단 필을 들자 가슴속에서 격랑처럼 일어 번지는 감정의 격류를 눅잦힐 길이 없었다. 석준은 자기 아들에게 가장 높은 요구를 제기하고 싶었다. 무엇보다도 그는 정원이가 자기 자신처럼 사고하고 행동하기를 갈구하여 마지 않았다. 그런데 자기의 요구성에 비해 볼 때 아들이 너무도 먼 거리에 머물러 있는 것이 안타깝기 그지없었다.

언젠가 한 고향친구가 놀러왔다가 정원이 보고 "네 아버지 고향이 어딘지 아느냐?" 하고 물었다. 정원이는 두 눈만 슴벅일 뿐 대답하지 못했다. 그의 친구는 탓하지 않고 "그럼 할아버지와 삼촌의 이름은 알겠지?" 하고 물었으나 정원이는 별 싱거운 손님 다 보겠다는 듯 쓴 웃음을 지으며 고개를 돌려 버렸다.

"차차 크면 셈이 들겠지. 너무 속쓰지 말게."

그의 친구는 무안해 하는 석준에게 오히려 위안의 말을 했었다. 그러나 석준은 좀체로 이 일을 묵새길 수 없었다. 그는 아들애가 자기처럼 자나깨나 남녘 땅에 두고 온 부모형제들을 잊지 않고 살 줄 아는 그런 일군으로 되길 얼마나 간절히 바랐던가. 한데 그러기는 고사하고 제 앞에 닥친 일도 쓰게 하지 못하고 있는 것이다. 사람들은 내가 의젓한 아들을 키웠다고 부러워하지만 나는 굳지 않은 쓸모없는 박을 따 놓은 것이나 아닐가. 그 때문에 그는 심장에서 울어나오는 절절한 목소리를 다하여 먼 곳에 있는 아들에게 참으로 할말이 많았다. 석준은 앞질러 떠오르는 가지가지의 생각들을 정돈하며 아들의 마음속에 깊이 파고들어 진정 그 애의 가슴을 사정없이 흔들어 깨울 말마디들을 고르기 위해 애썼다.

5

그는 계속하여 편지를 써 내려갔다.

……나는 그때 힘겨운 소금밭 일을 도저히 감당해 낼 것 같지 못했다. 어느 날 저녁이였다. 하늬바람을 알맞춤히 맞은 소금판에는 왕소금이 허옇게 깔리였다. 날이 저물기 시작하여 한창 소금을 거둬 내는데 갑자기 시꺼먼 구름이 몰려들면서 비가 좍좍 쏟아지지 않겠니. 게다가 바람이 태질하듯 불어치면서 뜸때기를 휴지쪼박처럼 날려 전선줄에 걸어 놓군 했다. 순식간에 전기줄은 끊어져 나가구 작업등은 눈을 감아 버렸다. 사위는 먹물을 갈아 부은 듯이 캄캄한데 염판에 허옇게 깔린 것은 어림짐작으로 가늠하구 소금을 거두는 수밖에 없었다.

치화 아주머니, 의섬 어머니, 우처녀 아주머니들은 그 속에서도 소금
을 거두어 참대손으로 삼태기에 소금을 긁어 담아서 광주리에 채워
주지 않겠니. 그러면 (지금은 학소리 공동묘지에 묻힌) 변영진 아바이
가 멜채의 량쪽에 소금 광주리를 매달고 찌국찌국 소리를 내며 해자
뚝으로 달려가는 것이였다. 번개가 번쩍 하늘을 가르구 천둥소리가 하
늘땅을 뒤흔드는데 '걸씨걸씨 하자!' 변아바이는 거쉰 목청으루 소래
기를 지르며 소금이 철철 넘치는 광주리를 메고 갈범처럼 날파람 있
게 달려다니는 것이였다.

　나는 그래도 남자 꼬부랭이라고 멜채에 광주리를 메고 소금을 나르
느라구 뛰여다녔다. 두렁길은 왜 그렇게두 미끄러운지 기름을 들부은
것 같이 매끄러워서 소금광주리를 메고서는 걸음을 내디디기는 고사
하고 발을 붙이기도 어려웠다. 소금을 나르는 것보다 엎어지고 자빠지
면서 쏟아 내치는 것이 더 많았다.

　소금을 다 거두고 허리를 펴는데 비물과 소금물, 감탕으로 뒤범벅이
된 몸뚱이는 와들와들 떨리였다. 그러나 반원들은 비구름이 가시지 않
은 밤 하늘이 미타하여 뜸때기를 아름으로 안아다가 소금무지들을 덮
기 시작했다. 나는 더는 한 발자국도 걸음을 내디딜 수가 없었다. 그러
나 안깐힘을 다하여 뜸때기를 안고 비칠거리며 몇 발자국 내디디다가
발 끝이 물고에 걸려 도랑창에 곤두박혔다. 풍덩 소금물에 전신이 송
두리채 빠져 허우적거리던 나는 간신히 두렁 우에 나앉았다.

　"이젠 다야 다―. 더는 이 짠판에서 헤여날 수가 없어. 난 망했어."
　나는 절망에 빠져 중얼거렸다.

　"석준이 저그니―, 석준이 저그니―."

　치화 아주머니가 헤덤비며 찾는 소리가 들려왔다. 그제서야 나는 몸
을 일으키어 뜸때기를 그러안고 비칠거리며 가까이에 있는 소금무지
로 걸어갔다. 나는 무슨 힘으로 눕섬합숙까지 걸어갔으며 어떻게 식당
에 들어가 밥을 먹고 호실까지 찾아가 침대에 쓰러졌는지 모르겠다.

처마 끝을 울리는 하늬바람 소리에 깨여났다. 아니 한방에서 생활하는 고기 가공공장에서 같이 온 동무인 전공이 내 몸을 밀대처럼 흔들며 깨워 줬던 것 같다.

"어서 일어나. 일어나라는데. 하늬바람이 터졌어. 소금판이 탄다구 염판에서 일하는 사람들은 모두 날 밝기 전에 나갔어."

"뭐. 소금이 탄다구? 밤새도록 염판에서 헤맸는데 눈 찌개지자 또 나가야 한다구? 나가. 어서들 나가라구. 난 더는 못 견디겠어."

나는 아침밥두 안 먹구 이불을 푹 뒤집어쓴 채 침대에 곤드라졌다가 해낮이 되여서야 부시시 깨여났다.

"웅 웅……."

하늬바람은 제법 문풍지를 울리고 전선줄을 흔들면서 우렁찬 노래를 부르는 게 아니겠니? 합숙식모가 밥을 가져다 원탁 우에 놓고 나가더라. 그때에야 나는 돌이킬수 없는 큰 실책을 범했다는 걸 느꼈다. 지금이야 작업반마다 수십 대의 소형 수직양수기를 놓고 스위치만 넣으면 짠물을 눈깜짝할 새에 퍼제끼지만 그때야 어디 그랬니? 너두 '농민 영웅'이라는 영화를 보았으니 알겠지만 거기에서 해자의 물을 수차로 푸는 걸 보았겠지? 비온 이튿날이면 염판에서두 수차에다 장대기를 꿰서 메구 다니며 해자에 차 있는 소금물을 퍼내곤 했다. 현재는 소금판마다 타일을 깔아 놔서 아무일도 없지만 그때는 소금 거두는 판이 연자돌루 다진 개흙판이였다. 비온 이튿날 해퍼지기 전에 소금물을 제때에 퍼내지 못하면 염판이 거북등처럼 갈라지면서 흙이 부슬부슬해진다. 이걸 소금밭 사람들은 염판이 탄다구 말한다. 그렇게 되면 큰 야단이다. 타진 염판에 소금물을 대면 바닥흙이 죽처럼 후룩후룩해진다. 그러니 죽탕 속에서 소금을 거둬 내야만 하거든. 그런데 나는 하늬바람이 왕왕 불어치는데 소금이 죽이 되겠으면 되구 누룽지가 되겠으면 되구 될 대로 되라는 듯이 침대에 쓰러져 자반뒤지기를 하고 있었거든. 이날 밤 늦어서 치화 아주머니랑, 의섭 어머니, 우처녀 아주머니들이 국수를 말아 가지고 합숙에 찾아오지 않았겠니.

"어서 좀 들어요. 이런 일을 처음 해보니 오죽이나 힘들쟀이여."

"원 저런 입술이 다 터지구 피가 졌구만."

"많이 들어. 오늘 저녁에두 소금이 많이 났어. 저그니가 없으니깐 어찌나두 섭섭하던지."

그들의 진정에 눈굽이 화끈해 났다. 소금밭 녀인들. 그래도 그들은 내가 맥을 놓을가 봐 애들한테 저녁을 해 먹이고는 약속이나 한 듯이 합숙 호실에 문안을 오지 않았겠니. 아들딸 오늬를 데리고 혼자 사는 치화 아주머니는 더 말할 것 없고 의섬 어머니두 아들형제, 딸형제를 데리고 사는데 남편은 전쟁때 비행기 폭격에 폭사했다고 한다. 우처녀 아주머니두 그렇다. 전쟁때 원자탄 떨군다는 바람에 남으로 나간 남편을 기다리며 아들 하나를 데리고 남동에 와서 로동을 하는 몸이다. 그러나 얼마나 강인하고 아름다운 녀인들이냐. 나는 몇 달 동안 같이 일해 왔지만 그들이 손맥을 놓구 주저앉는 걸 보지 못했다. 때로 남모르게 한숨을 내쉬며 과부살이 푸념을 할 때가 없지 않았지만 그래도 군말 없이 비가 온다고 하면 꼭두새벽이라도 염판으로 달려나와 비설겆이를 했고 이렇게 종일 일에 지친 몸들이여도 합숙 호실에 꼬꾸라진 나를 부추겨 주려고 황황히 찾아와 힘이 될 만한 말들을 해주는 게 아니겠니? 이때 나는 불현듯 평양에서 나를 바래워 주면서 류아저씨가 한 말이 새삼스레 돌이켜지더구나.

"……자신이 그 어떤 난관도 두려워하지 않는 굳센 인간이라는 것을 보여 주기 바란다."

그때 나는 비로소 본연의 자기를 되찾을 수 있었다. 더는 그렇게 남의 부축임을 받으며 마지못해 끌려다니는 신세를 지속시킬 수는 없었다. 나도 무엇인가 한없이 근면하고 성실한 그 녀인들을 도와 주고 싶었다.

그적에 내가 처음으로 시작한 일은 자그마한 앉은뱅이 책상을 하나

짜가지고 우처녀 아주먼네 집으로 찾아간 일이였다.

"아주머니 오늘부터 나하구 인민학교 공부를 합시다."

머리가 굳어진 사람에게 글문을 틔워 주기란 쉽지 않았다. 너무도 안타까와 하던 일을 집어 던지고 싶은 생각이 하루에도 몇 번씩 들군 했다. 그러나 나는 끝내 우처녀 아주머니가 『정치지식』이며 『로동자』 잡지를 쫄쫄 읽을 수 있게 만들고야 말았다. 소문이 나자 눔섬 바닥에 서 글눈이 밝지 못한 합숙 식모아주머니며 이웃 작업반 로친네들이 우처녀 아주먼네 집에 모여들었다. 아마 이때 창문 밑으로 지나가는 사람들이 나이 든 녀인들을 앉혀 놓구 참을성 있게 우리말이며 산수 를 가르치는 이 광경을 넌지시 들여다보았다면 자못 볼 만했을 것이 다. 실제로 우처녀 아주먼네 창 밑으로 난 길로 지나가던 사람들 중에 서 나의 소행에 남다른 관심을 돌리던 한 일군이 있었다. 그는 한 쪽 눈이 좀 별스럽게 생긴 장치세란 사람이였다. 제염소 양성 지도원 사 업을 맡아 보면서 사무 세포위원장 사업을 했는데 겉봄에는 무뚝뚝한 인상을 줬지만 속이 깊은 사람이였다. 그러던 어느 날 나는 신문에 난 대학생 모집요강을 들고 양성 지도원을 찾아가 함흥화학공대를 통신 으로 다니고 싶다는 의향을 표시했다. 한데 그가 나를 얼마나 반색하 여 맞아 주었겠니. 남몰래 나라에서 하자고 하는 일을 해낸 좋은 동무 라면서 훌륭한 추천서를 써 주지 않겠니. 내 수험번호가 삼천몇백 번 쯤 되였던 것 같다. 구름처럼 모여든 수험생들 속에 끼여 입학시험을 치르게 된 나는 나 같은 얼뜨기가 시험에 합격하리라는 게 도무지 믿 어지지 않았다. 그런데 뜻밖에도 나한테 함흥화학공대 제염공학부에 통신생으로 입학했다는 통지서가 날아들지 않았겠니. 생소한 고장에서 의 몸에 젖지 않은 제염로동은 수월치 않았지만 생활은 나에게 참으 로 많은 것을 가르쳐 주었다. 힘겨운 로동 속에서 인생의 한 목표를 가지게 된 것은 다행한 일이 아닐 수 없었다. 하루일을 끝마치고 합숙 으로 돌아오면 밤늦도록 책상에 앉아 대학에서 과제로 준 필독문헌들을 읽었으며 검열해답서를 대봉한 편지를 대학 통신교무부로 보내군 했다. 남들처럼 새로 나온 영화를 보러 문화회관에도 자주 갈 수 없었고 춤추러 무도장에도 갈 새가 없었지만 생활은 벌써 그전처럼 무맥하고 막연한 그런 것이 아니였다. 그러나 자주 애수에 잠겨 흐릿한 눈길로 지나온 생활을 더듬어 볼 때면 자신이 부당한 처사에 의하여 부당한 고생을 당하고 있다는 생각에서 벗어날 수가 없었다. 그때 아버지의 친우가 조금만 힘써 주었다면 내가 이런 값비싼 대가를 치르지 않고도 얼마든지 남들처럼 살아갈 수 있으리란 막연한 기대를 버릴 수가 없었다.

이러한 심리는 내가 일하면서 화학공대를 마치고 제염공학기사가 된 뒤에도 좀체로 가슴속에서 가셔지지 않았다.

정원아. 내가 한 개 염전의 지배인으로 사업하게 되고 총국장의 중책까지 지게 된 오늘에 와서야 나는 자신의 소금밭에서 10여 년 동안이나 제염공으로 일한 것이 어떠한 가치를 가지는 것이였나를 옳바로 평가할 수 있게 되였다. 나는 지금도 가끔 사람들로부터 '제염공 총국장'이라는 말을 듣군 한다. 염전현장에서 일하는 로동자들의 심정을 잘 알아 주는 지도일군이라는 뜻인 것 같다. 로동자, 농민의 나라인 우리 나라에서 로동자들로부터 이런 평을 받는 일군처럼 버젓한 일이 어데 있겠니. 솔직히 말하여 나에게 그러한 제염공 생활이 없었다면 현재의 총국장 사업이 무의미했으리란 생각조차 든다. 한때에는 그렇게도 나를 괴롭히고 천부당만부당하게만 여겨지던 그 생활이 오늘에는 천금을 주고도 살 수 없는 나의 귀중한 밑천이라는 생각이 든다. 이제와서야 나는 제염공들을 위해 헌신적으로 복무하는 참된 충복이 되기 위해서는 의식적으로 제염공 생활을 하는 것이 필요하다는 생각조차 든다. 나는 나 자신의 산 체험을 통하여 이것을 렬렬히 주장한다. 세상에 태여난 인간이 참인간답게 성장하는 수업과정은 책이나 학교교육 같은 것을 통하여 기본적으로 이루어지는 것이겠지만 그중에

서 결정적인 것은 인간이 실생활을 통하여 심장으로 체득하는 진리일
것이다. 생각해 보아라. 만주 광야에서 풍찬로숙하며 일제와 혈전을
벌리다가 마지막 한줌의 소금마저 떨어져 쫄라병(팔다리가 빳빳하게 오
그라들고 몸이 맥없이 축 늘어지는 병으로 영양부족과 추위가 원인)으로 신고
하면서도 끝까지 광복의 길을 걸어 본 사람이 아니고야 어찌 소금이
천하 제일미라는데 대해 심장으로 말할 수 있겠니. 나는 말로써 만사
가 다 해결된다고 믿는 사람이 아니다. 그러나 네가 내 편지를 받고
그 즉석에서 마음을 고쳐 먹고 딴 사람이 되리라고는 생각할 수 없구
나! 그러나 이렇게 장문의 편지를 써 놓고도 너에게 하고 싶은 얘기
의 반에 반도 하지 못한 듯만 싶은 아쉬운 감정에 잠겨 있는 이 아버
지의 심정만은 리해해 주리라고 믿는다. 수고해라.

석준은 시뿟해서 아래목에 앉아 새로 나온 소설책을 뒤지고 있는
안해에게 아들에게 보내는 봉하지 않는 편지를 내밀며 말했다.
"당신두 하고 싶은 말이 있으면 더 써 넣어서 래일 아침 출근하는
길에 부쳐 주오."

6

그러나 아들에게 보내는 편지는 부칠 필요가 없었다. 잠자리에 들려
고 침대에 모포를 펴는데 바깥문 여는 소리가 나는 것 같더니 복도로
달려나간 안해의 나직한 부르짖음소리가 울리였다.
"아니, 네가 어떻게……."
"돌아왔죠."
나직하나 툭하게 대꾸하는 것은 틀림없이 정원이의 목소리였다. 흠
칠 놀란 석준은 저도 모르게 미닫이문을 열고 아래방으로 내려갔다.

사이문이 지그시 열리면서 정원이 방으로 들어서고 있었다. 아들의 려행용 가방을 들고 따라 들어온 성희는 겁에 질린 눈초리로 석준을 바라보았다. 허둥거리는 그의 눈에는 제발 성을 내지 말아 달라는 애원의 빛이 얼른거리고 있었다. 여보 잘났건 못났건 피를 나눠 준 내 새끼가 아니나요. 어쩌겠어요. 큰맘 먹구 받아 주자요. 예?! 애절한 그의 속삭임이 웅웅 고막을 울리는 것 같았다. 손맥이 탁 풀려 말을 걸 생각조차 나지 않았다. 선 채로 잠자코 아들을 내려다보던 그는 퉁명스레 물었다.

"도망쳐 왔느냐?"

"도망은 왜요? 보내 줘서 왔어요. 작업반장학교에."

정원이는 말꼬리를 흐리마리해 버렸다. 아들 역시 달포 만에 만나는 부친에게 첫마디부터 반발하는 투로 대답하려고는 생각지 않았던 모양이다. 허나 그가 이 자리에서 곰살궂게 군다고 석준의 마음이 너누룩해질 수 있겠는가.

"앉아라."

억이 막혀 숨조차 내쉬기 가빴지만 석준은 조용히 말했다. 그리고 먼저 앉았다. 뒤따라 털석 문지방 앞에 주저앉는 정원은 턱을 쳐들긴 했으나 부친과 눈길을 마주칠가 봐 두려운 듯 몸을 반쯤 돌리고 방구석을 노려보고 있었다.

미루어 짐작이 가고도 남음이 있었다. 기술부국장회의를 마치고 내려가는 안병모에게 총국장 아들이 남동에 내려가니 잘 돌봐 달라고 슬쩍 귀띔을 해주었으리라. 그래도 병모 그 사람은 맏아들을 자기한테는 한마디 말도 없이 제염소 로동자로 내려보낸 총국장의 심중을 깊이 헤아리고 3구 1호 제염공으로 배치했던 것이다. 한데 일은 어떻게 번져졌는가. 채석준은 아무리 큰 마음을 먹고 관용을 베풀려고 해도 도저히 가만 있을 수가 없었다.

"그래 넌 끝내 그만한 일조차 감당해 낼 수 없었단 말이냐?"

말소리를 죽이려고 모지름을 썼지만 그의 목소리는 엄청나게 높았다.

"난 내 절루 그 일을 그만두겠다고 한 게 아니예요! 난 한사코 그 일을 계속하겠다구 했댔어요."

항의하듯이 뇌이였으나 정원이의 어조에는 맥이 없었다.

"그래서 마지못해 승낙했단 말이지. 그렇다구 하자. 한데 넌 그 학교에 어떤 사람이 추천되여 올라오는지 알기나 하느냐?"

"……."

"왜 대답을 못하느냐?"

고개를 돌리고 창 밖을 내다보는 정원이는 눈살이 꼿꼿하여 거쉰 숨을 내쉬기만 했다.

"그 학교는 다년간 소금밭에서 로동을 한 사람들 중에서 생산경험두 있구 통솔력도 있는 진실한 젊은이들만을 골라다가 한 1년씩 공부를 시켜 작업반장으로 내보내는 곳이다. 난 전번기에 올라온 학생명단에서 고등중학교를 졸업한 지 2년밖에 안된 청년이 끼워 있기에 좀더 로동 속에서 단련시킨 다음에 보내라고 그어 버렸다. 그게 누구의 아들이였는지 아니? 후에 알고 보니 그 젊은이는 예전에 나를 대학통신에 가도록 추천서를 써 준 남동제염소 장치세란 사람의 아들이였다. 그런데도 그 사람은 올 봄에 내 거기에 갔을 때 자기 집에 청하여 저녁을 대접하면서 내가 총국장이 된 걸 제 일처럼 기뻐하면서도 아들 문제는 한마디도 비치지 않지 않겠니. 한데 이 채석준이란 사람은 제 아들이 염판에 나가 달포도 되기 전에 작업반장학교루 끌어올린단 말이지. 그 달반 동안조차 너는 어떻게 일했니? 더운 물에도 손이 시려 하는 부엌데기처럼 마지못해 한 발은 방에 들여 놓았지만 다른 한 발은 문 밖에서 뗄 넘은 하지 않고 염전일을 했단 말이다. 그 꼴을 차마 눈뜨고 볼 수 없어 안병모 지배인이랑 나의 옛 작업반원들이 이 총국장의 체면을 생각해서 전례 없는 일이지만 너를 작업반장 학교에 추천해서 올려 보냈을 것이다. 아니 작업반장 학교가 아니라 쓸모없는 자식이라구 애비의 품으로 되돌려보낸 것이란 말이다. 내 아무리 철면 피하기로소니 무슨 낯으로 남동제염소에 지도사업을 나가며 나의 생활의 스승들인 옛 작업반원들과 장치세 지도원을 만날 수 있겠니?”

남동은 예서 천여 리나 떨어져 있는 곳이다. 그러나 석준은 눈앞에서 그들이 자기를 지켜보고 있기라도 한 듯 확 달아오른 얼굴을 들 수가 없었다. 물은 이미 엎질러진 셈이다. 무슨 말로 성실한 사람들에게 속죄를 애걸해 볼 수 있겠는가!

고개를 푹 숙이고 있던 정원이는 그래도 무엇이 못마땅한지 풀풀 거친 숨을 내쉬며 앉아 있더니 휭 하니 일어나 웃방으로 올라갔다. 석준은 방바닥에 놓여 있는 두툼한 편지를 집어들어 아들에게 가져다 주며 갈린 목소리로 말했다.

“너도 리성이 있는 인간이면 이 편지를 보고 생각을 좀 해봐라.”

그리고도 그는 번열에 타는 가슴을 진정시킬 수 없어 방문을 열고 밖으로 나서고야 말았다. 행길에는 서둘지 않고 천천히 오가는 사람들이 두간히 나타날 뿐 어디라 없이 고잠지근했다. 다만 불빛이 환한 집집의 창문들에서 깊은 명상에 잠기기라도 한 듯 은은한 불빛이 고요히 흘러 나오고 있었다. 불현듯 그는 전자음악 소리가 흘러 나오는 한 창문 앞에서 걸음을 멈추었다. 기술부국장네 집이였다. 석준은 숙인 머리를 알릴 듯 말 듯 흔들면서 그 자리를 떠버렸다. 부국장네 막내아들은 아뭇 소리 없이 일을 다니고 있다. 변함없이 조용히, 몇 해 지내보다 실속이 있다고 여긴 부기원양성소나 재단사학교 같은 데로 뽑아올릴 수도 있을 것이다. 령리한 아버지에 그처럼 빈틈이 없는 아들이니까. 총국장네 아들도 소금밭에서 빼내여 학교로 끌어올렸는데 무슨 걱정이랴.

언젠가 외국의 이름있는 작가이며 교육자인 사람이 쓴 『부모를 위한 책』을 본 기억이 났다. 거기에는 외독자를 키우는 가정에서 산생될 수 있는 지나친 사랑의 위험성을 강조하면서 신중하게 이르기를 당신의 외아들을 구원하려거든 꼭 남의 아이를 하나 데려다 기르시오. 그러되 그 아이에게 자선을 베풀기 위해서가 아니라 진정 제 아이를 구출하기 위해 달려온 구원자라고 생각하고 데려다 기르시오라고 했다. 십분 리해되는 말이긴 하나 우리 생활에서는 그것이 그렇게 위험한 것은 아니다. 그 교육자가 우와 같은 내용의 조언을 한 것은 외독자일 때는 가정에서 독재자로 될 수 있지만 둘일 경우에는 벌써 집단을 이루는 조건에서 그런 기형적인 환경에서 구출될 수 있다고 보았던 것이다. 그러나 우리의 거의 모든 자녀들이 탁아소와 유치원에서 유년시절을 보내는 조건에서 사랑을 독차지할 기회란 있을 수 없는 것이다. 그러나 그와 사정이 다른 경우이긴 하지만 부모가 일정한 지위에 있는 집에서 자라나는 자녀들도 결코 간과할 수 없는 교양적 환경에 처해 있다고 볼 수 있다. 유감스럽게도 석준은 이 점을 전혀 념두에 두지 않았으며 그것을 완전히 무시해 버리고 있었다 해도 과언이 아니다. 자신의 경험에 비추어 부모가 성실하고 참되게 살기만 하면 자식들은 등탈 없이 그것을 고스란히 따를 것이라고만 소박하게 생각해 왔다. 그러나 자신이 남다른 위치에 있으면서도 그 문제를 너무도 단순하게 여기고 속단해 버린 그 때문에 일이 생겼던 것이다. 그는 사업상 필요에 의하여 고급승용차를 타고 다녔으며 어떤 때에는 출근할 때에 아들이 달려와 타고 가겠다고 떼걸을 쓰면 너그럽게 응낙하기도 했다. 몇 해 전에 장모가 사망했을 때에는 온 가족이 그 승용차를 타고 처가집으로 갔었다. 사위를 끔찍히도 귀하게 여긴 고인에 대한 잊지 못할 추억에 잠긴 석준은 그날이 철없는 정원이에겐 명절같이 기쁜 날이였으며 외가집 농촌마을에 당도해서는 오구구 모여든 농장아이들이 보란 듯이 제가 총국장이기나 한 것처럼 승용차 둘레를 틀스럽게(위엄 있게) 맴돌이치며 우쭐대던 날이였다는데 대해서 주의를 돌릴 수가 없었다. 그가 맏아들의 성장 변화과정을 바로 보지 못하고 감각하지 못하여 제때에 바로잡지 못한 일은 이뿐이 아니였다. 이런 일을 당하고 보니 새롭게 돌이켜지는 것이 한두 가지가 아니였다. 인민학교 전기간 10점 최우등 하던 정원이가 중학교 2학년에 올라오자 갑자기 우등생으로 떨어졌다. 담임선생이 아들애의 성적을 편지로 집에 통보해 온 것을 보고야 그렇다는 것을 처음 알게 되였다. 교육수준이 대단히 높아져 중학교 2학년에서만도 전에 3, 4학년에서 배워 주던 방정식이며 안같기식(부등식)을 가르쳐 주고 있다. 인식의 순차성을 무시하고 사고의 비약을 요구하는 수학물리 문제들이 허다하다. 수학교과서를 펼쳐 놓고 눈에 띄는 몇 가지 문제를 물어 보았더니 엉터리였다. 아이들의 학업에 대해서 깊은 관심을 돌리지 않으면 수물학습 기초에 만회할 수 없는 허점이 나타나리란 것을 간파한 것은 그때가 처음이였다. 이때부터 그는 퇴근시간이 지난 다음에도 하는 일 없이 사무실에 앉아 있으면서 아래 일군들도 집으로 돌아가지 못하게 하던 버릇을 걷어치우고 제때에 퇴근하여 아들애의 복습을 지도해 주기도 했다. 그러나 불행은 항상 왕청같은 데서 생각지 않던 데로부터 달려들었다. 그날 고요롭게도 광량만제염소 부지배인이 곁에 앉아 있는 자리에서 아들의 성적통보서를 보게 되였다. 석준은 너무 한심하여 어이없는 표정을 지으며 부지배인에게 이런 꼬락서니를 좀 보란 듯이 웃목에 앉은 아들도 자극이 되라고 그것을 보여 주었는데 어리무던하던 부지배인은 남의 속내는 알지도 못하면서 "아들이 공부를 잘 하는군요. 아무려면 총국장의 아들이 달리 될 수 없겠지요."라고 하는 것이였다. 도대체 그가 총국장 아들다운 데가 무엇이 있단 말인가. 그런데도 공부를 잘한다고 칭찬하는 부지배인도 그렇지만 그 말을 듣고 멋적은 미소를 짓던 아들애의 모습이 더욱 가관이였다. 쑥스러운 줄은 알면서도 추어주는 말을 응당한 것으로 받아들이고 있었던 것이다. 그때는 그것을 그저 스쳐 버리고 말았는데 무슨 일이든지 대수롭지 않게 넘겨 버린 그의 태도가 결국은 무슨 일을 저질러 놓았는가.

그러기에 책임적인 직책에 있는 적지 않은 일군들은 다른 사람들과 달리 아들딸들이 고등중학교를 마치면 곧장 상급학교에 보내지 않고 로동현장이나 인민군대에 내보내여 2~3년 생활시키다가 대학이나 전문학교 시험을 치루도록 하고 있다. 그런데 보라. 총국장이 파견장까지 떼여 아들을 소금밭에 내려보냈는데 아래에서는 현장에 내려보내여 일을 시키는 척하다가 그럴 듯한 구실을 붙여 작업반장 학교에 공부시키려 올려 보내지 않았는가.

안된다. 가슴이 아프더라도 이를 묵인해서는 절대로 안된다. 이는 내 자식 하나의 문제이기 전에 일군들을 지켜보는 대중들을 기만 우롱하고 우리 나라에 세워 놓은 사회적 공정성을 난폭하게 위반하는 용납할 수 없는 범죄로 된다. 만약 내가 아들을 납득시킬 수 없다면 나 자신이라도 다시 옛 작업반으로 돌아가 한생을 제염공으로 사는 그들처럼 머리를 숙이고 소금을 내야 한다. 아직까지는 나에게 그렇게 할 만한 힘이 있지 않는가?

인민의 신임을 저버린 총국장의 직무가 과연 누구에게 소용된단 말인가. 비장한 결심을 가다듬은 채석준은 침중한 기색이 가셔지진 않았지만 한결 엄숙해진 얼굴로 집을 향해 걸어갔다.

7

방안에 들어선 석준은 안해에게 저절로 눈길이 갔다. 쌍겹진 눈언저리가 벌거우리했다. 고개를 숙일사한 자세로 말없이 어둠이 내린 창문 쪽을 바라보는 그의 동그스름한 고운 얼굴에는 깊은 수심이 비껴 있었다. 불을 켠 웃방에서는 이따금씩 의자 삐걱이는 소리가 났다. 석준은 자리를 펴고 누웠다. 불을 끈 고즈넉한 방안에는 벽시계가 쉬임없이 걸음발을 재고 있는 소리만이 단조롭게 울리고 있었다. 돌아누운 안해가 이불깃을 턱 밑으로 끌어당기며 나직이 내쉬는 한숨소리가 가슴에 미쳐왔다.

밖은 차츰 훤해지고 은은한 달빛이 고요히 창문으로 흘러들었다. 가까운 농가에서 울려 나오는 첫 닭의 울음소리에 이어 여기저기에서 울려 나오는 닭의 울음소리가 사위를 흔들어 놓고 있었다. 웃방에서는 종이장 번지는 소리 조심스런 기척소리가 멎지 않았다. 미닫이 문틈으로 새여 나오는 한 줄기의 날카로운 불빛이 굴곡진 이불 우에 떨어져 어룽거리고 있었다. 깜박 잠이 든 석준은 인기척을 느끼고 깨여났다.

"어머니."

정원이가 안해를 가볍게 흔들고 있었다.

"왜 그러니, 자지 않고."

짐짓 잠기어린 늘어진 안해의 목소리에 이어 한동안 숨막힐 듯한 침묵이 흐르더니 껴져 드는 듯한 음성이 또박또박 울리였다.

"전 아침차루 돌아가겠어요."

"그게 무슨 소리냐."

겁에 질린 목소리.

"지배인 동지가 저더러 작업반장 학교에 가 보지 않겠는가고 말을 비치길래 의논해 보려구 왔댔어요. 아버지가 화를 내시드라니 불쑥 그렇게 말하긴 했지만 돌아가겠어요. 겨울 내의랑 솜덧저고리를 꺼내 달라요."

"그게 정말이냐? 꽤 견뎌 내겠니?"

"견뎌 내지 않으면 어쩌겠나요."

"호오—."

안해는 한숨인지 안도의 숨인지 모를 숨을 내쉬였다. 이불 밖으로 손을 내밀어 말없이 차디찬 아들의 손을 꼭 잡고 따뜻해질 때까지 놓지 않는 것 같다. 어쩌겐 이겨내야지, 아버지의 성미를 너도 잘 알겠지, 이런 속대사를 중얼거리는 것 같기도 했다. 가슴속에 차 있던 솜뭉치 같은 것이 얼마간 풀려 내리는 듯하였다. 마른침을 소리 없이 꿀꺽 삼키고는 긴 한숨을 내쉬었다.

"여보!"

조심스레 깨우는 안해의 목소리에 펀듯 눈을 떴다. 창문이 휘영하다. 석준은 천천히 일어나 앉았다.

"애가 아침차루 떠나겠대요."

피로와 시름이 엇섞인 음성이다.

"밤차루 왔다가 갑자기 어데루 간단 말이요?"

짐짓 놀라는 기색으로 물었다.

"어디긴 어디겠어요, 남동으루."

안해는 말꼬리를 얼버무린다. 석준은 응대하지 않고 어슴프레한 새벽빛에 우렷이 드러나는 안해의 얼굴을 보기만 했다. 아들은 여전히 석준을 마주보기 두려워하며 웃목에 서 있었다.

"무슨 소릴 하느냐?"

련민의 정이 어린 눈길로 이윽토록 아들을 올려다보던 석준은 너그럽게 말했다.

"간다구 해두 이왕 왔던 길에 이삼일 놀다가 가려무나."

"안요."

아들애는 맺고 끊는 어조로 툭하게 뇌이고는 트렁크를 집어드는 것이었다.

"인다우."

석준은 솜덧저고리를 입고 트렁크를 당겨 주며 먼저 밖으로 나섰다. 잠시 후 뒤따라 오는 정원이는 빠른 걸음으로 마당을 벗어났다. 석준은 뒤를 돌아보았다. 문설주에 기대여 선 안해는 쳐들던 손을 무겁게 허공에 멈춘 채 앞을 내다보고 있었다. 그의 눈길은 어느덧 아들이 가 있을 낯서른 고장을 더듬고 있는 듯하였다. 저만침 앞선 아들을 따라잡으려는 듯 석준은 걸음을 재우쳤다.

8

　정원은 다시 남동으로 내려간 후 석 달이 지나도록 소식 한 장 보내 오지 않았다. 아들한테서 그 무슨 기별이 있지 않을가 하여 매일같이 애타게 기다리는 안해를 보기도 딱했지만 우선 석준이 자신이 더는 참아 낼 수가 없었다. 염전들 중에서 제일 북쪽에 위치하고 있는 남동에서 2월 16일을 계기로 햇소금을 냈다는 보고가 올라왔다. 간겨울에 병모네가 얼음 밑으로 짠물을 뽑아 내여 계단식으로 얼구어 짠물 만들기를 해댄다고 하더니 새해에는 이른 봄부터 장훈이를 불러대는 것이였다. 남동과의 지령전화가 끝나 가자 석준은 그 전화를 끊지 말고 자기 방에 련결시켜 달라고 부탁했다. 신호종소리가 울렸다. 수화기를 집어 들자 저쪽에서 귀에 익은 지령원의 목소리가 들려 왔다. 지배인이 있으면 바꾸어 달라고 당부했다. 경쾌한 대꾸에 이어 수화기에서는 가벼운 웅소리가 났다. 이어 서글서글하면서도 담담한 병모 지배인의 목소리가 울려 왔다.

　"채석준이요. 난 거기 보낸 아들애 때문에 전활 하오. 어드렇소, 이젠 그 애가?"

　"우리 제염소에 총국장 동지의 아들이 왔단 말인가요?"

　능청스런 대꾸다. 하긴 이런 빈정거림을 듣게도 됐다. 병모 자신이 그의 아들이 남동으로 가는 걸 념두에 두고 부탁할 것이 없느냐고 물을 때 그는 아닌보살하고 딱 잡아뗐지. 가서 이듬해 생산준비나 잘하라구, 눈감구 아웅하는 격이 아니였가. 아무러면 그의 아들이 남동으로 가는 걸 병모 지배인이 모를 수가 없었거든. 허심하게 툭 터놓고 친자식처럼 엄하게 신칙해 달라고 부탁할 걸 그랬는지도 몰라. 이런 생각이 든 석준은 허거프게 웃었다.

"여보게, 병모. 난 지금 자네하구 롱말할 겨를이 없네. 그 애 때문에 내 안해는 속이 다 타버렸다네."

"총국장 동지."

"이런 때 무슨 뚱딴지같이 총국장인가. 그저 석준이라고 부르게. 방금 내 공연히 안해를 거들었네만 내 심정도 다를 바 없다네."

채석준은 속을 툭 터놓았다.

"알만합니다. 진작 그렇게 말씀하실 게지요. 저도 아버진 걸요. 맏아들이 금년에 중학을 마치고 맴섬직장에 나가서 일하기 시작했지요."

"그랬댔구만. 맴섬직장이면 현장합숙에 나가 있을 게 아닌가."

"그저 남들처럼 일하지요. 정원이두 일을 하구 있습니다. 3구 1호에서 말입니다. 생각나시겠죠?"

"생각나구 말구. 어찌 그 생활을 잊을 수가 있겠나."

"잊을 수 없지요. 재미있는 건 며칠 전에 정원이가 로동과에 찾아와서 종업원 카드의 아버지 직업란에 귀성제염소 로동자라구 써넣었던 걸 취소시키고 총국장이라구 사실대루 밝혔다는 점입니다."

"총국장의 아들이라구?"

석준의 목소리는 떨려 나왔다.

"예. 어제 저녁 작업반장회의 뒤 끝에 김중화 반장이 나한테 찾아와서 하는 말이 정원이가 자기한테 찾아와서두 제가 채석준의 아들이라구 말하더랍니다."

"흠, 알 만하네. 난 내 아들을 남동제염소에 맡겼네."

전화가 끝난 지도 한참이 되었지만 석준은 흥분을 감추지 못하며 수화기를 손에 쥔 채 말없이 앉아 있었다.

잇달아 정원이가 아버지 앞으로 편지를 보내여 왔다. 석준이 퇴근하여 집에 들어서자 안해가 그 편지를 내놓았다. 안해는 점심때 받은 편지를 뜯어 보지 않고 간수했다가 내놓는 것이였다.

"이젠 아버지한테만 편지를 보내는군요."

안해의 말이었다. 그리고는 곁에 바투 다가앉아 초조한 눈길로 봉투를 뜯고 편지지를 꺼내길 기다리었다. 석준은 안해와 함께 편지를 읽었다.

……아버지, 저를 너그럽게 리해해 주십시요. 성미가 못 돼먹어서 그렇지 전 아버지를 그 누구보다도 존경해요. 남동에 와서도 어떤 경우에조차 아버지를 욕되게 하지 않으려고 애썼지요. 그것만은 알아주셨으면 해요. 전번에 집에 갔다가 아버지가 저한테 보내려고 써 놓으신 편지를 보고 저는 큰 충격을 받았어요. 아버지는 말로써 만사가 다 해결된다고 믿는 사람이 아니라고 하셨지요. 하지만 저는 아버지가 바라는 것이 무엇인지를 리해합니다. 그리고 일생동안 아버지가 저의 가슴에 새겨 주신 생활의 교훈을 명심하리라 굳게 속다짐했습니다. 하지만 결심이 곧 실천을 의미하지는 않았습니다. 정작 타고장에 와서 생소한 일에 부닥치고 보니 자신이 얼마나 나약한 인간인가 하는 걸 알게 됐어요. 제가 이런 말을 하면 아버지가 놀라실 줄 압니다. 그러나 실지로 있은 사실을 숨기는 것이 량심적일 수야 없지 않나요. 아무리 마음을 굳게 먹고 생활하려고 해도 어떤 날 저녁에 까닭없이 마음이 울적하여 호실에 혼자 앉아 서정적인 저음가요만을 기타로 무겁게 타군 했지요. 그럴 때면 녀성호실에서 생활하는 애된 기상관측소 무전수 처녀가 눈같이 흰 적삼에 꽃치마를 입고 찾아오군 했습니다. 그 처녀는 침대 한 쪽 끝에 조심스레 앉으며 묻군 했지요.
"여기 좀 앉아 있어두 돼요?"
그리고는 방긋 웃는 것이었습니다. 얼마나 다정하고 명랑한 웃음이였겠나요. 나는 고개를 끄덕이며 더욱 정서가 짙은 곡을 탔지요. 처녀가 요구하는 곡목을 타기도 했습니다. 그럴 때면 처녀는 부드러운 목청으로 조용조용 노래를 불렀습니다. 그 처녀는 무척 음악을 좋아했습니다. 군 소재지에 있는 그의 집에는 커다란 전축이 있는데 거기에서는 우리 나라 명곡을 다 들을 수 있다고 하였습니다.

"동무는 영화음악을 좋아하는 것 같군요. 난 경음악을 좋아해요."

처녀는 자기의 일에 대해서도 이야기했습니다. 그는 귀에 레시바를 끼고 시간 맞춰 고속도로 송신해 오는 예보자료를 받아서 일기도에 기록하는데 뜻도 의미도 없는 메마른 수자를 끝없이 적고 또 적자니 생활이 무미건조하다는 것이였습니다. 그런데다가 관측원이며 예보원들은 모두 무뚝뚝한 아바이들이여서 말동무조차 없다는 것이였습니다. 나는 그와 문화회관에 영화구경도 같이 가고 도서관에 가서 책도 함께 읽군 했지요. 어느 일요일에는 그 동무와 함께 군 소재지에 있는 그이 집에 놀러가기도 했습니다. 삽삽하고 인정 있는 처녀의 어머니는 제가 객지에 나와서 고생한다고 반갑게 맞아 주군 했습니다.

"정원아. 너 예보소 처녀하구 친했니?"

어느새 박치화 어머니가 알고 묻는 것이였습니다. 난 얼굴을 확 붉혔지요.

"마음에 드는 처녀던?"

치화 어머니는 웃으며 물었습니다.

"원참 어머니두."

난 대꾸할 말을 찾지 못했습니다. 하자 치화 어머니는 정색하고 말하는 것이였습니다.

"네 생활을 넌지시 넘겨다 보느라니 오래 전에 도시에 있는 큰 공장에서 일하다가 우리 작업반에 와서 일하던 한 총각 생각이 나는구나. 그 총각두 처음엔 일을 하다가 자주 멍하니 산 넘어 먼 곳을 바라보겠지. 그리구 합숙에서 생활하던 염전중학교 녀선생을 짝사랑하지 않겠니. 녀선생은 그 총각을 거들떠보지두 않는데 말이다. 그 후 언젠가는 그 녀선생한테 사랑을 고백한 모양이드라만 그만 퇴자를 맞았지. 쑥스러워두 하구 고민두 하더라만 이내 잊고 말더구나. 진정한 사랑이 아니였던 모양이지?!"

"그 총각은 지금 어데 있나요?"

내가 다우쳐 묻자 치화 어머니는 생각에 잠겨 대꾸하는 것이였습니다.

"훌륭한 일군이 됐지. 어느 총국에서 책임적인 사업을 하고 있단다."

나는 그 청년이 다름아닌 젊은 시절의 아버지였다는 걸 짐작하고도 남음이 있어요. 아버지, 이렇게 말하는 걸 용서해 주십시요. 저는 치화 어머니의 말을 듣고 그때의 아버지의 심정을 헤아려 보며 어떻게 되여 제가 이곳에 와서 예보소 처녀를 첫째가는 동무로 사귀게 되였는가를 깨달았습니다. 제가 비록 몸은 소금밭에 잠그고 있고 여느 사람들과 섭쓸려 일도 같이 하고 있었지만 마음은 여전히 부모의 슬하에서 애무를 받던 그때를 잊지 못해하고 있었거든요. 사내대장부로서는 부끄러운 일이지만 사실은 이랬어요. 이러한 심정은 난생 처음 집을 떠나 멀리 가 있게 되면 그 누구나 느끼게 되는 것이라고 하지만 감성적이고 예민한 기질을 타고난 제게는 그런 심리상태가 더욱 오래 계속된 것 같애요. 이제 와서 돌이켜보면 그건 아직 사랑이라고는 말하기 어려운 그런 이성적인 관계였다고 생각됩니다. 보다는 정들지 않은 낯선 새 생활 속에서 산산히 부서지고 있던 나약한 심정의 한쪼박을 저도 모르게 그 처녀에게 의탁해 봤던 것 같습니다. 얼마 후 저는 합숙에서 짐을 꾸려가지고 나와 소금밭 한가운데 있는 작업반 휴계실에서 자취를 하며 일을 하기 시작했습니다. 반원들이 모두 퇴근한 다음에는 저 혼자 남아 잠간 사이에 밥을 해먹고 조용한 휴계실에 앉아서 공부를 합니다. 자기 전에는 밖에 나가 소금 야적더미며 염판을 한 바퀴 빙 돌아보지요. 요새 저한테는 '염부장'이라는 별명이 붙었답니다. 소금밭에는 그전부터 작업반마다 살림집이 한 채씩 있어가지고 '염부장'이 그 집에서 살림살이를 하며 밤낮으로 염전관리를 했다나요. 이른 봄에 전 독감에 걸렸댔어요. 고열이 나면서 정신없이 앓았지요.

그때 누가 저의 머리맡에 지켜 앉아 있었는지 아세요? 치화 어머니와 우처녀 어머니였어요. 중화 반장아바이는 집에서 계란을 한 꾸레미 가져다가 아무말 없이 머리맡에 놔두고 나가더군요. 그 분은 늘 그렇게 말이 없어요. 지난해에도 우리 작업반이 제염소적으로 제일 소금을 많이 냈지요. 반장은 종일 가야 말 몇 마디 하는 법이라군 없어요. 하지만 소금내는 물계는 어찌나두 환한지 혼자서 세 몫, 네 몫 하면서두 별루 일을 하는 것 같지 않게 척척 해내군 해요. 아마 아버지가 이제 저를 보신다면 놀라실 거예요. 얼굴은 새까맣게 탔지만 집에 있을 때보다 키두 크구 몸두 났으니까요. 얼마 전에 저는 속으로 수태(많이) 바재이다가(망설이면서 머뭇거리다가) 김중화 반장아바이보구 제가 몇십 년 전에 이 작업반에서 일하던 채석준의 아들이라는 걸 말했습니다. 그런데 중화 아바이는 씩 웃으며 말하는 것이었습니다.

"난 네가 우리 작업반에 처음 배치되여 왔을 때부터 그렇다는 걸 알았다."

"어떻게요?"

제가 놀라서 물으니까 "신통히두 네 모습이 젊었을때 네 아버지의 모습을 닮았으니까."라고 하더군요. 같이 일하는 치화 어머니두 그렇게 말하더군요. "네가 총국장의 아들이라는 건 온 염전이 다 알고 있었단다. 그런데 네가 도망치듯이 집으로 달아나 버리자 얼마나 실망했겠니. 우리 작업반이 다 무참한 창피를 당한 것 같았단다. 그렇지만 상심하여 서로 마주볼 뿐 아무말도 못했지. 그런데 네가 겨울내의랑 솜덧저고리를 배낭에 가득 넣어가지고 와서 그간의 사연은 뻔한 일이였지만 겨울나이 차비를 해가지고 오느라고 잠간 집에 다녀왔다구 말하자 우리가 얼마나 눈물이 나도록 기뻤는지 아니."

그런데 그때 제가 아주 작업반장 학교루 올라와 버렸다면 어떻게 됐을가요? 생각만 해도 모닥불을 들쓴 듯 얼굴이 화끈 달아올라 몸둘 바를 모르겠더군요. 그리고 다 큰 자식이 제 아버지가 그렇게도 못 잊

어 하는 고향도 알려고 하지 않고 작은아버지들과 일가친척들의 이름
조차 가슴에 새겨 두려고 하지 않는 것을 보시고 얼마나 가슴이 아프
셨겠습니까. 아버지, 어머니, 더는 제 걱정을 마십시요……

그런데 어떻게 객지에 자식을 내놓은 부모가 전혀 자식걱정을 하지
않을 수 있단 말인가.

9

그때로부터 몇 년이 지난 6월 말 어느 날이였다. 채석준 총국장은
모처럼 남동제염소에 내려갔다. 그는 승용차를 제염소 화학분공장 마
당에 세워 놓고 작업복차림으로 낯익은 수로둑을 따라 한참 걷다가
공직장 앞을 지나 자그만한 나무다리를 건너서 3직장 소금밭 한가운
데로 뻗은 큰길을 천천히 걸어갔다. 감개무량한 심정을 금치 못하며 1
작업반 병판(염전 작업반은 세 개의 소금판을 가지고 있는데 그것을
구분하기 좋게 갑판, 을판, 병판으로 부른다)으로 들어섰다. 제염공때
그가 맡아 보던 손때 묻은 염판이였다.
네모 반듯한 염판에는 소금꽃이 하얗게 떠 있었다. 간기가 보얗게
내돋힌 두렁을 따라 앞으로 걸어 나가던 그는 오똑한 양수장 곁에서
걸음을 멈추었다. 그 안을 기웃이 들여다보니 널판자를 깔아 놓은 자
리에는 노전을 폈는데 한 쪽 구석에는 개여 놓은 보닐론 모포가 한
장 놓여 있었다. 지금도 밤에 비가 내릴 때에는 양수장에서 눈을 붙이
며 비설겆이를 하는 모양이다. 그 역시 비내리는 야밤 삼경 나무침대
에 누워 대학통신교재를 읽다가는 역수로에 고인 소금물을 해자에 퍼
넣고는 저기에 걸터앉아 기타를 타며 그리운 사람들을 눈앞에 그려
보기도 했지. 눈에 띄는 것마다 깊은 감회와 추억을 불러일으켰다.

반원들은 물안개가 가물가물 피여오르는 저 웃쪽 짠물판에서 곰배질을 하며 물이끼를 거둬 내고 있었다. 석준은 잊지 못할 중화 반장이며 치화 아주머니, 우처녀 아주머니들을 한시바삐 만나고 싶은 생각을 지그시 누르고 삭도바가지에 소금을 퍼담아 나르기 시작했다. 무엇인가 옛 생활을 한껏 맛보고 느낄 수 있는 일을 하지 않고는 견딜 수 없었다. 삽질도, 좁은 두렁을 따라 소금실은 나무통을 밀고 가는 것도 손에 설긴 했지만 그전 날의 솜씨를 잊지는 않았다. 한두 번 날라 보고는 제법 와르릉 소리를 내며 삭도통을 밀고 내달렸다. 숨이 가빠 오르고 이마에서도 땀이 흐르기 시작했다.

"아바이."

가까이에서 챙챙하게 울리는 처녀의 목소리에 석준은 삭도통에서 손을 뗐다. 탄력 있는 늘씬한 몸매에 얼굴이 감실감실한 처녀가 이쪽을 주의깊은 눈초리로 바라보고 있었다.

"누구시나요. 왜 남의 소금판에 맘대로 들어와서 소금을 날라요?"

처녀는 량손을 허리에 얹고 주인행세를 하려고 든다.

"지나가던 길손이웨다. 소금이 하두 많이 쌓였길래 날라 주고 싶은 생각이 나서 일손을 잡았다우. 좀 도와 주는 것두 안되겠소?"

"안되긴 왜 안되겠어요. 그런데 아바이 일손이 서툴구만요. 그렇게 넘치게 담으면 소금을 흘리게 돼요."

처녀는 조금도 주저하지 않고 쾌활하게 말하고는 까르르 웃었다. 그러나 석준은 웃지 않았다. 그는 정색하고 물었다.

"처녀 동무. 한데 어째서 김중화 반장 동무가 보이지 않소?"

"우리 반장아바이를 잘 아시나요?"

처녀는 두 눈을 반짝이였다.

"공훈제염공 아바이를 모르는 사람이 어데 있겠다구. 그리구 박치화 아주머니랑 우처녀 아주머니도 눈에 띠지 않는구만."

재미있는 아바이를 만났다는 듯 두 눈을 삼박이던 처녀는 안색을 흐리며 말했다.

"반장아바이는 전에부터 앓던 기관지염이 도져서 치료를 받으려구 료양소에 갔어요. 치화 어머니랑 우처녀 어머니는 아주 년로보장으루 넘어갔구요."

"흠 그렇게 되였는가."

석준은 정다운 모습들을 옛 일터에서 만나지 못하는 것이 서운하기 그지없었다. 한데 어째서 그렇다는 걸 편지로라도 알려 주지 못하는가. 녀석두 원참. 아들을 나무래 보기도 했다. 그런데 그럴 마음만 있었더라면 자기 자신인들 왜 알아보지 못했단 말인가. 소금생산을 위하여 거치른 소금밭에서 한생을 살아온 사람들을 위하여 나라에서 기울여 주는 배려가 좀더 제때에 미치도록 도와 줄 수도 있지 않았는가. 중화 반장이 군 료양소에 가 있다면 돌아가는 길에 들려서 병문안이라도 하고 가자. 치화 아주머니며 우처녀 아주머니들의 집에 들려서 옛이야기도 해야지. 다심한 생각에 잠겨 있던 그는 넌지시 말머리를 돌렸다.

"그럼 그 동안 반장사업은 누가 보나?"

"채정원이라는 젊은 동무가요."

웬일인지 처녀는 귀밑을 살짝 붉혔다.

"어떤 동문지 잠시 동안이래두 제염소적으로 소금 내는 데서 관록 있는 유명한 작업반을 제대루 이끌어나갈 수 있을가."

석준은 고개를 기웃거렸다.

"글쎄요."

처녀는 불현듯 장난궂은 총각애 같은 표정을 지었다가 입가에 미소를 띠우면서 속을 드러내 보였다.

"대학생 제염공인데 왜 못 해내겠나요. 너무 일욕심을 부려서 야단인 걸요."

처녀는 무엇인가 더 말하고 싶지만 지나가다 우연히 들렸다고 하는 길손에게 수다스럽게 말을 하는 것 같애선지 곧 입을 다물어 버렸다. 석준은 빙그레 미소를 지었다. 이 직장에서는 지난해부터 일하면서 함흥화학공대 통신수업을 하고 있는 정원이를 대학생 제염공이라고 부르는 모양이었다. 이때 짠 물판에서 높직한 배수로를 따라 한 청년이 성큼성큼 이쪽으로 걸어왔다. 석준은 그가 정원이라는 것을 멀찌기서도 인차 알아보았다. 양수장을 에돌아 가까이 다가선 그를 띠여보자 처녀는 챙챙한 목소리로 "'반장'동무, 이 아바이가 말이예요……." 하고 웨치다가 말을 뚝 끊으며 두 사람을 번갈아 보았다. 무엇인가 심상치 않은 기미를 눈치챈 듯싶었다.

"안녕하셨어요?"

어른이 다된 사나이답게 의젓한 몸가짐을 한 정원이는 북받치는 기쁨을 애써 누르며 인사를 하는 것이었다.

"그 동안 잘 있었니?"

자못 대견한 아들의 모습에서 눈길을 떼지 못하며 응대하는 석준의 목소리도 이름할 수 없는 감동에 젖어 있었다. 그들을 예민한 눈초리로 바라보던 처녀의 눈동자에 환희의 빛이 반짝였다. 그는 석준의 두 손을 와락 부여잡고 흔들었다.

"우리 정원 동무의 아버지시죠?! 야 난 그런 걸, 총국장 동지두 정말 엉뚱하시던데요. '내 길 가던 나그네웨다.'라구 하시면서……."

"허허 그런데 이 처녀의 말이 네가 림시 반장사업을 하면서 벌써부터 관료주의를 부린다고 의견이 대단하더구나."

"어머나, 아바인 정말."

처녀는 얼굴을 확 붉히였다. 두 눈을 슴벅이며 그 모양을 지그시 바라보던 정원은 희떱게 응수했다.

"의견이 많을 거예요. 냅다 내미니까요."

그리고는 호탕하게 웃었다. 처녀는 정원이와 눈길이 마주치며 명랑하게 웃었다.

"어서 말씀들 하세요. 전 소금판 덧물을 주어야겠어요."

처녀는 석준에게 상냥한 미소를 보이고는 가볍고 탄력 있는 걸음걸이로 자리를 뜨는 것이었다. 싱싱한 젊음이 넘쳐나는 몸가짐도 그렇지만 저쪽 염판으로 건너가 물고망치를 잽싸게 두드리며 춤추듯이 돌아가는 처녀의 뒤모습을 류다른 시선으로 바라보는 아들의 모습을 엿보는 것이 더욱 마음 흐뭇하였다. 오래간만에 만난 아버지와 아들은 작업반 소금판이 한눈에 바라보이는 해자뚝에 나란히 앉았다.

"힘들지 않느냐?"

"괜찮아요. 시간이 모자라는 게 안타까울 뿐이예요."

"그래."

응대는 하지만 두 눈은 잠시도 아들의 모습에서 뗄 수가 없었다.

"무엇이 그리도 바쁘냐?"

"대학공부도 그렇지만 하고 싶은 일이 많아요. 최성기나 지나면 우선 물관리를 완전히 자동화하려고 해요. 충분히 가능해요……."

정원은 흥분에 겨워 어머니와 누이의 안부를 묻기도 전에 염전로동을 자동화하고 정당 200여 톤의 소금을 생산하려는 자기의 구상을 열정적으로 터놓는 것이었다. 석준은 연방 고개를 끄덕이기만 했다. 아들의 말을 새겨 듣노라면 그 애는 아주 남동땅에 뿌리를 내리고 살면서 일을 해댈 잡도리다.

"넌 앞으로 어떻게 할 작정이냐?"

석준은 의아하여 자기를 뻔히 쳐다보는 아들에게서 응대를 받을 때까지 기다리지 않고 저으기 갈아앉은 음성으로 말을 이었다.

"막내까지 군대에 나가고 보니 어머니가 집이 텅빈 것 같다구 하면서 네 소릴 귀에 못이 박히도록 한단다."

안해의 말을 거들긴 했으나 석준의 마음 또한 그와 별반 다름이 없었다. 그의 머리카락도 어느새 희숙희숙해지기 시작했다. 이왕이면 맏딸 정심이도 가까이에 두고 자주 오가며 지내고 싶었다. 그런데 마침

딸애가 중학교 동창생인 제염연구소 연구사와 서로 사랑하는 사이이길래 잘 되였다 싶어 성례를 치루어 주고 귀성으로 데려왔다. 그러나 출가외인이라고 그 애에게는 이젠 분망한 자기의 생활이 있지 않는가.

고개를 푹 숙이고 한동안 묵묵히 앉아 있던 정원은 련민의 정이 어린 뜨거운 눈길로 아버지를 바라보며 조용히 말했다.

"아버지의 말뜻을 알겠어요. 그러나 썩 후날에는 어떻게 될지 모르겠지만 지금은 여기 사람들과 오래동안 같이 일하고 싶어요. 정이 들었다 할가. 아니 그것만이 아닌 것 같아요. 저는 이 사람들에게 한 약속이 있어요."

석준은 한순간 아쉬움에 가슴이 알찌근했다. 그러나 천천히 고개를 든 그의 굴곡진 낯에는 홍조가 확 피여났다. 암 그래야 하구말구. 너는 기한부로 남동에 머물러 있다가 때가 되면 아무 미련없이 돌아올 품팔이군이 아니라 나라를 위하여 끊는 심장을 바치고 있지. 석준은 자기가 더는 아들과 헤여져 있고 싶지 않기를 간절히 바라면서도 정작 아들이 이 생활을 버릴 것을 원했다면 더없이 서글프고 분했으리라는 것을 똑똑히 깨달았다. 그는 그 어느 때보다도 헌헌히 말했다.

"생각 잘했다. 난 네가 그럴 줄 알았다. 이 생활을 아름답게 가꿔야 하구말구. 하지만 금년엔 소금을 다 낸 다음 휴가를 받구 집에 와 있다 가거라. 그때면 아버지두 오래간만에 휴가를 받아 너하구 같이 온탕에두 자주 드나들구 네 좋아하는 음악두 마음껏 감상하자꾸나. 아무리 일이 바빠두 우리를 잊지 말아다우."

"원 아버지두 걱정 마세요. 금년 겨울엔 휴가를 받구 집에 가서 얼음장을 까구 미꾸라지를 가득 잡아서 아버지 좋아하는 추어탕을 끓이자요. 추어탕은 남녁 땅에서 돌아가신 할아버지가……."

"잊지 않았구나."

석준의 두 눈에 뜨거운 것이 번뜩이였다. 진지하고 성실한 빛이 은근히 내비치는 아들의 열정적인 눈매. 그가 그렇게도 바라던 그것이 정원이의 가슴속 깊이에 소중히 깃들어 있다는 것을 감득하니 무한한 행복감으로 가슴이 울렁거리였다.

이날 저녁 채석준은 아들과 함께 치화 아주먼네 집에 찾아가 밤늦도록 이야기를 나누다가 합숙으로 돌아왔다. 그들의 호실에서는 자정이 넘을 때까지도 불이 꺼질 줄 몰랐다.

"이애야. 나는 너를 앞세우고 백토고개를 넘어 내 고향 온수리를 찾아가는 희한한 꿈에 잠겨 보기도 한다. 통일된 그날……"

오래간만에 마주앉은 아들에게 석준은 참으로 할말이 많았다.

기다리는 마음

김 정

1940년 1월 함경북도 명천군에서 출생
1974년 김일성종합대학 졸업
첫작품 단편소설「노을이 불타는 집」(1969년)
작 품 장편소설『닻은 올랐다』
　　　　중편소설『1학년생』
　　　　단편소설집『일요일』
　　　　외 소설 수십 편

과부 박상금이라면 우리 고장의 토배기들치고 모르는 사람이 없다.

40년대나 50년대에 그 고장에서 살아 본 사람들은 네거리의 한 쪽 모퉁이에 목판을 펼쳐 놓고 하루종일 가락엿을 팔아 주던 그의 모습을 생생하게 기억하고 있을 것이다.

지금은 그가 백발이 성성한 철십 고령의 로파로 되였지만 아간장이라는 곳이 면 소재지로 한창 번성하던 그 시절에는 도회지물을 먹은 숙녀나 아가씨들까지도 시샘을 하며 쳐다보는 미모의 녀인으로 이름을 날리였다.

박상금의 선친들은 원래 연백벌에서 대대로 농사를 지었다. 동척에 땅을 떼운 후 그의 일가가 실오라기 같은 연줄을 좇아 발이 부르트게 찾아간 곳은 압록강 건너 서간도 막바지였다.

까막까치의 울음소리조차 서름서름한 이역의 그 두메는 연백, 안악의 장돌뱅이들이 떠들어대던 것처럼 불쌍한 실향민들이 '표주박으로 감주나 떠마시며 홍타령으로 세월을 보낼 수 있는' 천국이 아니였다.

처음에는 기근이, 다음에는 전염병이, 그리고 그 다음에는 또 마적들의 무시무시한 행악이 의지가지 할 데 없는 망국민의 지붕 밑에 무리죽음을 가져오고 가슴 아픈 리산의 비극을 가져왔다.

률도국과 같은 리상향을 세운다고 『사서』, 『삼경』을 통달한 령감들이 쏙새(높은 산지대에 나는 여러해살이풀)만 설렁거리는 무인지경에 이민

의 첫 울장을 박던 그 두메의 언덕받이에 일가솔 전부를 묻고 자수성
가의 뜻을 품은 박상금이 압록강을 다시 건는 것은 만주국이 섰다고
세상이 소연하던 이듬해 봄이었다.

하루에도 여나문 번씩 바줄로 목을 졸라매고 싶은 절망적인 충동에
시달리며 서선일판이 좁다하게 일거리를 찾아 떠돌아 다니던 그는 북
관땅 한 쪽 옆구리에 있는 아간장거리의 성진면옥에 접대부로 주저앉
고 말았다.

동냥자루를 멘 거지들조차 발길을 잘 돌리지 않는 거리의 남쪽 끝
에 막돌로 집을 짓고 엿장사가 되어 신혼생활을 시작한 그 해 9월 박
상금은 무서운 진통 속에 옥동자를 낳았다.

아이는 어머니의 배 속에서 나오자마자 싸이렌소리 같은 고고성으
로 자기의 출생을 알리었다. 갓난아이의 울음소리가 어쩌면 그렇게도
기운찬가고 산파도 혀를 찼다.

서당훈장한테 따귀를 얻어맞으며 열두 살에 천자문을 뗐다는 약국
집의 '돌개바람' 홍경로가 그에게 동화라는 이름을 지어 주었다.

동화는 세상이 좁다하게 거리를 싸다니었다.

우리 거리의 아이들은 모두 호방하고 담대한 그의 사나이다운 기질
을 좋아하였다.

아버지가 태평양전쟁에 끌려나가 무주고혼이 된 후였지만 그는 조
금도 기가 꺾이지 않고 참대처럼 씩씩하게 성장하였다.

한 번은 대처에서 굴러온 일본인 장사아치 몇 놈이 료정에 모여 술
추렴을 벌리다가 박상금이를 두고 내기를 걸었다.

아간장거리에 어떤 남자에게도 곁을 주지 않는 엿장사 미인이 있는
데 그 미인을 정복하는 용사가 있으면 도 평의원자리에 추천하든가
구라파 려행에 필요한 로비를 주선해 주자고 하였다. 그래서 상판이
부르독크처럼 생긴 자가 선참으로 돌막집 문가에 나타났다. 그자는 역
한 술냄새를 물씬 풍기며 부뚜막 앞에서 가마 속의 엿을 휘젓느라고

여념이 없는 박상금을 뒤로 다가들어 느닷없이 끌어안았다.

우리와 함께 섬돌 앞에서 그 광경을 지켜보고 있던 동화가 그때 부지깽이 끝에 끓는 엿을 듬뿍 묻혀 그자의 상판을 마구 후려갈기였다. 그자가 엿에 덴 얼굴을 싸쥐고 꽁무니를 뺀 다음에도 동화는 손에 부지깽이를 그냥 쥔 채 눈을 뚜부럭거리며 부엌문 앞에 서 있었다.

"엄마. 아버지는 왜 죽었나. 아버지가 없으니까 나쁜 놈들이 어머니를 깔본단 말이야."

박상금은 아무 대답도 못하고 어린 아들을 품에 왈칵 부둥켜안았다. 그리고는 설음과 격정에 겨워 하염없이 눈물을 뿌리였다.

그날부터 동화는 머리맡에 도끼를 가져다 놓고서야 잠자리에 들군 하였다.

그 소문이 십 리 안팎에 다 퍼져서 어지간한 남자들은 엿이 먹고 싶어도 감히 돌막집 문가에 나타나지 못하였다.

보기드문 어머니에 보기드문 효자라고 온 거리가 칭찬을 아끼지 않았다.

잔소리가 심한 우리 어머니는 내가 집안일에 손을 잘 대지 않고 빈둥거릴 때마다 "이 건달뱅이 같은 녀석아. 너도 좀 동화와 같은 효자가 되려무나." 하고 핀잔을 주군 하였다.

나도 그가 상당한 효자라는 것은 인정하고 있었다. 사실 우리 또래의 아이들 중에서 효성으로나 실력으로나 재능으로 동화를 따를 만한 인재는 없었다.

해방 후 면에서 맨 처음으로 우리 학교에 취주악대가 무어졌을(만들어졌을) 때에도 동화는 맨 선참으로 뽑혀 트럼베트를 불었고 전쟁 직전에는 선배학생을 대신하여 그 악대의 대장이 되였다.

아무튼 우리 거리의 사람들은 다같이 동화네 가정을 부러워하고 사랑하였다.

그런데 이 가정이 그만 전쟁때 박상금의 실책으로하여 풍지박산이 되었다.

그가 미군의 원자탄 선전에 속아서 아들을 남쪽으로 떠밀어 보냈던 것이다.

"폭탄 한 개에 글쎄 백 리가 녹아난다지 않니, 백 리 안에 있는 건 사람이건, 쇠붙이건, 바위드렁이건 모조리 거덜을 낸다누나. 그러니 너만이라도 원자탄이 떨어지지 않는 곳에 멀찌감치 가서 살아 남아야겠다."

박상금은 그날 홍경로의 말을 그대로 옮겨 놓은 이런 설교로 아들을 달래였는데 이 설교가 그만 무엇으로써도 씻을 수 없는 일생일대의 한을 만들어 놓은 것이다.

남행길에 올랐던 많은 사람들이 원자탄 공포증에 침을 뱉고 고향으로 되돌아오기 시작한 때에야 박상금은 자신의 처사를 후회하였으며 자기가 돌이킬 수 없는 잘못을 저질렀다는 것을 깨닫고 대성통곡하였다.

아들에 대한 그리움이 못 견디게 북받쳐 오를 때마다 그는 쓰개를 쓰고 밖에 나가 남산 쪽으로 뻗은 행길을 점도록 바라보았다.

어떤 날은 남산굽이를 돌아 마을에서 십 리나 떨어져 있는 양정교 앞에까지 가서 남쪽으로부터 걸어오는 행인들을 눈뿌리가 아파날 때까지 낱낱이 살펴보며 하루해를 지우기도 하였다.

언제인가 나는 양정리 고모네 집에 갔다 오는 길에 바로 그 다리목에서 그와 마주친 적이 있었다.

다리를 지나자 행길로부터 스무 발자국쯤 떨어진 수수밭 가운데서 모닥불이 타오르고 그 모닥불 옆에 쓰개로 상체와 얼굴을 가리운 박상금이 앉아 있는 것이 보였다.

세 해 전까지만 해도 동화와 함께 깜부기를 따먹느라고 곧잘 찾아오군 하던 낯익은 수수밭이였다.

우리는 때때로 깜부기 대신 패지 않은 수수이삭을 따는 실수를 하였는데 그런 실수로 해서 한 번은 성미가 작두날 같은 밭임자한테 일생을 두고 잊지 못할 봉변을 당했다.

가을걷이도 하지 않은 밭이랑에는 간해의 수수그루터기들이 그대로 남아 있었다.

박상금은 그 그루터기들을 뽑아 모닥불 속에 집어넣고 있었다.

두 무릎을 직각으로 꼬부리고 그 무릎 우에 턱을 고인 채 멍청하니 남쪽을 바라보는 그의 눈에서는 가을날의 안개 같은 애수가 금실거리고 있었다.

"동화 어머니, 이 수수밭 임자한테서 모욕을 당하던 일이 생각나시나요?"

가슴을 알알하게 하는 추억에 문득 목이 메여 오른 나는 나무꼬챙이로 불무지를 헤집으면서 조용히 물었다.

"생각나지 않구. 그날 그 사람이 너희들을 끌구 얼굴이 새파래서 우리 집에 찾아왔을 때 나는 얼마나 놀랐는지 모른다. 너희들이 따서 줴버렸다는 수수이삭을 내 코앞에 흔들어대며 그 사람이 '자식을 정말 너절하게 키웠수다.' 하고 소리를 지르던 일이 지금도 눈에 선하구나."

"우린 그 사람이 학교를 찾아갈까봐 가슴이 조마조마했습니다. 참 그 시절에는 우리 때문에 어머니들이 무던히도 성화를 먹었지요."

"그래두 나는 그때가 그립다. 자식 때문에 욕도 듣고 망신도 당하던 그때가 그립다. 이젠 그런 자식도 없으니……"

박상금은 애달픈 회한에 잠겨 한숨을 몰아쉬였다. 그런 다음 처량한 낯빛으로 모닥불 앞에서 일어섰다.

제비둥지보다도 더 작은 앙증스런 보퉁이가 무릎 우에서 미끄러져 내려와 불가에 떨어졌다. 내가 그것을 집어 주자 박상금은 손수건 틈 사리를 헤치고 감자 한 알을 꺼내여 나에게 전했다. 한 쪽 옆구리가 데여서 빨간딱지가 들어앉은 감자였는데 온기가 없었다. 그것이 점심 끼니로 마련된 감자라는 것을 눈치챈 나는 어이없는 생각이 들어 한

참동안 그를 물끄러미 쳐다보았다.

"동화 어머니는 그래 점심까지 싸가지고 다니면서 이 다리목으로 오시나요?"

"……."

박상금은 대답 대신 반사적으로 손에 쥔 보퉁이를 내려다보았다.

"그런데 한 알도 잡숫지는 않았구만요."

나는 그의 팔을 거칠게 잡아 끌며 격한 목소리로 말하였다.

"가시자요. 그리구 동화 어머니, 래일부터는 제발 여기루……."

"보기가 궁상스럽겠지. 사람들이 이런 꼴을 보면 민망스러워하리라는 건 나도 알아. 그렇지만 집에는 배겨 있지 못하겠어. 날만 밝으면 그저 밖으로 나가고 싶은 생각밖에 없지. 이러다가 정말 미치지나 않겠는지 모르겠어."

우리는 이런 이야기를 나누며 밭이랑을 타고 행길 쪽으로 걸어나갔다. 우리가 남산 모퉁이를 돌아서 황곡교를 지나갈 때 다리 밑에서 빨래를 헹구던 아낙네들이 박상금이를 쳐다보며 빈정거리였다.

"인물로 말하면 우리 고장에서 박상금이를 당할 만한 녀자가 없지요. 모두들 성춘향이 찜쪄 먹겠다고 칭찬하지 않았나요. 그런데 어떻게 되여 그런 머저리짓을 했을가요."

"그러게 빛좋은 개살구라는 거야. 다른 녀자도 아니구 박상금이한테 그런 망령이 들다니. 그 끌날 같은 아들을, 어쩌면…… 쯧쯧."

그 신랄한 말마디들은 커다란 방망이가 되여 내 가슴까지도 쾅쾅 두드려대는 것 같았다.

박상금 자신도 소리를 내여 쿨적쿨적 울었다.

그 후 우리는 소개지에서 뒤늦게 돌아온 음악선생과 함께 취주악대를 복구하는 데 몰두하였다.

학교가 아직 문을 열지 않았을 때였으나 우리 취주악대만은 폭격에 반나마 날아가 버린 교사의 한 쪽 구석에서 맹렬한 련습을 시작하였다. 반 년 이상이나 악기들을 손에 잡아 보지 못한 터여서 수준이라는 게 엉망이었다. 그런데다가 우리 악대는 유능한 연주자를 두 명이나 잃어버리였다.

전에 호른수로 활약하던 인준이가 열성 탄부인 아버지와 함께 치안 대원들에게 총살된 것도 그렇지만 기둥 연주가인 동화가 남으로 나간 것은 악대에 가해진 치명상이라고 할 수 있었다.

동화의 트럼베트는 어느 연주에서나 기본 선률을 담당했는데 다른 악기들이 서투른 소리를 낼 때에도 쨋쨋하고 세련된 음향으로써 그 소리들을 감싸주군 하였다.

전부터 악대를 따라다니던 2학년생들이 동화와 인준이를 대신하여 련습장에 나타났으나 그들의 거치른 연주솜씨에 실망한 우리는 한결 같이 우리 곁을 떠나간 그들의 선임자들을 알찌근한 심정으로 회상하지 않을 수가 없었다.

그래도 면에서는 이 악대를 무라빈쓰끼나 후르뜨벤그러가 지휘하는 교향악단에 비길 만한 세계적인 악대이기라도 한 것처럼 끔찍이 떠받들어 주었다.

우리는 한 달 동안의 훈련을 거친 후 인민군대 초모생들을 위한 환송행사에 참가하였다.

백 명 남짓한 초모생들이 환송군중들에게 손을 흔들면서 네거리를 지나 역으로 행군해 가고 있었다. 우리는 모두 볼이 불룩해서 〈민주청년행진곡〉을 냅다 연주하였다.

그런데 천식증 환자의 목에서 나는 걸그렁소리와도 같이 부잡스러운 음향이 주선률을 떠밀치며 줄곧 우리의 연주를 망그려 놓았다. 그 음향은 온 악대가 마치 숨가쁘게 터져 나오는 재채기를 가까스로 참는 듯한 인상을 자아내게 하였다. 물론 이것은 신입연주가들이 내지르는 불협화음이였다.

"에이 이런 때 동화가 있었으면!"

연주가 끝난 다음 우리는 모두 한 곳에 몰켜 서서 이렇게 한탄하였다.

"동화 어머니, 동화를 왜 보냈습니까?"

우리는 초모생들에게 엿꾸레미를 넘겨 주고 돌아서는 박상금이를 또아리처럼 에워싸고 그의 팔이며, 어깨며, 허리를 마구 잡아 흔들었다.

성공치 못한 연주에 대한 강한 불만과 아쉬움이 목메인 웨침소리로 한꺼번에 폭발하였다.

박상금은 얼떠름해서 주위를 두리번거리다가 우리의 항변이 무엇을 뜻하고 있는가를 알아차리고는 입술을 지그시 깨물며 눈을 감았다. 길다란 눈섭 사이로 눈물이 새여 나와 석고같이 하얀 볼로 주르르 흘러내리였다. 그는 눈물어린 얼굴로 우리의 성벽을 헤치고 비척거리며 집으로 걸어갔다.

아들을 잃어버린 모성 앞에서 아들에 대한 화제를 꺼내는 것이 그 모성에 대한 타격으로 된다는 것을 우리는 그때까지 깊이 깨닫지 못하고 있었다.

이런 일이 있은 후 박상금은 아무도 모르게 아간장에서 자취를 감추었다.

처음에는 이웃들이 모두 그가 쌀이나 누룩을 얻으려고 시골로 간 줄로만 알았다.

함북남부지구의 물산을 무데기로 빨아들이던 5일장이 전쟁으로 흐지부지된 때여서 엿장사, 떡장사, 두부장사, 팥죽장사들의 시골행차가 잦았다.

그런데 열흘이 지나고 스무 날이 지나고 한 달이 지날 때까지도 박상금이네 집 부엌문에는 그냥 자물쇠가 걸려 있었다.

처녀적에 성진면옥 뒤고방에서 세상살이 타령을 하다가 박상금이와 의형제를 무었다는 우리 어머니는 변이 났다고 야단을 하시였다.

“이게 그저 일이 아니다. 그 어진 게 모진 마음을 먹고 어디 가서 제명을 끊지나 않았는지 모르겠다.”

그럴 리가 없다고 내가 아무리 우겨도 어머니한테는 마이동풍이였다. 어머니는 박상금의 성격 가운데서 그가 자살을 단행할 수 있는 근거를 아홉 가지나 추리해 내가지고는 1943년 4월 초파일날 우물에 빠져 죽은 쌍가매라는 자기의 소꿉동무도 바로 그와 비슷한 성미를 가진 녀자라는 주해까지 덧붙였다.

어머니가 그렇게 아부재기(아우성)를 치는 바람에 나도 좀 섬찍한 예감이 들었다.

어느 날 나는 돌막집으로 뛰여가 문창구멍으로 방안을 들여다보았다.

성실하고 알뜰한 주인의 보호 속에서 때와 먼지라는 것을 모르고 노상 반질반질하게 윤을 내던 모든 가장집물들이 이전 날의 자리에, 이전 날의 모습 그대로 놓여 있었다.

지금까지 이 가정이 지탱해 온 법도나 질서에서 좀 빗나가는 것이 있었다면 그것은 웃방 아래목에 펴 놓은 한 채의 이부자리뿐이였다.

절도와 문화성을 가정생활의 시금석으로 삼고 있는 박상금의 집안에서 거두지 않은 잠자리를 보는 것은 매우 신기한 일이였다.

때도 없고 구김살도 없는 하얀 이불 안과 비단으로 된 낯익은 이불 거죽을 보면서 나는 이 마당으로 개똥벌레가 날아다니던 평화시절의 어느 한 여름 밤을 회상하였다.

그날은 우리 누나가 시집을 가는 날이였다. 두 칸 방을 다 차지한 손님들에게 하루종일 시달리다 못해 돌막집으로 슬그머니 도망쳐 온 나는 동화와 함께 그 비단이불 밑에서 온밤 렬사 안중근과 그 무슨 루빵에 대한 이야기를 나누었다.

그런데 땀내에 절었던 그 이불이 지금은 티끌 하나 없는 새 것으로 되여 우리가 자던 그 자리에 펼쳐져 있는 것이다.

'이부자리까지 펴 놓고 그처럼 간절한 마음으로 아들을 기다리는데 그런 어머니가 과연 비겁하게 삶을 포기할 수 있을가?'

나는 숙연한 생각에 잠겨 어머니의 사랑처럼 열정에 불타는 빨간 이불깃에서 눈을 떼지 못하였다.

'아들을 만나지도 않고 그가 어찌 감히 목숨을 끊을 수 있단 말인가. 박상금은 동화를 찾아 떠났을 것이다. 지금쯤은 먼 남쪽에서 아들을 찾느라고 고생할 것이다.'

나의 추측이 틀리지 않았다는 것은 두 달 후 아간장으로 돌아온 박상금 자신이 증명해 주었다.

음침한 그림자에 뒤덮인 녀인의 파리한 얼굴과 걸인 같은 차림새를 보고 락심해서 어쩔 바를 모르던 나는 그의 머리 우에 때 이르게 내리기 시작한 백설을 보고 소스라치게 놀랐다.

그날부터 박상금은 한 주일 동안 자리에서 일어나지 못하였다. 나는 고열로 신음하는 박상금의 머리맡에서 매일같이 병구완을 하였다. 박상금은 병마와 싸우면서도 줄창 아들에 대한 말만 하였다.

"남수야. 너는 우리 동화가 살아 있다고 생각하니?"

어느 날 쪽잠에서 깨여난 그는 내 손을 붙잡고 느닷없이 물었다.

"살아 있지 않구요. 전쟁이라고 해서 다 죽는다는 법이야 없지 않아요."

"그건 그렇다만 어쩐지 마음이 놓이지 않는구나."

"동화는 죽지 않아요, 그 애가 얼마나 강한 애라구 그래요."

"살아 있다면 어떻게 살가? 여기서 나갈 때 미시가루 닷되하구 내가 끼던 은가락지 하나밖에 준 것이 없는데 살아도 무얼 먹고 어떻게 사는지?"

"목숨만 붙어 있으면 다 사는 방법이 있지요. 홍경로 아저씨가 잘 돌봐 줄 거예요."

나는 그에게 걱정이 되고 불안이 되는 말은 될수록 해주지 않으려고 애쓰면서 좋은 말만 골라서 하였다. 어떻게 해서든지 아들이 살아서 잘 있을 것이라는 생각을 가지게 해야 하였다.

"제일 걱정되는 건 맹장염이야. 침을 놔서 림시구급을 한 게 지난해 여름인데 낯선 땅에 가서 갑자기 재발이라도 하면 야단이 아니냐."

그것은 분명 어머니만이 할 수 있는 걱정이었다.

"동화 어머니, 전쟁이 끝나고 조국이 통일되면 꼭 동화를 만나게 됩니다."

나는 이런 말로 박상금이를 위로해 줄 수밖에 없었다.

그러나 전쟁이 끝나는 그날까지 기다리는 동화는 돌아오지 않았다.

우리는 강릉집 라디오 앞에서 정전협정체결을 알리는 특별보도를 들었는데 그날 그 보도를 듣고 만세를 부르지 않는 사람이 없었다. 박상금이도 역시 우리와 함께 만세를 불렀다. 아들의 운명을 미지수로 남겨 두었으나 수백만 사람들의 얼굴에 웃음을 가져다 준 전쟁의 종결을 박상금인들 어찌 환영하지 않겠는가. 그렇지만 그 순간까지 그는 제도나 리념에 관계없는 두더지 같은 미물조차 감히 넘나들 수 없는 철통 같은 장벽이 국토를 또다시 둘로 갈라놓게 되었다는 사연을 모르고 있었다.

그가 분계선의 진정한 의미를 알고 우리 아버지한테 뛰여온 것은 그 해 초가을이었다.

전쟁 전기간 우리 골목의 '정치론평원'으로 눈부시게 활약해 온 아버지를 아간장사람들은 '민박사'라고 불렀다. 정식학위가 아니고 민간에서 제멋대로 부르는 별명이였지만 아버지는 자기 이름이 그런 별명으로 통하는 것을 못내 흐뭇하게 여기였다.

"저…… 아주버니, 저놈의 분계선이 도대체 얼마쯤 오래 갈가요?" 하고 박상금은 아버지에게 물었다.

"글쎄, 그거야 어찌 알겠소. 손만 뻗치면 아무때나 여닫을 수 있는 미닫이도 아니고 려염집 개구멍도 아니니 어쨌든 쉽게는 열리지 않을 거우다. 몇삼 년이나 가야 열리겠는지 그거야 이 '민박사'도 장담할 수 없지요."

문제를 언제나 극단으로 끌고 가서 허무주의적으로 탕쳐 놓는 데 버릇된 아버지의 말은 박상금에게 불안감만을 준 것 같았다.

나는 그 말을 듣고 발끈해서 면박했다.

"아버지, 몇삼 년이란 건 무슨 소리예요? 그럼 통일은 여전히 풀지 못한 숙제로 남고 북과 남은 영원히 남남처럼 척을 지고 산단 말인가요? 아버진 왜 그렇게 전망을 어둡게만 보세요?"

"그렇다면 너희네 신식 청년들의 견해를 좀 들어 보자. 쌍방의 진지한 노력에 의해 정전은 공고한 평화로 고착되고 통일의 대문이 쫙 열린다 그거냐?"

"아버지, 내 견해는 모든 사람들이 '통일은 꼭 된다. 그리고 기어이 성사시켜야 한다. 온 민족이 일치단결하여 힘쓰면 통일은 가까운 장래에 이루어질 수 있다.' 이런 립장에 서야 우리의 통일념원이 더 빨리 성취될 수 있다는 겁니다."

"말로써야 누구나 만리장성을 쌓지."

아버지는 론적을 수세에 몰아 넣을 때마다 매양하는 버릇대로 입귀에 마라초를 물고 풀썩풀썩 담배 연기를 뿜어 올렸다.

나는 아버지가 자리를 뜨자 눈을 꿈뻑하며 박상금에게 말하였다.

"동화 어머니, 시국을 론하시겠거든 아버지한테로 오지 말고 나를 불러 주십시오. 아버지의 말씀을 들어 봤대야 속이 탁탁 막히는 소리밖에 더 있나요."

"나도 네 이야기가 귀맛이 더 당긴다. 통일이 안된다는 이야기보다 된다는 이야기를 들으면 기분도 더 좋더라. 이제부터는 우리 집에 더 자주 놀러 오너라."

몇 달 후 나는 박상금에게 조선문제를 토의하는 유관 국가들의 국제회의가 제네바에서 열린다는 소식을 알려 주었다.

"동화 어머니, 잘만 되면 통일문제도 문이 트일 것 같은데 신심을 가지고 기다려 봅시다."

그 소식은 박상금의 얼굴에 생기를 부어 주었다. 그 후부터 그는 장마당 한복판에 설치된 확성기 밑에서 회의소식을 청취하였다. 밤 열 시가 되면 나도 종합보도를 들으려고 그 확성기 밑으로 달려가군 하였는데 거기서 매번 전주대 밑에 오금을 꺾고 앉아 방송원의 목소리에 귀를 기울이는 그를 만나군 하였다.

미국 대표단의 퇴장으로 회의가 류산되었다는 소식을 들은 날 박상금은 몹시 상심해 하였다. 나는 그가 모든 것을 단념하고 처절하고 침통한 심정으로 고뇌에 찬 생활을 해 가리라고 생각하였다.

그러나 그것은 오산이였다. 그는 밝은 얼굴로 나를 찾아와서 가능하다면 자기에게 집에 걸어 놓고 들을 수 있는 고성기를 만들어 줄 수 없겠느냐고 하였다.

자신을 그의 심리 조정관으로 간주하고 있던 내가 그때 그 주문을 받고 얼마나 기뻐했겠는가 하는 것은 상상하기 어렵지 않을 것이다.

가정이라는 답답한 공간 속에서 인생의 의미를 찾고 있던 박상금의 모든 사고와 사색은 그 울타리를 뛰여 넘어 나라와 세계를 무대로 하는 대공으로 깃을 치며 날아 올랐다.

아들의 존재가 정치라고 부르는 바다의 일엽 편주와도 같은 존재라는 것을 깨달은 그 순간부터 그는 동화에 대한 말을 한 번도 입밖에 내지 않았다. 그 대신 나와 마주앉아 시국을 론하고 복구건설을 론하였다.

그의 직업도 엿장사로부터 재봉공으로 바뀌여졌다. 새로 조직된 피복생산 협동조합의 재봉공이였다. 전쟁을 겪은 모든 사람들이 사방에서 옷을 요구하고 있을 때였다.

박상금은 집에서 읍까지 오 리나 되는 길을 통근하면서 눈에 피발이 설 때까지 재봉기와 씨름하였다. 그는 말수더구가 적고 바느질 솜씨가 알뜰한 기능공으로 사람들의 사랑을 받았다.

아들로 하여 생긴 박상금의 상처는 들끓는 세월의 소용돌이에 밀려 생활의 변두리로 아스라하게 사라지는 듯하였다.

옛 학우에 대한 그리움은 내 마음속에서도 봄날의 소나기처럼 드물게 찾아오는 애달픈 정서로만 남아 있는 듯하였다. 하지만 그 정서는 번개에 부닥치자 다시금 화토불처럼 타올랐다.

교편을 잡은 지 며칠 안되는 어느 날 나는 박상금의 초청을 받고 황철나무 그늘 속에 잠겨 있는 돌막집을 찾아갔다.

대들보 밑에 뜬김이 안개처럼 뽀얗게 서려 있는 훈훈한 방 한복판에 보자기를 씌운 큼직한 두리상이 놓여 있었다. 박상금은 그 보자기를 벗기며 나에게 미소를 지어 보였다.

"오늘이 동화가 스무 살이 되는 날이야. 그래서 자네를 오라고 했네. 어서 와 앉으라구."

그것이 바로 내 정서를 화토불처럼 타오르게 한 번개였다.

나는 가슴을 쾅 하고 울리는 충격 때문에 몇 초 동안 말도 못하고 소박한 생일상만 물끄러미 내려다보았다. 그 상 한 쪽 모서리에 중학 시절의 집체사진에서 오려 낸 동화의 사진이 놓여 있었다.

내가 "청춘은 사라지고 사랑은 시들며 우정의 잎사귀는 떨어지지만 어머니의 남모르는 깊은 사랑은 그 모든 것보다 오래 산다."는 어느 명인의 글귀를 회상한 것도 그 순간이였다.

나는 눈물이 앞을 가리워 수저를 제대로 움직일 수가 없었다.

아들을 기다리는 어머니의 거룩하고 변함없는 사랑이 내 심장 속에서 격랑을 일으키였다.

박상금은 그날 아들을 두고 많은 말을 하였다.

"이보라구 남수, 우리 애가 남쪽에 나가서도 여기서처럼 당당하게 살아갈가?"

내가 생일상을 물리고 박상금이 권하는 담배를 피워 물었을 때 그는 이렇게 물었다.

"당당하게 살지 않구요. 남에게 뒤지려 하지 않는 동화의 성미를 잘 아시지 않습니까."

"그거야 나도 알지. 그렇지만 남에게 뒤지지 않는다고 해서 다 당당하게 산다고야 말할 수 없지 않아. 그까짓, 잘살고 못 살고 하는 건 문제가 아니야. 그 애 나이가 어렸을 때에는 나도 그런 걱정을 많이 했네. 그런데 스무 살 청년이 되었다고 생각하니 관심이 딴 데로 가지 않겠나. 아무튼 민족 앞에 리로운 일을 하는 사람이 돼야 할 텐데. 요지음은 자나깨나 그 걱정뿐이네."

"동화는 어데 가서나 어머니의 이름을 더럽히고 고향의 이름을 더럽히는 용렬한 인간이 되지 않을 겁니다. 살아도 죽어도 통일을 부르짖으며 싸울겁니다."

아래목에 두 무릎을 고이고 그린 듯이 앉아 있는 박상금은 쓰개로 얼굴을 가리고 다니며 훌쩍거리던 연약한 어머니가 아니였다.

늘어나는 리별의 년륜, 분렬의 년륜과 함께 어머니의 마음속에서는 새로운 념원이 싹트고 있었다.

통일의 기수가 된 아들, 정의의 선도자가 된 아들, 민족을 위해 자신의 온 넋을 연소시키는 아들! 이것이 어머니의 념원이였다.

이듬해 여름 아간장 마을에서는 놀라운 사건이 일어났다.

동화와 함께 우리 고장을 떠났던 홍경로가 남조선을 탈출한 후 3국을 경유하여 고향으로 돌아왔던 것이다.

그 소식을 듣고 박상금이와 함께 홍경로네 집으로 뛰여가는 내 목에서는 겨불내(목구멍이 확확 달아오르는 느낌 또는 목안에서 나는 단내)가 날 지경이였다. 박상금의 발에서도 두 번씩이나 고무신짝이 달아났다. 아무런 의사 표시나 감정의 표출도 없이 그는 입을 꾹 다물고 부지런히 발만 놀리였다.

그런 묵중하고 침착한 모습이 오히려 절정에 달한 그의 흥분의 높이를 말해 주고 있었다.

나는 박상금의 눈이 그처럼 밝은 광채와 열기를 띠고 번쩍이는 것을 처음 보였다.

"상금 아주머니, 그 동안 이 못난 '돌개바람' 때문에 얼마나 속을 태웠소! 정말 죽을 죄를 지었수다. 내가 설레발을 치지 않았더라면 동화도 집을 떠나지 않았을 텐데 괜히 나갔지요. 그저 제 고향이 제일입디다."

홍경로는 여섯 해 동안의 곡절과 간난 신고를 이 짧은 말 속에 압축하였다.

그는 이전 날처럼 쾌활한 성미와 조잡하고 활동적인 손짓과 능란하고 다사언변의 돌개바람으로 나와 박상금이를 자기의 독특한 자리 마당 속에 휘말아넣었다.

그러나 그 돌개바람 속에는 우리의 마음을 유쾌하게 해주는 생기가 부족하였다.

홍경로는 무엇 때문엔지 말을 더듬거리며 눈길을 이따금씩 땅바닥으로 떨구었는데 그것이 인정에 넘치는 그의 웃음과 명랑한 기상에 서글픈 그림자를 던져 주는 것이었다.

"우리 동화는 왜 데리고 오시지 않았나요?"

아들의 반신이라도 나타난 것 같은 열광과 활기에 젖어 미소를 금치 못하고 있던 박상금이 떨리는 소리로 물었다. 그 물음 뒤에 듣게 될 어떤 불행이나 참사를 미리 감촉이라도 한 것처럼 그는 숨을 죽이고 '돌개바람'의 대답을 기다리였다.

"동화는 나하구 같이 련탄공장에서 일하더랬소. 그만하면 벌이도 괜찮았소. 그런데 내가 방첩대에 끌려가 몇 달 동안 신고를 겪는 동안에 외토리가 되질 않았겠소. 허허, 나보고 정탐군 노릇을 하라는 거요. 그래서 부산 쪽으로 냅다 뛰였는데 그 후로는 서울에 다시 돌아가지 못했구만. 내가 동화하고 헤여진 게 지난해 봄인데 그때까지 그 애는 건

강한 몸으로 잘 있었소."

홍경로는 두 손을 어깨넓이만큼 올려 량 뺨 가까이에 가져간 다음 자기의 얼굴 너비보다 엄청나게 넓은 어떤 비대한 얼굴을 재치 있게 그려 보이였다.

그 다음날로 동화의 소식은 아간장 거리에 다 퍼졌다.

"이제는 한시름을 놓게 됐수다!"

박상금의 래력을 잘 알고 있는 사람들은 그를 만날 때마다 다정한 미소를 지어 보이며 한결같이 말하였다.

박상금 자신도 정말 한시름을 놓은 듯한 기분이였다.

여러 해 동안 그의 마음속에 무겁게 웅크리고 있던 번뇌의 한 쪽 귀퉁이가 사태처럼 와르르 무너져 내리였다.

'살아 있다면 됐다. 어머니를 위해서 다행한 일이다. 살아 있으니 만날 날도 있을 것이다!' 하고 나도 마음속으로 웨쳤다.

온 거리가 불행한 과부를 두고 한시름 놓으며 그의 신세가 이전 날처럼 그렇게 막막한 것은 아니라고 생각하고 있는 사이에 세월이 여러 해 흘렀다.

그 몇 해 사이에 고향으로 돌아온 홍경로는 중병으로 병석에 매인 몸이 되였다. 방첩대의 고문실에서 얻어맞은 매가 생명을 위협하는 화근으로 된 것이다.

그가 림종을 앞두고 나를 찾는다는 소식을 들었을 때 나는 저으기 놀라운 생각이 들었다.

홍경로는 나에게 유언을 남길 정도로 특별한 관계를 맺고 있는 사람도 아니였다. 나는 숨이 차게 약국집으로 뛰여 가면서도 이 신비스러운 초청의 비밀을 알아 내려고 애썼으나 그것은 허사였다.

내가 방에 들어서자 홍경로는 친지들과 친척들을 밖으로 모조리 내보내였다. 그런 다음 침대 곁으로 나를 불렀다.

"나는 일생 동안 거짓말이라는 걸 모르고 살아온 사람이야. 그런데

딱 한 번 거짓말을 했네. 죽는 마당에 이르고 보니 그 일이 마음에 걸려 종시 내려가지 않네. 그래서 오늘은 참말을 하려고 자네를 부른 거야.”

나는 유언이나 다름없는 그의 말을 꿈을 꾸는 듯한 심정으로 들었다. 오십 평생의 풍상 고초를 뒤에 두고 떠나 가는 늙은이의 말을 다른 사람도 아닌 내가 왜 유독 새겨 들어야 하는가 하는 의문이 시간이 갈수록 내 마음을 사로잡았다.

“동화 그 사람이 사실은 불쌍하게 됐네. 그 사람은 소경이야. 아간장을 떠나던 그 해 겨울 서울 쪽으로 나가다가 포탄 파편에 맞아 두 눈이 못 쓰게 됐거든. 그래서 내가 그 사람을 데리고 다니며 거러지 노릇을 좀 했네. 련탄공장에 취직하여 일을 좀 할 만하니까 방첩대패들이 그 지랄이 아니겠나. 그 사람이 서울에서 장님 신세로 어떻게 살아가는지. 그 사람 신세를 생각하면 피눈물이 나네. 상금이 앞에서는 그 말을 차마 못하겠더구만. 자네하고 동화야 송아지 동무가 아닌가. 다른 사람은 다 몰라도 자네만은 알고 있어야지. 밖에 나가선 입밖에도 내지 말라구. 상금이가 그걸 알면 오래 살지 못해.”

나는 비틀거리는 걸음걸이로 홍경로의 집을 나섰다.

마치 악몽 속에서 벼락이라도 얼어맞은 듯한 기분이였다. 세상에 비극, 비극해도 이런 비극이 어데 있단 말인가.

조국이 통일되여도 어머니는 장님 아들을 만나볼 수밖에 없단 말인가. 그 장님 아들을 부둥켜안고 수십 년 세월 하루와 같이 통일의 날을 기다려 온 어머니가 통곡해야 한단 말인가.

동화가 소경이 되다니. 아, 이 일을 어쩌면 좋단 말인가!

나는 그 후부터 박상금의 집으로 더 자주 다니였다.

강물처럼 줄기차게 흐르는 아들에 대한 련련한 그리움, 파란 많은 민족사의 언덕 우에 기어이 밝아 올 통일에 대한 열망과 기다림으로 숨결마저 높뛰던 박상금의 돌막집을 나는 영원히 잊을 수 없다.

지금은 내 머리에도 흰서리가 내리였다. 박사, 교수라는 학위 학직이 길다랗게 내 이름을 따라다니고 있다.

나는 어문학을 전공하는 학자로 대학에서 교편을 잡고 있다.

동화가 그렇게도 오고 싶어하던 김일성종합대학이다.

수도생활을 시작한 지도 어언 20년 이상이나 되지만 나는 고향거리의 남쪽 관문을 지키고 있는 돌막집과 그 돌막집의 주인공 박상금이를 한 번도 잊은 적이 없다.

로년에 공로보장을 받으며 홀몸으로 여생을 적적하게 보내는 그를 생각하여 우리 부부는 올해에도 그를 평양으로 초청하였다.

로인의 말년을 기쁘게 해줄 수 있는 희한한 구경거리가 수도에는 얼마든지 있다.

어제는 남조선의 적십자사 고향 방문단이 이 도시에 들어왔다.

그 소식을 듣고 박상금이 얼마나 흥분했던지 우리는 그가 혹시 심장마비라도 일으키지 않을가하고 우려할 지경이였다.

"이보라구 박사 선생, 고향 방문단이 고려호텔에 들었다는데 이 로친이 가서 그 사람들을 만나보면 안될가?" 하고 로인은 나에게 눈을 꿈쩍해 보이였다.

나는 그의 제의에 흔연히 동의하였다.

그야말로 남쪽에서 온 손님들을 선참으로 만나 볼 만한 사연을 가지고 있는 늙은이가 아닌가.

아홉 시가 조금 지난 다음 나는 박상금의 팔을 끼고 고려호텔로 향하였다.

그날 아침의 박상금은 무척 행복해 보이는 모습이였다. 그는 어리둥절한 표정으로 거리 좌우를 연방 돌아보았다. 인도를 따라 천천히 걸음을 옮기던 나는 문득 궁금한 생각이 들어 그에게 말을 걸었다.

"어머니, 그래 남쪽에서 온 손님들을 보면 무슨 말씀을 하시겠습니가?"

박상금은 미간을 좁히고 고려호텔의 회전식당 외경을 이윽히 바라보았다.

"이렇게 말하겠네. '남쪽에 돌아가서 동화라는 소경을 만나거든 누구든지 내가 이렇게 말하더라고 전해 주시우다.' ……."

나는 '소경'이라는 그 말에 심장이 얼어드는 것 같은 긴장감을 느끼며 급작스레 걸음을 멈춰 세웠다. 이상하다. 이상하다. 참으로 이상하다! 나만 알고 있는 사연을 어떻게 어머니까지 알고 계실가.

"어머니, 방금 뭐라고 말씀하셨습니까? 다시 한 번 말씀해 주십시오."

박상금은 조금 전에 자기가 한 말을 꼭같은 음조로 태연스레 되풀이하였다.

'동화가 소경이라는 것을 어머니는 확실히 알고 계시는구나. 어머니는 무슨 통로나 <안테나>를 가지고 그 소식을 들으셨을가? 누가 어머니에게 일생의 한으로 될 수 있는 그 비밀을 무책임하게 루설하였을가?'

그러나 중요한 것은 어머니가 자기 아들이 소경이 되였다는 것을 알고 있다는 사실이다.

알고 있으면서도 내색하지 않고 지금까지 참아 왔다는 사실, 불구자라고밖에는 달리 부를 수 없는 아들에게 성한 사람을 두고 가지는 것과 다름없는 기대를 걸고 있다는 사실이다.

지난날 한푼의 돈이라도 더 벌려고 이악을 떨던 어머니, 사랑하는 아들을 그리며 허구한 세월을 눈물로 보내던 어머니의 넋은 정녕 얼마나 높은 경지에 올라섰는가.

나는 백발 속에 에워싸인 의젓하고 순결한 로인의 얼굴에서 도저히 눈을 뗄 수가 없었다.

박상금은 말을 계속하였다.

"……너희 어머니는 지금도 살아서 건강하게 지낸다. 통일의 그날을 위해 몸과 마음 다 바친다. 내 몸이 통일로 가는 길에서 한 개의 디딤돌이 될 수 있다면 어머니는 이 한몸을 서슴없이 바치련다. 장님이 되였다고 락심하지 말아라. 너야 장님이래도 살아 있는 장님이 아니냐. 통일을 위해 피를 흘리다가 끝을 보지 못하고 죽은 청년들이 얼마나 많아. 그러니 꿋꿋이 살아서 통일을 기다려라. 통일을 위한 일에 네 한 몸을 다 바쳐라. 노래를 불러도 통일의 노래를 부르고 기도를 드려도 통일을 위해 드려라. 모두가 디딤돌이 되면 통일은 더 빨리 온다. 어머니는 그날을 굳게 믿는다. 심청의 효성으로 심봉사가 눈을 뜬 것처럼 통일만 되면 너도 심봉사처럼 눈을 뜨게 될 게다. 너를 생소한 땅으로 밀어 보낸 이 어머니를 용서해다오. 아들아, 사랑하는 내 아들아!’ 그래, 어떤가?”

박상금의 두뇌는 통일이라는 정점을 향해 젊은 시절의 그날과 다름없이 명석하게 움직이고 있었다.

나는 어머니의 정력이 늙지 않고 어머니의 리상이 엷어지지 않으며 어머니의 기개가 쇠약해지지 않는 것은 바로 통일이라는 정점을 향해 어머니의 온 심신이 움직이기 때문이다고 생각하였다.

“모두가 디딤돌이 되면 통일은 더 빨리 온다!”

새겨 볼수록 웅심깊은 말이였다.

그것은 수십 년 세월 로인이 눈물로써 다듬어온 진리이며 온 민족의 심혼을 모아 세세로 쌓아 올린 진리였다.

우리는 이 진리의 힘으로 분렬의 장벽을 허물려는 것이다.

“어머니, 아주 좋은 말씀입니다.”

내가 이렇게 말하자 박상금은 빙긋이 미소를 지었다. 그러다가 포석쯤에 발을 걸채여 몸을 휘청거리였다.

나는 얼른 로인의 손을 잡아 일으키였다.

“어머니, 주의 하십시오. 로년에 넘어지시면 안됩니다.”

“나는 넘어지지 않아. 백 살이 될 때까지는 넘어지지 않아. 백 살이 아니라 이백 살을 살면서도 통일은 봐야겠네.”
　박상금은 어깨를 쭉 펴고 정기에 넘치는 눈으로 곧추 앞을 내다보
았다.
　나도 그 눈길에 시선을 합치며 로인의 팔을 더 힘있게 잡아끼였다.

■해설에 갈음하여

정도상(소설가)

　　북한 작가들의 단편소설을 묶은 창작집 『쇠찌르레기』를 읽는 맛은 남다르다. 남한의 작가들에게서는 느낄 수 없는 풋풋한 순수성과 우리 민족 고유의 언어를 제대로 살려냈다는 감탄이 절로 일 정도이다. 지금까지 남한에는 북한의 장편소설들이 주로 소개되었다. 물론 국가보안법의 굴레에서 자유롭지 못했고 그 덕택에 출판인들이 아주 많이 구속되었다. 출판인들의 구속을 통해 남한의 독자들은 힘겹게 북한의 장편소설을 읽을 수 있었다. 그러나 이번에 출간되는 『쇠찌르레기』는 단편소설의 묶음이라는 점에서 주목된다. 통일을 위해 다양한 민간교류가 있어야 하는데 그중에서도 문화의 교류는 이질화된 남북 겨레의 삶에서 민족의 고유한 동질성을 찾는 노력의 일환으로 매우 중요하다. 특히 문학의 교류는 우리 민족의 삶의 갈피에 드리워진 슬픔과 고통과 사랑과 기쁨을 읽는다는 점에서 더욱 그러하다.

　　『쇠찌르레기』에는 모두 열한 편이 선을 보인다. 먼저 이산가족의 가슴 아픈 이야기를 통해 통일을 이야기하고 있는 작품들로 림종상의 「쇠찌르레기」, 리종렬의 「산제비」, 김명익의 「림진강」, 류도희의 「열쇠」, 김정의 「기다리는 마음」이 있다. 다음으로는 북한 사람들의 일상생활을 다룬 작품들인데 김봉철의 「그를 알기까지」, 로정법의 「고향의 모습」, 안홍윤의 「칼도마소리」, 김창옥의 「마감사람들」이 그것이다. 마지막으로 장기성의 「우리 선생님」과 리규택의 「인간의 수업」은 교육

문제를 다루고 있다.

통일문제를 다룬 작품으로 표제작인 림종상의 「쇠찌르레기」는 단편소설의 백미라고 해도 무방할 정도로 빼어난 작품이다. 실제 모델을 바탕으로 그려졌다는 사실 때문에 더욱 화제를 낳고 있는 이 작품은 분단으로 인한 한 가족의 아픔을 통해 통일에 대한 절실한 염원을 담고 있다.

작년 동경영화제에서 정지영 감독의 《하얀전쟁》이 그랑프리를 수상했다는 소식이 전해졌었다. 신문 한 쪽 귀퉁이에는 아울러 북한에서 제작된 영화 《새》도 호평을 받았다는 짤막한 기사가 실려 있었다. 《새》라는 영화가 남북으로 갈라진 유명한 한 조류학자 가문의 이야기라는 사실은 최근에야 들었고, 림종상의 단편소설 「쇠찌르레기」도 최근에 읽게 되었다. 그렇다면 림종상의 「쇠찌르레기」야말로 영화 《새》의 원작인 셈이다.

임수경의 방북을 배경으로 한 리종렬의 「산제비」역시 실화를 재구성한 단편소설이다. 월북시인 박세영의 미망인 김숙화가 주인공으로 등장하는 이 소설은 고인이 된 남편과 월북작가들의 우정, 통일염원 등을 이야기하고 있다. 주인공 김숙화는 임수경이 판문점을 통해 내려오던 날 심장마비로 숨졌으나 작품에서는 이미 죽음에 관한 이야기가 너무 많이 나왔기 때문에 이 사실을 다루지 않았다고 한다.

류도희의 「열쇠」는 은평관개부속품공장 지배인 박성규가 주인공이다. 쉰여덟의 나이에도 나이 먹은 티를 내지 않고 아직 40대의 젊은이들도 무색하리만치 원기 왕성하다. 그는 군사분계선 때문에 고향을 가지 못하는 신세이다. 그에게는 오랜 세월 간직해 온 열쇠가 있다. 집을 떠나올 때 어머니가 주신 대문 열쇠이다. 그의 아내는 현관문 열쇠를 시집가는 딸한테 전해 준다. 아무때나 오고 싶을 때 오라고. 그는 아내가 딸한테 열쇠를 물려주는 광경을 보자 불현듯 젊은 시절 어머니와 헤어질 때의 장면이 떠오른다. 자식이 돌아오기를 애타게 기다렸을 홀어머니에 대한 북받쳐 오르는 그리움, 그 그리움 속에 담겨 있는 가슴 저린 이야기가 남북으로 흩어진 천만 이산가족이 아니더라도 짜릿한 감동을 안겨 준다.

김정의 「기다리는 마음」은 과부 박상금이가 주인공이다. 박상금은 미군의 원자탄 투하 선전에 속아서 사랑하는 아들 동화를 남쪽으로 피난 보냈다. 박상금은 꼬부랑쟁이 할머니가 되어서도 절절한 심정으로 아들 동화를 기다렸다. 그러나 아들은 포탄에 맞아 두 눈을 모두 잃고 소경이 되고 말았다는 비참한 소식만 들려올 뿐이었다. 그래도 박상금은 좌절하지 않고 가슴 깊이 그 사실을 묻어둔 채 아들이 돌아올 날만을 기다리며 살아가고 있다. 통일의 그날을 기다리며.

김명익의 「림진강」은 도시에서 살고 있는 유복녀 숙희가 고향인 림진강 나루터 림강마을에서 홀로 살고 있는 어머니를 모시러 가는 장면에서부터 시작한다. 애써 고향집을 떠나지 않으려는 어머니와 그런 어머니를 안타깝게 생각하는 숙희의 추억 속에 드리워진 이야기를 통해 림진강 바로 건너 가까운 곳에 가족을 두고도 만나지 못하는 이산가족의 슬픈 사연이 가슴 아프게 그려져 있다.

통일문제를 다룬 소설 못지않게 또한 재미있는 소설이 바로 북한 사람들의 일상을 다룬 소설이다. 이 소설을 읽으면 북한 사람들의 삶의 구체성에 조금이라도 가까이 다가갈 수 있을 것이다. 북한 사람들의 일상생활은 남한 사람들과는 분명히 다르다. 그 차이는 소설을 읽어 보면 쉽게 알 수 있을 것이다.

김봉철의 「그를 알기까지」는 진료소의 내과의사인 혜심이와 지질조사중대 중대장인 리은석과의 갈등과 사랑을 잔잔하게 그린 작품이다. 은석은 〈표〉토라는 약재를 일 년 동안이나 몰래 먹으면서 스스로 임상실험을 했던 청년이고 혜심은 은석이가 꾀병을 부린다며 불쾌했지만 나중에 그 진실을 알고 감동을 받는다. 은석의 진실은 한 여자에 대한 진실이라기보다는 전체 인민에 대한 애정이었다.

로정법의 「고향의 모습」은 교통안전원 처녀 조선희의 수기가 주요 내용인 액자소설이다. 평양 거리에서 교통안전원을 하고 있는 선희와 트럭운전사인 두 남녀 사이에 생긴 아름다운 사랑 이야기를 통해 장편소설 『청춘송가』의 주인공들을 다시 보는 느낌이었다.

안홍윤의 「칼도마소리」는 바닷가의 어로사업소 지배인인 택현이의 안일한 생활을 풍자한 단편소설이며 김창옥의 「마감사람들」은 광산 책임기사 박정택의 시각에서 조국을 위해 일하고자 하는 성실한 일꾼들과 젊은이들의 표상을 그리고 있다.

마지막으로 교육문제를 다룬 두 편의 소설이 있는데 장기성의 「우리 선생님」은 선생님의 입장에서 쓴 소설이다. 전근을 가는 선생님의 교육에 대한 추억과 선생님을 보내는 아이들의 애틋한 이야기가 잔잔하게 그려져 있다. 특히 이 소설은 전국교직원노동조합 때문에 해직된 선생님들의 복직문제가 잘 풀리지 않고 있는 요즈음의 남한 현실을 곰곰히 생각하게 해준다. 몇 해 전에 북한의 중편소설 『나의 교단』을 읽고서도 교육이 어떠해야 한다는 걸 고민한 적이 있었다. 장기성의 「우리 선생님」도 바로 그런 소설이다.

리규택의 「인간의 수업」은 고등학교를 막 졸업한 정원이의 일로 골치를 썩이고 있는 총국장 채석준의 이야기이다. 정원이는 남동제염소로 배치를 받았다. 상급학교까지 보내고 싶었지만 공부를 하지 않았다. 이 소설은 학부모의 교육문제를 다루고 있다. 백남룡의 단편소설 「생명」과 함께 남쪽의 학부모들이 꼭 읽어야 할 소설이다.

부록

사진자료
나의 발자욱 · 오영재
내가 만난 황석영 · 홍석중
기쁨 속의 슬픔 · 류도희
범민족 대회에서 만난 북의 문인들 · 김영희
우리는 벌써 통일이 되었시요 · 이길주
아, 나의 어머니 · 오영재

※ 사진자료에 대하여
　북한에는 현재 약1,200여 명의 작가들이 활동하고
있다. 여기에 실린 작가 사진들은 그중 극히　일부분에
지나지 않는다. 분단국가라는 제약 조건 속에서　좀더
많은 사진을 구할 수 없었다는 점을 밝힌다.
(사진은 가나다 순으로 실었다.)

강능수(평론가)
4.15문학창작단 단장
작 품 평론「우리 문학에 굽이치는 사회주
　　　　　의적 애국주의 열정」
　　　　「위대한 사회주의 교육강령을
　　　　　문학창작에 철저히 구현하
　　　　　자」
　　　　「항일무장투쟁과 우리문학의
　　　　　과업」
　　　　외 평론 다수

강학태(소설가)
1935년 함북 청진에서 출생. 어린 시절 만주
에서 살다가 해방과 함께 고향으로 돌아옴.
김일성종합대학 외국문학부 졸업. 『청년문
학』에서 근무하다가 현재는 창작에만 전념.
작 품 단편소설「고구려 사신」
　　　　　　　　「날려 보낸 화살」
　　　　장편소설『김정호』
　　　　외 소설 수십 편

294

권정웅(소설가)
1925년 1월 평양에서 출생
1960년 작가학원 졸업
'김일성상' 계관인
첫작품　단편소설「백일홍」(1956년)
작 품　장편소설『준엄한 길』,『1932년』
　　　　　　『빛나는 아침』
　　　　외 장·중편, 단편 수십 편

길태복(소설가)

김대성(소설가)
1956년 12월 자강도 강계시에서 출생
1986년 사범대학 졸업
첫작품 단편소설 「미술박물관에서」(1985년)
작 품 단편소설 「봄싹」
        외 소설 수십 편

김상오(시인)
1917년 황해남도 해주에서 출생
일본 동경외국어학교 2년 졸업
작 품 시집 『증오의 노래』, 『우리의 날』
            『아름다운 기슭』, 『나의 조국』
        외 시 수백 편

김수경(소설가)
1931년 6월 평안남도 대동군에서 출생
대학 중퇴
첫작품 단편소설 「신심」(1959년)
작 품 장편소설 『탄생하는 계절』
        단편소설 「무호섬」
        외 소설 수십 편

김철민(시인)
1955년 1월 평안남도 대동군에서 출생
1974년 교원대학 졸업
첫작품 시 「내가 사는 곳」(1981년)
작 품 시 「푸른 언덕에서」
        외 시 100여 편

김정철(시인)
1944년 1월 량강도 김정숙군에서 출생
1977년 김일성종합대학 졸업
첫작품 시「하나의 혈육」(1970년)
작 품 시「이삭아 내 사랑아」
        「누나 앞에서」
        외 시 200여 편

김홍무(소설가)
작 품 단편소설「길」,「회답」
            「그들이 택한 길」
        장편소설『열정의 노래』
        외 소설 수십 편

남태범(시인)
작 품 시「인민은 노래합니다」
        「강철의 령장 김일성 원수」
        외 시 다수

동기춘(시인)
1940년 2월 함경북도 명천군에서 출생
1966년 김일성종합대학 졸업
첫작품 시초「고향땅의 새 노래」(1966년)
작 품 시「팔월 추석날」,「인생과 조국」
        서사시「고요한 바다」
        외 시 수백 편

리명균(소설가)
1935년 4월 평안북도 창성군에서 출생
1958년 김일성종합대학 졸업
첫작품　단편소설「전우의 가정」(1965년)
작　품　장편소설『두만강의 봄』
　　　　중편소설『밀림의 아침』
　　　　외 단편소설 십여 편

리일복(시인)
작　품　시「물동가의 진달래」
　　　　　「사랑의 새 건설」
　　　　　「땀 흘린 땅에서」
　　　　　「미래에 사는 마음」
　　　　외 시 수백 편

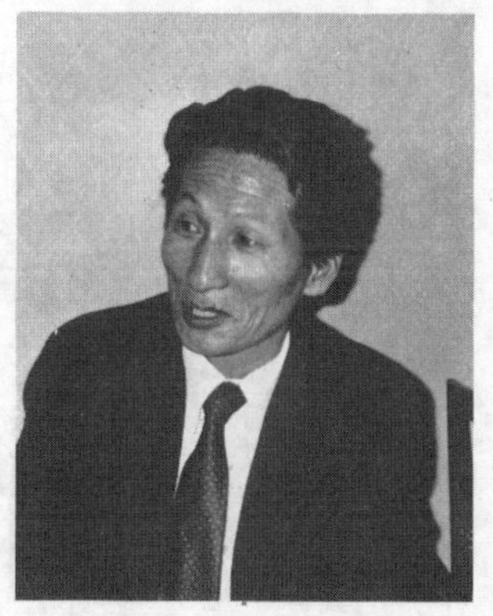

리정술(시인)
강원도에서 출생. 고교시절인 1959년『로동신
문』에 시「뱃길을 열라」가 실리면서 창작활
동 시작. 고등학교 졸업 후 탄광개발자로 일
하다 문학대학에 입학. 여기서 월북시인 조벽
암의 지도를 받음. 1982년 '김일성상' 수상.
작　품　시「백두의 노래」
　　　　　「북변의 기적소리」
　　　　시집『영원히 한길을 가리라』
　　　　외 시 수백 편

문재건(시인)
1938년 12월 함경북도 라진시에서 출생
1967년 김일성종합대학 졸업
첫작품　시「연기나지 않는 저 굴뚝」(1961년)
작　품　시「붉은 잎사귀」,「강토의 웨침」
　　　　　「광주의 얼」
　　　　외 시 수백 편

박산운(시인)
1921년 9월 경상남도 합천군에서 출생
일본중앙대학 중퇴
첫작품 시「버드나무」(1945년)
작 품 시「청계천에 부치여」
　　　　시집『버드나무』
　　　　서사시「승리의 길」
　　　　외 시 수백 편

박세옥(시인)
1939년 6월 전라남도 무안군에서 출생
1963년 평양문학대학 졸업
첫작품 시「동상 앞에서」(1961년)
작 품 시「어버이 사랑에 대한 이야기」
　　　　「고향의 바다가에서」
　　　　시집『봄노래』
　　　　외 시 수백 편

박종식(평론가)
1913년 6월 전라남도 고홍에서 출생
1953년 모스크바종합대학 연구원 졸업
작 품 『문학개론』(1960년)
　　　　평론집『새시대와 문학』
　　　　외 시, 평론 수백 편

방연승(평론가)
1929년 함경남도 함흥에서 출생
김일성종합대학 졸업
작 품 평론「서정시의 현대성과 서정성」
　　　　평론집『인간학 탐구』
　　　　외 평론 200여 편

백남룡(소설가)

1949년 함경남도 함흥시에서 출생.
김일성종합대학 졸업
첫작품 단편소설 「복무자들」(1979년)
작 품 단편소설 「산촌의 풍경」,「생명」
        중편소설 『벗』,『60년 후』
        외 소설 20여 편

백의선(시인)

1945년 1월 평안북도 피현군에서 출생
1974년 김일성종합대학 졸업
첫작품 시 「봄노래」(1962년)
작 품 시 「산촌의 물노래」
        「크나큰 사랑의 품」
        「멀고도 먼 곳」
        외 서정시 350편

백하(시인)

북한문학의 등용문인 『청년문학』 편집부장을
지내면서 많은 작가를 배출.
작 품 시 「랑만」,「금강의 만물상」
        「겨울의 백두산으로」
        장편서사시집 『불타는 해』
        외 시 수백 편

석인해(소설가)

1911년 10월 평안북도 정주군에서 출생
1943년 일본대학 법문학부 졸업
첫작품 단편소설 「아들의 소식」(1934년)
작 품 단편소설 「꽃피였던 섬」
        외 장·중편, 단편소설 수백 편

신진순(소설가)
1917년 5월 경기도 리천군에서 출생
1945년 경성제국대학 졸업
첫작품 시「다듬질」(1936년)
작 품 시집「은혜로운 품」
        외 시 수백 편
        장편소설『산촌의 새 력사』(상·하)
            『남녘마을 아이들』
        외 단편소설 수십 편

오승련(평론가)
1933년 4월 황해북도 사리원시에서 출생
1959년 평양사범대학 졸업
첫작품 「성격창조와 인간의 내면세계」(1957년)
작 품 저서『공산주의 인간학』
            『당성, 로동계급성, 인민성』
            『소설창작리론』
        평론「소설창작과 작가의 개성」
        외 평론 200여 편

오영재(시인)
1935년 11월 전라남도 장성군에서 출생
1960년 작가학원 졸업
'김일성상' 계관인
첫작품 시「갱도는 깊어 간다」(1953년)
작 품 시집『행복한 땅에서』
        서사시「대동강」,「철의 서사시」
        외 시 수백 편

장형준(평론가)
1924년 6월 함경남도 금야군에서 출생
1955년 김일성종합대학 졸업
문학준박사
작 품 평론집『문학연구』외 저서 3권
        평론 200여 편

조정호(소설가)
평양문학대학 졸업. 현재 조선작가동맹 부위
원장 겸 통일문학분과위원회 위원장. 1989년
남북작가 판문점 예비회담이 실패한 후 창간
된『통일문학』의 편집 책임자.
작 품 장편소설『태백산』
          『통일은 언제 됩니까』
      외 소설 수십 편

전병구(시인)
작 품 시「백두산상에서」
          「조국을 우러러 부르는 노래」
          「빛나는 세대」
      외 시 수백 편

전주설(소설가)

전찬기(시인)
1940년 10월 강원도 홍천군에서 출생
1957년 고급중학교 졸업
첫작품 시「수령님 뵈옵던 광장에서」(1969년)
작 품 서정시「청춘시절로 간다」
          시초「금강산」
          외 시 수백 편

전창걸(시인)
1962년 1월 평양시에서 출생
1985년 평양영화대학 졸업
첫작품 시「수경이는 우리 딸입니다」
작 품 예술산문 십여 편

정서촌(시인)
1923년 7월 평안북도 의주군에서 출생
소학교 졸업
'김일성상' 계관인
첫작품 시「감격의 날」(1945년)
작 품 시집『날이 밝는다』,『가무재고개』
        시「조선」,「해돋이」
        외 시 수백 편

최승칠(시인)
1933년 8월 함경남도 함주군에서 출생
1956년 김일성종합대학 졸업
첫작품 시「평양은 일떠선다」(1955년)
작 품 시「기쁨의 담시」,「위대한 의지」
        시집「빛나는 모습들」
        외 시 수백 편

최영화(시인)
1926년 6월 강원도 화천군에서 출생
김일성종합대학 조선문학과 졸업
'김일성상' 계관인
작 품 시집『당의 숨결』,『날개』,
        『크나큰 사랑』
        외 서사시 2편

최정용(시인)
1943년 함경남도 함흥에서 출생
김일성종합대학 졸업
작 품   시 「정든 마을」, 「어머님 모습」
            「금골 처녀」
         외 시 200여 편

한익훈(소설가)
작 품   단편소설 「상봉」, 「스승의 얼굴」
                「해동갑이」, 「봄의 발자취」
         외 소설 수십 편

현승걸(소설가)
1937년 11월 함경남도 리원군에서 출생
1965년 김일성종합대학 졸업
첫작품   단편소설 「충복」(1956년)
작 품   장편소설 『백두산 기슭』, 『아침해』
            외 단편소설 10여 편

현창성(시인)
1934년 7월 함경북도 청진시에서 출생
1957년 작가학원 졸업
첫작품   시 「통보서」(1955년)
작 품   가사 「가림천」
            외 시 200여 편

홍석중(소설가)
1941년 8월 서울시에서 출생
1968년 김일성종합대학 졸업
첫작품 장편소설 『높새바람』(1983년)
작 품 장편소설 『높새바람』(상·하)
        외 단편   10여 편

황성아(시인)
1961년 1월 평양시에서 출생
1986년 사범대학 졸업
첫작품 시 「이 딸이 웃는 모습을」(1984년)
작 품 시 「숲에 들렸다 가시라」
        외 시 100여 편

김영근(시인)
1943년 2월 황해남도 배천군에서 출생
1964년 농업전문학교 졸업
첫작품 시 「작전대 앞에서」(1971년)
작 품 시 「한 모습」
        외 시 200여 편

량덕모(시인)
1947년 7월 함경남도 단천시에서 출생
1969년 농업기술학교 졸업
첫작품 시 「공산주의에로 뻗은 산촌길이여」
        (1971년)
작 품 시 「번개불」, 「천지의 푸른 물결」
        외 시 150여 편

전동우(시인)
1931년 4월 함경남도 금야군에서 출생
김일성종합대학 어문학부 졸업
작 품 시집 『청춘』
        서사시 「인간의 노래」
        외 서정시 400여 편
        가사 100여 편

남대현(소설가)
1947년 경상북도 안동에서 출생. 서울 경복중
학교 재학중 모친과 함께 일본으로 건너감.
1963년 일본에서 고등학교 3학년때 북한으로
귀국. 김일성종합대학 졸업. 황해제철소, 문예
출판사 근무.
작 품 단편소설 「량심선언」, 「광주의 새벽」
        장편소설 『청춘송가』
        외 소설 수십 편

정문향(시인)
1919년 2월 함경북도 무산군에서 출생
중학교 졸업
'김일성상' 계관인
첫작품 시 「심야의 호흡」(1940년)
작 품 「새들은 숲으로 간다」
        시집 『승리의 길에서』
            『조국에 대한 생각』
            『날이 가고 세월이 갈수록』
        서사시 「눈보라」, 「새세대의 노래」
        외 시 수백 편

나의 발자욱

오영재

내가 어렸을 때 조선지도를 그려 보던 생각이 난다. 학교에서 지리숙제로 받았기 때문이였는지 아니면 무슨 생각이 나서 한번 그려 보자고 했던지 나라의 모양을 난생 처음으로 종이 우에 옮겨 본 일이 있었다.

명산들과 도시들을 표식하고 그것을 철도로 련결시킨 다음 차례로 내려오면서 이름들을 적어 놓기 시작했다. 백두산, 금강산, 신의주, 평양, 원산……. 노래로 불리워지던 산과 강들, 소설책들에 그려지던 도시들이였다. 나는 이제 크면 한번 가 볼 수나 있겠는지……. 문득 이 이름들 앞에 생각을 멈추어 본 것은 꿈같은 유년시절의 한갖 호기심일 뿐 사실 이 이름들은 자기와 이렇다할 인연을 가지고 련결된 것이란 없었던 것이다.

해방이 되여 38선이 가로막혀 그 이름들이 이북으로 되여 버렸을 때 한번 가 볼 수가 있겠는지 하고 생각했던 그 기대마저 사라져 버리고 말았다.

그런데 바로 그 땅에 나는 들어와 있고 근 40년간 여기서 살며 오늘은 광복거리의 새 집에서 만경봉과 잇닿아 있는 푸른 야산을 서재의 창문너머로 바라보며 남해 바다가의 옛 고향과 어린 시절을 추억하고 있는 것이다.

운명은 너무도 예상치 않게 이 몸을 여기에 실어다 놓았다.

운명의 전환

사람들이 나에게 나서 자란 고향이 어딘가고 물을 때 잠시 망설이게 되는 것은 어느 고장이라고 딱히 찍어야 좋을지 그 대답이 난감하기 때문이다. 소학교

오영재 : 1935년 11월 전라남도 장성군에서 출생. 1960년 작가학원 졸업. 시인. '김일성상' 계관인. 1953년 시 「갱도는 깊어 간다」로 작품활동 시작. 서사시 「대동강」, 「철의 서사시」 외 시 수백 편. 시집 『행복한 땅에서』 등.

교원으로 일하는 아버지가 자주 전근하였던 관계로 우리 가정은 한 곳에 정착하여 살지 못했다. 나의 출생지는 전라남도 장성이라고는 하지만 함평에서 소학교를 다녔고 강진에 와서는 중학교를 다녔다. 7남매라는 무거운 가정의 짐을 싣고 달구지 바퀴자욱이 고달픈 생의 굵은 주름처럼 패인 산골길을 힘겹게 끌고 다니지 않으면 안되였던 청빈한 교육자의 가정은 나에게 이렇다할 희망도 포부도 줄 수 없었다. 너무나 씨앗이 자리를 가려, 비옥한 땅을 골라 떨어질 수 없듯이 척박한 땅에 떨어지고만 나의 생의 씨앗은 삶의 터전도 향방도 미처 잡지 못한 채 소년시절의 꿈 속을 헤매이고 있었다. 함평군 월송리의 미처 잡지 못한 채 찍혀진 나의 나막신 자욱과 강진의 탐진강가에 찍혀진, 형이 신다가 물려준 헌 고무신 자욱이 장차 어디로 뻗어 가게 될 지 그때는 전혀 예상할 수 없었던 것이다.

나의 운명에서의 사변적인 전환이 그렇게도 일찌기 들이닥칠 줄은 몰랐다. 1950년 내가 열여섯 살때 조국해방전쟁이 일어난 것이다.

인생의 청년기를 바로 눈앞에 두고 나는 인민군대에 입대하였고 거창한 전쟁의 밀물은 해변의 작은 모래알과도 같은 이 내 삶을 전혀 다른 대안으로 옮겨 놓았던 것이다. 그리하여 내 삶의 첫 씨앗이 떨어졌으며 나를 낳아 길러 준 부모님들과 나의 어린 시절이 절은 고향 땅은 한 나라를 남과 북으로 부르는 비정상적인 상황 속에서 영영 갈 수 없는 곳처럼 되여 버렸으며 세계를 크게 둘로 갈라놓고 있는 두 제도의 축소판이 된 이 땅은 사상과 리념, 제도의 차이를 초월하여 민족이란 피줄을 잇기를 그처럼 바라건만 오늘까지도 나는 부모형제들의 생사여부조차 알지 못하고 있는 것이다.

한밤중에 평양역에

사변으로 가득찬 이 땅에서 살아온 50여 평생, 쌓인 추억도 많지만 그 중에서도 뇌리에 깊이 새겨져 있는 것은 군사복무를 마치고 내가 제대되였을 때의 일들이다.

제대증을 받아든 나의 심정은 착잡하였다. 남들은 부모형제들이 반기는 제 고향에 가게 되였다고 기뻐들 했지만 나에게는 불비를 겪으면서도 살아서 돌아오는 아들을 반겨 줄 부모도 친척도 단 한 사람 여기 북녘 땅엔 없었던 것이다. 그러나 어쨌던 여기서 나는 자기 한생의 끝까지 몸에 붙이고 갈 직업을 선택하여야 할 시각에 이른 것이다. 그러나 모든 것이 지나간 다음에야 깨달음이 미치는 것처럼 부닥친 그 순간엔 언제나 현명하지 못한 법이며 더우기 그때의 나의 경우, 사회생활에 대한 리해와 지식이 너무도 박약했던 관계로 각이한 목적지로 향하는 렬차들이 저마끔 승객들을 부르는 인생의 프렛트홈에서 손에 잡히는 대로 올라 탄 차칸이 평양시 서구역 건설 뜨레스트 로동자의 배치장을 쥐어 준 평양행 렬차였다.

밖에서는 늦가을의 찬비가 뿌리고 있었다.

비물이 하염없이 흘러내리는 차창가에 앉아 나는 난생 처음으로 가슴을 저미는 고독을 체험하였으며 분렬의 비극이 나의 일신상에 주는 형언할 수 없는 아픔을 느꼈다. 반겨 줄 사람도 기다려 주는 사람도 없는 곳, 어린 시절 조선지도를 그리며 연필로 그 이름을 적어 본 것밖에 없는 평양, 그곳에선 무엇이 나를 기다리고 있을 것인가. 그 어떤 인생행로의 발자국이 그곳으로부터 이제 어디로 찍혀 갈지 알 수 없는 낯선 곳으로 나를 싣고 렬차는 비 속을 달리고 있었다.

함께 렬차에 올랐던 전우들이 도중 역들에서 내렸다. 그들에게는 맨발로 달려 나와 안아 줄 감격적인 혈육간의 상봉이 기다리고 있는 것이다. 나의 손을 놓지 않고 자기 집에서 몇일 쉬였다 가라고 간절히 권할 때마다 그들의 진정이 눈물겨웠고 그렇게 전우들이 내 곁에서 하나 둘 사라져 갈 때마다 나는 고독의 심연 속으로 한걸음 한걸음 더 깊이 빠져들어 가고 있음을 느꼈다.

드디어 홀로 남아 버린 나는 한밤중에 평양역에 내렸다.

시인에로의 첫 길

고향에서 중학교를 다닐 때만 하여도 나는 특별하게 문학에 뜻을 두어 본 적도 없었고 농촌집의 사랑채에 굴러 다니는 소설책들을 흥미삼아 주어 읽은 것밖에 어린 시절부터 문학의 토대를 닦은 것도 없었다.

격렬한 전쟁의 날『전선문고』로 중대마다 배포되군 한 박세영, 조기천, 민병균, 김조규 등 시인들의 시들이 나에게 준 충격이 나로 하여금 시의 세계에 흥미를 느끼게 하였고 시를 습작해 보고 싶은 의욕을 주었던 것 같다. 그리하여 제대될 때까지 신문과 잡지 등 출판물에 시를 써서 발표하였다. 그러나 앞으로 내가 시인이 되리라고는 감히 생각을 못했었다. 세상에 널리 알려져 독자들의 존경과 사랑을 받고 있는 그런 시인들과 건설장에서 위생기구를 달고 좁은 삐뜨 안에서 난방관을 조립하는 나의 처지와는 너무도 거리가 멀었던 것이다.

그러나 나는 그 어떤 개인적인 후원도 받을 수 없었던 그 시절의 로동생활에 지금 감사를 드리고 있다. 로동의 벗들과 집단은 내가 그토록 아쉽게 떠나온 중대생활의 그 향취와 정신적 안정을 이내 다시 재생시켜 주었고 인민의 창조물을 일떠 세우는 벅찬 로동생활은 내게 군무생활에서와는 또 다른 생의 의의와 강렬한 시적 흥분을 불러일으켜 주었다. 설날 새벽이면 눈덮힌 홍부동 고개를 넘어와 합숙에 홀로 있는 나를 깨워 집으로 데려가던 작업반의 아바이들, '로동자 시인'이 나왔다고 끼니때마다 남달리 반기며 무엇인가 한 가지라도 더 놓아 주고 싶어하던 마음 어진 식당의 어머니들……. 그들이 얼마나 따사로운 손으로 나의 가슴을 어루만져 주었고 생의 기쁨을 안겨 주었는지 그들 자신도 다 몰랐을 것이다.

작가동맹에서는 나에게서 그 어떤 재능의 싹을 보았는지 나를 작가학원에 입학시켜 주었고 이때로부터 나는 시인으로 성장할 수 있는 전문교육을 받게 되였다. 국가에서는 내가 보호자가 없는 무의무탁생이라고 하여 로동현장에서 받던 로임보다 더 많은 장학금을 주었고 매해 무상으로 겨울옷과 여름옷을 주었다.

너무도 뜻밖에 차례진 일들로 하여 어리둥절해 하면서 어떻게 날과 달이 흘러가는 줄 모르고 향학열의 불길 속에 몸을 던졌던 그 시절은 또한 눈물도 헤픈 시절이였다. 장학금과 의복을 받을 때도, 출판물에 실린 내 시를 볼 때에도 저도 모르게 눈시울이 후더워났다.

어느 봄날 학급에서 만경대로 야유회를 갔을 때 몇 잔 술이 주는 홍분으로 자제력을 잃어서인지 나의 눈물은 그만 울음으로 터지고 말았다. 나는 만경봉으로 푸른 잔디밭에 딩굴며 두고 온 어머니를 찾으며 아이처럼 울었다. 내가 누리고 있는 이 생활을 고향의 부모들에게 알릴 길 없어 가슴이 찢어지는 듯한 아픔의 울음이였고 이제야 여기 북녘 땅에서 부모와 형제를 대하여 주고 있는 이 나라 제도에 대해 고마움의 눈물이였다.

세월도 못 실어 가는 것

남해 바다가에 떨어졌던 한 생명의 씨앗이 여기서 그 뿌리를 깊이 내리는 세월의 년륜을 감기 시작하였다. 결혼을 하고 아이들이 태여나고……. 이렇게 나는 분렬로 하여 가정을 잃었던 홀몸이 새 가정의 호주로 되였다.

그리도 사무치게 가슴에 맺혀 있던 사연도 세월이 흘러가고 생활처지가 달라지면 가끔 잊기도 하는 것이다. 그러나 그럴 만하면 때없이 두고 온 혈육들에 대한 생각으로 목이 메이게 되는 일들이 닥쳐오곤 하였다. 국가에서 주는 표창들, 돌려지는 온갖 배려들…… 기쁜 일이 있을 때나 어려운 일이 있을 때나 자식의 마음이 제일 먼저 달려가는 곳은 어머니의 품이 아니었는가. 어머니처럼 자식의 기쁨을 그 어떤 사심도 없이 자기의 것으로 받아들이는 사람 세상에 또 있으며 자식의 괴로움을 어머니처럼 몇 배로 하여 가슴을 태우는 사람 또 있으랴.

50년 그 여름 탱자나무 울타리 곁에서 어머니와 헤여지던 생각이 난다.

그때 나는 어머니와 마치도 멀지 않은 곳에 있는 친척집에나 다녀올 듯이 헤여졌다. 어머니도 나도 불과 한두 달이면 내가 돌아와 학교에서의 공부를 계속하게 되리라고 여겼었다. 어머니 등 뒤의 70이 넘은 할머니만이 옷고름으로 눈시울을 훔치고 계셨다. 애지중지 키운 손자를 이제 다시는 못 볼 것만 같은 그 어떤 예감에서였는지 아니면 리별의 감정이 맹목적으로 불러일으켜 주는 늙은이의 헤픈 눈물이였는지……

어머니를 나는 그 후 다시 한 번 뵈올 기회가 있었다. 강진을 떠나 장흥군의 대화국민학교에서 의용군 훈련을 받고 있을 때 한 살짜리 막내동생 영숙이를 업고 나를 면회하려 왔었다. 아침부터 떠나 70리 초행길을 8월의 폭양 아래 병약한 몸으로 온종일 걸어 해질 무렵에야 훈련소의 정문에 이르렀었다. 단 몇 분 밖에 면회시간을 허용하지 않는 훈련소의 규률이였지만 보초장에게 고생스레 걸어온 길을 상기시키면서 어머니가 사정을 했던들 우리의 만남은 더 연장될 수 있었고 잠시 앉아 다리 쉼도 할 수 있었을 것이다. 그러나 어머니는 남에게 구차한 소리를 할 줄 몰랐다. 성한 너를 보았으니 이젠 마음이 놓이고 잠이 잘 올 것 같다고 하시며 선 채로 돌아서시였다. 석양이 뉘엿뉘엿 저물어 가는 먼지 낀 신작로로 가물가물 사라져 가는 어머니의 흰 저고리를 학교 마당가 한 그루 은행나무 밑에서 바라보며 나는 소리 없이 울었다. 생각해 보면 다심한 그 사랑에 오히려 짜증만을 내던 집에서의 그 버릇대로 나는 집을 멀리 떠나가 있는 이 마당에까지 온몸으로 기울려 주는 그 사랑을 몰라주는 이 불효자식에게 그 어떤 섭섭함도 원망도 없이 웃으며 떠나간 어머니가 어쩐지 측은하게만 여겨졌다. 변변히 잡수지도 못하고 걸어왔을 그 걸음, 날은 어두워지는데 밤길 70리를 이제 어떻게 가시려는가. 이 생각은 그날에 비로소 자식으로서 어머니에게 바쳐 보는 첫 감정이였고 어머니를 위하여 흘려 보는 첫 눈물이였다. 어머니를 만나본 그 짧은 순간이나마 어머니를 생각하는 자식의 눈물을 보여 주며 어머니가 이 세상에서 나에겐 가장 귀중한 존재라는 것을 순정을 기울여 고백하였더라면 밤길 70리를 돌아가는 그 마음이 얼마나 즐거웠으랴. 아, 그랬던들 어머니와 생

리별을 당한 지 40년을 헤어져 살고 있는 지금의 이 내 마음도 이렇게까지는 아프고 괴롭지 않으리라.

생일날 아침이면 나는 안해와 아이들의 축배를 받는다. 그 술잔을 들여다보며 고향의 어머니를 생각한다. 넉넉치 못한 살림이지만 그런 날 아침이면 언제나 내가 좋아하는 시루떡을 내 상 우에 따로 놓아 주던 어머니……. 비록 기나긴 세월을 헤어져 살아오지만 어머니는 어느 한 해도 빠짐없이 내 생일을 잊지 않고 내가 없는 나의 형제들— 승재 형님과 동생들인 형재, 근재, 홍이, 필숙이, 영숙이를 한 두리상에다 불러 놓고 없는 내 자리에까지 시루떡을 놓아 주며 "오늘이 영재 생일이다." 하시며 눈물을 지으시리. 그러나 내리사랑은 있어도 올리사랑은 없다는 말 그대로 나는 지금 어머니의 생일이 봄인지 가을인지조차 알지도 못하고 있다. 어머니는 우리에게 단 한 번도 자기의 생일을 상기시킨 적 없었으니 어찌 어머니의 생일을 쇠 본 기억인들 있을 수 있으랴. 어머니의 생일을 알고 있다면 비록 곁에 계시지 않아도 어머니가 저 남쪽 땅에서 그렇게 하고 계실 그것처럼 나도 생일상을 차려 놓고 "애들아, 오늘이 너의 할머니의 생신날이다."라고 말해 줄 수 있으련만 그 생일을 어디가 물어 보며 대줄 사람 또한 어디 있으랴. 어머니를 생각하고 위하는 마음은 제가 제 자식을 키워 보며 나이드는 세월만이 이렇듯 때늦게 가르쳐 주고 있는 것인가.

생각도 많은 섣달 그믐날 밤을 보내고 새해의 아침을 맞을 때면 나는 아이들에게 할아버지, 할머니가 계시는 남쪽 하늘을 향해 세배를 시키군 했다.

"할아버지, 할머니 세배를 받으십시요."

"통일되는 그날까지 오래오래 살아 계십시요."

남쪽으로 끝없이 열린 허공간에 대고 단 한 번 본 적도 없고 애무에 넘친 그 무릎 우에 다른 집 애들처럼 앉아 본 적도 없는 아이들이 엎드려 큰절을 올리는 모습을 보며 안해의 두 눈에도 소리 없이 더운 이슬이 맺힌다. 나는 마음속으로 이제 한 살을 더 하게 될 부모님들의 년세를 헤아려 본다. 우리가 헤여질 때 아버지의 년세는 마흔여섯이였고 어머니의 년세는 설흔일곱이였다. 그 나이에 갈라져 산 세월 40년을 합쳐 보며 그 어떤 날카로운 칼날이 가슴을 찢는 것 같은 모진 아픔을 느낀다. 어떻게 지금껏 살아 계시리라 믿을 수 있을 것인가. 세월은 내 가슴을 피가 흐르도록 찢어발기며 또 한 해를 보탠다. 이 세상에 이런 아픔을 누를 그런 기쁨, 그런 행복이 있을 것인가. 있어야 할 것이 없어 그것으로 하여 언제나 비여 있는 마음의 이 공허를 그 어떤 행복이 황금의 소나기처럼 쏟아진 대도 과연 메꿀 수 있을 것인가. 그것은 오히려 그 아픔을 더해 줄 따름이다.

　　나는 조용히 눈을 감고 지금은 여든여섯이 되고 일흔일곱이 되셨을 부모님들의 모습을 그려 본다. 그 어떤 상상력과 령감이 기적처럼 내 머리에 번개친다 한들 40년의 기나긴 세월 속에서 변해 버린 부모님들의 얼굴 모습을 그려 낼 수 있을 것인가. 내 눈앞에는 지금의 내 나이보다 거의 10년 아래인 아버지의 모습, 거의 20년 아래인 젊은 어머니의 모습만이 그 모질고 무정한 세월도 실어 가지 못하고 그날처럼 사랑에 젖은 눈매로 나를 굽어보고 있는 것이다.

다음 세대에게까지는

　　직업적인 창작의 길에 들어선 지도 어언간 30년이라는 세월이 된다. 이제는 내 나이도 50대의 고개마루 우에 올라섰다. 갓 태여난 첫 딸 혜심이를 병원에서 안고 광장을 가로질러 온 그때가 어제만 같은데 지금은 벌써 평양경공업대학을 졸업하고 식료기사로 일하고 있다. 맏아들인 설악이도 평양연극영화대학 창작학부를 졸업하고 한 중앙기관의 지도원으로 사업하고 있다. 둘째 아들 설림이는 인민군대에 나가 있고 막내딸인 은하는 평양사범대학을 지금 다니고 있다.

　　저녁이면 한 자리에 모여앉아 내가 요즈음에 쓴 시들에 대한 의견도 서로 나누고 저마다 자기의 전망과 목표를 놓고 이야기를 주고 받는 화목하고 단란한 나의 집, 독립적으로 떼여 놓고 본다면 나는 남부럽지 않는 행복한 가정을 가졌다고 말할 수 있고 나 한 재인을 놓고 볼 때에도 별로 창작에서 이렇다 하게 세운 공로는 없지만 수많은 높은 훈장과 함께 공화국의 최고상인 "김일성상"을 수여받는 무상의 영광까지 지니였다. 그러나 나는 내가 여기서 마련한 가정을 단 한 번도 옹근가정이라고 생각해 본 적이 없다. 혈육이 갈라져 있는 분렬된 땅에서 나의 가정도 역시 분렬된 가정인 것이다.

　　아이들도 이제는 다 커서 내가 이날까지 가슴에 지니고 살아온 그 아픔을 서서이 자기 아픔으로 받아들이고 있다는 것을 륙감으로 느낄 때마다 생각이 깊어진다. 그 어떤 표상도 없는 아버지의 고향이며 단 한 번도 만나 본 적 없는 혈육들이지만 피는 속일 수 없는 것이다.

　　제13차 세계청년학생축전이 있은 후 진행한 국제평화대행진에 참가하여 쓴 시의 초고를 본 아이들은 20대 30대에 쓴 시들보다 조국통일을 갈망하는 시인의 절절한 감정이 부족하다고 비난했다. 그 비판은 나로 하여금 분단조국의 제2 대로서 민족숙원의 무거운 짐을 자기들의 어깨로 스스로 걸머지려는 자각을 다시금 보게 하며 결코 그렇게 되지 말기를 굳이 바랐건만 그것이 엄연한 사실로 되여가고 있는 오늘의 비극적인 현실을 다시금 통감하게 한다.

25년 전 내가 쓴 어느 시에서 경상도가 고향인 친구의 어머니가 고향에 두고 온 자식들의 이름을 부르며 눈을 감지 못하고 운명한 사실을 말하면서 이런 기막힌 불행이 우리 세대에는 절대로 되풀이 되여서는 안되며 결코 그렇게는 될 수 없다고 토로했었다.

그러나 설마 그렇게까지 료원하랴 생각했던 통일은 내 머리가 백발로 되여가는 지금까지 우리에게 오지 못하고 있다.

더 이상 지체할 수 없고 우리 세대에 기어이 벗어 버려야 할 통일의 짐을 아직도 진 채 내 삶의 발자욱은 80년대도 다 보내고 현 세기의 마지막 년대인 90년대의 문을 열고 들어서고 있다.

1995년은 조국이 분렬된 반세기가 된다. 우리는 절대로 이 90년대를 그냥 넘겨서는 안되며 또 넘길 수도 없다. 그날에 나의 발자욱은 내 어린 시절이 찍힌 함평땅 월송리의 골목길과 탐진강가와 다도해의 모래불에 찍혀져야 한다. 나는 그날을 믿으며 통일을 념원하는 온 민족이 단합된 힘으로 그날을 기어이 찾고야 말 것을 굳게 믿으며 몇 해 전 소련에서 가족휴양을 보내던 그 나날 흑해의 모래불 우에서 쓴 「나의 발자욱」이라는 한 편의 시를 수기의 마지막에 적어 본다.

모래불에 찍혀진
발자욱을 본다
한생의 행로가 이어져 오는
나의 발자욱

어린 날엔 맨발로
내 고향 남해의 가슴에 찍혀졌고
락동강의 불타는 모래불을 거쳐
비내리던 전호에도 새겨져 있는
나의 발자욱

영예의 연단에도 올라서 보았고
발 밑에 천길나락이 아찔한
위험한 삶의 벼랑 끝에 놓이기도 했던
발자욱

때로는 웃으며
때로는 흐느끼며
오십여 년 살아온 세월
내 안 가 본 길이 없는 그 발자욱
어찌 알았으랴
오늘은 이 흑해의 모래 우에 찍혀질 줄을

하나
흑해여, 알아다오
너를 찾아 모여드는
수많은 휴양객들의 발자욱과
결코 섞여질 수 없는 이 내 자욱임을

나의 발자욱
지워질 수 없게 찍혀져야 할
그런 땅
그런 모래불이 나에겐 따로 있나니

위대하고 영광이 찬 빛발을 안고
내 어린 시절의 작은 자국 우에
큰 자국을 덧놓아야 할
그곳은 내 고향의 바다가
통일된 남해의 모래사장이여라.

(『통일예술』 1집, 1990년)

내가 만난 황석영

홍석중

　오래 지내 보지 못하고 깊이 사귀여 보지 못한 사람에 대하여 이야기한다는 것은 어려운 일이다. 설사 단순한 인상담에 그친다 하더라도 일면지교의 인상이란 어차피 어설픈 조명에 불과한 것이니 그런 불빛 밑에 나서야 할 사람의 립장으로 보면 얼마나 온당치 못한 일이 될 것인가.

　남쪽의 소설가 황석영이 방북의 의거를 단행하여 평양에 머무는 동안 나는 그와 몇 번 만나서 이야기를 나누어 본 사람일 뿐이다. 그러면서도 감히 내가 선뜻 붓을 들려고 하는 것은 이를테면 이른 봄의 풍경을 그림에 담고 싶어 부득불 손에 서툰 진달래를 그리지 않을 수 없는 화가의 경우와 비슷하다고 할 수 있을 것이다.

　분단된 우리 민족이 맞는 마흔네번째의 봄이다. 드디여 북과 남의 작가들도 통일을 웨치며 들고 일어났다. 우리들은 판문점에서 만날 것을 약속했다.

　유감스럽게도 우리의 기대는 이루어지지 못했다. 그러나 실망이 곧 다른 기쁨으로 이어졌으니 황석영이 그야말로 혜성처럼 불쑥 평양에 나타난 것이였다.

　나는 내 앞에 다가서는 황의 인상을 눈여겨 살펴볼 마음의 여유가 없었다. 돌이켜 생각해 보건대 그 순간 내 가슴속에 가득했던 것은 오로지 까닭모를 조바심뿐이였던 듯싶다.

　“내가 홍아무개올시다.”

　“아, 그래요? 그럼 벽초 선생님의 손자분이시라는……”

　큼직한 손이 내 손을 힘있게 틀어잡았다. 어쩐지 마음이 이상했다. 결국 간단한 수인사로 허물 없는 구면처럼 되여 버리고 마는 것을.

　“어이구, 이거 원, 북에 와서 만나뵙는 분들은 전부 선배님들뿐이니……”

홍석중 : 1941년 8월 서울시에서 출생. 1968년 김일성종합대학 졸업. 소설가. 1983년 장편소설 『높새바람』으로 작품활동 시작. 작품집 『높새바람』(상, 하) 외 단편 십여 편.

내 나이를 물어 보고 나서 뒤머리를 긁죽거리는 황의 우스개소리다. 따져본즉 나이는 내가 몇 해 위요 문단의 경력으로는 그가 몇 해 앞섰다.

비교 끝에 나는 나의 부친한테서 들은 한말풍경의 일화 하나를 입에 올렸다. 내용인즉 부친이 일곱 살때 괴산집에서 살았는데 환갑이 지난 늙은 청지기와 당신이 량반과 나이를 비겨 버리고 서로 허교했다는 이야기였다.

황이 대뜸 내 어깨를 끌어안았다.

"그럼 우리두 비겨 버릴가."

"좋지."

"자, 석중이 한 잔 들어."

"아서 이 사람아, 난 그렇게 독한 걸 못해. 포도주루 대작하지."

감격의 눈물을 흘리는 포옹이나 인상적인 례식으로 장식되여야 마땅할 그런 좌석에 주막집 뒷방에나 어울릴 속된 말들이 오고갔다고 탓한데도 구태여 변명할 생각이 없다. 그러나 털어놓고 말해서 우리들에게는 근 반 세기의 격절 끝에 이어진 상봉의 희열이나 감격을 생각하기 전에 보다 급한 것이 하나의 력사에 뿌리를 둔 친혈육이라는 것을 스스로 확인하는 것이였다.

"이봐 석중이, 내가 돌아가서 북에 대한 수기를 하나 쓰려구 그러는데 말야, 제목을 '북에도 사람이 살고 있네'라구 달았어. 자네 생각엔 어떤가?"

곁에 않았던 시인이 머리를 외로 비틀어 꽂았다.

"제목이 너무 발딱한걸. 차라리 '북의 표정'이라구 다는 게 낫겠어."

나는 웃었다.

"제목은 어떻든 보구 느낀 진실을 쓰는 게 중요하겠지."

그러면서도 나는 황이 선택한 제목에 각별한 공감을 느꼈다. 북에도 한 혈육의 사람들이 살고 있다는 사실 자체가 이제는 경이적인 일로 되여 버린 것이 분렬된 우리 조국의 비통한 현실이다. 그러할진대 무엇 때문에 굳이 점잖은 표현을 골라 가며 상처 우에 분칠을 할가보냐.

우리는 함께 노래를 불렀다. 술기운에 흥이 올라서가 아니요, 그나 나나 노래를 부르는데 유별한 취미를 가져서가 아니다.

"자네 이 노래 알아?"

"암, 알구말구."

"그럼 내가 꼭지를 뗄 테니 따라 불러."

우리는 목청을 돋구었다. 아리랑을 함께 부르며 그 무엇으로도 갈라 버릴 수 없는 민족의 얼을 생각했고 삭막해진 어린 시절의 동요들을 겨끔내기로 상기해 가며 민족분단의 력사가 곧 우리의 나이와 동갑인 같은 세대임을 자각했다.

"자네 나하구 소설을 하나 함께 쓰지 않으려나?"

"그러세. 주제를 어떻게 정한다?"

"분단력사를 걸어오는 북남 동시대인들에 대한 이야기, 어때?"

"갈라져서 합작을 하려문 무슨 특별한 방법이 있어야 할걸."

"문제없어 자넨 북의 이야기를 쓰라구. 난 남의 이야기를 쓸 테니. 번갈아 발표해서 후에 묶어두 되는 게구. 어디서든 다시 만나서 함께 편집을 하문 될 게 아냐?"

"문체나 양상은 어떻게 하구."

"얼룩이가 지겠지. 그렇지만 그런 얼룩이가 오히려 독자들한테 분단의 슬픔을 각성시키는 촉매로 되지 않을가?"

우리의 화제는 산불처럼 변져져서 끝간 데를 몰랐다. 첫사랑의 련애담도 입에 올랐고 창작의 고민도 털어놓았으며 민족분단을 방임해 온 전 세대를 비난하면서 우리 세대는 후대들에게 그런 비난을 받지 말자고 굳은 다짐도 했다.

만날 때마다 서로 열에 들뜬 사람마냥 쏟아 놓은 말들을 이 짧은 글 속에다 옮길 수는 없다. 그러나 그 어떤 화제가 입에 오르든 간에 우리가 수시로 절감하지 않을 수 없도록 만든 것이 바로 근 반 세기의 분단과 격절도 우리 민족문학의 동질성을 무너뜨릴 수 없었다는 확신이였다는 것만은 이 기회에 꼭 밝혀두고 싶다.

어떤 자리에서였는지 문학담을 나누다가 나의 입에서 '소설동네'라는 표현이 불쑥 튀여나온 일이 있었다.

"아니, 북에서두 '소설동네' '시동네'란 말을 쓰는군."

한편 놀랍기도 하고 한편 기쁘기도 해서 한동안 어쩔 줄을 모르던 황의 모습이 나의 눈앞에 선히 떠오른다. 하지만 그것이 참으로 놀라고 기뻐해야 할 일일지, 한 나라 한 민족의 두 작가가 하나의 공통된 표현을 놓고 놀라며 기뻐했다는 사실 그 자체가 서로 가슴을 치며 울었어야 할 일은 아니였을가.

나의 눈에 비낀 황석영은 열정적인 인간이였다. 이글거리는 하나의 불덩어리요 바다처럼 늘 안정을 모르고 설레이는 동적인 형이였다. 말을 좋아하고 말을 잘했으며 말 중에는 은근히 긍지 높은 자기 자랑이 을렸다.

솔직히 말해서 나는 인간에 대한 요구가 몹시 까다롭고 평가에 린색한 사람이다. 벗에 대한 기호로 말하면 즉흥적이고 동적인 형보다 사색적이고 조용한 형을 더 좋아한다. 그렇지만 나는 황석영과 만나서 한번도 그를 나의 그러한 기호와 취미로 저울에 달아 본 일이 없다.

이른 봄에 진달래꽃을 진귀한 보물처럼 어루만지고 사랑하게 되는 것은 결코 그 꽃의 아름다운 색갈이나 향기 때문이 아니다. 봄. 봄의 상징. 바로 황석영은 나나 나의 동료들에게 그런 상징적인 인물로 받들려졌던 것이였다.

한 번은 그가 우리 북의 작가들 앞에서 남쪽 문단의 상황을 소개하다가 자기도 모르게 말이 곁가지를 쳐서 이야기가 장황한 문학강의와 력사강의처럼 되여 버린 일이 있있다. 그래도 작가들은 누구하나 지루해하는 기색이 없이 심취해서 그의 말을 들었다. 이야기의 내용보다도 남쪽의 작가가 우리들 앞에 앉아 있으며 그 역시 우리들만 못지 않게 조국통일과 통일문학을 절절히 념원하고 있다는 꿈같은 현실이 모든 사람의 성정을 초월할 만한 크나큰 기쁨과 감동을 자아올렸기 때문이였다.

평양에는 행동이 느린 것으로 해서 수많은 일화를 만들어 낸 시인이 한 사람 있다. 흔히 작가들이 모이는 장소에서 그의 얼굴이 보이면 올 사람이 다 온 것으로 치부해서 더 알아보지 않고 모임을 시작할 만큼 느림보로 조명이 난 작가였다.

그런 그가 황석영과 좌담을 갖는 날 땀투성이가 되여 일등을 하는 바람에 우리들을 깜짝 놀래웠다. 짓궂은 사람들이 사실을 보탰다. 텅빈 모임장소에 헐레벌떡 뛰여들더니 벌써 좌담이 끝난 줄 알고 그만 락담실심해서 어떤 모양으로 의자에 털썩 주저앉더라든지…… 하여간 지금도 그 일화는 우리들 속에서 재미있는 이야기거리로 되고 있다.

어느 날 황석영은 우리 작가들 앞에서 우연히 나에 대한 말을 입에 올렸다. 북에 와서 좋은 친구를 하나 사귀였다는 것과 둘이 함께 합작할 의논을 하는 중이라는 것까지 밝혔다. 나는 곧 동료들 속에서 선망의 대상으로 되여 버렸다. 내 장편소설이 성과작으로 평가되여 상을 받았을 때도 그처럼 많은 인사와 축하를 받아 보지 못했었다. 그 선망의 표정들이 모두 조국과 민족과 문학의 통일을 바라는 간절한 념원에서 우러나온 것이라는 것은 더 말할 여지가 없는 일이다.

사십여 년의 분단 끝에 마련된 한 달여의 기간이란 너무나도 짧았다. 호기심으로 바짝 굶주린 황석영은 도시에서 농촌으로, 백두산에서 금강산으로 정신없이 달려다녔다. 자연히 그와 나의 상봉은 동안이 뜨지 않을 수 없었다.

나는 급한 취재 때문에 지방에 나갔다가 뜻밖에도 그가 떠났다는 소식을 알게 되였다. 후에 들은 이야기지만 황석영은 우리 작가들이 송별연회를 마련한 날 나를 찾다가 취재를 나갔다는 말을 듣자 서운한 얼굴로 혼자 중얼거렸다고 한다.

"그 친구 나한테 무슨 의견이 있는가? 하필 내가 떠날 때 취재를 나갈 건 뭐

318

람.”

그에게 사과할 말이 없다. 공교롭게 되였지만 내 불찰이다. 더구나 그한테 미
안한 것은 그를 내 집에 초청해 놓고 약속을 지키지 못한 것이요. 합작을 하자
고 약속해 놓고 그 의논을 끝내지 못한 것이다. 그것을 생각할수록 나는 마치
그와 작별을 하지 못하고 헤여진 것이 그의 마음속에 짐을 더해 준 것만 같아
민망스러운 생각을 금할 수 없다.

하지만 나는 그에 대한 글을 쓰고 있는 이 순간에도 미구에 이루어질 조국통
일과 즐거운 재회의 확신으로 가슴속에 맺힌 미진한 정을 달래고 있다.

(『통일예술』1집, 1990)

기쁨 속의 슬픔

류도희

남녘에 있는 고향을 떠난 지도 40년, 내 나이 어느덧 예순다섯이 되여온다. 나이가 나이다 보니 머리엔 흰서리가 짙게 내려앉았고 기억력도 정열도 젊었을 때와는 같지 않다. 안타깝고 서글픈 일이기는 하지만 어찌하랴. 세월 밖에서는 살 수 없는 것이니……

짧지 않은 세월을 살아오면서 그 사이 벼라별 일들을 다 겪었다. 즐거운 일, 기쁜 일, 좋은 일들로부터 슬픈 일, 가슴 아픈 일, 괴로운 일, 안타까운 일, 때로는 망신스러운 일에 이르기까지 이를테면 인생의 희로애락이랄까 쓴맛, 단맛을 갖가지로 맛보았다.

긴긴 인생행로에서 무슨 일인들 없었으랴마는 그중에는 참으로 기상천외한 일들도 없지 않아 있었으니 내가 누이 아닌 누이의 환갑연에 참석하게 된 일이 바로 그러한 웃지 못할 일들 중의 하나라고 해야 할 것이다.

지난해 세모에 나는 청첩을 받고 한 녀인의 환갑잔치에 참석했던 일이 있다. 새로 일떠선 광복거리의 초고층 아빠트 창문으로부터는 천리마 제강소의 굴뚝에서 뿜어 나오는 연기가 멀리 바라보였다. 널직널직한 방들마다에는 이 집의 아들딸들과 며느리, 사위, 손자며 손녀들, 그리고 찾아온 친지들과 동료들이 가득 모여 흥성거리고 있었다.

주인내외는 몹시 반가와하며 나를 귀빈으로 극진히 맞아 주었다.

"저의 오라버니에요!"

녀인이 손님들에게 소개하자 방안의 시선들이 일시에 나에게로 쏠렸다.

"아니, 과장 선생에게 오라버니가 계셨는가?"

"글쎄……. 나도 처음 듣는 소리요."

류도희 : 1926년 11월 서울시에서 출생. 중학교 졸업. 소설가. 1947년 단편소설 「아침」으로 작품 활동 시작. 단편집 『행복한 날에』 외 단편, 수필 수십 편.

"오빠와는 고향에서 헤여졌다던데?!"

주인집 식구들과 인사를 나누는 나의 귀가에 여기저기서 수근거리는 소리가 들려왔다. 그들이 의혹을 품는 것도 무리가 아니였다. 왜냐하면 나는 그의 혈육도 친척도 아니며 그의 가계와는 아무런 인연도 없는 말하자면 판판 남인 까닭이다. 그런 내가 친정오라버니로 대접을 받고 있으니 그들로서는 놀라울 수밖에……

나는 참으로 묘한 인연으로 그 녀인을 알게 되였다.

몇 해 전, 우연한 기회에 한 친구로부터 남선우라는 녀인의 이름을 듣게 되였다. 자기가 입원했던 병원의 과장이였다면서 서울에서 의용군으로 들어온 녀자라는 것이였다. 나는 귀가 솔깃하고 갑자기 가슴이 후두두 뛰였다.

"혹시 그 애가 아닐가?"

나의 눈앞에서는 세라복 차림의 한 소녀의 모습과 함께 그의 오빠 남철우의 얼굴이 번개처럼 떠오르더니 이어 련쇄반응을 일으키듯 그의 집이며 우리 집, 서울의 거리거리와 골목들, 헤여진 혈육들과 친구들, 함께 다니던 학교며 교정의 뽀뿌라나무, 철봉대…… 등 아득히 흘러간 가지가지 옛 추억들이 일시에 되살아올랐다.

"오빠가 있다고 하지 않습디가?"

나는 그에게 다우쳐 물었다.

"서울에 오빠와 동생들이 있었다는 것 같더군!"

틀림없는 그였다.

"평양에 와 있는 걸 여지껏 모르고 있었다니?!"

발작처럼 찾아든 고향 생각으로 그날 밤을 꼬박 밝히다 싶이 한 나는 이튿날 전차와 지하철을 옮겨 타 가며 병원으로 찾아갔다. 그랬더니 공교롭게도 지난밤 야간근무를 서고 아침에 집으로 들어갔다는 것이다.

그를 만나면 그리운 고향 친구의 소식은 물론이고 혹시 어머니며 형제들, 우리 집 소식을 들을 수도 있지 않을가 하고 속으로 품었던 간절한 기대와 희망이 삽시에 허물어지는 바람에 나는 그만 맥이 탁 풀리고 말았다.

집 주소를 물으니 탑제동이라고 한다. 어지간히 먼 거리였다. 게다가 나는 몹시 지쳐 있었다. 대기실 의자에 앉아 숨을 돌리며 후날 다시 병원으로 찾아올가 어쩔가 한동안 망설이였다. 그러나 어제밤처럼 또 잠 못 이루고 시달릴 것을 생각하니 견디기 어려웠다. 그리고 그를 만나기만 하면 당장 궁금했던 집소식을 들을 수 있을 것만 같은 조급증이 나를 사로잡았다.

"에라 내친 김에 집으로 찾아가자!"

나는 밖으로 나왔다. 아침부터 꾸물거리던 하늘에서 비꽃이 듣기 시작하였다. 다시 전동차며 뻐스를 갈아타고 탑제거리에 내렸을 때는 보슬비가 소리 없이 내리고 있었다. 첫 봄비였다. 비는 나의 춘추외투의 어깨를 점점히 적시는가 하면 나의 흰 머리카락에도 조심히 내려 이슬로 맺혔다가는 볼을 타고 흘러 내렸다. 허나 나는 개의치 않고 열에 뜬 사람처럼 허둥거리며 이집 저집을 찾아 헤맸다.

후일 나는 이따금 이날을 돌이켜보고는 그때의 나의 정상이 남의 눈에 어떻게 비꼈을가를 생각하며 혼자서 쓰거운 웃음을 짓군 하였다.

이윽고 나는 그 집을 찾아 들어갔다. 그런데 막상 만나고 보니 그는 내가 찾는 그 남선우가 아니였다. 동명이인이였던 것이다. 그의 오빠는 철우가 아니라 택석이였으며 그의 집은 창신동이 아니라 북아현동이였다. 그러니 모든 것이 다를 수밖에……

피곤이 일시에 몰려왔다. 실망과 락담. 허전하고 서운한 생각과 함께 뒤따라 찾아든 쑥스러움과 창피스러움……

'나살이나 먹은 주제에 이게 무슨 꼴이람……'

나는 참으로 옹색하고 난처한 처지에 빠져 버렸다.

허나 녀인은 나의 심정을 너무나 살틀히 리해하여 주었다. 내가 그 집을 찾아 들어갔을 때 녀인도 바로 봄비 내리는 창밖을 내다보며 느닷없이 떠오른 고향의 거리며 그리운 오빠에 대해 생각하고 있었다는 것이였다.

"오죽하셨으면 그러셨겠어요."

서울사람 특유의 억양으로 이렇게 말하며 녀인도 스스럼없이 오빠며 고향사람들에 대한 그리움과 만나지 못하는 안타까움을 눈물을 머금고 심심히 토설하는 것이였다. 그것은 나의 헛걸음을 위로하기 위해서가 아니라 자기도 포함한 이 나라의 북과 남으로 갈라진 혈육들이 겪고 있는 가슴아픔과 민족이 당하고 있는 분단의 비극에 대한 울분의 토로였다.

이날 초면인 우리는 앉은 자리에서 한집안 식구처럼 흉허물 없이 친숙해지고 말았다.

"고향 생각이 나시면 종종 찾아오군 하세요!"

헤여질 때 한 녀인의 말이였다. 그날 비오는 거리를 돌아오면서 나는 새로 동향사람을 사귄 기쁨보다도 웬일인지 허거프고 서글픈 생각이 자꾸만 들며 까닭없이 눈물이 나오는 것을 어찌할 수 없었다. 그리하여 요행 비가 내리는 것을 기화로 나는 아이처럼 버젓이 눈물을 흘리며 거리를 걸었다.

이렇게 우리는 알게 되였으며 그 후 명절때면 서로 오가기도 하고 때로 그

집 세대주와 마주앉아 술잔을 나누기도 하군 해 왔었다.

그 녀인의 환갑 잔치에 친정오라버니의 자격으로 참석한 나의 심정은 야릇하였다. 기쁘기도 하고 가슴 저리기도 하고 어떻게 보면 우습기도 하고 맹랑하기도 하였으나 그저 웃어 넘길 수만도 없는 일이였다. 지금도 나의 눈앞에 “오라버니! 부디 건강하시여 통일 되면 고향땅에 꼭 가셔야 해요!” 하고 잔을 권하며 눈물짓던 그 녀인의 모습이 떠오르고 울먹이며 목메이던 그 소리가 귀전에 되살아나군 한다.

눈물에 젖은 그 말 뒤에 숨은 녀인의 그 깊은 심정을, 고향의 오라버니와 함께 이 경사스러운 자리를 같이하지 못하는 그 아픔을, 그리고 오라버니 아닌 오라버니와 함께 기쁨과 슬픔을 한꺼번에 나누는 이 웃지 못할 깊은 속을 어찌다 헤아릴 수 있으랴. 나의 가슴도 미여지는 듯하였다.

귀여운 손자며 손녀들의 재롱스런 노래소리를 들으며 아, 얼마나 행복하고 또 가슴 저미는 이 밤인가?

밖에 나오니 밤하늘에 함박눈이 펑펑 쏟아져 내리고 있었다. 해솜같이 부드러운 눈송이로 달아오른 가슴을 식히며 나는 생각에 잠겨 걸음을 옮겼다.

인생 말년에 가장 경사스럽고 기쁘고 행복스런 날에조차 가슴 저미는 아픔으로 하여 눈물을 흘려야 하는 분렬된 이 나라 사람들의 불행에 대하여……. 그리고 그 연원에 대하여…….

두말없이 그것은 외세에 의하여 강요된 민족분단이며, 저주로운 콩크리트장벽으로 해서 강토가 허리를 끊겼기 때문이다. 조선사람치고 이것을 모르는 사람은 없다. 허나 이러한 비극이 한두 해도 아니고 반 세기 가까이 지속되고 있으니 분단의 일세로서 나는 우리 세대가 시대와 력사, 그리고 민족 앞에 지닌 책임과 사명이 얼마나 크고 무거운 것인가에 대하여 다시금 깊이깊이 생각하게 된다.

가지 못하는 고향이 그립고, 생사조차 알 수 없는 고향사람들의 소식이 듣고파 환갑 넘은 흰 머리에 찬 비를 맞으며 온 거리를 헤메이는 이러한 일이 더는 지속되지 말아야 할 것이다. 사랑하는 우리의 아들딸들에게 이러한 길을 다시 걷도록 할 수야 없지 않는가.

이 나라 사람들이 기쁜 날, 마음속에 한점의 그늘도 없이 한껏 웃을 수 있도록 통일의 날을 당겨 오기 위해 나의 여생을 깡그리 바치리라.

(『통일예술』 2집, 1992)

범민족대회서 만난 북의 문인들

김영희

북에서 열린 범민족대회에 북쪽 대표로 참가한 문인은 시인 최영화, 오영재, 이호근과 소설가 조정호, 남대현 등 모두 다섯 명이었다. 이 중 이호근을 제외하면 모두 지난해 봄에 무산되었던 남북작가회의 예비회담에 북쪽 대표로 판문점까지 나왔던 작가들이었다.

최영화는 조선문학예술총동맹(문예총) 제1부위원장, 조정호는 조선작가동맹 통일문학담당 부위원장을 맡고 있으며, 남대현은 장편소설 『청춘송가』로 남한에서도 알려진 작가이다.

북쪽 대표 가운데 여성작가는 한 명도 없었다. 북쪽 문단 자체에 여성작가가 워낙 귀해 문인 열 명 가운데 한 명이 못 되는 비율이라고 한다.

오영재, 남대현, 이호근은 일본 대표단의 안내까지 맡아 대회 동안 고려호텔에 계속 머무르고 있었다. 마침 민문예협이 속해 있는 북미주 대표단도 고려호텔에 머물고 있어서 이 세 사람들과는 밤낮 가리지 않고 수시로 만날 수 있었다.

범민족대회 기간중 예정에 전혀 없었던 북쪽 문인들과의 만남은 대개 격식 없이 즉흥적으로 이루어졌다. 최영화와는 운동회와 오락경기가 벌어졌던 대성공원에서, 오영재, 이호근과는 늘 북적거리던 고려호텔 로비에서, 조정호, 남대현과는 고려호텔 내 오영재 숙소에서 처음으로 만났다.

공식석상에 나가면 언제나 얼굴이 굳어지는 필자에겐 이런 우발적인 만남이 무척 마음에 들었다. 이런 만남은 또 북에 대한 필자의 일부 편견을 다시 한 번 깨는 기회도 되었다. 아무 공식절차나 사전통고 없이 만나고 싶은 사람들끼리

김영희:1953년 서울 출생. 이화여대 불문과, 캘리포니아 주립대학원 연극과 졸업. 전 동아일보 로스앤젤레스지사 기자. 전 미주민족문화예술인협의회 회장. 현재 미국에 거주하면서 자유기고가로 활동. 희곡 「아파트」 등.

자유롭게 자리를 함께한다는 것은 부담없는 넉넉함을 주기 때문이다.

문예총 위원장이며 올해 칠순을 맞는 시인 백인준, 벽초 홍명희의 친손자이며 소설가인 홍석중과는 범민족대회가 끝난 뒤에 자리를 가졌다.

민문예협의 대표로는 성악가 이길주와 필자가 범민족대회에 참가하여 이들 문인들을 만났다. 우리 회원이며 음악평론가인 정무는 다른 단체의 대표로 왔지만 늘 우리와 함께 어울렸다.

북쪽 문인들과의 첫 화제는 대개 『통일예술』에 관해서였다. 민문예협에서 부정기간행물로 펴내는 이 책은 남, 북, 미주작가들의 글이 함께 실리는 공동작품집으로 창간호가 8월 초에 출판되어 범민족대회 참석때 북의 문예총에 기증하기 위해 몇 권을 가져온 터였다.

『통일예술』 창간호를 받아 본 북의 문인들은 "통일문학사에 남을 책"이라며 기대 이상의 호평을 했고 "미주 예술인들이 앞으로도 남과 북을 잇는 칠색 무지개다리가 되어 달라."고 신신당부하기도 했다. "2집은 언제 나오는가?", "2집의 편집방향은 정해졌는가?"라고 물으면서 궁금해하는 문인도 있었다.

『통일예술』에는 북에서 쓴 가사에 미주에서 곡을 붙이거나 또는 그 반대로 된 통일염원의 공동창작 노래 일곱 곡이 실려 있다.

백인준 위원장도 남과 북의 공동창작에 대해 큰 관심을 나타내며 "남북 이산가족 문제 같은 공동의 소재를 가지고 남과 북이 함께 작품을 쓸 수도 있다. 전쟁 전은 여기서 쓰고, 전쟁 후는 거기서 쓰고……. 어렵겠지만 큰 의의가 있을 것이라고 말했다.

아직도 목소리가 맑고 위엄 있는 풍채를 지닌 백 위원장은 남과의 예술교류 대상에 관한 질문에 "우리가 예술교류의 상대로 규정한 단체나 개인은 하나도 없다."면서 "'자주, 평화, 민족대단결'이라는 공동의 기본입장을 지키면서 통일하자는 사람하고는 언제 어디서라도 이야기할 수 있다."고 강조했다. 그는 또 "예술의 어느 유파에 속해도 상관없다."고 말하고 "추상파 작가도 좋다."고 밝혔다.

백 위원장의 이런 발언은 『통일예술』에 실린 북쪽 평론가들의 글에 일부 반영된 것 같았다. 남쪽에서 보수적 작가로 꼽히는 유현종의 『들불』이나 북쪽의 문학에서는 받아들이기 힘든 이상문학상 수상 작품집의 소설들에 대해 북쪽 평론가들은 예상외로 매우 긍정적인 평가를 내리고 있었다.

『통일예술』에 실린 북의 작품에도 뒷 이야기가 많았다.

이 가운데 실화를 재구성한 단편소설 「산제비」의 주인공인 김숙화는 지난해 8월 15일 임수경이 판문점을 통해 내려오던 날 심장마비로 숨졌으나 작품에서는 이 사실을 다루지 않았다고 한다. 작품에 이미 죽음에 관한 이야기가 너무 많이 나왔기 때문이라고 한다.

임수경의 방북을 배경으로 한 「산제비」는 월북시인 박세영의 미망인 김숙화를 주인공으로 등장시켜 고인이 된 남편이 월북작가들과 나누던 우정, 통일염원 등을 다루고 있다.

『통일예술』에 실린 북의 작품 가운데 원로작가들의 글이 많았다. 이 중 수필 「승무도를 놓고」를 쓴 석인해는 올 7월에 세상을 떠났다고 전해 들었다. 김지하의 시집 『별밭을 우러르며』를 평한 박종식은 올해 77살, 공동창작곡 「이제는 만나자」를 작사한 시인 김상오는 73살인데 최영화는 『통일예술』에 실린 작품이 이 두 작가의 마지막 작품이 될 것 같다고 했다.

북의 문인들은 남에서 기억하고 있는 원로작가들이 거의 모두 타계한 것을 안타까워하며 "세대가 지날수록 통일은 힘들어질 것 같으니 남과 북 모두를 경험한 분단 1세대가 생존해 있을 때 통일을 해야 한다."고 말하기도 했다.

필자가 『통일예술』의 편집위원들이 겪었던 어려움을 털어놓으면서 남쪽의 경우 통일지향의 시는 상당히 풍부한데 비해 소설은 드문 편이라고 말하자 조정호는 북쪽도 비슷한 사정이라고 했다.

그는 "북에도 통일지향의 소설이 있기는 하나 역시 시보다 약하다. 경향을 말한다면 요즘은 주로 만남의 문학이라고 하는 게 좋겠다. 북과 남이 최근 오가기 시작하면서 나온 문학인데, 그 전에는 대개 그리움에 그친 문학이었다."고 말한다.

조선작가동맹에서 펴내는 문학지 『통일문학』의 책임자이기도 한 조정호는 이 책이 지난해 열릴 뻔했던 남북작가회의에 갖고 나가기 위해 급히 창간됐다고 전했다. 남, 북, 해외동포 작가들의 작품이 함께 실리는 이 책은 현재 5호까지 나와 있으며 주로 해외에 배포된다고 한다.

조정호는 또 "지금까지는 재야문학을 위주로 남쪽 작품을 재수록했는데 앞으로는 더 폭을 넓힐 예정이며, 남과 북이 호상 잘 모르기 때문에 책 만드는 데 어려움이 많다."고 말했다.

남쪽 작품은 전문인들 중심으로 읽혀진다고 한다. 통일문학 분과위원회에 속한 작가들은 남쪽 문단의 개인동정까지 소상히 접하고 있었다. 이호근은 고은 시인이 남쪽 일간지와의 인터뷰에서 집필에 전념하겠다고 말한 사실까지 알고 있었다.

작가가 단체의 중책을 맡으면서 창작생활에 충실하기 힘든 것은 북도 마찬가지였다. 백인준, 최영화 모두 그 어려움에 동감했다.

오영재, 남대현, 이호근과는 백두산 출정식을 끝내고 평양으로 돌아온 8월 14

일에 첫 대면을 하고 평양을 떠나던 21일까지 하루도 빠짐 없이 시시때때 만났다. 낮에는 지역별로 단체행동을 했기 때문에 밤시간, 그것도 하루일정이 완전히 끝난 10, 11시가 돼서야 모일 때가 많았다.

커다란 응접실과 사무실까지 딸린 북미주 대표단장 은호기의 방을 주로 이용했는데 거기서 새벽 네다섯 시까지 앉아 있었던 적도 서너 번 되는 것 같다. 범민족대회 일정만 갖고도 강행군이라고 모두 아우성이었는데 그렇게 밤을 밝힐 기력이 어디서 솟아났는지……. 북의 문인들은 남쪽 작가들을 대하는 심정으로 우리 일행을 대했다.

룡성맥주병이 수도 없이 비워지면서 매일 밤잔치가 벌어졌다.

시인들은 감흥이 나면 즉흥시를 낭독했다. 수많은 노래를 함께 불렀는데 남쪽이 고향인 오영재, 남대현과는 함께 부를 수 있는 노래가 더 많았다. 동요 〈따오기〉부터 시작하여 흘러간 대중가요인 〈울고넘는 고모령〉까지……. 〈조선은 하나다〉, 〈동지의 노래〉 등 북의 노래를 부를 땐 미국 동포사회에서 하는 대로 가사를 조금 바꿨더니 "원작자의 의도가 살지 못한다."며 반대하는 작가도 있었으나, "시대가 달라졌으니 가사도 따라가야 한다."며 동감하는 작가도 있었다.

민문예협 일행은 오영재, 남대현과 함께 부를 수 있는 노래를 생각하다가 남쪽의 국민학교 졸업식에서 하던 "잘 있거라 아우들아, 정든 교실아……."까지 끄집어냈는데 열여섯 살때 북으로 넘어온 오영재는 2절, 3절 가사까지 한 자도 틀리지 않고 정확히 기억해 냈다.

이 졸업식 노래는 우리가 떠나 올 때까지 남쪽 출신 문인들과 가장 즐겁게 여러 번 부른 레퍼터리 가운데 하나였다.

이 국민학교 졸업식 노래를 부르다가 남대현이 필자가 다녔던 서울의 돈암국민학교 선배인 것을 알게 됐다. 필자 역시 오영재처럼 거의 25여 년 동안 부르지 않았던 돈암교가를 즉석에서 기억해 내자 남대현은 그 가사를 노트에 받아쓰며 돈암동이며 미아리고개가 요즘 얼마나 변했느냐고 물었다.

남대현은 경복중학교 3학년때 모친과 밀항하여 부친이 있던 일본으로 건너갔다고 한다. 1963년 고3때 북송선을 탄 그는 40대 중진작가로는 거의 유일하게 남, 북, 일본을 모두 체험한 작가였다. 그는 이 세 지역을 무대로 하여 통일문제를 다룬 장편소설을 곧 쓰기 시작할 것이라고 했다.

그는 또 『통일예술』에서 남쪽 작가가 평한 『청춘송가』의 여성인물들과 관련, "그전에 남쪽에서 나온 평들은 과찬도 있고 오해도 있었다. 이번에는 작가가 그 나름의 주관을 갖고 평을 한 것 같다. 그러나 동의할 수 없는 면도 있다."고 전했다.

우리의 밤잔치에서 술을 가장 많이 마시고, 목이 쉬도록 노래를 많이 부르고, 또 가장 많이 눈물을 흘린 이는 오영재였다.

그는 〈반달〉을 부르면서도 울었다. 어릴 적 고향집에서 동생들과 부르던 노래라고 했다.

혹 고향소식을 들을까 하여 『통일예술』에 시 대신 회상기를 냈다는 오영재는 범민족대회에 참가하는 해외동포단에 혹시 가족이 있을까 해서 그 명단을 열심히 들춰 보았지만 오씨 성을 가진 이조차 없었다고 서운해했다.

사흘에 한 번은 어머니 곽앵순 씨의 꿈을 꾼다는 그는 광주사범 출신인 오유길의 차남으로 장성에서 태어나 오씨네 마을인 강진군 군동면 화산리에서 어린 시절을 보냈다.

인민군으로 나갔다가 "가난한 고향집에 돌아가서 별 할일이 없을 것 같아 북으로 왔을 뿐, 당시 나에겐 아무 이념도 없었다."는 그는 누가 봐도 꾸밈없고 다정다감한 시인이었다.

북쪽 문인들과 처음 두세 번 자리를 같이하자 그 개성들이 확연히 느껴졌다. 남대현이 내성적이면서도 자상하고 따뜻한 성격이라면 이호근은 동적, 열정적이면서 냉철한 이론가로 보였다.

이호근은 누구보다도 부지런히 작품을 많이 쓰는 작가였다. 그는 모임중에 가끔 자리를 비운 적이 있는데 나중에 알고 보니 시를 쓰기 위해서였다.

범민족대회 기간에 그가 지은 시는 두꺼운 노트 한 권 분량이었다. 그는 헤어지기 전에 민문예협 회원들에게 바치는 대여섯 편의 시를 낭독해 주었다.

그는 또 백두산 화석과 천지물을 우리에게 선물로 주며 플래스틱통에 담겨 있는 천지물은 남대현이 식수인 줄 알고 몇 모금 마시다 남긴 것이라고 웃지도 않고 사족을 달았다.

이길주에게서 "민문예협은 남과 북 어느 쪽에도 기울어지지 않는 중립이다."라는 말을 듣고 "그럼, 개인적으로 친해지는 것은 어떻습니까? 그것도 친북입니까?"라며 심각한 표정을 짓던 그의 옆에서 필자는 왠지 모를 죄의식까지 느낀 적이 있다.

『통일예술』에 북쪽 작품이 남쪽 작품보다 더 많이 실렸으니 친북으로 오해받으면 어떡하냐며 걱정하던 다른 문인의 말을 들을 때도 비슷한 심정이었다. 친북이니, 친남이니, 중립이니 하는 분단적인 용어들이 사라져야 통일이 가능한데 우리는 아직도 그 속에서 허우적거리고 있을 뿐이었다.

지난해 봄에 만났던 홍석중도 이길주와 필자에게 줄 활짝 핀 칸나를 들고 고려호텔로 찾아와 하룻밤을 꼬박 밝혔다.

328

연극인 출신으로 뒤늦게 역사소설 『높새바람』으로 등단한 홍석중은 최근 『높 새바람』 하권의 집필을 끝냈으며 다음 작품으로 할아버지인 벽초 홍명희의 전 기를 쓸 계획이라고 한다.

이 전기는 홍명희가 1948년 북에서 열린 남북연석대회에 남쪽 대표로 참가하 여 보낸 닷새 동안의 행적을 중심으로 사건이 전개된다고 한다. 홍석중은 이 책 에서 "해방 후 백색테러, 적색테러를 모두 받았던 홍명희 선생, 마르크시스트가 아니었던 홍명희 선생이 북을 선택했던 이유를 밝히고 싶다."고 했다.

『이조실록』을 한글로 옮긴 국문학자이자 그의 부친인 홍기문은 올해 88살이 다. 홍석중은 "얼마 전까지는 통일을 못 보고 돌아가시겠다고 하시더니 요즘은 90을 넘으면 통일을 보게 될 것 같다고 말씀하신다."며 그 안부를 전했다.

아홉 살때 고향집 충북 괴산으로 내려간다기에 식구들을 따라나섰는데 와 보 니 이북이었다는 홍석중은 "이념은 없었지만 스스로 선택해서 북으로 온 오영 재가 의지라곤 전혀 없이 속아서 온 나보다 낫다."고 해서 좌중을 웃음판으로 만들었다. 그도 월북(?) 직전까지는 돈암국민학교 2학년이었다니 국민학교 선배 두 분을 만난 셈이었다.

평양을 떠나기 전날인 21일 오영재 집에서 환송회가 열렸다.

평양 광복동 거리에는 지난해에 완공된 고층아파트 단지가 대규모로 들어섰 는데 그가 사는 아파트는 특별히 눈에 띄었다.

현기증이 날 정도로 높고 성냥갑처럼 네모 반듯하게 지은 다른 대부분의 아 파트와는 달리 4, 5층 정도의 높이에 입체적으로 아담하게 지어진 아파트였다. 예술인, 학자, 언론인 등 지식인들이 주로 살고 있는 곳으로 최영화의 아파트도 여기에 있었다.

오영재의 이웃사촌인 최영화가 나서서 자기 집처럼 집구경을 시켜 주었다. 아 래층에 거실, 부엌, 방 한 개, 화장실이 딸린 목욕탕이 있고 위층에 방 네 개가 있는 널찍한 아파트였다. 거실에는 대형 냉장고, 텔리비전, 대형 녹음기가 놓여 있고 동양화 한 폭이 벽에 늘어져 있는 이 외에 거추장스러운 가구들은 눈에 띄지 않아 무척 정갈해 보였다.

우리 일행은 "평양의 호화주택에서 환송회를 받게 되어 무척 고맙다."고 농담 을 했다.

오영재는 손님대접을 한다고 아래층 베란다에 싱싱하게 열려 있는 오이와 풋 고추를 몽땅 따다가 명태찜, 계란찜, 송어구이 등이 푸짐하게 차려진 만찬상에 고추장과 함께 올려 놓았다.

2층 서재에 붙은 베란다에서는 봉숭아꽃 몇 송이가 막 피어나고 있었는데 이

꽃들도 수난을 당했다. 세 살짜리 딸아이가 손톱에 봉숭아물을 들여 주면 무척 좋아할 거라는 필자의 말이 끝나기 무섭게 그는 꽃을 죄다 따서 내 손에 담아 주었다.

밖에는 비가 내리고 있었다. 우리는 빗소리를 들으며 밤잔치에서 부르던 노래를 다시 불렀다. 〈우리의 소원〉 등 통일염원의 노래를 부를 땐 모두 자리에서 일어나 손에 손을 잡았다.

서울에서 선배 예술인, 연극패 친구들과 어울려 지내던 옛 시절이 생각났다. 평양에서 만난 북의 문인들과 그들은 어디가 다르단 말인가?

믿기 어렵겠지만 45년간의 장벽은 일주일간의 만남, 아니 단 하루 만의 만남으로도 허물어질 수 있다고 감히 외치고 싶었다.

헤어질 무렵에는 빗속에 서서 모두 울었다. 남과 북, 북과 남은 아직도 멀리 서로 그리워만 하고 있었다.

(한겨레신문, 1990. 9. 4.)

고려호텔에서. 왼쪽으로부터 정무(재미음악가), 이길주, 오영재(시인), 필자.

조선문학예술총동맹(문예총) 방문. 왼쪽으로부터
이길주, 백인준(문예총 위원장), 필자,
최영화(시인, 문예총 제1부위원장).

필자와 함께 다정한 한 때를 보내는
홍석중(소설가).

오영재 시인 집에서 송별회 장면. 왼쪽에서 부터 조정호(소설가),
한 사람 건너 이길주, 최영화, 남대현(소설가), 오영재 딸, 동네 사람.

왼쪽부터 백남룡(소설가), 강학태(소설가), 장형준(평론가), 이충렬(재미문학평론가),
강능수(평론가, 4·15 문학창작단 단장), 동기춘(시인), 백하(시인), 남대현(소설가).

도서관에 있는 책들

우리는 벌써 통일이 되었시요

─통일음악제를 다녀와서

이길주

  남과 북, 해외의 음악인들이 한자리에 모여 통일의 노래를 부를 수 있단다. 정말 이 일이 이루어질까? 당장 통일이 된다는 것 같았다.

  무덥던 여름 하늘이 맑고 높아지던 1990년 9월 중순 우리 미주민족문화예술인협의회 참가단은 간다 못 간다 여러 가지 사연과 사정들로 마지막 결정된 4명으로 구성되어, 그간 우리가 모아온 남북해외 공동창작곡을 위주로 한 작품들을 갖고 연주여행의 길에 올랐다. 테너 백정현 씨를 제외한 테너 이성관 씨, 베이스 임종서 씨는 멀리 동부에서 오시는 분이라 연습도 함께 못했고 악보만 서로 교환했을 뿐이라 나는 걱정이 태산 같아서 전자올겐을 가져가 틈틈이 호텔방에서라도 모여 연습을 할 예정이었다. 우리는 이번 통일음악제의 연주를 어느 개인의 능력자랑이 아닌, 우리 모두가 마음 합하여 통일의 염원을 노래부를 수 있는 연주를 목표로 하였기에 그 동안 모은 공동창작곡들을 여러 가지 형태의 중창곡으로 편곡하여 북의 음악인들과 함께 연주도 하고 환등기로 자막을 이용하여 공동창작곡을 청중들에게 가르쳐 주고, 또 함께 통일의 염원을 노래함으로써 북의 인민들과 최대한 가까워지고, 함께 통일의 염원을 나눌 수 있기를 원했다. 우리는 최선을 다하여 우리가 하나임을 느낄 수 있기를 소원하였다. 어쩌면 즉흥적으로 한마음이 되어 우리 조국의 통일을 함께 외쳐댈 수 있을 것이다. 어쩌면 무대 아래로 뛰어내려가 얼싸안고 한바탕 춤을 추어댈 수도 있을 것이다. 나는 이런 저런 환상으로 연주장면을 상상하며 태산 같은 걱정을 달래었다.

  우리 일행 중 두 분은 처음으로 북부 조국을 방문하는 분들이라 그들의 호기심과 흥분한 마음을 충분히 이해할 수 있었다. 그러나 이 역사적인 음악제에서

이길주 : 1945년 만주 길림 출생. 서울대 음대 성악과 졸업. 미주민족문화예술인협의회 민족음악분과 위원장, 민족학교 이사장. 현재 미국 거주.

과연 우리의 사명을 충분히 감당해 낼 수 있을까? 함께 가는 분들에게 비쳐질 처음 가 보는 북부 조국의 모습은 어떤 화음을 이루며 그들의 가슴에 울릴 것인가.

순안비행장에는 많은 사람들이 환영한다는 현수막과 꽃들을 양손에 들고 환호성을 지르며 우리를 맞아 주었다.

9월 14일, 우리 예술단은 평양예술단 예술단장 고한현 선생과 연주에 대한 첫 의논을 가졌다. 우리가 참가확인서를 보냈을 때 요청했던 연주곡들의 반주나 곡 중 독창자, 환등기 사용을 위한 자막 설치 등의 준비들이 대강 짜여져 있으리라는 나의 기대와는 달리 아무런 서류도 받지 못했노라고 했다. 연주가 며칠 남지 않았는데 우리는 그때부터 모든 것들을 새로이 짜야 했다. 관중들과 함께 얼싸안고 추어대고 싶었던 통일춤 한마당의 꿈이 희미해지면서 최선을 다해 주어진 기회와 환경을 최대한 이용할 수밖에 없다는 생각으로 우리는 더욱더 긴장이 되어서 이일 저일을 서둘러 준비해야 했다. 단독공연의 계획도 단념해야 했고, 우리는 19일부터 21일까지 평양예술단의 협조를 받으며 봉화극장에서 미주 서부, 소련 사할린의 고려예술단, 카자흐스탄의 신생가무단과의 협연이 예정되었다. 이번 음악제에 참가한 세계 각국의 예술단이나 그 외의 자세한 내용은 마지막 장에 쓰기로 한다. 세계 각국에서 모여든 음악인들을 상대하느라고 북의 준비위원 여러분들은 정신없이 뛰어야 했다. 이런 상황에서도 우리는 오후에 도착할 예정이라는 남부 조국의 음악인들을 맞을 마음으로 온통 흥분의 도가니 속에서 오후 4시쯤 개성역으로 나갔다. 우리가 묵고 있던 고려호텔은 개성역에서 얼마 떨어져 있지 않아 모두 걸어서 역으로 나갔다. 정말 오는 것일까, 거리는 너도 나도 서울 손님을 맞으려는 많은 사람들의 긴장과 흥분된 발걸음으로 술렁거렸다. 기차가 서서히 개성역 안으로 들어오고, 불편한 몸을 부축받으며 윤이상 씨가 저만치 나타나시고, 그분을 선두로 개성역을 꽈악 메운 해외동포 음악인들 틈에 끼어 서서 그들을 기다리는 마지막 순간의 모두의 마음들을 무어라 형용할 수 있을까. 드디어 기차가 멎고 우아한 한복을 입은 남부 조국의 음악인들이 한 분씩 내려 섰다. 너무나도 부정적인 경험이 많았던 남과 북의 관계라 이번에도 혹시나 하던 염려가 한꺼번에 하늘 높이로 날아가 버리고 우리는 정말 남과 북, 해외가 한자리에서 소리지르며, 손뼉을 치며 하나가 되고 있었다.

다음날인 15일 아침 9시, 인민문화궁전을 관람하고 제3차 윤이상 음악토론회에 참석함으로써 하루가 시작되었다. 북의 여러 교수들이 나와 윤이상 음악에 대한 연구를 발표하는 형식으로 진행되었다. 만수대극장에서는 윤이상 음악회가 개최되고 있고, 중간중간 우리는 광복거리며 소년궁전 등을 참관하였다. 남부 조국의 음악인들은 대체로 다른 음악인들과 분리되어 행동하였다. 처음에 남과 북, 해외 음악인들이 처음 함께 모여 보는 자리라, 한자리에 앉아 통일에 대한 음악인들로서의 마음을 몰아 이일 저일을 토론도 하고 계획도 세우고 하는 모임이 아쉬워서 여러 번 준비위원회에 건의도 해보았으나, 아마도 그들의 신변안전을 위해서일 것이라고 이해하려 했다. 우리는 순서 중간중간에 복도에서나 대기실에서 잠깐잠깐 그들을 마주 스치며 아쉬운 대로 마음을 나눌 수밖에 없었다.

16일 아침 10시에 극장에서 연습이 있었는데 다른 3단체도 다함께 하였으므로 충분한 연습을 할 수 없었고, 우리가 준비했던 순서를 대폭 줄여야 했으므로 독창을 빼고 북의 소프라노 허영애 씨, 앨토 김영화 씨가 곡중 독창을 도와 주었고 테너 1명, 베이스 2명의 합세로 역사상 처음으로 북과 해외 성악인들의 중창단이 구성되었다. 연습중에는 평양예술단 단장께서 계속 여러 가지 의견을 말씀해 주시고 도와 주셨다. 오후에는 2시에 예정이던 연습이 취소되고 혁명연극 〈삼인일당〉을 보았다. 파쟁을 하지 말고 화합하여 살아야 한다는 17세기 이조시대를 배경으로 한 간단 명료한 줄거리의 연극이었다. 시대적 언어의 표현이나 풍습, 의상 등을 떠나 현대적인 감각으로 대치하였고, 우화적으로 표현, 전달하였으며, 무대가 회전하여 빠르게 장면이 바뀌었다.

17일엔 오전과 오후 두 번 연습이 있었다. 우리야 연습시간이 잠깐이었지만 반주자들은 꼼짝없이 하루종일 앉아 그 여러 사람의 반주를 해주는 것이 보통 단련이 아니었으리라. 너무나도 큰 규모의 연주를 며칠 사이에 준비를 해 치루려니 너무 무리가 큰 것 같았으나 소위 전문인들이라면 북의 음악인들은 정말 완전한 전문인들이었다. 처음 받은 악보로 하루 만에 악보 없이 연주를 해내었다. 우리는 틈틈이 내 방에 모여 전자올겐을 꺼내 놓고 연습하였는데 특히 〈바람〉의 작곡자 김문규 씨는 내 방에 찾아와 곡중 독창을 맡은 이성관 씨와 함께 악보도 보지 않고 직접 반주를 하며 함께 연습을 해주는 성의도 보였다. 저녁엔 교예공연을 관람하였다.

18일 2·8문화회관 6천 석 극장에서 통일음악제의 깃발이 오르고 통일음악제의 개막식이 있었다. 모든 참가 음악인들은 단체별로 줄을 서서 무대 위로 행진하며 소개를 했다. 우리는 10월 19일 오후 2시에 첫 공연을 가졌다. 무대 뒤의 분장실에서 TV로 공연진행을 보면서 우리 차례를 기다리는 동안에도 평양예술단의 단장님이나 연출가 여러분들이 줄곧 함께 계시며 성원을 해주셨다. 연습도 충분히 못하고 짧은 시간에 처음 보는 사람들이 만나서 중창을 하게 되어 많은 무리가 있었으나 그저 북의 성악가들과 우리가 함께 무대에 서서 노래를 부른다는 감격만으로 우리의 가슴은 마냥 두근대었고 하나가 되고 있다는 뿌듯한 감격으로 넘쳐흘렀다. 〈통일 자장가〉, 〈우리가 만나면〉, 〈그리워 통일이 그리워〉, 〈바람〉, 〈이 기다림〉, 〈고향길〉, 〈하나의 열망〉 등 곡 하나하나를 부를 때마다 그야말로 우리의 마음은 통일을 염원하는 마음으로 그득했고, 연주자들이나 반주자들이나 듣는 사람들의 마음은 이미 분단의 장벽이 허물어지는 한마당이었다. 첫 곡인 〈통일 자장가〉의 전주를 들으며 허영애 씨와 나란히 한복 차림으로 서 있던 나의 가슴은 한없이 위로 위로 떠올라 가고 있었다. "보세요, 여러분, 드디어 우리는 여기 이렇게 하나가 되어 섰습니다." "북쪽 아기 남쪽 아기 하늘에서 노는데 달아 달아 빛나라 밝게 빛나라 삼천리 강산 환하게." 나는 자꾸만 눈물이 나오려는 걸 참으며 옆에 서서 노래하는 허영애 씨를 쳐다보다가 손을 꼬옥 잡고 노래를 끝내었다. 일 년 전 혼자 서서 분단의 이별의 슬픔을 안타까이 노래하였을 때의 아팠던 가슴과는 전혀 반대되는 희열의 감격을 맛보았다. "해도 하나, 달도 하나, 겨레도 하나—갈라져 살 수 없는 조국도 하나, 북에 있건 남에 있건 해외에 있건 자주 통일 한길 따라 손잡고 가자 아— 간절한 열망 이루자." 마지막 곡을 힘차게 부르고 내려오면서 누군가가 내 손을 꽈악 잡으며 흥분된 어조로 말했다. "우리는 벌써 통일이 되었시요."

21일 '민족음악과 조국통일'이라는 주제로 인민문화회관에서 토론회가 있었다. 북측의 인민예술가 성동춘 음악가연맹 부위원장, 남측 대표 전통음악가 노동은, 미주 동부대표 이준무, 평양음악무용대학 교수 리철용, 소련 사할린 고려예술단 대표 이수영, 재미 서부대표 김동석, 평양인민예술대학 부장 전봉우 씨의 순서로 발표가 있었다. 45년간 분단된 상황에서 생긴 민족음악의 갈등을 어떻게 극복해 갈 것인가, 해외에서는 해외의 음악인들이 할 수 있는 일로 '남북 가곡의 밤'을 열게 되었다, 갈라진 민족음악을 통일적으로 만드는 데 관심을 돌리고 이 사업을 공동으로 해 나가야 될 것이다, 우리는 음악으로 북과 남의 만남에 이바지하여야 한다, 민족음악의 공동연구와 공동연구논문 발표, 공동연주회 제의 등이 이야기되었다. 또 민문예협의 공동창작의 예를 들며 통일을 주제로 창작하고 함께 노래부르는 작업 등이 통일에 이바지하는 길이라는 얘기도 있었다. 또 통일연주단체를 만들어 순회공연을 하는 것과 국제음악콩쿨에 합동하여 출전하자는 제의도 있었다. 마지막으로 조국을 둘로 갈라놓을 수 없듯이 우리의 음악도 갈라질 수 없다는 것을 전세계에 보이고 음악활동도 조국통일에 이바지하기 위한 길로 나아가야 할 것이다라는 이야기로 끝을 맺었다.

23일, 조국도, 민족도 하나이며, 음악도 하나라는 성동춘 음악가동맹 부위원장의 호소문에 이어, 우리는 우리 민족음악을 조국통일에 이바지하는 음악으로 발전시키자는 윤이상 의장의 폐막사로 모두들 감개무량한 뿌듯한 마음으로 폐막식을 마쳤다. 폐막식 후 식장에서 개선광장까지 조국통일 대행진이 열렬한 군중들의 환호 속에서 진행되었다. 뜨거운 가을 햇살 아래 한 시간이 넘게 행진을 했으나 지치고 피곤한 마음보다는 길 옆으로 빽빽하게 늘어서서 꽃을 흔들면서 열렬히 환호하며 '조국통일', '조선은 하나다'를 목이 터져라 외쳐대는 인민들의 열정에 우리들은 그들이 외치는 한마디 구호마다 있는 힘을 다해 받아서 외쳐댔다. 더욱더 인상 깊었던 일은 곳곳에서 여인들과 남자들, 아이들이 저마다 정성껏 마련한 수놓은 깃발이며 손수건 등을 건네주고, 밀짚모자를 머리에 씌워주는 등 음료수도 손에 쥐어 주고 간절한 조국통일의 기원을 적은 편지들을 건네주며 그들의 간절한 마음을 전하였다. 혈기 좋은 남자들은 행렬중의 몇 사람을 목마도 태우고 무등도 태워서 마치도 큰 싸움에 나가 이기고 돌아온 병사들과도 같은 기분이 들었다.

김일성경기장에서 '일편단심'이라는 제목의 집단체조를 관람하였다. 우리 모두는 학생들이 보여 준 카드게임을 입을 벌리고 구경하였다. 피나는 노력과 단결, 정신통일이 가져다 준 놀라운 장면들이었다.

저녁에는 청년중앙회관에서 환송회가 열렸다. 2층에서 내려다보니 우리 나라 지도를 모형으로 한 잔치상이 놓여 있었는데 각 지방의 유명한 음식을 차려 놓았다. 우리는 모두 벽에 걸어놓은 통일음악제 깃발에 한 사람씩 이름을 써넣었다. '민요따라 삼천리'라는 제목으로 축하음악 공연이 있었고, 흥겨운 밴드에 맞추어 모두 어울려 춤들을 추었다. 그 장소에서 나는 지난번에 내 노래의 반주를 맡아 준 몇 분의 음악인도 만나서 반갑게 인사를 하고 이야기도 나누었는데 민속음악을 하시는 분들도 우리 나라의 남도창과 같은 분야는 전혀 접해 보지 못한 것 같았다.

다음날인 24일, 남에서 온 음악인들을 개성역에서 환송하고 공식예정을 끝냈다.

25일, 다른 회원들은 여기저기 관광을 나가고 나는 문예총의 최영화 부위원장님과 서정인 씨에게 LA에서 가져온 자료용 책들을 전달하고 『통일예술』 2집의 원고부탁과 편집방향에 대한 의논을 나누었다. 창간호의 편집방향이 대체적으로 성공적이었다고 하며 몇 가지 문제시되었던 작품은 동질성의 회복이 없이 끝났다는 평을 하고, 2집에서는 평론을 재평론함으로써 논쟁을 붙이는 결과가 될 수 있으므로, 남과 북의 작품들이 서로간 이해하고 정을 두텁게 하는 방향으로 나갈 수 있는 편집이 되기를 바란다고 했다. 제2집에서도 서로의 정치체제나 이념을 서로 비난하는 작품은 절대로 삼가자는 부탁을 다시 받았다. 이날 저녁때 우리가 연주한 공동창작곡 〈통일 자장가〉의 작곡가 송광림 씨, 〈바람〉의 김문규 씨, 〈이 기다림〉, 〈고향길〉의 김기명 씨 세 분과 함께 저녁을 나누며 공동창작곡에 대한 이야기를 나누었다. 북부 조국의 창작은 한 사람이 작곡한 곡을 가지고 한 그룹으로 짜인 여러 작곡가들의 토론과 수정을 거쳐 집단창작의 형식으로 작품이 완성되어 보급된다고 한다. 나는 한곡 한곡이 완성되기까지의 여러 가지 이야기들을 흥미있게 들었다.

누구나 쉽게 따라서 흥얼거리며 친해질 수 있었던 〈통일 자장가〉의 송광림 씨는 체격도 아주 크고 미남이었으며 대단한 성의와 열정을 갖고 대화를 나누었다. 나보다 나이가 두 살이나 어렸으므로 나중에는 나를 누님 같다고 하며 친근해졌고, 내 방으로 여러 가지 악보와 카셋테입을 가져다 주고 그 당시 과로로 건강이 매우 안 좋았던 나에게 인삼차를 가져다 주는 등 고맙게 해준 분인데 자기는 이 가사를 받고 너무나 큰 감명을 받고 오랜 구상 끝에 작곡을 하였다고 했다. 우리가 통일을 하겠다고 하는 이때에 어머니들이 아기를 재우면서까지도 〈통일 자장가〉를 불러 주며 통일을 염원한다는 것은 통일이 우리 모두의 얼마나 절실한 소망인가를 알 수 있지 않겠느냐고 하면서 시골 어느 구석의 노인들이나 어머니들이라도 쉽게 부를 수 있는 음역과 쉬운 멜로디를 구현하는 데힘썼다고 했다.

우리 남성 3총사들은 자기들끼리 여기저기 백화점이나 길거리를 다니다가 TV 화면을 통해 그들의 얼굴을 알아보고 몰려든 사람들이 〈통일 자장가〉를 불러 달라고 하고 악보도 달라는 통에 아무데서나 즉흥으로 3중창을 해제끼고 악보도 나눠 주면서 유명인사들이 되어 인기를 끌었다. 덕분에 길에서 만난 아주머니들도 자기 집으로 이들을 초청해서 국수장국을 대접하는 등 참으로 허물없는 민간통일외교를 할 수 있었다.

〈바람〉의 작곡가 김문규 씨는 제일 기분을 잘 내시는 분 같았으며 매우 활달하셔서 금방 친숙해졌다. 이 가사 중 "겨레의 숨결 바람이여 불어라 백두산에서 한라산 끝까지 만병초와 동백꽃이 삼천리를 뒤덮을 때까지"라는 구절이 너무 마음에 와 닿았다고 하면서 북의 인민들이 좋아하는 멜로디와 남쪽 사람들이 쉽게 부를 수 있게 하기 위해서 옛날에 많이 들은 적이 있는 남쪽의 유행가풍을 넣느라고 무척 애썼다고 했다. "바람, 바람, 바람이여, 남은 북을 향해, 북은 남을 향해 일으키자 바람이여, 겨레의 숨결 바람이여……"라고 이어지는 멜로디는 부르면 부를수록 흥얼거려지는 곡이다. 자신의 어린 손자도 라디오나 TV에서 듣고 매일 "할아버지 바람, 바람" 한다고 하며 흐뭇해하였다. 이렇게 하나가 되고자 하는 예술인들의 집념어린 창작활동과 대중 보급활동은 우리 민족의 통일 역사의 장에 커다란 밑거름이 되리라는 신념으로 나의 가슴은 뿌듯해졌다. 해외의 예술인들로 구성된 민문예협이 남과 북 어느 체제에도 기울지 않는 중립된 입장에서 조국의 화해와 통일을 위해 참다운 교류를 위한 창작 보급활동을 계속하여야 할 것이라는 데 의견이 모아졌다.

자그마한 키에 아주 섬세한 모습이신 〈이 기다림〉의 작곡가 김기명 씨도 시종 온화한 미소를 띠고 조용한 어조로 참여하였다. 북에서는 인민들이 쉽게 부를 수 있는 절가형식을 좋아한다고 하며 우리가 보낸 가사가 대부분 그렇지 않아서 곡조를 붙이는 데 무척 힘들었고 또 통속성과 민족성을 함께하느라고 고심하였다고 했다.

이산가족들의 합동음악회나 공동창작곡들을 함께 녹음하는 작업도 계획하였고, 통일되기 전에라도 남과 북, 해외의 작곡가들이 일 년에 한두 번, 한 번은 북에서, 한 번은 남에서 산수 좋은 곳에 모여 함께 지내며 창작활동을 할 수 있으면 얼마나 좋겠느냐는 우리의 진정한 바람도 이야기되었다. 우리의 대화 한마디 한마디가 너무도 소중하였기에 가져간 녹음기로 녹음을 하였으나 주위의 잡음이 너무 많이 들어가 별로 도움이 되지 못한 것이 참 아쉽다.

10월 28일.

이번 여행에서 내 마음에 커다란 감격과 보람을 가져다 준 또 하나의 사건이 있었다. 월북 시인 오영재 씨에게 민문예협의 전 회장 김영희 씨가 전화를 통해 녹음한 오 시인 어머님의 육성과 보내온 가족사진들을 전한 일이다. 평양 도착 후 여러 번 오영재 씨를 만나 보기를 부탁했으나 그는 창작을 위해 먼 교외로 출장을 가고 없다고 했다. 안타까운 마음에 부인께라도 전해야겠다는 마음으로, 모두들 관광을 나가고 난 후 나는 마침 지난번 방문시에 적어 두었던 주소를 들고 호텔 앞에서 택시를 타고 청년호텔 밑 4층 건물 아파트로 찾아갔다. 눈에 익은 거리를 지나 시인의 아파트문을 두드리니 기대하지도 않았던 오영재 씨가 반갑게 맞아 주었다. 필요한 자료를 가지러 집에 잠깐 들렀다는 것이었다. TV를 통해 내가 통일음악제에 참가한 것은 알고 있었다고 했다. 내가 흥분을 누르며 남쪽의 가족을 찾은 소식을 전하자 이미 신문에 난 기사로 다 전해 들었노라고 너무 고맙다며 말을 잇지 못했다. 가져온 사진들을 들여다보며 모두들 누가 누구를 꼭 닮았다고 감탄을 했다가 할머님이 아직도 정정하고 고우시다고 신기해하면서 금방 눈물이 그득히 고이며 울다가 하며, 마치 바로 앞에 마주앉은 양 감격해하는 모습을 보면서 나도 함께 눈물을 흘렸다. 다시 한 번 이 일을 위해 애써 준 여러분들께 감사한 마음이다.

혹시 예고도 없이 들이닥쳐 실례나 되지 않을까 근심되던 마음도 활짝 개이고, 나는 갑자기 기자가 된 양 인터뷰를 시작했다. 오영재 씨의 커다란 녹음기를 틀어 놓고 남쪽의 가족들이 알고 싶어할 이 얘기 저 얘기들을 물어 보았다. 어렸을 때의 일들을 회상하다가 어머님께 드리던 시를 읽어 내려가던 시인은 목이 메어 끝을 내지 못하고, 둘러 앉았던 우리도 모두 울어 버리고 말았다. 아들이 어머님을 그리워하는 마음이 이렇듯 절절할 수가 있을까. 아들을 그리워하는 어머니의 마음인들 또한 그보다 덜할 수가 있을 것인가.

옛이야기들을 주고받으며 울다가 웃다가 하는 이들 가족의 아픔이 우리 민족의 아픔이라는 마음, 나의 아픔이라는 마음으로 다음을 기약하며 작별인사를 하고 돌아서는 내 가슴은 천 근 돌덩어리가 내리누르는 듯하였다. 그러나 시인과 그의 가족이 남쪽의 가족들에게 보내는 사랑과 그리움이 가득 담긴 녹음 테잎이 든 가방을 그러안으며 말할 수 없는 기쁨의 환성이 내 온몸을 휘돌아 가슴으로 터져 나옴을 막을 수 없었다.

그러나 현실은 순수하고 진실한 마음의 전달조차도 용이치가 않았다고 한다. 나는 지금까지도 그 테잎이 남쪽의 가족들에게 전달이 되었는지, 또 아무런 폐가 되지 않았는지 확실히 모르고 있다.

이번 음악회에서 가장 여러 사람들의 마음을 울려 주었던 일은 미주의 첼리스트 이방은 씨와 북의 피아니스트인 이복동생 리민섭 씨의 협주였으리라. 아버지는 돌아가셨으나 동생의 피아노 반주로 한 무대에서 연주하던 이방은 씨도 관중들도 모두 울었다는 이야기를 들었다. 나도 여러 번 연주 전이나 후에 서로 손을 꼬옥 잡고 다정히 이야기를 나누며 극장 밖을 거닐던 두 사람의 모습을 본 적이 있다. 돌아가신 아버지가 그들이 손잡고 거니는 모습과 한무대에서 같이 연주하는 모습을 보았다면 얼마나 감격하였을까 싶다. 아니 그 두 사람만이 아니라 우리 모두가 통일의 한무대에 어우러져 한마음으로 통일의 염원을 노래하고 연주했을 때 그 동안 조국의 분단으로 희생당한 수없는 영혼들도 많은 박수를 아끼지 않았으리라 믿는다.

그렇다. 그때에 우리는 벌써 통일이 되었다.

(『통일예술』 2집, 1992)

■련시

아, 나의 어머니

―40년 만에 남녘에 계시는 어머니의 소식을 듣고

오영재

고맙습니다

생존해 계시다니
생존해 계시다니
팔순이 다된 그 나이까지
오늘도 어머님이 생존해 계시다니

그것은
캄캄한 한밤중에
문득 솟아오른 해님입니다
한꺼번에 가슴에 차고 넘치며
쏟아지는 기쁨의 소나기입니다

그 기쁨 천 근으로 몸에 실려
그만 쓰러져 웁니다
목놓아 이 아들은 울고 웁니다
땅에 엎드려 넋을 잃고
자꾸만 큰절을 합니다

어머님을 이날까지
지켜 준 것은

하느님의 자비도 아닙니다
세월의 인정도 아닙니다

그것은 이 아들을 다시 안아 보기
전에는
차마 눈을 감으실 수 없어
이날까지 세상에 굿굿이 머리 들고
계시는
어머님의 믿음입니다
그 믿음 앞에
내 큰절을 올립니다

어머니, 고맙습니다
어머니여, 고맙습니다

아들의 심정

한해 한해 더해간
어머님 나이

이 내 가슴속에
아픈 칼 끝으로
새기며 흘러간 일흔아홉 그 나이

사흘이 멀다하게
꿈에 보는 어머니
이제껏 살아 계시리라
차마 믿을 수 없어
그런 날이면 온종일 울적한 심사

이 아들에게 기울이는
그 사랑의 힘으로
어머님은 이날까지 생존해 계시는데
어머님을 믿는
자식의 마음은 모자라
물리칠 길 없는 의혹과 불안 속에
이내 생각 헤매고만 있었으니
어머님 용서하십시요

부르다 만 그 이름

한밤중에 일어나
불을 켜고
다시 보는 어머니 얼굴
먼 미주를 에돌아
나에게 온 사진

어머니 없는
자식이 없건만
너무도 오랜 세월이 헝클어 버린 생각

나에게도 어머니가 있었던가
남들처럼 내게도
정말 어머니가 있었던가

열여섯에 집을 떠나
쉰이 퍽 넘을 때까지
대답해 줄 어머니가 곁에 없어
단 한 번도 불러 보지 못한 어머니
어머니
어머니

태여나 젖을 물며
제일 먼저 배운 말이건만
너무도 일찌기 헤여져 버린 탓에
부르다만 그 이름

세상에 귀중한
어머니란 말을 잃고
그 말 앞에선 벙어리가 되여 버린
이 자식

40년 만에
이 벙어리가 입을 엽니다
어머니의 사진을 앞에 놓고

엄마!
어무니!

사진을 보며

어머니의 눈을 봅니다
바라보면 정이 흘러
내 마음과 하나로 되어 버리던
그 눈을

어머니의 손을 봅니다
쓸어 주면 따스해
내 살과 하나로 되어 버리던
그 손을

어머니의 가슴을 봅니다
얼굴을 묻으면 부드러워
내 몸과 하나로 되어 버리던
그 젖가슴을

긴 세월
마음속에 움켜쥐고 온
그 눈
그 손
그 가슴

그 누가 나에게서
어머니를 빼앗을 수 있었단 말인가

분렬세력이 아무리 장벽을 높이 쌓
아도
결코 갈라놓을 수 없는
어머니여
어머니와 나는
어제도 오늘도 영원히 하나입니다

목소리

로스안젤스와 대전
태평양을 사이 두고
영희 회장과 어머니가 주고받은 전화
고맙게도 나에게 보내 준
그 록음테프를 풀며
어머니의 목소리를 듣고 있습니다

귀에 익다하기엔
너무도 그 목소리 삭막해
다시 또 다시 또 듣노라면
멀리 흘러간 나날들을 되살려 주며
그날에 울리던
어머니 목소리

눈오는 창가에서
나를 업고 서성이며
나직히 자장가를 불러 주시던
그 목소리

내 홀로 밤길 걸어 집으로 올 때
어둠 속 저쪽에서 나를 찾던 목소리
생일상 차려 놓고
시루떡 냄새를 몸에 풍기며
"영재야, 일어나거라"
나를 깨우던 그 목소리

아득한 세월의 장막을 뚫고
울려 오는 목소리
멀리 흘러가 버린
내 유년시절과 소년시절을

싣고 오는 소리

여닫던 고향집의 문소리와
아침 저녁 확독에 보리쌀 갈던 소리
연기 피는 아궁이 앞에서 짜내시던
그 눈물과
동백기름 내음새를
싣고 오는 소리

애써 더듬어서
드디어 찾아낸
어머니의 귀에 익은 목소리
이제는 내 한생에 다시는 지워질 거냐

더는 갈라져 살지 말자
목메여 나를 부르는
어머니소리
통일의 해님 안고
어서 오라, 어미품으로
어서 오라, 어미품으로
나를 부르는
아, 어머님의 목소리!

늙지 마시라

늙지 마시라
더 늙지 마시라, 어머니여
세월아, 가지 말라
통일되여
우리 만나는 그날까지라도

이날까지 늙으신 것만도
이 가슴이 아픈데
세월아, 섰거라
통일되여
우리 만나는 그날까지라도

너 기어이 가야만 한다면
어머니 앞으로 흐르는 세월을
나에게 다오
내 어머니 몫까지
한 해에 두 살씩 먹으리

검은빛 한 오리 없이
내 백발 서둘러 온 대도
어린 날의 그때처럼
어머니 품에 얼굴을 묻을 수 있다면

그 다음에
그 다음엔
내 죽어도 유한이 없으리니
어머니 찾아가는 통일의 그 길에선
가시밭에 피흘려도 아프지 않으리

어머니여
더 늙질 마시라
세월아, 가지 말라
통일되여
우리 서로 만나는 그날까지라도

(『통일예술』 2집, 1992)

쇠찌르레기

처음 펴낸날 · 1993년 7월 20일
여섯번 펴낸날 · 1998년 12월 15일
지은이 · 림종상 외
펴낸이 · 송영현
펴낸곳 · 살림터
주소 · 121–231 서울시 마포구 망원1동 384–20
전화 · 3141–6553 (대표)
전송 · 3141–6555
등록번호 · 제2–1008호 (1990년 5월 15일)

인쇄 · 신화인쇄공사 (나병문)
제본 · 성용제책사 (조주환)

값 7,000원

ⓒ 살림터, 1993

▶ 잘못된 책은 바꾸어 드립니다.
▶ ISBN 89–85321–08–0 (03810)